KUWEI

酷威文化

图书 影视

THE MEMORY
KEEPER'S DAUGHTER

不存在的女儿

［美］金·爱德华兹 —————— 著

施清真 —————— 译

四川文艺出版社

图书在版编目（CIP）数据

不存在的女儿 /（美）金·爱德华兹著；施清真译
. -- 成都：四川文艺出版社，2019.7
书名原文：The Memory Keeper's Daughter
ISBN 978-7-5411-5428-7

Ⅰ.①不… Ⅱ.①金… ②施… Ⅲ.①长篇小说-美
国-现代 Ⅳ.① I712.45

中国版本图书馆 CIP 数据核字 (2019) 第 090227 号
著作权合同登记号 图进字：21-2019-255

Copyright ©2005 Kim Edwards
Published in agreement with Kim Edwards , through The Grayhawk
Agency Ltd.

BUCUNZAIDENÜER
不存在的女儿

[美] 金·爱德华兹 著

施清真 译

出 品 人	刘运东
特约监制	刘思懿
责任编辑	邓 敏
特约策划	刘思懿
责任校对	汪 平
特约编辑	郑淑宁　苗玉佳
封面设计	末末美书

出版发行　四川文艺出版社（成都市槐树街2号）
网　址　www.scwys.com
电　话　028-86259287（发行部）　028-86259303（编辑部）
传　真　028-86259306

邮购地址　成都市槐树街2号四川文艺出版社邮购部　610031
印　刷　三河市海新印务有限公司
成品尺寸　145mm×210mm　　　开　本　32开
印　张　11.5　　　　　　　　字　数　330千字
版　次　2019年7月第一版　　印　次　2019年7月第一次印刷
书　号　ISBN 978-7-5411-5428-7
定　价　48.00元

CONTENTS

目　录

THE MEMORY KEEPER'S
DAUGHTER

| 一九六四 年

一九六四年三月

一

　　她临盆前几小时下起了雪。起先只是午后阴沉的天际飘下零星雪花，而后大风卷起雪花片片飞扬，落在家门口宽阔的前廊边。他倚在窗边，站在她身旁，看着雪花在阵阵强风中翻腾、回旋，然后缓缓飘落地面。附近家家户户点亮了灯火，光秃秃的树枝也变得雪白。

　　晚餐后他生起了炉火，又大胆冒险走入风雪中去拿秋天堆积在车库旁边的木柴。冷冽的寒风吹打着他的脸庞，车道上积雪已深及腿肚。他捡起木块，甩掉上面轻柔的雪片，然后抱着木块走回屋。壁炉里的火花马上引燃熊熊火光，他在壁炉前盘腿坐了一会儿，一面添加木块，一面看着火花跃动，火焰周围带一圈蓝光，令人昏昏欲睡。屋外，白雪在黑暗中静静飘落，街灯投下圆锥形光束，照映着地面上闪亮、厚实的白雪。等他起身往窗外一看，他们的车已经变成街角的一座白色小山丘，先前印在车道上的脚印已被盖满，不见踪迹。

　　他拍掉手上的灰烬，到沙发上和妻子坐在一起。她双脚放在靠枕上，肿胀的脚交叉着，一本育儿宝典四平八稳地摆在肚子上。她正读得出神，每次翻页都会不自觉地舔一下食指。她的双手细长，五指结实，阅读时心无旁骛地轻咬着下唇。他看着她，心中顿时充满爱意与惊叹：她是他的妻子，他们的宝宝再过三个星期就会出生了，这是头一胎，而他俩结婚才一年呢。

　　他拿了条毯子盖住她的腿，她微笑地抬头一望。

"你知道吗？我一直在想那是什么感觉，"她说，"我是说我们出生之前的感觉。真可惜我们不记得了。"她拉开袍子，脱下穿在里面的毛衣，露出像西瓜般圆硬的腹部，用手抚过它圆滑的表面。火光闪动，映着她的肌肤，在她的头发上洒下金红色的光影。"你猜那种感觉像不像在一个大灯笼里。书上说光线能穿透我的皮肤，小宝宝已经看得见了。"

"我不知道。"他说。

她笑笑。"怎么不知道？"她问道，"你是医生。"

"我只是骨科医生，"他提醒她，"我可以告诉你胎儿骨头的骨化历程，但就这样而已。"他抬高她的一只脚，裹在浅蓝色袜子里的脚细致而肿胀，他动手轻轻按摩：她的跟骨强劲有力，跖骨和趾骨隐藏在皮肤下，密密相叠的肌肉仿佛是把即将展开的扇子。安静的屋子里充满了她的呼吸声，她的脚温暖了他的双手，让他脑海中浮现出骨头的完美、神秘与匀称。怀孕的她看上去美丽又脆弱，苍白的肌肤上隐约可见细微的蓝色血管。

怀孕过程非常顺利，医生也没说有什么限制条件。尽管如此，他已经好几个月没跟她燕好，他只想保护她，抱她上楼，替她盖被子，帮她端烤布丁等。"我不是病人，"她每次都笑着抗议，"也不是你在草坪上发现的雏鸟。"但他的关爱还是令她相当开心。有时他醒来看着沉睡中的她，她的眼皮轻轻眨动，胸膛缓慢而平稳地起伏着，一只手伸出被子，小巧得能让他完全握住。

她小他十一岁。一年前，两人第一次相遇。三十三岁的他刚搬到肯塔基州的莱克星顿，当时是十一月的一个星期六，天气阴沉，他到市区百货公司买领带，刚好看到她搭手扶梯上楼。她在人群中很亮眼，像一个梦幻美女，一头金发梳成优雅的髻，珍珠在颈部与耳际闪闪发光。她穿着一件深绿色毛外套，皮肤洁净白皙。他踏上手扶梯，推开人群往上走，不想让她离开自己的视线。她走到四楼的内衣与丝袜的柜台，他跟过去，穿过一排又一排挂满衬衣、胸罩、内裤的货架，一件件衣物散发出柔软的光泽。有位身穿白领天蓝色洋装的售货小姐微笑地问他是否需要服务，他说想找件睡袍，同时眼睛不断在货架间搜寻，直到看见金发和深绿色的身影为止。她微低着头，露出洁白优美的颈线。"我想帮住在纽奥良的妹妹买件睡袍。"他当然没有妹妹，也没有任何他还知道、尚在人间的亲人。

售货小姐拿了三件面料不错的睡袍过来，他漫不经心地挑拣着，几乎连看都没看就拿起最上面那件。售货小姐说有三种尺寸，下个月还会有更多颜色可以挑选，但他已经走向货架，手上拿着那件珊瑚色的睡袍，皮鞋在地砖上发出刺耳吱嘎的声响，焦急地穿过其他顾客朝她走去。

她正在翻看一双双昂贵的丝袜，丝袜轻透的色彩闪耀在贴着光滑玻璃纸的窗面上：暗灰褐、深蓝，还有像猪血般深暗的栗色。她绿色外套的衣袖扫过他的袖口，她身上淡雅的香水味扑鼻而来，好像他以前住的匹兹堡学生宿舍窗外的那丛浓密、洁白的紫丁香散发的味道。那时候他住在地下室，低矮的窗户因为蒙上了钢铁厂的煤灰，总是显得一片灰暗。但在紫丁香盛开的春天，纯白与淡紫的花瓣紧贴窗面，香气就像光线般飘进室内。

他清清喉咙，紧张得几乎难以呼吸，他举起睡袍，但柜台后面的店员还在谈笑没有注意到他。

他又清清喉咙，这下店员才有点恼怒地瞄了他一眼，然后对自己的顾客点点头。她手里拿着三包薄薄的丝袜，好像是大张的扑克牌。

"抱歉，阿舍小姐先来的。"店员冷淡而傲慢地说道。

两人目光相接。她的双眸像她的外套一样深绿，他呆住了。她上下打量着他：面料不错的斜纹软呢大衣，胡子刮得干干净净，脸颊冻得通红，指甲修剪得很整齐。她饶有兴趣地笑笑，略带轻慢，指指他手上的睡袍。

"给尊夫人买的？"她问。他听出她说话时带有优雅的肯塔基口音。在这个士绅望族所组成的城市中，这种特点挺重要的。虽然仅仅在此地住了六个月，他早已了解。"珍，没关系，"她转头告诉店员，"先帮他结账吧，这位可怜的男士置身在成堆的蕾丝中，肯定觉得别扭。"

"我帮我妹妹买的。"他对她说，渴望扭转先前给人的坏印象。他在此地经常这样，讲话不是热心过头就是太坦率，老是得罪人。睡袍从他手臂中滑落到地上，他赶快弯腰捡起，两颊发红。她的手套放在玻璃柜上，光溜溜的双手轻轻交握在旁。他窘迫的模样可能让她心软了，因为当两人的眼光再度迎上时，她的双眸中流露出和蔼的光芒。

他再试一次。"对不起，我不知道自己在做什么，我赶时间。我是医生，去医院快迟到了。"

她的笑容起了变化，变得严肃起来。

"原来是这样。"她边说边转向店员，"珍，真的没关系，请先帮他结账。"

她答应他的邀约，用娟秀的字迹写下自己的姓名和电话。她从小学三年级就学会写一手好字，班上的老师以前是修女，悉心教导学生练习写字。老师说每个字的形状都独一无二、举世无双，大家必须把自己的字练到完美的地步。这个八岁、瘦小白皙、日后将穿上一袭绿色大衣成为他妻子的小女孩，用细小的手指紧握着笔，独自在房间里练习写字，直到写出飘若浮云的优美字迹为止。后来听到这件往事时，他想象她的头低垂在台灯下，手指费劲地握着笔，心里不禁佩服她的毅力、对美的坚持、对权威师长的信赖。但两人相识那天他还对这些一无所知，那天他把小纸片放在自己的白色医袍口袋里，巡视一间又一间病房，心里只记得一个个字母在她笔下流畅而出，组合出完美的姓名。他当晚就打电话给她，隔天晚上请她出去吃饭，三个月之后他们就结婚了。

现在她快生了，那件面料柔软的珊瑚色睡袍穿在她身上合身极了。她先前看到这件睡袍，发现还包装得好好地摆在一旁，于是举高了给他看。"你妹妹很久以前就过世了。"她惊讶又大惑不解地说。那一刻他整个人呆住了，脸上挤出微笑，一年前的谎言像只黑鸟般猛然飞过屋内。过了一会儿他才怯懦地耸耸肩。"我一定得说些什么吧，"他跟她说，"我得想个法子问出你的名字。"她听了笑笑，走过去拥抱他。

雪花从天而降，接下来的几小时他们读书聊天，有时她拉起他的手放在自己肚子上，让他感受一下胎动。他不时起来添加柴火，看看窗外的积雪，从三英寸累积到五六英寸。街上车子不多，非常寂静。

十一点钟，她上楼休息，他留在楼下阅读最新一期的《骨科与关节手术期刊》。他是位有名的医生，诊断准确率高且医术精湛。当年他以第一名的成绩毕业。但他觉得自己还年轻，医术也待磨炼（不过他很小心掩饰），所以一有空就读书，为自己增长知识和累积经验。他觉得自己是个异类，家人日日只顾谋生，他却天生好学，他们认为教育是不必要的奢侈，未必有助生计。就算不得不去看医生，他们也穷得只能到五十英里外摩根城的诊所。他还清楚地记得那几趟旅程：一家人摇晃颠簸地坐在借来的小货车上，妹妹和爸妈坐前面，车后尘土飞扬。妹妹喜欢把这条路称为"跳舞小径"。摩根城诊所的房间里阴暗无光，就像混浊的墨黑或蓝绿色池塘水。医生来去匆匆，对他们虽然亲切，却没有真正关心。

多年后他依然觉得在那些医生的注视下，自己像个冒牌货，只要犯一次错，马上就被揭穿。后来他选择专科的时候，也被这种心态影响。他放弃了偶尔带点刺激的内科，或是精细、高风险的心脏科，转向了医治断裂的四肢、做石膏模型、检视 X 光片、看着断裂处缓慢却奇迹般的愈合。他喜欢坚实牢靠的骨头，即使在焚化的白热火焰中也不会消失。骨头能够持久，而他信任这种坚实可靠的东西。

读着读着就过了半夜，直到字句在白花花的纸上无意义地闪动，他才把期刊丢到咖啡桌上，站起来关照炉火。他把烧成炭的木块捣成灰烬，然后打开风门，再带上黄铜的壁炉火网。等他关上电灯后，余火还在层层灰烬中发出柔和光芒，如屋外雪花一样明亮细致。此时白雪已积到前廊的扶手和杜鹃花丛。

楼梯因承受他的体重嘎嘎作响。他停在婴儿房门口，仔细端详黑暗中的婴儿床、尿布桌，玩具布偶摆在架子上，墙壁是淡淡的海绿色。妻子缝制的鹅妈妈百衲被悬挂在墙上，针针细密，只要有一点点不完美的地方，她都要拆掉重缝。天花板下方有熊宝宝的装饰图样，也是她的杰作。

一股冲动促使他走进卧房，站到窗前拨开轻薄的窗帘看雪。白雪飘落在路灯灯柱、栅栏以及屋顶上，积雪已近八英寸，莱克星顿很少下这么大的雪。洁白的雪花不断飘落，他心中既兴奋又平静。就在这一刻，他一生过往的残编断简好像全部联结起来了，不管以前有什么悲伤、失望或令人焦虑的秘密和不安，现在全部被柔软的层层白雪掩盖。明天会是一片宁静，世界仍显得柔和而脆弱，直到附近的孩子拉着小车子高兴地大喊大叫，才会打破这片沉寂。他想起小时候一个人跑到山里享受的快乐时刻：他走入林中，呼吸急促，沉重的积雪压低了枝头，也蒙盖了他飘荡在小径上的声音。在那短短的几小时中，世界变了个样。

他在那里站了好久，直到他听见妻子轻轻移动的声音。他转身看见她坐在床沿，低垂着头，双手紧抓着床垫。

"我觉得我要生了。"她边说边抬起头来，她的头发松散，几根发丝垂落嘴边，他帮她把头发塞回耳后。他一坐下来，她就摇摇头说："不知道怎么回事，我感觉很奇怪，那种绞痛的感觉，时好时坏，一阵阵的。"

他让她侧躺下来，然后跟着躺下来按摩她的背。"说不定只是假性阵痛，"他安慰她，"离预产期还有三个星期，而且头一胎通常生得比较晚。"

他知道第一胎通常会晚生，也讲得非常有自信。其实他很确定会晚生，因为过了一会儿他甚至不知不觉地睡着了。醒来时却发现她站在床边摇他的肩膀，她的睡袍和头发在盈满房内的奇异雪光下，看起来几近白色。

"我算了阵痛时间，每次间隔五分钟，力道很强，我好害怕。"

他感到胸中一阵澎湃汹涌，兴奋与惧怕之情像浪花冲激下的白沫一样席卷全身。但他早已训练有素，在紧急状况中依然能够保持冷静，不会让自己受到情绪影响。他沉着地从床上起来，拿着手表，带她缓慢稳定地在屋里上下走动。阵痛来袭时，她紧握着他的手，力量强大得让他觉得自己的手指快被捏碎了。她说得没错，阵痛间隔五分钟，然后四分钟。于是他从衣柜里拿出皮箱，这个重大的时刻来临了，却突然令他感到麻痹。他期待这一刻已经很久了，但真正降临时依旧觉得很意外。他跟她一起走动，但周遭事物变慢了，他敏锐地觉察到每个动作：他的气息急速掠过舌间，她的脚勉强塞进唯一穿得下的鞋子，浮肿的脚背在深灰色的皮鞋中拱起来。挽扶着她的时候，他有种奇怪的感觉，仿佛自己飘浮在离灯不远的地方，从上俯瞰两人，注意着每个小细节：她因阵痛而颤抖，他用手握住她的手肘，稳稳地护卫着她。屋外十分沉寂，雪花依然缓缓飘落。

他帮她穿上绿色大衣，大衣没扣扣子，垂在她的腹部；他还找了他们初次见面时她戴的皮手套。他仔细确认各个细节，仿佛这是很重要的事。两人在前廊站了一下，目瞪口呆地看着柔和洁白的世界。

"在这里等着。"他跑下去，从积雪中拨出一条路。老爷车的车门全冻住了，花了好几分钟才打开一边的门，好不容易把车门摇摇晃晃带上，一堆白雪随之飞起，闪闪发光。他从后座地上找到刮冰器和刷子。等他走到车外时，妻子已经靠在前廊的柱子，用手按着头。他知道她正承受极大的痛苦，宝宝真的快出生了，就在今晚。他压制住走向她的强烈冲动，把全副精神放在暖车上。当双手冻得难以忍受时，就轮流把手放在腋下取暖。暖手的同时他也没闲着，继续清除挡风玻璃、车窗和车顶的积雪，积雪四散纷飞，消失在他的腿肚周围柔软的洁白雪海中。

"你没跟我讲会这么痛。"他走到前廊时她这么说。他搂住她的肩膀，扶她走下台阶。"我可以走，"她坚持，"可是阵痛一来，实在让人受不了。"

"我知道。"他说，依然没有松手让她自己走。

他们走到车旁时，她轻拍了一下他的手，指指身后的房子。房子隐藏在白雪中，像个灯笼一样在黑暗的街道上发出光芒。

"等再回家的时候，我们就带着宝宝了。"她说，"我们的世界也不一样喽。"

挡风玻璃的雨刷结冰了，他倒着把车开到街上，后车窗的玻璃堆满了雪。他开得很慢，心想莱克星顿真美。树木和树丛上积了好厚的雪，他转弯驶上大街时车轮接触到冰滑的路面，车子一时间滑向十字路口，撞到路边的积雪才停下来。

"没事！"他大声说，万般思绪奔腾，幸好放眼望去没有其他车辆。手中的方向盘和没戴手套的手像石头一样冷硬。他不时用手背擦拭挡风玻璃，身子往前倾，从他擦出的空隙间观察路面。"出门前我打了电话给本特利，"他提到的是他的产科同事，"我请他到诊所来，我们直接去诊所，那里比较近。"

她沉默了一会儿，双手紧抓着前面的仪表板，借着呼吸熬过阵痛。"只要我的宝宝不是生在这部老爷车里就好，"她终于控制住了，还能开玩笑，"你知道我很讨厌这部车。"

他笑了笑，知道她真的很怕，而自己也一样害怕。

即使在紧急状况下他也本性不变，做事依然有条不紊：碰到红绿灯就停车，即使是在空荡荡的街道上，转向也一定打方向灯。每隔几分钟，她就用一只手撑着仪表板，专注呼气与吸气，他听了只能忍耐，用眼角余光看看她。在他有记忆以来，再也没有比今夜更令人紧张的时刻了。他比第一次上解剖课还紧张，为了揭示人体的奥秘，一个年轻男孩在课堂上被剖开了；他也比结婚当天更紧张，大喜之日她的亲友坐满了教堂一端，另一端只有寥寥几位他的同事。他的父母已经过世，妹妹也离开了人间。

诊所停车场只有一部车，是护士的浅蓝色福特车，车型保守，功能实用，而且比他的车子新，他也打了电话给她。他把车停在入口处，扶妻子下车，现在已经平安抵达诊所，两人都很开心，笑着推门进入明亮的候诊室。

护士上前迎接他们。一看到她，他就知道出了问题。护士苍白的脸上有双蓝色的大眼睛，看起来既像四十岁也像二十五岁。只要碰到不顺心的事，她的前额和两眼之间就会露出一道细小的直线。护士告诉他们消息时，脸上就是这样：本特利的车子在家里附近的乡间小路上出了事，车子在结冰的路上打滑转了两圈，滑到了沟里。

"你的意思是本特利医生不能来？"他的妻子问。

护士点点头，她身形高瘦，有棱有角，骨头似乎随时会穿透皮肤，蓝色的大眼睛露出严肃与智慧的光芒。有好几个月，大伙儿谣传或是开玩笑说她有点爱上他，他认为这些都是无聊的办公室闲话，没放在心上。当一个男性和单身女性天天如此密切共事，难免会有谣言，虽然恼人，但也很难避免。有天晚上他在桌上睡着了，梦见自己回到小时候的家，妈妈在做果酱，一瓶瓶果酱摆在窗下铺着油布的桌上，闪耀着珠宝般的光芒。五岁的妹妹坐在一旁，一手无力地抱着洋娃娃。虽然是一闪而过的影像，说不定只是回忆的片刻，却让他感到伤心又渴望。那间房子已在他名下，却无人居住，自从妹妹去世，父母搬走后房子就空在那里。以前被母亲洗刷到泛白的房间全空着，屋里只剩松鼠和老鼠。

他睁开眼从桌上抬起头时，已热泪盈眶。护士站在门口，一脸柔情。在那一刻，半带微笑的她显得很美，完全不像那个安静、能干，每天在他身旁工作的干练女子。两人目光相遇，隐晦却又明显，医生觉得她好像能够了解自己，两人彼此相知。那一瞬间他们彼此毫无阻隔，那种亲密感令他震撼、无法动弹，整个人都呆住了。她则满脸涨红，转头望着别处，然后清清喉咙，板起面孔说她已经加班两小时，准备回去了。之后好长一段时间她都回避着不敢看他。

后来大伙儿拿她跟他开玩笑时，他总是请他们闭嘴。她非常优秀，他边说边举起手示意别开玩笑，好像要借此纪念他们共享过的一刻，就是两人心念相通的那一刻。她是他见过的最好的护士，这是真的，而幸好此时是她在旁协助。

"到急诊室好吗？"她问，"你们走得到吗？"

医生摇摇头，妻子阵痛间隔的时间只有一分钟左右。

"宝宝等不及了。"他一面说，一面看着妻子。雪融化在她的发间，看起来就像一顶钻石王冠般闪亮。"宝宝快出来了。"

"没关系。"妻子冷静地开口说道，声调较为生硬，也较坚决，"等他长大了，把现在这种情况讲给他听，一定更有意思。嗯，不一定是'他'，也可能是'她'。"

护士笑了，双眼之间的直线依然在，但没那么明显了。"我们这就带你进去，"她说，"帮你减轻痛苦。"

他走进自己的办公室找外袍。等他走回本特利的诊疗室时，妻子已经躺上产台，双脚跨在脚蹬上。诊疗室是淡蓝色的，到处是铬与白色搪瓷器皿和带着钢铁光泽的精良仪器。医生走到水槽边洗手，他高度戒备，连最微小的细节也不放过。在进行例行的洗手程序时，他觉得本特利不在场所引起的不安逐渐消退。他闭上眼，强迫自己专心眼前的工作。

"一切顺利，"他转身时，护士对他说，"情形不错。宫颈已经扩张到十厘米了，你来看看。"

他坐在矮凳上，手伸进妻子温热的体内，羊膜囊还好好的，越过膜囊，他摸到了宝宝的头，像颗棒球一样光滑坚硬。他的亲生骨肉呀！他本来应该在候诊室里踱步的啊。这个房间内仅有一扇窗户，窗子的百叶窗帘紧闭着。把手抽出妻子温暖的体内时，他在想，外面不知是不是还下着雪，城市和远方是否依旧沉静。

"没错，"他说，"十厘米了。"

"菲比。"他的妻子说。他看不到她的脸，但她的声音很清楚。他们这几个月一直讨论宝宝的名字，还没有结论。"女孩就叫菲比，若是男孩就叫保罗，跟我曾叔公的名字一样。我跟你说过吧？"她问，"我先前就想跟你说，我已经决定好了。"

"两个名字都很好听。"护士安抚她说。

"菲比和保罗。"医生重复一次，但他关切的是妻子的子宫已开始收缩，他对护士示意，护士已准备了麻醉气。他实习的时候，医生通常从一开始就让产妇吸入麻药，直到分娩结束为止。可是时代变了，现在是一九六四年，他知道本特利不愿意太早麻醉产妇，产妇最好在清醒状态下用力。本特利只有在阵痛达到最高点，胎儿头出来，小孩出世时，才把产妇麻醉。现在他的妻子全身绷紧、大声哭叫，宝宝已移到产道，撑破了羊膜囊。

"好。"医生说，护士随即把氧气罩放置就位。麻醉逐渐生效，妻子的手放松下来，拳头也不再紧握，在阵痛一波波通过体内时失去了知觉。她躺得笔直，神态安详。

"就头一胎来说，宝宝出来得挺快的。"护士表达意见。

"没错，"医生说，"目前为止，一切都很好。"

这种情况持续了半小时，他的妻子清醒过来，一边呻吟一边又开始用力。当他觉得她受够了，或是当她哭喊说痛得受不了，他就点头示意护士加点麻醉。除了他沉着地发出指令之外，没有人说话。外面继续下着雪，雪花沿着屋子周围飘落，堆积在路上。医生坐在不锈钢的椅子上，把注意力集中在重要的事情上。他在医学院接生了五次，每次都是母子平安，现在他专心回想那几次接生，从记忆里搜寻需要注意的细节。他的妻子仍双脚跨在脚蹬上，腹部高耸，这让他没法看见她的脸，慢慢地她也变成了那几位产妇，圆圆的膝盖、平滑纤细的腿肚和脚踝全在他眼前，看起来熟悉又惹人怜爱。但他没有轻抚她的肌肤，或是拍拍膝盖请她安心，在她使劲用力时，握住她的手的是护士。医生正专注于眼前的状况，此时她不再是他的妻子，她的身体跟别人没什么两样，她是产妇，他必须利用一切医疗技术协助她。他不能感情用事，尤其是现在，更得保持冷静。随着时间慢慢地过去，先前在他们卧室的那种奇怪感觉再度浮上心头，不知怎么的，他觉得自己似乎被拉离了分娩现场，明明人在这里，却又好像飘浮在别处，从安全的距离观察一切。他看到自己精准谨慎地在她的会阴部划了一刀，鲜血一下子流了出来。他想这刀划得不错，同时努力不让自己想起曾经热情爱抚同个部位的时刻。

孩子的头出来了，又用力推挤了三次，终于降临人间，滑进了他的双手里。宝宝大声哭叫着，蓝色的皮肤渐渐变成粉红。

是个男孩！小宝宝满脸通红，头发乌黑，两眼张望，对灯光和冰冷的空气感到疑惑。医生绑紧脐带，然后将它剪断。"我的儿子，"他允许自己分神想道，"我的儿子。"

"好漂亮。"护士说。他检查宝宝时，她就在旁等着，注意到宝宝的心跳强健快速，手指修长，头发黝黑。然后她把宝宝抱到隔壁房间清洗干净，朝宝宝眼里滴入硝酸银眼药水。宝宝细微的哭声传回到医生夫妇耳中，产妇身体动了一下。医生没有离开，继续陪在妻子身旁，用手抚摸着她的膝盖。他深呼吸了好几下，等待妻子体内的胞衣排出。"我的儿子。"他又想。

"宝宝在哪儿？"他的妻子一面问道，一面睁开眼睛，拨开垂落在潮红脸庞边的发丝，"一切都好吗？"

"是个男孩，"医生俯身微笑着对她说，"我们有儿子了。等他清洗干净，你就会看到他，他真是完美极了。"

他妻子放松下来，疲倦的脸上露出柔和的表情。但忽然阵痛又起，全身再度紧绷。医生以为是宝宝的胞衣，于是坐回她腿间的凳子上，轻压她的腹部。她放声哭喊。等了解是怎么回事的时候，他惊讶得仿佛看见水泥墙上忽然多出一扇窗。

"没关系，"他说，"没事，没事。护士！"他呼喊道。下一波阵痛更加剧烈。

护士马上过来，怀里抱着宝宝，宝宝已包在白色的毛毯中。

"他的阿普加[①]评分是九，"她宣布，"分数好极了。"

妻子伸出手想抱小宝宝，想开口说些什么，但阵痛让她受不了，她又躺了下来。

"护士，"医生说，"我这儿需要你，马上过来。"

护士稍感困惑，随后放了两个枕头在地上，把小宝宝放在中间，跟着医生站在产台旁。

---

① 阿普加（Apgar）。婴儿刚出生时，依照心率、呼吸、肌肉紧张度、刺激反射以及皮肤颜色变化进行评估，此为"阿普加新生儿评分法"。上述每项给〇、一或二分不等，最佳状况为十分，分数在四分以下则需马上诊断并实时治疗。

"多点麻醉。"他说。她一脸惊讶，但很快便点头表示了解，并立刻遵照指示处理。他把手放在妻子的膝盖上，随着麻药生效，她的肌肉逐渐放松。

"双胞胎？"护士问。

男婴出生之后，医生一度让自己松懈下来，但现在他信心动摇，除了点头之外，不敢再采取什么步骤。镇定下来，他告诉自己，下一个宝宝的头冒了出来，现在情况都好。双手精准地按程序处理时，他从天花板某处俯看，心中想着，这次分娩也没什么不同。

这个宝宝体形较小，而且很容易就出来了，宝宝很快滑进他戴着手套的手里，速度快到他急忙前倾，用胸部去挡了挡，免得宝宝掉下去。"是女孩。"他说道，然后像抱着足球一样轻轻捧着她，将她脸部朝下，拍拍背部，直到她哭出来为止。然后他把宝宝翻过来看看脸。

她细致的皮肤上有着涡旋状的粉白色胎脂，全身因沾满羊水和血迹而滑溜溜的，蓝的眼睛有点混浊，头发墨黑。但他几乎没注意到这些，他看到的是一些无法推翻的清晰特征：双眼往上翻，仿佛在笑，眼睑上的内侧眼皮有皱褶，鼻子扁平。"典型病例。"他想起几年前他们在检查一个类似的孩子时，他的教授曾经这么说过，"这是患有唐氏综合征的孩子，你知道是什么意思吗？"医生恭敬地复诵在教科书上读到的症状：肌肉无力、身心发育迟缓，可能有心脏并发症、早夭。教授点点头，把听诊器放在婴孩平滑赤裸的胸部："可怜的孩子，除了保持他身体清洁之外，家人什么也不能做。最好把他送到疗养院，免得让大家受苦。"

医生好像回到了从前。他妹妹生下来心脏就有毛病，长得非常慢，一跑步就呼吸急促，几乎喘不过气来。多年以来他们始终不知道怎么回事，直到第一次到摩根城的诊所才知情，但知道了也束手无策。妈妈把全副精神投注在妹妹身上，但妹妹依然十二岁就过世了。医生当时十六岁，已经寄宿在城里念高中，准备到匹兹堡念医学院，追寻他现在拥有的生活。但他记得母亲深沉无尽的悲伤，她每天早晨走到山上的坟地，双臂环抱在胸，仿佛要抵御她所遭逢的境遇。

护士站在他身旁，仔细观察宝宝。

"医生，我真抱歉。"她说。

他抱着婴孩，忘了接下来该怎么办。她的小手完美无瑕，但大脚趾和其他脚趾间有个缝隙，像缺了一颗牙齿似的。他仔细检查她的眼睛，发现虹膜边缘的苍白斑，细小但明显，就像鸢尾花上的雪花。他想象她的心脏，只有李子般大小，很可能也有缺陷。他还想到精心粉刷过的育婴室，里面有柔软的玩偶动物和一张婴儿床；他想起他的妻子站在他们白雪覆盖的房子前说："我们的世界不一样喽。"

宝宝的手拂过他的手掌，吓了他一跳。他想都没想就进行例行程序：剪掉脐带、检查心肺。他一直惦念着外头的雪，银白的车子滑到沟渠内，空荡荡的诊所里面好安静。日后想起这个晚上时（未来好多个年月，他经常回想起他生命中这个转折点：从此之后，其他所有事情都绕着这些时刻累积），他记得的是室内一片寂静，外面白雪持续飘落。寂静如此深沉浓厚，将他团团包围，令他觉得自己好像飘浮起来，超越房间，然后更高，与白雪同在一处，房间里的此情此景展露在眼前。他看见的是另一个不同的人生，而自己只是偶然经过的旁观者，就像走在阴暗的街道上，看见灯光明亮温暖的窗户，不经意往里一瞥。日后他会一直记得那种感觉，那种无边无际的空旷。有位医生陷在沟渠中，而他自家的灯光在远处大放光明。

"好，麻烦把她清洗干净。"他把瘦小的婴孩放到护士怀中，"但把她留在另一个房间，我不想让我太太知道，不是现在。"

护士点点头，走出去，随后回来把他的儿子放进他们带来的婴儿背带里。这时医生已专心处理胎盘。胎盘形状完好，黝黑厚实，每个都跟小碟子一般大小。异卵双胞胎，一男一女，一个看起来很健康，另一个体内的每个细胞中都多了个染色体。这种概率有多高？他的儿子躺在背带里，不时挥舞小手，这边那边十分随性，仿佛跟着子宫内快速流动的羊水摆动。他先为妻子注射镇静剂，然后低头修补会阴。天将破晓的微弱光线出现在窗边，他看见自己的手在移动，想着伤口的缝线将会完美无比，工整均一，就像她的针线活一样。她曾因一个小错而拆掉百衲被的整块拼布，但他根本看不出哪里有错。

手术结束，医生发现护士坐在候诊室的摇椅上，怀里抱着小女婴。她一语不发地凝视着他，他想起她看着他沉睡的那个晚上。

"有个地方，"他边说边把联络人的名字和地址写在一个信封背面，"请你把她送到那里。我是说等天亮再过去。我会开张出生证明，也会打电话通知他们。"

"但是你太太呢？"护士说。他虽然站得远远的，还是听得出护士口气中的惊讶与不赞同。

他想到他的妹妹苍白瘦弱，努力地想要喘口气，而他母亲转向窗口，竭力掩饰眼中的泪水。

"你不明白吗？"他语调轻柔地说道，"这个可怜的孩子八成心脏有严重的问题，这是致命的缺陷，我只是不想让大家将来痛苦。"

他振振有词，也相信自己说得没错。他等着护士附和，但她只是坐在那里瞪着他，满脸诧异，看不出在想什么。以他当时的心境，他根本没想过她会拒绝。虽然当天深夜，还有后来好多个夜晚，他猜想自己或许给她造成了伤害，但在当时他非但无法想象自己正在伤害一切，反而对她迟迟未回应感到不耐烦。他忽然觉得好累，平日熟悉的诊所变得好陌生，好像身在梦境之中。护士用她难测的蓝眼睛仔细观察他，他回应她的注视，眼睛连眨都不眨一下。最后她终于点头，动作轻微到几乎难以辨识。

"这场雪啊。"她低下头喃喃自语。

上午，风雪开始减缓，在沉静中隐约传来铲雪机刺耳的声音。他从楼上窗户看着护士敲掉车上的积雪，开着浅蓝色的车子驶向柔和洁白的世界。宝宝放在她旁边座位上的箱子里睡着了，箱里铺着毛毯。医生看着她左转驶入街道，然后消失，然后回去坐在妻子身旁。

她睡着了，金发散在枕头上，医生也打起盹来。醒来后他又看着空荡的停车场，望着对街的烟囱冒出烟来，盘算着等下怎样向妻子交代——这不怪任何人，女儿会受到妥善的照顾，跟其他和她同样状况的人一样，这样对大家最好。

近午时分，雪终于完全停了，他的儿子饿得哭起来，妻子也醒了。

"宝宝在哪里？"她说，然后用手肘撑起身子，拨开脸上的头发。他抱起温暖轻盈的儿子坐到她身旁，将儿子放在她怀里。

"嘿，我的小甜心，"他说，"看看我们英俊的小子，你刚才真勇敢。"

她亲亲宝宝的额头，然后解开睡袍，把他抱到乳房前，儿子马上一口咬住。妻子微笑着抬头看他，他握起她的手，想起她先前紧握着他，手指几乎嵌到他肉里。医生又想，自己好想保护她。

"一切还好吗？"她问，"亲爱的，怎么了？"

"我们生了双胞胎，"他慢慢地说，心里想的是蓬乱的黑发，还有两个滑进手中的滑溜溜的身躯，不禁红了眼眶，"一男一女。"

"啊，"她说，"还有个小女孩？菲比和保罗。她在哪里？"

小女孩的手指好纤细，他心想，就像小鸟的骨头。

"亲爱的……"他开口，又停下来，原先演练过的话也全忘了。他闭上眼，等他再度开口的时候，未经设想的话语脱口而出。

"噢，亲爱的，"他说，"我好抱歉，我们的小女儿一出生就过世了。"

二

卡罗琳·吉尔小心翼翼、笨拙地涉雪走过停车场，积雪深及小腿，有些地方还到膝盖。她抱着纸箱，里面装着裹在毛毯中的小宝宝。纸箱本是用来装婴儿奶粉试用品的，箱外还印着红色字母和可爱的婴儿小脸。她每走一步，箱口就被风吹开又合上一次。空无一人的停车场很安静，寂静好像源自寒风，而后在空中扩散，再往外扩延，就像在水中丢颗石头激起的涟漪一样。她打开车门时大雪翻飞，打在脸上生疼。卡罗琳不假思索，尽可能弯着身子保护纸箱。她先把箱子推进后座，粉红色的毛毯悄悄垂落在白色座垫上。宝宝睡着了，跟一般新生儿一样熟睡，小脸皱成一团，双眼只是条细缝，鼻子和下巴微微隆起。卡罗琳心想：你不会知道的，以前不知道，以后就没机会了。卡罗琳为小女孩做阿普加测试时，给了她八分。

城里街上的雪还没铲除，很难开车，车子打滑了两次，卡罗琳两度想要掉头回医院。高速公路的状况比较好，卡罗琳开上去后平稳地前进，驶过莱克星顿郊外的工业区，进入起伏的乡野。四处可见养马场，沿途尽是绵延的白色栅栏。栅栏在雪地上投下清楚的影子，田野中的马匹成了一个个小黑点，厚厚的灰云飘过低垂的天际。卡罗琳打开收音机，在阵阵杂音中寻找电台，后来又把收音机关掉，车窗外的景象匆匆掠过，一切如常，毫无改变。

自从她勉强点头答应亨利医生这个令人错愕的请求之后，卡罗琳就感到自己仿佛飘在空中，现在正慢慢地朝地面坠落，等着猛然着地后才知道身在何处。医生要卡罗琳带走他自己的亲生骨肉，却不告诉他太太有这么一回事，这种要求太荒谬了。但医生检查自己女儿的时候，满脸尽是悲伤困惑，之后好似失去知觉那样行动缓慢，卡罗琳看了内心也为之触动。她告诉自己，他很快就会恢复理智，他只是被吓坏了，谁能怪他呢？毕竟他在大风雪中接生了自己的双胞胎，然后又碰到女儿这种状况。

她加速前进，今晨在诊所看见的景象有如河水不断流过眼前：亨利医生接生时冷静、专注、准确；诺拉·亨利洁白大腿间黑色的毛发，在庞大的腹部下忽隐忽现，腹部在阵痛下起伏，像风吹湖水激起的波状；麻醉气体嘶嘶作响，亨利医生呼唤她的声音细微但紧张，脸上的表情很惊恐，让她以为第二个宝宝一出生就死了。她等着他采取行动，等着他抢救婴孩，但他没有动手。她当时想，也许自己应该过去做个见证，日后才能说：没错，婴儿全身发紫，亨利医生尽力了，我们两人都努力了，可是回天乏术。

结果宝宝哭了，哭声把她引到医生旁边，她看了才知道怎么回事。

她继续行驶，把回忆抛在脑后。公路穿过一片石灰岩，天空逐渐变窄，她开上微微隆起的小山丘顶，朝着远处的河川下行。宝宝依然熟睡在纸箱里，卡罗琳不时回头看看，见到宝宝没有动静，感到既安心又苦恼。她提醒自己，宝宝好不容易来到世上，通常会先大睡一觉，这是正常现象。她在想，自己刚出生的那几个小时，不知道是不是也睡得这么熟。只可惜她的父母早逝，没有人可以告诉她。她母亲过了四十岁才生下她，那时她父亲已经五十二岁了，早已放弃生育孩子，不抱希望，也无期待，甚至了无遗憾。他们的日子过得规律、平静而满足。

直到卡罗琳出其不意地来到人间，宛如花朵破雪而出，鲜艳盛开。

父母当然爱她，但关爱中带着挂虑。他们把全部心力放在她身上，还搭配各种膏药、厚袜子和药用蓖麻油。在闷热的夏日，若有发生小儿麻痹症之虞，卡罗琳就被迫待在屋里。她躺在楼上窗户旁的长椅上看书，滴滴汗珠滑过太阳穴。苍蝇在玻璃窗旁嗡嗡飞舞，还有些死在窗台上，动也不动。外头的景物在阳光和热气中闪着亮光，邻家孩子在远处相互大喊大叫，他们的父母年纪较轻，不太知道孩子可能感染上疾病。卡罗琳的脸和手贴着纱门，渴望地听着孩童嬉戏，空气凝滞不动，汗水浸湿了她的棉上衣及烫平的裙头。楼下花园里，母亲戴着手套、帽子，穿着围裙在除草。再晚一点，父亲在微暗的黄昏中从保险公司下班，走路回家，一进到寂静、百叶窗紧闭的家中就脱下帽子，外套下的衬衫潮湿且带着汗渍。

她驶过桥面，车轮发出咻咻声，肯塔基河在深远的下方缓慢流动，昨晚饱满的精力开始消退。她又看了宝宝一眼。即使不能留下宝宝，诺拉·亨利也总想抱抱她吧。

这当然都不关卡罗琳的事。

她没有掉头，继续往前行驶。她再度扭开收音机，这次找到了一个播放古典音乐的电台。

驶离路易斯安那二十英里之后，卡罗琳看了一眼亨利医生用他那灵敏的手写下的地址。她开下高速公路，这里离俄亥俄河非常近，山楂树和朴树高耸的枝头因结冰而闪着光芒，路面却平整干燥。田野上覆着一层白雪，周围围绕着一圈白色栅栏，栅栏后面马匹在隐秘地移动，一吐气就喷出团团白雾。卡罗琳转进一条更小的路，两旁的田野微微起伏，无边无际。开过约一英里的寂寥山丘后，没过多久她就看见了那栋建筑物。红砖建筑物建于二十世纪初，两侧是比较现代化的低矮侧厅，看起来不太协调。她沿着乡间小路往下转弯，建筑物忽隐忽现，然后突然出现在眼前。

她开进环形车道。近看才知这栋老房子需要整修，木头镶边饰条的油漆已经剥落，三楼的窗户被木板封了起来，三合板木条支撑住破裂的窗玻璃。卡罗琳下车，脚上还穿着一双鞋底磨损的旧平底鞋。昨天半夜她一时之间找不到靴子，匆忙中穿上了这双摆在鞋柜里的平底鞋。双脚一踩上雪堆下的碎石，立刻感到寒冷，她赶快把事先准备好的袋子背上——里面摆着尿布和一个装了婴儿牛奶的保温瓶，抱起装婴孩的纸箱走进屋。大门两侧是久未擦拭的铅框玻璃天窗，进去后还有一道毛玻璃门，然后是暗色橡木的门厅。她闻到一股红萝卜、洋葱和马铃薯的香味，四下充满了热气和烹煮食物的味道。卡罗琳迟疑地往前走，每走一步地板就跟着嘎嘎响，但还是没有人出现。木头地板上铺着一长条踩得光秃秃的地毯，延伸到屋子最里边的候客室。候客室的窗户高挑，窗帘厚重。她坐在破旧的天鹅绒沙发一隅，把纸箱紧靠在身边，静静等候。

房间里太热了，她解开外套纽扣，里面依然是那件白色护士制服。她摸摸头发，这才发现自己还戴着高挺的白色护士帽。昨晚亨利医生一打电话她就起床了，在大雪的深夜中匆匆穿衣出门，忙到现在才空闲下来。她脱下护士帽，小心折平，闭上双眼，远处传来餐具的碰撞声和模糊的说话声；楼上有人走动，响起阵阵回音。恍惚间，她梦见母亲在准备节庆大餐，父亲在木工室做活。她小时候总是一个人，有时很寂寞，但她还是记得一些儿时情景：紧抱着的一条特别的被子、脚底下那条绣着玫瑰花的地毯，要不然就是单单属于她自己的声响。

远远传来两次铃声。"我这儿需要你，请马上过来。"亨利医生喊道，声音充满紧张与急迫。卡罗琳匆忙赶过去，还用两个枕头弄了一张奇形怪状的小床。双胞胎的第二个出生时，她拿着氧气罩盖住了亨利医生太太的脸，小女婴来到世界，带来了某种变化。

起了变化，没错，想要控制也没办法。即使她现在置身在这个寂静的候客室里，即使坐在沙发上等待，卡罗琳还是能感觉到世界正在微微改变，不再是一成不变，想来真叫人不安。"就是此刻？"她心里一直重复问自己，"这些年来，我等的就是此刻？"

三十一岁的卡罗琳·吉尔已经等了好久，等着真正属于她的生活。她虽未曾对自己表明，但从小就不想平凡过一生。她的时刻一定会到来，一切都会改变。当她看到那一刻时，她一定会知道。她曾梦想成为伟大的钢琴家，可惜高中时代舞台上的灯光跟家里练琴时的灯光大不相同，她在强光中怔住了。二十多岁的时候，护校的朋友纷纷结婚生子，卡罗琳也不乏心仪的对象，其中一个黑发、白皙、笑声浑厚的男孩子格外吸引她，她梦想着他会改变自己的一生，可是他始终没打电话来。

但她依然梦想有人会出现，改变她的生命。年复一年，卡罗琳逐渐把重心转移到工作上，却没有绝望，依然对自己和未来充满信心。她不是那种走到半路停下来，搞不清楚自己有没有拔掉熨斗插头、家里会不会烧起来的人。她继续工作，继续等待。

她也读书，先是赛珍珠的小说，然后是一切她能找得到的，描述中国、缅甸及老挝的书籍。有时读着读着竟让书本从手中滑落，出神凝视着她位居市郊的单调小公寓的窗外。她幻想自己过着另一种富有异国情调、艰困却让人满足的生活，她的诊所不大，坐落在茂盛的丛林间，说不定靠海；诊所的墙要漆成白色的，闪烁着有如珍珠的光泽；患者会在外面排队，蹲在椰子树下等待。她，卡罗琳·吉尔，将照顾每一个人，治好大家的病；她将改变他们和自己的一生。

满怀着这种愿景，卡罗琳十分热忱、兴奋地申请加入医疗志愿者团队，在一个夏末的晴朗周末搭公共汽车到圣路易斯面试，并列入韩国医疗团的候补名单。但韶光渐逝，医疗团延后了行程，最后整个取消。卡罗琳被列入另一份候补名单，目的地是缅甸。就在她还在等待通知，梦想着热带丛林之时，亨利医生出现了。

他出现的那天跟平常日子没什么两样。时值晚秋，正是感冒流行的季节，诊所挤满了人，到处有人打喷嚏和捂着嘴咳嗽。卡罗琳呼叫病患时也觉得喉咙深处有点痒。下一位病患是位老先生，名叫鲁伯特·狄恩。接下来的几周内，他的感冒会越来越严重，最后转为肺炎并去世。但此时他正坐在扶手椅上与鼻血奋战。听见卡罗琳的呼叫，他慢慢站起来，把手帕塞进口袋，手帕上的点点血迹清晰可见。老先生走到桌边，递给卡罗琳一张用深蓝色硬纸板裱起来的照片，那是一张黑白、稍微上色的照片，照片中的女人穿着浅桃色毛衣，头发稍稍烫卷，双眼深蓝。爱梅妲是鲁伯特·狄恩的妻子，已经过世二十年了。

"她是我这辈子最爱的人。"他大声告诉卡罗琳，音量大到大伙儿都抬起头来。

候诊室外面的门开了，里面嵌着玻璃的门随之嘎嘎响。

"她很漂亮。"卡罗琳说。他的深情与悲伤触动了她的心弦，令她双手颤抖，因为从来没有人用这样的热情爱恋着她。她快三十岁了，若自己明天死去，恐怕没人会像鲁伯特·狄恩那样，过了二十多年依然悼念着她。她，卡罗琳·洛兰·吉尔，当然跟这位老先生照片中的女人一样独特、一样值得被爱，她却不知道如何显露这一点。艺术、爱情甚至工作崇高的使命感都传达不了她的心意。

由前厅通往候诊室的门被推开的时候，她正想要镇定下来。一个穿着褐色斜纹软呢大衣、手拿帽子的男子在门口犹豫地站了一会儿，仔细打量黄色的壁纸、角落的蕨藤植物和金属架上的旧杂志。他一头褐发略带红色，脸孔清瘦，表情认真，像在评估着什么。他并不特别突出，但姿态与神情与众不同，沉静中带着机敏，看上去也愿意倾听别人说话，这些都让他与众不同。

卡罗琳心跳加速，全身震颤，感觉又开心又苦恼，仿佛忽然被飞蛾的翅膀扫了一下。他一看到她，她马上就明了；即使在他走过来跟她握手之前，即使在他操着外地口音报上姓名之前，即使在他开口说他叫作戴维·亨利之前，卡罗琳就百分之百确定：她等待多年的人终于出现了。

当时他还未婚，没有太太，没有婚约，据她打听也还没有意中人。当天在他熟悉诊所环境时，以及稍后的欢迎会等场合上，她都仔细聆听。其他人忙着聊天，或是被他陌生的口音和突如其来的笑声弄得分神，她却听出了旁人没有注意到的：他偶尔提到自己曾住在匹兹堡，大家从他的履历和文凭中也知道这回事，但除此之外，他从来不提过去。在卡罗琳眼中，这种缄默让他蒙上了一股神秘感，这种神秘感更令她觉得别人都无法像她一样了解。对她而言，两人每次相遇都别具深意，她隔着桌子、检验台以及一具具既美丽又残缺的病人躯体，好像要对他说："我认识你，我了解，我看到了其他人没看到的。"她无意中听到大伙儿开玩笑说她爱上新来的医生，感到既惊讶又害羞，脸红不已，却也暗自高兴，因为谣言说不定会传到他耳中，内向的她肯定不敢表白。

两人平静共事了两个月后，有天晚上，她看见他趴在桌上睡着了，呼吸轻缓而有规律，正在熟睡呢。卡罗琳倚在门边，头斜靠着，就在这一刻，她酝酿多年的梦想全部浮现心头：她和亨利医生一起到世界上某个偏僻的地方，他们头上冒着汗，整天工作，手里拿的器具越来越湿滑；夜晚时分，她弹钢琴给他听——这台钢琴可是漂洋过海，顺着湍急的河川穿过茂密的丛林，才运送到他们的住处。卡罗琳沉醉在梦想中，微微出神，等到亨利医生睁开眼时，她竟然毫无保留、非常大胆地对着他微笑，她从来没有对别人这么直接过。

他大吃一惊的样子，一下子把她拉回现实。卡罗琳站直身子，摸了下头发，喃喃说些抱歉的话，满脸通红。她赶紧转身离开，觉得很丢脸又有点兴奋，这下他一定知道了，这下他眼中的她，一定就会像她眼中的他。接下来的几天她对后续的发展期待不已，紧张得不敢和他共处一室。可是日子一天天过去，什么也没发生。她并没有失望，只是放松下来，为他迟迟没有行动找借口，平静地继续等待。

三个星期以后，卡罗琳在报纸社交版上看见婚礼的照片。照片中的戴维·亨利夫人——名叫诺拉·阿舍，正转过头来，她颈部线条优雅，眼皮微抬，就像扇贝一般……

卡罗琳惊醒过来，大衣里冒着汗。屋里太热，她都快要睡着了，宝宝还在身边熟睡。她站起来走到窗边，木地板随之震动，在破旧的地毯下嘎嘎响，天鹅绒布幔垂到地上，看起来这里很久以前曾是个雅致的庄园。她摸摸布幔后面透明窗帘的一角，窗帘泛黄脆弱，还冒出一堆灰尘。户外有几头牛站在积雪的田野中，到处嗅找青草；一个身穿红色格子花呢夹克，戴着深色手套的男子，正涉雪迈向谷仓，手上提的桶晃来晃去。

这些灰尘，这些白雪。不公平，一点也不公平！诺拉·亨利凭什么拥有这么多，凭什么过着永远幸福的日子？卡罗琳被自己的怨恨吓了一跳，任凭窗帘从手中滑落。她走出候客室，往有人声的地方走过去。

她走进一条走廊，日光灯在高耸的天花板上嗡嗡作响，空气中全是浓重的清洁剂、水煮蔬菜的味道，还有淡淡的尿味。推车嘎嘎响，有些人高喊，有些人低语。她转过弯，再转个弯，走下台阶，来到比较新的侧厅，这里的墙漆成淡绿色，塑胶地板松松地铺在三合板上。她经过几道门，瞥见里面有人，这些人的影像如同照片一样静止着：一个男人凝视着窗外，脸孔笼罩在阴影中，看不出多大岁数；两个护士在铺床，手举得高高的，白色的床单一下子往上飘起，快到天花板了；两个空荡荡的房间，防水布摊开在地上，油漆罐堆在角落；一道门紧闭；最后一道门是开着的，里面有个身穿白色棉质衬裙的年轻女子低着头，坐在床沿，双手轻轻交握放在膝上，她身后站着一个护士，护士手里银色的剪刀闪闪发光。女孩的头发像黑色瀑布般散落在白色床单上，露出赤裸的颈项，颈子细长，细致苍白。卡罗琳停下来站在门口。

"她会冷。"她听见自己开口说。两名女子都抬起头，坐在床沿的女子有双大眼睛，暗淡无光。

她的一头长发已经被剪得乱七八糟，与下巴齐平。

"是啊。"护士说，同时拍掉女子肩上的头发，头发在单调的灯光中落在床单上，掉在灰色带着斑点的塑胶地板上，"但非剪不可。"说完便仔细打量卡罗琳皱巴巴的制服以及没戴帽子的头。"你是新来的，还是有什么其他的事吗？"她问。

卡罗琳点点头。"新来的，"她说，"没错。"

一名女子拿着剪刀，另一名女子身着棉质衬裙坐在自己散落的发楂中；后来卡罗琳想起这个画面时，总把它想成黑白的、让她感到空虚与怜悯的画面。她也不清楚为什么会这样。头发散落一地，再也接不回去，窗户透进冷冷的光线，她感到泪水在眼中打转。另一个大厅中人声回响，卡罗琳记起纸箱还在候客室的天鹅绒沙发上，宝宝正在箱内沉睡，她赶紧转身回去。一切都跟她离开时一样，印着白胖、可爱的婴儿脸的纸箱还在沙发上，宝宝的手握成小拳头摆在下巴旁，依然睡得很熟。菲比，诺拉·亨利在吸进麻药之前说，若是女孩，就叫菲比。

菲比。卡罗琳轻轻解开毛毯，把她抱起来。她好小，只有5.5磅，比她哥哥轻，但两人都是一头黑发。卡罗琳检查了下她的尿布，尿布湿了，沾着乌黑黏稠的粪便。卡罗琳换好尿布，再把她包回毛毯内。菲比还在沉睡，卡罗琳抱着她坐了一会儿，感到她好轻、好小、好温暖。她的脸这样小、这样多变，就算是在睡梦中，各种表情也如同云朵飘过她的五官。卡罗琳从这张小脸上依稀可以看到诺拉·亨利皱眉的神情，也看见戴维·亨利专心倾听的神态。

她把菲比抱回纸箱里，轻轻将毛毯裹在她的周围。她想起戴维·亨利带着倦意，坐在桌前边吃奶酪三明治，边喝半凉的咖啡，然后重新打开诊所大门。每个星期二晚上，他总是为那些付不出医药费的病人免费看诊。星期二晚上，候诊室满满都是人。午夜时分，当卡罗琳累到脑袋几乎一片空白，终于下班时，戴维·亨利还在看病。就是因为他有这份善心，所以卡罗琳爱上了他，他却忍心把自己的新生女儿送到这种地方——在这里，有一个女子坐在床边，发丝飘落而下，一团一团柔柔地散落在地板上刺眼冰冷的光线中。

"这会伤透了她的心，"他曾提到诺拉，"我不要她伤心。"

远处传来脚步声，越来越近，一位灰发、穿着类似卡罗琳的白色制服的女人站在门口。她一脸严肃，身材粗壮，行动还算敏捷。若在另一个场合中碰面，卡罗琳说不定会对她印象不错。

"有事吗？"她问，"你等了很久了吧？"

"对，"卡罗琳慢慢说，"没错，我等了很久。"

女人气愤地摇摇头："唉，对不起，都是这场雪，我们今天才会人手不足。只不过下了一英寸的雪，整个肯塔基州就瘫痪了。我在艾奥瓦州长大，实在不知道下点儿雪有什么大不了的，不过这只是我个人的想法。好了，我能帮你什么忙？"

"你是西尔维娅吗？"卡罗琳边问，边拼命地想记起亨利医生写在字条上的名字。她刚刚把字条留在车上了。"西尔维娅·帕特森？"

女人看起来更火大了："不，当然不是，我叫珍妮特·马斯特斯，西尔维娅离职了。"

"喔。"卡罗琳说完就住了口。这个女人不知道她是谁，显然也没跟亨利医生通过电话。卡罗琳手上还拿着脏尿布，这下赶紧垂下手，把尿布藏在身后。

珍妮特·马斯特斯把手叉在腰上，盯着她看。"你是奶粉公司的人吗？"她问，目光移到沙发上的纸箱上，纸箱上印着的圆胖小婴儿露出无邪的笑容，"希微雅跟那个业务员有牵扯，我们都知道。你若是同一个公司派来的，可以收拾东西离开了。"她狠狠地摇头。

"我听不懂你在说什么，"卡罗琳说，"我走就是了。"她加了一句，"真的，我这就走，不会再来烦你。"

但珍妮特·马斯特斯还没讲完："狡猾阴险，你们这些人就是这副德行，送些免费样品过来，过了一个星期又寄账单来叫我们付钱。这里或许是智障人士之家，但管理人员可不笨，你明白吧？"

"我知道，"卡罗琳低声说，"我真的很抱歉。"

远处传来铃声，女人的手垂下。

"限你五分钟内滚出这里，"她说，"滚出去，不要再来了。"说完掉头就走。

卡罗琳瞪着空荡荡的门口，一阵风吹过脚边。过了一会儿，她把脏尿布放在沙发旁摇摇晃晃的三脚桌上，在口袋里找出钥匙，然后抱起装着菲比的纸箱，快步走向简朴的走道，想都没想自己到底在干吗。她穿过两道门，屋外寒风迎面袭来，令人浑身一惊，仿佛刚刚降生到这个世界。

她把菲比放到车内，然后开车离开。没有人阻止她，其实根本没人注意到她。卡罗琳一上高速公路就加速前进，倦意好像流水滴下岩石般贯穿全身。刚上路的三十英里，她一直跟自己争辩，有时还讲得很大声。"你在干什么？"她严厉地自问。她也想象跟亨利医生争辩，想象他额头皱纹越来越深，两颊肌肉不住抽动，他只要一生气就是这副表情。你在想什么？他坚持要知道答案，而卡罗琳必须坦承，她自己也根本不知道。

这些对话让她越来越无力，她只能机械性地开着车，不时甩甩头保持清醒。已近下午，菲比睡了将近十二个小时，再过不久就得喂她喝牛奶了。卡罗琳希望在宝宝饿之前能赶回莱克星顿。

她开过往法兰克福的最后一个交流道，离家只剩三十二英里，这时前面的车子却突然闪起刹车灯。

她减速，然后再慢一点儿，最后几乎完全停下来。天快黑了，太阳在阴霾的空中露出暗淡的光芒。开到山坡顶上时遇到大塞车，一长串尾灯交互闪烁着红光与白光。前面出了连环车祸，卡罗琳快哭了。油表显示油箱剩下不到四分之一的汽油，虽然能够开回莱克星顿，但不足以应付突发状况。看看这个车阵，唉，可能要困在这里好几个小时，车里有个小宝宝，她不能冒险关掉引擎，停掉暖气。

她呆坐了几分钟，全身无力。最近的交流道出口在她后方四分之一英里，出口和她之间有一列闪着灯的车阵，她浅蓝色的车盖上冒着热气，在薄暮中微微闪烁，融化了少许雪花。天上又开始飘雪，菲比呼出一口气，小脸微微紧绷，然后又放松，卡罗琳凭着后来连自己都觉得不可思议的直觉，猛力扭转方向盘，滑过车道开上碎石路肩。她逆向行驶，慢慢倒着开过一列动弹不得的车辆，那种感觉相当奇怪，好像她正经过一列火车：有个女人身穿皮草大衣，三个小孩扮了鬼脸，还有一个正在抽烟、穿着夹克的男人。她在越来越暗的天色中慢慢倒驶，停滞的交通就好像结了冰的河流。

她顺利将车开到出口。这条道路通往六十号公路，路旁的树木上又积满了厚厚的白雪。刚开始只有几栋房子出现，后来鳞次栉比，家家户户的窗户都在暮色中散发出光芒。不久后，卡罗琳沿着凡尔赛的主要街道行驶，砖面的商店令人赏心悦目，她一边开车，一边寻找能够引领她回家的指示标志。

克罗格超市的深蓝色招牌高挂在一条街外。这个熟悉的店家，加上明亮的窗户上贴着的各种降价海报，安抚了卡罗琳的心。她忽然觉得好饿，现在到底是什么时候？星期六？还不到晚上吧？商店明天都关门，而家里食物不多了。虽然已经累到不行，她还是把车开进停车场，关掉引擎。

温暖轻巧、十二小时大的菲比裹在毛毯里熟睡。卡罗琳把装着尿布的包背上，把宝宝藏到大衣里。宝宝好小，缩成一团紧贴着她，感觉暖暖的。大风扫过柏油路面，卷起残余的积雪，新落的雪花在角落盘旋飞舞。她小心走过泥泞的雪地，生怕跌倒伤了宝宝；而同时也想着，若把宝宝留在垃圾场旁、教堂的台阶上或是任何地方，其实相当容易，但这个想法稍纵即逝。这个小小生命全由她主宰，她心中涌起深厚的责任感。

玻璃门一开，灯光与暖气迎面而来。店里挤满了人，四处都是购物的人潮，大家的推车上东西堆得老高，一个帮顾客装货的男性售货员站在门口。

"我们是因为这种天气才营业到现在，"她进门时售货员提醒她，"再过半小时就关门了。"

"可是风雪已经停了呀。"卡罗琳说。售货员笑起来，亢奋中带着怀疑。暖气由自动门上方源源不绝而出，飘散到外面，他的脸因此而泛红。

"你没听说吗？今天晚上还会有暴风雪，但应该还好。"

卡罗琳把菲比安置在推车里，穿过一排排不熟悉的货架，她不知道该选哪种奶粉和奶瓶加热器。

成排的奶瓶上各有不同的奶嘴，还有各式小围兜，她对每样东西都考虑再三。准备要结账时，她才想到该为自己买牛奶和食物，也得多买点儿尿布。客人经过她身旁，看到菲比都露出微笑，还有人停下来，把毛毯拨开一点儿看看她的小脸。

"噢，好可爱！"

"多大了？"

卡罗琳脸不红、气不喘地回答说两周大。"唉，这种天气你不应该带她出来，"一个灰发的女人告诫她，"天哪！你赶快把宝宝带回家。"

卡罗琳在第六排货架挑选番茄罐头汤时，菲比动了动，小小的手猛烈摆动，开始大哭。卡罗琳犹豫了一下，然后抱起宝宝和装了一大堆东西的包，走到超市后方的洗手间。她坐在角落橘色的塑胶椅上，听着水龙头的滴水声，同时把宝宝在她大腿上摆好，从保温壶里把牛奶倒进奶瓶。菲比非常激动，但又不知道怎么吸吮，几分钟后才安静下来，最后菲比终于摸到窍门。她喝奶的样子跟睡着一样，小手握拳放在下巴旁，沉浸其中。等到她吃饱、心满意足了，店里广播说即将关门，卡罗琳赶快冲去结账。柜台旁只剩一个收银员，一脸无聊又不耐烦。卡罗琳很快付完账。她一手抱着纸袋，一手抱着菲比，走出了超市。她刚一离开，店员马上就关了店门。

停车场几乎没车，最后几部车不是闲置，就是正缓缓驶向街道。

卡罗琳把装了杂货的纸袋放在车盖上，然后把菲比安顿在后座的纸箱内，此时依稀还听得见停车场另一头店员的声音。雪花四处飘扬，盘旋在街灯投射出的光影中，雪下得跟先前差不多。天气预报经常出错，菲比出生之前的那场大雪，天气预报就完全没有提到。这不过是昨晚的事，可是感觉上好像已经过了好久好久。她伸手到纸袋里拿出一条面包，打开包装拿出一片。她已经一整天没吃东西了，快饿死了。于是她边嚼边关上车门，疲累得一心只想回到家。她的公寓简单整洁，双人床上铺着白色丝绒床罩，每样东西都井然有序。她绕过车后，忽然发现尾灯微弱地闪着亮光。

她停下来瞪着尾灯发呆。刚才她在超市里逛来逛去，坐在陌生的洗手间里喂菲比喝奶时，车子的尾灯一直亮着，照射在雪地上。

她试着发动车子，结果只发出喀喀声。电池早就没电了，引擎连响都没响。

她走到车外，站在敞开的车门旁，停车场已经没人了，最后一部车也开走了。卡罗琳开始纵声大笑，她的笑声怪异，连自己都听得出来，笑声太大了，听起来更像啜泣。"我有个小宝宝，"她惊慌大喊，"我有个小宝宝在车里。"但眼前的停车场静悄悄的，超市窗户投射出的灯光，在雪泥地上印出一个个大大的长方形。"我这里有个小宝宝！"卡罗琳又说一次，声音一下子就听不见了。"小宝宝！"她再一次对着一片沉寂大喊。

三

诺拉睁开眼睛，天刚破晓，但月亮依然挂在枝头上，苍白的月光映入房内。她一直在做梦，梦到自己在严寒的大地上找寻遗失的东西。青草叶片会割人，经过冰冻后又发脆，一碰就碎裂，在她的皮肤上留下一道道小刮痕。她高举双手往前走，一时间又感到困惑，她的手上并没有伤痕，指甲修剪得很整齐。

她的儿子正在旁边的婴儿床上哭。诺拉顺手就把他抱到自己的床上，倒不是刻意，而是直觉。床单凉爽洁白，戴维出门了，她在睡觉的时候他又去了诊所。诺拉掀开睡衣，把儿子抱进自己温暖的怀里。他小小的手贴着她肿胀的乳房挥动，像飞蛾扇动翅膀一样。他抓住她的乳房，一阵痛楚袭来，母乳流出后才慢慢消退。她轻抚他稀薄的头发和脆弱的头盖骨，真是的，这个小家伙的力量真大，他的小手不动了，像小星星一样靠着她歇息。

她闭上眼，慢慢地又打起了瞌睡。她体内深处的泉井被汲取、宣泄，母乳溢出来。说不出为什么，她只觉得自己像风或河，包围着所有的东西：梳妆台上的水仙花、屋外默默地生长的嫩草，还有树上刚冒出的新叶。她看见地底下洁白如珍珠的小幼虫孵化为毛毛虫、尺蠖、蜜蜂，小鸟振翅飞翔，高声鸣叫。这些都属于她。保罗的小拳头搁在下巴旁，有节奏地吸着奶，环绕在他们四周的宇宙哼唱着。

诺拉内心顿时盈满爱意，同时感到巨大的快乐与忧伤。

当时，她还来不及为女儿哭泣，戴维就已经流下眼泪。"小宝宝全身紫紫的。"他告诉她，泪珠滴落在他一天没刮、刚长出来的胡楂上，"是个小女孩，连呼吸都没有。"诺拉抱着保罗，仔细地端详着他：这张小脸这么沉静，这样皱巴巴的。他戴着条纹针织小帽，指头是粉红色的，弯弯的很细致。小小的指甲还很软，就像白天见到的月亮一样半透明。诺拉真的没办法接受戴维所说的，她对昨夜之前的记忆还很清楚，但之后就一片模糊：屋外下着雪，他们开车穿过空荡的街道，开了很久才到诊所，戴维碰到每个红绿灯都停下来，她则拼命压抑体内那股如地震般一波波袭来的推挤。过后她就只有支离破碎、怪异的记忆：诊所安静得出奇，有人在她膝头盖上蓝布，触感轻柔，自己光裸的背部啪地贴上冰冷的产台；护士卡罗琳·吉尔每次让她吸麻药时，手上的金表都闪闪发光。她醒来后，保罗已经在她怀里了，戴维在一旁啜泣。她关切地看着他，好奇中还带点疏离，那是麻药的副作用，况且她刚生完孩子，体内的激素依然非常多。他说还有个全身发紫的小婴孩，这怎么可能？她记得第二次用力推挤时，戴维的声音带着急迫，如同岩石暗藏在激流中。但她怀中的婴儿完美漂亮，这样就够了。"没关系，"她轻抚戴维的手说，"没关系。"

直到次日下午他们离开诊所，准备走到冰冷、潮湿的户外时，失落感才终于贯穿她心头。当时已近黄昏，空气中弥漫着融雪与潮湿土地的味道。天气阴沉，山楂树的树枝一片光秃，对应着后方云层密布的天空。她抱着跟小猫一样轻的保罗，心想家里多了一个新成员，感觉太不可思议了。她先前仔细地布置了婴儿房，挑选了漂亮的枫木婴儿床和衣柜，墙壁上贴了小熊壁纸，还亲手缝制了窗帘和百衲被。事事条理分明，准备齐全，现在儿子就在她怀里。可是才走到诊所门口，她就停在两根水泥柱之间，再也无法踏出一步。

"戴维。"她说。他一脸苍白地转过身来，加上黑发，看起来像是天空下的树木。

"怎么了？"他问，"怎么回事？"

"我要看看她。"她的声音近乎耳语，但在寂静的停车场中，显得强而有力，"一眼就好，我们离开之前，我要看看她。"

戴维手插在口袋里，看着人行道。这一整天冰柱不断从屋顶上掉下来，现在他们脚边布满了碎冰。

"哦，诺拉，"他细语，"拜托回家吧，我们有个漂亮的儿子。"

"我知道。"她回答道。因为这时是一九六四年，他又是她的先生，而她向来听从先生的话。但她似乎无法动弹，也失去了平日的知觉，仿佛她将离弃自己一个不可或缺的部分。"噢！一下子就好，戴维，我为什么不能看看她？"

两人对视，他眼中的哀伤令她泪水盈眶。

"她不在这里，"戴维声音粗哑，"这就是为什么。本特利家里的农场有个墓园，在伍弗德郡，我请他带她过去。过一阵子春天到了，我们再过去看看。诺拉，拜托，你这样让我更伤心。"

诺拉听了闭上眼，想到一个小婴孩，她的女儿，就这样躺在三月冰冷的泥土里，她觉得自己心里有某部分被掏空了。她抱着保罗的手臂僵硬而稳定，身子其他部分却感觉像在漂浮，仿佛自己也流进沟渠中，随着白雪消失无踪。她心想，戴维说得没错，她并不想知道细节。戴维走向台阶，搂住她。她点点头，两人一起穿过空旷的停车场，走向渐渐消逝的天光。他弄好宝宝的安全座椅，小心翼翼、有条不紊地开车回家。他们抱着沉睡中的保罗穿过前廊，走进大门，进入婴儿房。戴维处理事情以及照顾她的方式都让她非常安心，所以她也没有再跟他吵着要看女儿了。

但现在她每晚都梦见失去的东西。

保罗睡着了，窗外茱萸的枝干长满了新芽，在越来越暗的靛青天色里摇曳。诺拉转身把保罗移到另一个乳房前，然后再次闭上眼睛。在半睡半醒之际，她突然被哭声惊醒，感到一片潮湿。室内充满阳光，从刚才到现在已过了三小时，乳房又胀满了。她坐起身，感觉全身沉重，乳房胀满了母乳，硬实饱满，关节处因为分娩而发痛。她走出卧房，走道上的木板在脚下嘎嘎作响。保罗在换尿布的桌子上哭得更大声了，全身涨得通红。她脱下他湿掉的衣服和尿布。他的皮肤好细嫩，一双小腿像拔光了毛的鸡翅膀一样细瘦红润。她想象早夭的女儿在旁边静静地观看；她用酒精擦拭保罗的脐带，把尿布丢到桶里泡好，然后帮他穿上衣服。

"亲爱的小宝宝。"她一边抱起他，一边喃喃自语。"小宝贝。"她说，然后抱着他下楼。

客厅里的百叶窗紧闭着，窗帘尚未拉起。诺拉辛苦地走到角落一张舒服的皮椅旁，坐下来拉开睡袍，母乳再度胀满，就像无法抗拒的潮水般规律，力量之强，似乎冲走了她过去的一切。她想着："为了醒来，我于是入睡。"[1] 然后往后靠好，却因想不起这是谁写的而有点苦恼。

---

[1] 原文为 I wake to sleep，出自美国诗人 Theodore Roethke 的诗作 *The Waking*。

家里面很安静，壁炉的火熄了，屋外树叶沙沙作响，远处浴室的门开了又关，依稀听得到水声。她妹妹布丽轻轻下楼，身上那件旧衬衫的衣袖垂到指间，她的双腿白皙，细瘦的赤脚踏在木板地上。

"别开灯。"诺拉说。

"好。"布丽走过来，轻轻摸着保罗的头。

"我的小外甥还好吗？"她问，"亲爱的保罗可好？"

诺拉看看儿子的小脸，每次听到保罗这个名字，心中就感到惊讶。小宝宝还没长成"保罗"的模样，名字还像手环似的戴在身上，好像一不小心就会掉落遗失。她曾读过，世上有些民族认为刚出生的婴儿悬浮在两个世界之间，还不是人世间的一分子，所以不能马上替孩子起名字。但现在她也想不起这是在哪里读到的。

"保罗。"她大声地说，语气宛如阳光下的石头一样坚实、确切、温暖。

她又轻轻说了一句："菲比。"

"他饿了，"诺拉说，"他老是肚子饿。"

"啊，那他跟他阿姨一样。我要去拿些吐司和咖啡，你要什么？"

"一杯水吧。"她一边说，一边看着四肢修长优雅的布丽离开。诺拉居然希望这位与自己行事风格完全相反，又是自己天敌的妹妹来和自己做伴，想想也真怪。

布丽才二十岁，但她鲁莽、对自己很有自信。诺拉常觉得布丽比较像是姐姐。三年前还在读高中时，布丽就跟住在对街的药剂师私奔。药剂师年纪比布丽大两倍，大家认为这个光棍药剂师活这么大了，理当知道对错，所以都是他的错。大家还认为布丽会这么野，跟她在初中的时候突然失去父亲有关，而小孩子在那个年纪最脆弱了。人人都预测这场婚姻会草草收场，没什么好结果，事实也果真如此。

但大家若以为这场错误的婚姻会让布丽变乖，那就错了。这个世界早就已经不一样了，布丽不但没有如大家预期的惭愧回家，反而申请进入大学，还把名字从布丽姬改为布丽，因为她觉得这样听起来比较顺耳：像微风一样轻快自由。

　　她们的母亲对这场丢脸的婚姻感到非常痛心。后来她嫁给环球航空公司的机长，搬去圣路易斯，留下两个女儿自力更生。"唉，起码我还有一个女儿知道怎么做人。"母亲一面把瓷器装箱打包，一面抬头说。时值秋季，空气清新，金黄色的树叶如雨般飘落，母亲泛白的金发卷成蓬松的一团，秀气的五官因为忽然涌现的情感更加柔和。"噢，诺拉，你无法想象我多么庆幸有你这样端庄乖巧的女儿。亲爱的，就算你一直没结婚，你也永远是个淑女。"

　　诺拉正把装有父亲照片的相框摆到纸箱里，听了这话又恼怒又受挫，脸色沉了下来。布丽的厚脸皮与大胆也让诺拉吃惊，她气愤现在的社会全变了，布丽因此没事，没有因为结婚、离婚和丑闻而受到惩戒。

　　她恨布丽对全家所做的一切。

　　她又多么希望是她先做了这些。

　　但这种情形绝对不会发生在她身上。她向来是个好女孩，一直跟父亲很亲。父亲是研究羊的专家，个性温和但没什么组织力，整天不是待在顶楼门窗紧闭的房间里读期刊，就是到研究站，站在双眼怪异歪斜又泛黄的羊群间。她很爱父亲，一直觉得自己应当负责弥补他对家人的轻忽，赔偿母亲对于嫁给这个冷漠男人的失望。父亲过世之后，她越发迫切地想要让一切变得完美，想要整顿世界，所以她乖乖念书，循规蹈矩地照着大家的期望行事。

　　毕业后她在一家电话公司工作了六个月。她从来没有喜欢过这份工作，于是嫁给戴维之后就高兴地辞职了。他们在沃尔夫威利百货公司的内衣柜台相遇，两人随后闪电结婚。这已经是她这辈子最疯狂的行径了。

　　布丽总说诺拉的生活像电视剧。"你过得了这种生活，"她边说边把一头长发甩到肩后，大大的银手环几乎滑到手肘，"我可过不来，我大概一个星期就会发疯，说不定一天都受不了！"

诺拉生着闷气，强忍着不回应；她看不起布丽，却又嫉妒她。布丽选修了有关弗吉尼亚·伍尔芙的课，然后跟路易斯安那一家健康食品餐厅的经理同居，从此就不来找她。但奇怪的是，诺拉怀孕后一切都变了。布丽再度登门造访，而且带着些印度进口的蕾丝货品和小小的银脚链，她说这些是在旧金山的一家商店找到的。布丽听说诺拉想要喂母乳，所以还带来油印的哺乳指南。诺拉高兴地收下那些漂亮却不实用的小礼物。她其实很喜欢布丽来访，更庆幸得到布丽的支持。在一九六四年那个年代，母乳喂养是个相当前卫的想法，相关信息很少。她们的母亲也不想谈论这件事。缝纫班的同学告诉她，她们会在洗手间门口摆几张椅子，确保她的隐私。布丽对这些缝纫班同学的看法嗤之以鼻，这令她松了一口气。"这些女人真是老古板！"布丽坚称，"别理她们。"

虽然感激布丽的支持，但有时她在私底下依然觉得不自在。布丽似乎同时活在加州、巴黎或纽约之间。在布丽的世界里，年轻女子裸着上身在家里走来走去，帮自己和靠在她们豪乳上的宝宝拍照，撰写宣传母乳营养价值的专栏文章。布丽说，喂母乳绝对是很自然的事，也是我们哺乳动物的天性。但诺拉一想到自己是哺乳动物，受到天性驱使，而且被人以"吸吮"之类的字眼来描述（她觉得这类字眼真像交尾或发情，把某种美好的事物降格到牲畜的层次），就不禁脸红，想要起身离开。

布丽端着放有咖啡、新鲜面包和奶油的托盘过来。她弯腰把一大杯冰水放在诺拉旁边的桌上，一头长发倾泻在肩头。她把托盘放在咖啡桌上，安坐在沙发里，修长白皙的腿缩在身子下。

"戴维出门了？"

诺拉点点头："我甚至没听到他起床。"

"他花这么多时间在工作上，你认为这样好吗？"

"嗯，"诺拉肯定地说，"我觉得这样很好。"本特利医生跟诊所里其他医生商量过了，大伙儿都同意让戴维休假，但戴维不愿意。"我觉得他现在忙一点比较好。"

"真的吗？你呢？"布丽边问边咬了一口面包。

"我？老实说，我没关系。"

布丽摇摇手："你认为……"但在她刚要开口再度批评戴维之前，诺拉就打断她。

"有你在这里真好，"她说，"否则就没人跟我说话了。"

"这话没道理，这一阵子家里到处有人想跟你说话。"

"我生了双胞胎，布丽。"诺拉低声说着，想到了她的梦：那片空旷、寂静、寒冷的大地，以及她疯狂的搜寻，"其他人都没提到她，大家表现得好像我既然有了保罗就应该满足，仿佛生命可以替换，但我生了一对双胞胎，我还有个女儿……"

她喉头忽然一紧，再也说不下去了。

"大家都很伤心，"布丽口气轻柔，"既高兴，又悲伤，大伙儿不知道该说什么，如此而已。"

诺拉让保罗靠在自己的肩头，小家伙已经熟睡，他的呼吸温暖了她的脖子，她拍拍那跟她手掌差不多大的背。

"我知道，"她说，"我知道。但心里还是不好过。"

"戴维不应该这么快就回去上班，"布丽说，"只过了三天。"

"他在工作中寻找安慰呢。"诺拉说，"如果我有工作，我也会回去上班。"

"不，"布丽摇摇头，"不，诺拉，你不会。你知道，我也不喜欢这样说，但戴维只是自我逃避，封闭所有感情，你却还想填满心里的虚空，想要弥补，但你做不来的。"

诺拉仔细端详妹妹，心想她与药剂师的感情到底出了什么问题？布丽直率开放，却从来不提那次短暂的婚姻。诺拉虽然同意布丽的说法，但她觉得还是要为戴维辩护。他独自承受悲伤，处理了所有事情，悄悄安排了无人在场的葬礼，也跟朋友们做了解释，很快就处理好悲伤的纷杂心绪。

"他必须用自己的方式来处理。"她说，同时拉开百叶窗。天空已变得一片湛蓝，在过去短短几小时内，枝头的树芽似乎胀大了。"我只希望能见她一面，布丽，大家认为这样太可怕了，但我真的好想看看她。我好希望摸摸她，一次也好。"

"这没什么可怕的，"布丽轻声说，"我觉得很合理。"

两人一时沉默无语。布丽尴尬地想要打破沉默，试探地把最后一片涂了奶油的面包递给诺拉。

"我不饿。"诺拉谎称。

"你得吃点东西，"布丽说，"产后体重一定会减轻的，这是喂母乳的好处，大家都不知道。"

"谁说不知道，"诺拉说，"你一天到晚都在讲。"

布丽笑笑："我想是吧。"

"说真的，"诺拉边说边伸手拿水喝，"我很高兴你在这里。"

"哎哟，"布丽有点不好意思，"要不然我还会在哪里？"

保罗的头暖暖的、有点重，细密的头发柔软地贴着她的脖子。诺拉想，不知他会不会想念妹妹——那个在生命中曾经短暂与他相伴、现在已经消失的手足。他会一直感到失落吗？她摸摸他的头看着窗外，瞥见远方模糊的树梢后，渐渐隐没的月影。

稍后保罗睡觉的时候，诺拉冲了个澡。她试过三套衣服，然后全丢在一旁：裙子在腰际太紧，长裤紧绷在臀部。她本来细瘦苗条，身材很好，现在却因为身材走样而讶异沮丧。最后她无计可施，只好套上那件自己发誓再也不穿的旧牛仔孕妇装。松垮垮的衣服穿着感觉很舒服。她穿好衣服，打着赤脚，在家里每个房间晃荡。房间跟她的身材一样走样，杂乱无章，到处积着灰尘，衣服散置在各处，床铺没整理，被子垂落，梳妆台上的灰尘中有一块干净处。戴维原本在这里摆了一瓶水仙花，现在花瓣已经泛黄，窗户也布满灰尘。过几天布丽就要走了，而她们的母亲会过来，想到这儿诺拉顿时无助地坐在床沿，戴维的领带软趴趴地挂在她手上。脏乱的房子如重担般压迫着她，室内的阳光仿佛忽然成了实体，有了重力。她没有力气与脏乱奋战，更何况她毫不在乎，这点更叫人苦恼。

门铃响了，布丽迅速过去开门，脚步声激起阵阵回音。

诺拉马上知道是谁来了，她在房里多待了一会儿，觉得筋疲力尽，心想怎样请布丽把她们打发走，但声音越来越近。来访的是教会晚礼拜的朋友，大家带着礼物过来，想看看小宝宝。其他两批人已经来过了，一批是缝纫班的伙伴，另一批是瓷器着色班的同学。冰箱里塞满了她们带来的食物，保罗也像奖杯一样在大家手中传来传去。诺拉以前探访刚生小孩的友人时，也曾做过同样的事，现在却惊讶地发现自己很讨厌这样，心里一点儿也不感激他们。大家好意来访，却变成了打搅，之后她还得写谢卡，更是加重了她的负担。而且她也不在乎那些食物，甚至根本不想要。

布丽在叫她，诺拉只得下楼。她懒得涂口红，甚至头也没梳，光着脚就下楼了。

"我看起来好丑。"她一面说一面走进客厅，口气中带着一丝叛逆。

"才不会呢。"鲁思·斯塔林拍拍身旁的沙发，示意她坐下。但诺拉注意到其他人交换了某种眼神，心里不禁有一种奇异的快感。她乖乖坐下，脚踝交叉，手放在膝上，就像以前学生时代的模样。

"保罗刚睡着，"她说，"我不想叫醒他。"她的声音中有一股怒气，语带挑衅。

"亲爱的，没关系。"鲁思回答。鲁思快七十岁了，柔细的白发梳得相当整齐。她结婚五十年的先生去年刚过世。诺拉心想，当时不知道鲁思要付出多少代价，才能维持整齐的仪容和愉悦的神态。现在也是一样吗？"你受了不少罪。"鲁思说。

诺拉再度感觉到女儿的存在，眼睛虽没看到，但她感觉得出来。诺拉压抑住一股想跑到楼上确定保罗没事的冲动。"我快疯了。"她想，两眼瞪着地板。

"喝点茶好吗？"布丽问，轻松中带着不自然。大家还来不及回答，她就跑到了厨房。

诺拉努力跟大家闲聊：医院的枕头是棉的还是麻的？大家觉得新来的牧师怎样？她们该不该捐毯子给救世军？然后莎莉告诉大家，凯·马歇尔昨晚刚生下一个小女婴。

"足足七磅重，"莎莉说，"凯的气色好极了，宝宝也很漂亮。他们给她起名叫伊丽莎白，跟她外婆的名字一样。他们说凯生产的过程相当顺利。"

大家突然明白不该在这里提这些事，便沉默了下来。诺拉感觉到这份沉默是以她为中心向外扩散开来，蔓延至整个客厅。莎莉懊悔地脸红起来。

"诺拉，"她说，"真的很对不起。"

诺拉想讲些话，让气氛不要这么僵，她也知道自己可以讲点得体的话，但就是没办法说出口。她只是安静地坐着，让这份沉默变成深深的湖、浩瀚的海，让大家都淹没在沉默里面。

"好吧，"鲁思终于轻快地说，"上帝啊，诺拉，你一定累坏了。"她拿出一个大包裹，包装纸色彩鲜艳，还有一大束细细的缎带。"大家合送的礼物，我们想你应该有太多的尿布和别针啦。"

大家都笑起来，松了一口气，诺拉也微笑着撕开包装纸，打开盒子。里面是一把婴儿弹跳椅，有金属椅架和布面椅垫，很像她有次在朋友家赞美过的同款弹椅。

"当然，还得再过几个月才用得上，"莎莉说，"等他开始动来动去，这个东西就很有用了。"

"还有这个。"弗洛拉·马歇尔起身说，手中拿着两个柔软的包裹。

弗洛拉比其他人年纪都大，甚至比鲁思还老，但个性倔强而活跃。她会帮教会里每个新生宝宝织毯子。她从诺拉肚子的大小，就猜想诺拉说不定会生双胞胎，所以织了两条婴儿毯。大伙儿晚上在教会聚会和中间休息时，她的包里总是冒出一团团轻柔鲜艳的毛线，粉黄、青绿、淡蓝和粉红的毛线织在一起。她开玩笑说她可不想冒险猜小宝宝是男是女，但她确定是双胞胎，当时没有人把她的话当真。

诺拉强忍住泪水，接下两个包裹。她打开第一个包裹，轻柔的毯子缓缓落在她的膝上，她失去的女儿似乎近在眼前。她心中充满了对弗洛拉的谢意。弗洛拉有着祖母般的智慧，她知道该怎么做。诺拉拆开第二个包裹，迫不及待想看看另一条同样鲜艳柔软的毯子。

"这件有点大。"一件婴儿衣，垂在诺拉的大腿上。弗洛拉表示歉意。"话又说回来，这个年纪的宝宝长得很快。"

"另一条毯子呢？"诺拉质问，她听到自己的声音像哭泣的小鸟一样刺耳，心里颇感讶异。她个性向来沉稳，也以脾气温和、谨言慎行而自傲。"你帮我小女儿织的毯子呢？"

弗洛拉涨红了脸，环顾客厅不知所措。鲁思拉起诺拉的手，紧紧地握住。诺拉感觉到柔软的肌肤和五指令人吃惊的力道，戴维曾告诉她这些骨头的名称，但她从来没记住。更糟的是，她哭了。

"别哭，别哭，你有个漂亮的小男孩。"鲁思说。

"他本来有个妹妹。"诺拉轻声但坚定地回答，同时看着众人的脸。她们好意来访，没错，她们都很难过，她却让大家更伤心，她到底是怎么了？这辈子她一直很努力地让自己行为举止得体。"她叫菲比，我希望听见有人说她的名字，你们听见了吗？"她站起来，"我要有人记得她的名字。"

接着有块冰凉的毛巾贴在她的额头上，好几只手扶她躺在沙发上。她们叫她闭上眼，她依言照办，泪珠却依然滚滚而下，如同泉水涌出，停不下来。大家又开始讨论该如何是好，声音有如在风中翻旋的雪花。有人说即使在母子均安、生产顺利的情况下，产后的几天也可能忽然心情低落，一点都不奇怪，另一个声音建议打电话给戴维。这时布丽来了，她冷静优雅地把大家送到门口。客人离开后诺拉睁开眼睛，看到布丽穿着她的围裙，绣着花边的腰带松松地系在纤细的腰际。

弗洛拉的毯子在地上一堆包装纸之间。诺拉捡起毯子，手指缠绕着柔软的毛线。她擦擦眼泪，开口说话。

"戴维说她的头发是黑色的，跟他的一样。"

布丽看着她："你说你要帮她办追思会，诺拉，何必再等呢？为什么不现在就办？说不定能让你平静下来。"

诺拉摇摇头："戴维和其他人说得对，我应该专心照顾这个宝宝。"

布丽耸耸肩："但你也没有专心啊，你越不去想她，就越会想到她。戴维不过是个医生而已，"她强调，"他不是什么都懂，也不是上帝。"

"他当然不是，"诺拉说，"我知道。"

"有时候我不确定你是不是真知道。"

诺拉没有回答。光滑的木板上出现了树叶的影子，光线穿过叶缝投射的影子。时钟在壁炉架上发出柔和的嘀嗒声。诺拉觉得自己该生气，但她没有。办个追思会也许不错，自从她踏上诊所台阶的那一刻起，她就觉得精力和意志力不断耗尽，现在还是这样。举办追思会，说不定能够断绝这种虚脱的感觉。

"或许你说得没错，"她说，"我不知道，还是举办一场规模很小、很简单的追思会吧。"

布丽把电话拿给她："好，现在就开始安排吧。"

诺拉深深地吸一口气，开始拨电话。她先打电话给新来的牧师，表示自己要办追思会："没错，在户外中庭举行，没错，风雨无阻，为我女儿菲比办的，她一出生就过世了。"接下来的两小时，同样的话诺拉对花店、报社负责刊登广告的女人、缝纫班的朋友重复了一次又一次。缝纫班的朋友答应负责鲜花摆饰。每说一次，她就觉得心中又平静了些，那种感觉就好像让保罗吮着乳头吸奶，释放出痛苦，让自己跟周遭世界再度连接起来。

布丽去上课了，诺拉在寂静的家中走来走去，看着满室的脏乱。午后的阳光透过玻璃窗射入卧室，疏于整理之处全显现出来了。先前她每天看到家里乱糟糟的，一点也不在乎，但现在她感到体力恢复了，不再怠惰，这是她生完小孩后第一次有这种感觉。她扯下紧套在床上的床单，打开窗户，清扫灰尘；她脱下牛仔孕妇装，在衣柜中找到合身的裙子以及没有沾上奶渍的衬衫。她皱着眉头看看镜中的自己，虽然还是太臃肿、笨重，但感觉好多了。她也整理了头发，梳了一百下，梳完后梳子上夹满发丝，就像一个用密实的金色羽毛筑成的鸟巢。随着休内的荷尔蒙重新调整，怀孕期间的丰润也会渐渐消退。她了解会是这样，但失落感还是让她想哭。

"够了，"她对自己严厉地说，一边涂口红，一边眨掉泪水，"够了，诺拉·阿舍·亨利。"

她披上毛衣后才下楼，找到了那双浅卡其色平底鞋。至少她的脚已经恢复往日的纤细。

她去看了看保罗，小宝宝依然熟睡，她的指尖可以感觉到他轻柔而真实的鼻息。她把冷冻食物放进烤箱，摆好餐具又开了瓶酒。她丢掉枯萎的花，花的枝干摸起来冰冰黏黏的。这个时候前门开了，她的心跳随着戴维的脚步声加快。不一会儿他就站在门边，瘦削的身上松垮垮地套着深色西装，脸上因为走路而发红。他累了。他看着家里干净整齐，诺拉也换上昔日常穿的衣服，空气中弥漫着食物的香味。诺拉看得出戴维整个人放松下来，他手里握着一束从花园里采来的水仙花，诺拉亲吻他时，觉得他的嘴唇冰冰的。

"嘿，"他说，"看来你今天过得不错。"

"是的，今天很好。"她差点就要跟他说她所做的安排，不过还是先帮他倒了杯不加冰块的威士忌。戴维喜欢这样喝。她清洗莴苣时，他靠着流理台。"你还好吗？"她边说边把水关掉。

"还可以，"他说，"很忙。昨晚真抱歉。一个病人心脏病发作，幸好没事。"

"跟骨头有关吗？"

"噢，当然，他从楼梯上跌下来摔断了胫骨。宝宝在睡觉吗？"

诺拉看了看时钟，叹了口气。"如果我想让他按照固定时间吃奶的话，"她说，"现在就应该把他叫醒了。"

"让我来吧。"戴维说，然后带着花上楼。她听到他在楼上走动，想象他弯下腰轻轻摸着保罗的额头，握住宝宝的小手。几分钟后戴维一个人下楼，身上换成牛仔裤和毛衣。"他看起来那么安恬，"戴维说，"让他睡吧。"

两人走进客厅坐在沙发上，片刻间一切就和以前一样：家中只有他们两人，熟悉而单纯，未来充满了希望。诺拉本来打算在吃晚饭的时候才告诉戴维她的计划，但现在突然说起她正筹备一个简单的追思会，还有在报上刊登启事等。说着说着，她发现戴维的目光越来越专注。他看起来非常脆弱，好像受到了伤害，脸上的神情令她犹豫。他仿佛脱下面具，而她却猜不透他的想法，仿佛她正在跟一个陌生人说话。他的双眼无神，她以前从未见过他这样，不知道他心里在想什么。

"你好像不喜欢这个主意。"她说。

"我不是这个意思。"

她再度看到他眼中的悲伤，也听出他语气中的哀痛。为了减缓伤痛，她几乎打算放弃计划。但这样的话，先前花了好大功夫才驱走的怠惰再度浮现，潜伏在屋里，伺机而动。

"这样做对我有帮助，"她说，"而且也没有错。"

"是的。"他说，"确实没错。"

他似乎还想说什么，可是没有说出口，反倒站起来走到窗边，凝视着对街一片漆黑的小公园。

"可恶，诺拉。"他的声音低沉而严厉，以前从没听过他用这种口气说话，语气中带着愤怒，她吓坏了。

"你干吗这么固执？打电话给报社之前，至少先通知我一声吧？"

"她死了，"诺拉也生气了，"这没什么丢脸的，不必把这件事当成秘密。"

戴维肩膀僵硬，没有转身。这个在百货公司里，手上拿着一件珊瑚色睡袍的陌生人，当时看来似曾相识，就像某个熟识但多年没见的男子。现在结婚一年了，她却几乎不认识他。

"戴维，"她说，"我们之间到底怎么了？"

他还是没有转身，屋里充满了肉香和马铃薯的香味。诺拉想起烤箱里热腾腾的晚餐，她一整天都不想吃东西，如今饥肠辘辘。保罗在楼上哭了，可是她站在原处，等他回答。

"我们之间没事。"他说，然后转过身来，眼中明显流露着哀伤，另外还带着一种她不明了的决断。"诺拉，你在小题大做，"他说，"我想我可以理解。"

这话听来冷漠、轻慢而且倨傲，保罗的哭声更大了，诺拉怒火中烧，她气冲冲地冲上楼抱起宝宝换尿布。慢慢来，慢慢来，但她气得一直发抖。她坐在摇椅上，解开扣子喂奶，稍稍纾解下自己的气愤之情。她闭起眼，戴维在楼下走来走去，最起码他碰过他们的女儿，看过她的脸。

不管如何，她一定要办追思会。她要为她自己办。

保罗吸着奶，天色渐渐暗了下来，她也冷静了下来。她再次感到自己像是一条宽阔平静的大河，接纳了整个世界，载着世界漂流。屋外青草正悄悄地长高，蜘蛛的蛋囊爆裂开来，小鸟正展翅飞翔。"多神圣啊！"她心想。怀中的宝宝和埋入土中的孩子，让她与世间正在成长和曾经存在的万物产生了联结。诺拉过了好久才睁开眼，四周漆黑而美丽，令她大感震撼：玻璃门把手反射出圆圆的小光圈，在墙上微微发光；保罗的新毯子织工精细，像瀑布一样从婴儿床上垂下；梳妆台上摆着戴维带回来的水仙花，花朵细致如肌肤，明亮动人，在黑暗中散发光彩。

四

她的声音在空旷的停车场逐渐减弱直到消失，卡罗琳用力关上车门，奋力穿越泥泞的雪地。走了几步后，她又走回去抱小宝宝。菲比微弱的啼哭声在一片漆黑中响起，迫使卡罗琳走过马路和一大片亮晃晃的灯光，走到超市的自动门前。门锁住了，卡罗琳大喊着敲门，叫声中夹杂着菲比的哭声。超市内灯火通明，空无一人，一个水桶被丢在角落，罐头在沉寂中闪闪发光。卡罗琳静静地站了几分钟，听着菲比的哭声以及远处大风猛烈吹过枝头的声音，又振作起来走到超市后面。卸货平台上的铁卷门已经拉下，但她还是走上前去。冰冷油腻的水泥地上积雪已融，可以闻到地上食物腐烂的臭味。她用力踢门，回音砰砰响，她听在耳中觉得满意极了，于是又用力踢了好几下，直到上气不接下气为止。

"就算他们还在里面，小姐，也得过一阵子才会开门，而且我猜里面大概没人。"

一个男人的声音。卡罗琳转身，看到他站在下方坡道上，卡车司机通常利用这种坡道倒车进入卸货区。即使隔了一段距离，她还是看得出这人身材十分高大。他穿着一件厚重的外套，戴着一顶毛线帽子，双手插在口袋里。

"我的宝宝在哭，"她说，其实说了也是多余，"车子电池没电了，超市大门一进去就有公共电话，但我进不去。"

"宝宝多大？"男人问。

"刚出生不久。"卡罗琳脱口而出，眼泪在眼眶里打转，声音中也充满惊慌。荒谬极了，她向来瞧不起惊慌的小女人，但自己现在正是这副德行。

"现在是星期六晚上，"男人说，声音回荡在两人之间的雪地上，停车场外的街道一片死寂，"城内所有的修车厂可能都打烊了。"

卡罗琳不作声。

"小姐，请听我说。"他慢慢开口，沉稳的声音有一股安定人心的力量。卡罗琳知道他尽力保持冷静，想要安抚她，说不定他以为她是疯子。"我上星期不小心把跨接线放在另一辆卡车里了，所以没办法帮你充电，但你说得对，这里很冷，你要不要跟我待在我的卡车里？车里很暖和，几个小时前我送了一批牛奶到这里，正等着看看天气状况。小姐，我是说，欢迎你到车里休息，顺便也想一下该怎么办。"卡罗琳没有马上回答，他又说："我是为了宝宝着想。"

她看到停车场另一端的角落停了一部载货的挂车，漆黑的驾驶室微微发亮。她先前看到过这辆又长又不显眼的银白色大车子，不过没有特别注意。卡车停在那里好像世界边缘的一栋房屋。菲比在她怀中喘息，休息了一下后继续哭泣。

"好吧，"卡罗琳下了决定，"一下子就好。"她小心跨过一堆烂洋葱，走到坡道边。他站在下面伸手握住她的手，她有点困扰，但也很感激，因为她意识到腐烂的蔬果和融雪下方有一层冰。她抬头看他，这人一脸大胡子，棒球帽盖到眉毛，帽檐下是深色、和善的眼睛。两人一同走过停车场时她想，自己真是疯了，而且蠢极了，说不定他是杀人犯。但她已经累到不在乎了。

他帮她把车里的东西搬到卡车上，安放在驾驶室内。卡罗琳爬上高高的座椅时，他先抱着菲比，再把小宝宝举起交给她。卡罗琳把婴儿牛奶从保温壶里倒入奶瓶。菲比激动极了，好一会儿才明白食物已送到嘴旁。她费劲地想要吸吮，最后终于含住奶嘴，开始喝奶。卡罗琳轻轻摸着菲比的脸。

"有点怪，对不对？"男人等菲比安静下来后说。他也爬上了驾驶座，引擎在黑暗中低鸣，听来像只大猫，让人安心，整个世界朝着黑暗的地平线无限延伸，"我是说，肯塔基下起这种雪。"

"每隔几年就会发生一次，"她说，"你不是这里人？"

"俄亥俄州的阿克伦，"他说，"我在那里出生，但在各地奔波了五年，现在算是四处为家。"

"不会寂寞吗？"卡罗琳问。平常的夜晚她都是独自待在家里，无法相信自己现在居然跟一个陌生人这么亲密地交谈。这种感觉很奇怪，也很刺激，就像跟一个你在火车或公交车上碰到的人吐露心事一样。

"噢，有时候会，"他承认，"这种工作当然很寂寞，但也常意外地和人相遇，例如今晚。"

驾驶室里很温暖，卡罗琳逐渐放松下来，轻松地靠在又高又舒服的座椅上。雪仍在下，雪花飘落在街灯上。她的车子在停车场的中央，形影孤单，车身覆满了白雪。

"你打算去哪儿？"他问。

"莱克星顿。离这里不远的高速公路上发生了车祸，本想省时间和麻烦，所以才走这里。"

他的脸在街灯下变得十分柔和。他露出微笑，卡罗琳也跟着笑，她自己都有点讶异。然后两人相视而笑。

"计划挺周详的。"他说。

卡罗琳点点头。

"小姐，"他沉默了一会儿说，"如果你只是想去莱克星顿，我可以送你一程。我可以把卡车停在那里，反正车子停在这里也一样。明天是星期天，对不对？但是你星期一一早就可以打电话叫人来拖走你的车，车子停在这里绝对安全。"

街灯的灯光照在菲比的小脸上，他探过身，大手轻柔地摸摸她的头。卡罗琳喜欢他粗手粗脚却镇定沉稳的样子。

"好吧，"她果决地说，"希望这样不会害你被开除。"

"哦，不会，"他说，"他妈的，才不会。对不起，我说了粗话。莱克星顿刚好顺路。"

他把她车里的超市购物纸袋、毛毯等东西搬过来。他叫艾尔，全名艾伯特·辛普森。艾尔在驾驶室的地上摸了半天，找出另一个杯子，用手帕小心擦拭过，然后从保温壶里倒了一些咖啡给她。她啜饮一口，还好黑咖啡是热的，也幸好身旁这人对她一无所知。虽然空气不流通，车里弥漫着一股臭袜子的味道，沉睡在她大腿上的宝宝也不属于她，但她觉得安全，怪异的是她甚至感到很快乐。艾尔边开车边跟她说在路上碰到的事情，例如可以冲澡的休息站，以及这些年来星夜奔驰的情况。

轮胎声低鸣，雪花不断打在前灯上，车内很温暖，卡罗琳镇定下来，然后睡着了。他们驶进公寓的停车场，载货挂车占了五个车位。艾尔下车扶她下来，提着她的东西走到公寓外头的楼梯边。卡罗琳跟在后面，怀里抱着菲比。一楼某户邻居的窗帘晃动了一下，露西·马丁像往常一样在窥看。卡罗琳停下脚步，忽然感到眩晕。一切如常，但她已经不是昨天那个半夜离家、跋涉雪地到车旁的女人了。她已经彻底改变了，甚至可以到完全不同的地方，过着不同的生活。不过此刻她拿出那把眼熟的钥匙插入锁孔，门像往常一样应声而开，她抱着菲比推门走进这个熟得不能再熟的房间：耐用的深褐色地毯，打折时买的格子呢布沙发和椅子，玻璃面的咖啡桌，她睡前在读的《罪与罚》上的注记工整。她才读到拉斯柯尔尼科夫对索尼娅忏悔就睡着了，还梦见他们两人在寒冷的阁楼里。后来她被电话声吵醒，起来一看街上积满了雪。

艾尔别扭地在门口徘徊。他可能是连环杀人犯、强暴犯、骗徒，什么都有可能。

"我这有张沙发床，"她说，"你今晚可以用。"

他犹豫了一会儿之后，从门口走进来。

"那你先生呢？"他环顾四周问道。

"我没先生。"她说，然后才发觉这样说不好，"现在没有。"

他拿着毛线帽站在一旁，露出一头令人惊讶的黑色鬈发，同时打量着她。卡罗琳感觉自己有点迟钝，可是咖啡和疲惫令她加倍警觉。她忽然想到自己在他眼中的模样：身穿护士制服，头发好几个小时没梳，外套敞开，怀里抱着婴儿，疲累不已。

"我不想给你添麻烦。"他说。

"麻烦？"她说，"若不是你，我现在还困在停车场呢。"

他听了露齿一笑，回到卡车上，几分钟后拿着一个深绿色的帆布袋回来。

"楼下有人从窗户偷看，你确定我不会给你造成困扰？这里的人会怎么说？"

"那是露西·马丁。"卡罗琳说。菲比一直乱动，她从奶瓶器里拿出奶瓶，在手臂上试了试牛奶的温度，然后坐下。"讨厌的长舌妇，你这下可让她开心啦。"

但菲比不肯喝奶，反而哭了起来。卡罗琳站起来，在房间里走来走去哄她。同时艾尔自己动手拉开沙发床，把床铺好，每处都像军人铺床一样工整。菲比安静下来之后，卡罗琳对他点点头，轻轻说了声晚安。她紧紧关上了卧室的门，忽然想到艾尔这种细心的人，应该会注意到她家里没有婴儿床。

在回家的途中，卡罗琳就已经开始盘算。现在她拉开衣柜抽屉，把里面整齐的衣物倒出来，然后把两条折好的大毛巾铺在抽屉里，上面再罩一层折好的床单，把菲比裹在毛毯里放进去。等她爬上床的时候，倦意已像波浪席卷而来，她立刻就睡着了，睡得极沉，一夜无梦。她没听到艾尔在客厅里大声打呼，也听不见铲雪机穿越停车场的噪声，或垃圾车在街上隆隆作响。可是菲比半夜乱动，她马上就会起身，虽然很累，但很清楚自己该做什么。在黑暗中她帮菲比换尿布、热奶瓶，专注地照顾怀中的宝宝和处理眼前的事情。这些事情不能等，耗时耗力，非做不可，而且只有她做得来，片刻都不能等。

卡罗琳醒来时天已经大亮，空气中弥漫着培根和煎蛋的香味。她站着拉好睡袍，弯腰碰碰宝宝安恬的脸颊，然后来到厨房。她看见艾尔正在吐司上涂奶油。

"嗨。"他边说边抬头看她。他梳了头，但头发还是有点乱，脑袋后面秃了一块，脖子上挂着一条带牌子的金项链，"希望你不介意我自己动手做饭，我昨天晚上没吃饭。"

"好香，"卡罗琳说，"我也饿了。"

"正好。"他递给她一杯咖啡，"幸好我做了一大堆吃的，你这地方真不错，舒适又整齐。"

"你喜欢吗？"她问。咖啡比她平常泡的更纯、更浓。"我正考虑搬家。"

她被自己的话吓了一跳，话一出口，听起来好像跟真的一样。平淡的光线照着暗褐色的地毯和沙发扶手；屋外，水从屋檐滴下。她已经存钱存了好多年，梦想自己有朝一日能住在有庭院的房子里或者出去冒险。可是现在卧室里有个婴孩，餐桌旁有个陌生人，自己的车被困在别的地方。

"我考虑搬到匹兹堡。"她又被自己的话吓了一跳。

艾尔用锅铲翻搅了下鸡蛋，然后盛到盘中："匹兹堡？很不错的城市，为什么想搬去那里？"

"哦，我妈妈有亲戚在那里。"卡罗琳说。他把盘子放在桌上，在她对面坐下。人一旦开始说谎，谎言似乎就变得无休无止。

"你知道吗，不管孩子的父亲是怎么回事，"艾尔说，黝黑的眼睛充满善意，"我一直想跟你说，我为你感到遗憾。"

卡罗琳差点儿忘了她谎称自己曾有过先生。她听出艾尔的语气好像不太相信她结过婚。他认为她是未婚妈妈，想来不可思议。吃饭时他们没说太多话，偶尔聊些天气、交通和艾尔接下来的行程。他下一站是田纳西州的纳什维尔。

"我没去过纳什维尔。"卡罗琳说。

"真的吗？嗯，那跟我一起走吧，带着女儿。"艾尔说。他在开玩笑，但玩笑中带着邀请，他邀请的对象不见得是她，而是个倒霉到极点的未婚妈妈。但在那一刻，卡罗琳开始想象自己抱着纸箱和毛毯踏出门，从此不再回头。

"下次吧。"她边说边伸手拿咖啡，"我这里还有事情要处理。"

艾尔点点头："了解，我知道那种状况。"

"还是很谢谢你，"她说，"谢谢你的邀约。"

"不客气。"他认真地说，然后站起来准备离开。

卡罗琳从窗户看着他走向卡车，爬上驾驶室，转头从敞开的车门跟她挥手。她也挥挥手。他嘴角挂着轻松从容的笑容，让她看了很开心，但紧接着她心头一紧，这令她颇为惊异。她想起驾驶室后面有张小床——他有时睡在上面，也想起他轻柔抚摸菲比额头的模样。她忽然有股想追过去的冲动。一个生活如此孤单的男人，当然守得住她的秘密，也能包容她的梦想和恐惧。但他已经发动了引擎，驾驶室旁的银色排气管喷出烟雾，卡车慢慢倒车离开停车场，驶向安静的街道。

接下来的二十四小时，卡罗琳依照菲比的作息睡睡醒醒，醒着的时间刚好够自己吃点东西。她本来特别注意三餐，也不乱吃零食，免得让人觉得自己是个古怪、独居的老小姐。但现在她进食的时间已经大乱，仿佛进入某种意识模糊的境界，半梦半醒着。她直接从盒子里倒出冷麦片吃，或是靠着厨房的流理台，直接用汤匙从纸盒里舀冰激凌。在这种状态下，她不必考虑她所做的决定后果会如何，也不必考虑睡在衣柜抽屉里的宝宝的命运或是她个人的未来。

星期一早上，她及时醒来打电话请病假，是诊所接待小姐鲁比·森特斯接的电话。

"你还好吗？"她问，"你听起来糟透了。"

"我感冒了。"卡罗琳说，"想请几天假。诊所里有什么事吗？"她问，口气尽量保持平常，"亨利医生的太太生了吗？"

"嗯，我不知道。"鲁比说。卡罗琳想象鲁比皱着眉头，桌上整理得井井有条，桌边还摆着一小瓶塑胶花，已经准备开始工作。"诊所里大概有一百位病人，还没人来上班。卡罗琳小姐，看来每个人都被你传染了。"

卡罗琳刚挂上电话，马上就听见敲门声，绝对是露西·马丁。她等了这么久才上门，卡罗琳还觉得有点讶异呢。

露西穿着印有粉红色大花的衣服，身上的围裙也有粉红色的褶边，脚上穿着绒毛拖鞋。卡罗琳一开门，她马上踏进来，手里端着半条包在塑料袋里的香蕉蛋糕。

大家都说露西心地善良，但卡罗琳一看到她就讨厌。露西用她的糕点、烤派和菜肴介入其他人的生活：死亡、意外、宝宝出生、结婚、葬礼等。她的热心让人感到不太对劲，好像在偷偷等着窥视他人的不幸。卡罗琳通常和她保持距离。

"我看到你的客人了。"露西边说边拍拍卡罗琳的手，"老天！好英俊的家伙，对不对？我等不及想听独家消息了。"

露西坐在沙发床上，沙发床已经折起。卡罗琳坐在扶手椅上，卧室的门开着，菲比在里面沉睡。

"亲爱的，你没生病吧？"露西说，"往常这个时候，你早就出门了。"

卡罗琳打量着一脸急切的露西，知道自己无论说什么，都会很快传遍全镇。两三天内就会有人在超市或教会里拉着她，问起那晚留宿在公寓的男士是谁。

"昨晚是我表哥。"卡罗琳神态自若地说。一想到自己有这种本领，把谎话说得这么自然流利，她不禁感到不可思议。她的谎话没有漏洞，撒谎时眼睛连眨都不眨。

"喔，我还有点纳闷呢。"露西看来有点失望。

"我知道。"卡罗琳回答，先发制人地继续说下去（事后想起还真诧异）。"可怜的艾尔，他太太住院了。"她身体往前倾，压低声音，"露西，太可怜了，她才二十五岁，可能得了脑癌。她最近常跌倒，所以艾尔把她从萨默塞特带来看医生。他们还有个小宝宝。我叫他过去陪她，必要的话，日夜待在医院都没关系，宝宝我来照顾。可能因为我是护士，所以他们很放心，希望宝宝的哭声没有吵到你。"

露西听呆了，安静了好几分钟。卡罗琳这下了解了传达晴天霹雳的消息可以带给人何等的愉悦和权力感。

"他们好可怜啊！宝宝多大？"

"刚满三个星期。"卡罗琳说，然后她心生一计，站了起来，"请你等一下。"

她走进卧室，从衣柜抽屉里抱起菲比，用毛毯紧紧裹住她。

"很漂亮，对不对？"她边问边坐到露西旁。

"噢，是啊，她真可爱！"露西说，碰碰菲比的一只小手。

卡罗琳微笑起来，感到一股突如其来的骄傲和快乐。歪斜的眼睛、稍微扁平的脸，这些她在产房看见的特征，现在已经熟悉到察觉不出有什么异状了。露西没受过专业训练，根本看不出这些特征，菲比就像其他小宝宝一样细致可爱，对大人予取予求。

"我好喜欢看着她。"卡罗琳老实说。

"喔，那个小母亲真可怜，"露西低声说，"他们有没有说她这次能否熬过去？"

"不知道，"卡罗琳说，"只有让时间来证明了。"

"他们一定很伤心。"露西说。

"没错，没错，他们难过极了，完全吃不下东西。"卡罗琳赶紧说明，免得露西一直送她那些出了名的菜肴。

接下来的两天卡罗琳没出门，送报、送货、送牛奶的人和交通的噪声让她感觉世界依然在运转。天气变了，大雪来得快去得也快，雪水从屋顶倾泻而下，消失在沟渠之中。对卡罗琳来说，这几天混在一块儿变成了一连串杂乱的影像：她那辆蓝色福特车重新充电后被拖进公寓停车场。阳光穿透满是尘埃的窗子，潮湿的泥土氤氲着模糊的气味，喂鸟架上站着一只知更鸟。她固然有所牵挂，但每次抱着菲比坐着，心中总是十分安宁。她跟露西·马丁说的是实话：她好喜欢看着这个小宝宝，喜欢坐在阳光下抱她。她警告自己不要爱上菲比，自己只不过是临时保姆。卡罗琳在诊所里常常观察戴维·亨利，她相信他有怜悯心。那个晚上他从桌上抬起头迎上她的视线，她看到他眼中尽是仁慈。卡罗琳深信等他镇定下来，他会知道怎么做才对。

每次电话一响，她就吓一跳，已经过了三天，戴维还没有跟她联络。

星期四早上，有人敲门，卡罗琳急忙过去开门，同时顺了顺身上的衣服，摸了摸头发。结果来的只是送货员，他手里捧着一个插满了花的花瓶。在宝宝呼出的雾气中，她看到一团深红和浅粉色的花。花是艾尔送的。

"谢谢你的招待，"他在卡片上写道，"说不定下一趟送货时能再见面。"

卡罗琳把花拿到屋里放在咖啡桌上，心神不宁地捡起好几天没看的报纸。她拿掉橡皮筋，随意浏览报上的文章，但没有专心阅读内容。越南战情日益紧张，社交版报道了上星期谁邀宴了谁，卡罗琳正想把报纸丢到一旁，忽然注意到一个黑框的小方块：

追思会

纪念我们所爱的女儿
菲比·格雷斯·亨利
生、殁于一九六四年三月七日
莱克星顿基督教长老会教堂

一九六四年三月十三日星期五上午九时

卡罗琳慢慢坐下。她又读了一次，再一次，她甚至摸了摸这些字，以为这样就能让字句清楚一点，让人看得懂。她站起来走进卧室，手里还拿着报纸，菲比睡在衣柜抽屉中，一只白皙的臂膀伸到毛毯外边。降生人世，又离世而去。卡罗琳走回客厅，打电话到诊所，电话一响鲁比就接了起来。

"你要不要来上班？"她说，"这里忙疯了，好像每个人都得了感冒。"她接着压低声音说："卡罗琳，你听说亨利医生跟他的小孩了吗？他们真的生了双胞胎，小男孩没事，他们宝贝极了。但小女孩一出生就死了，好可怜。"

"我在报上看到了，"卡罗琳的下巴和舌头僵硬，"可不可以麻烦你请亨利医生打电话给我？请告诉他事关重大，我看了报纸。"她重复一次："拜托帮我转告，拜托。"说完她就挂掉电话，呆呆地坐着凝视山楂树和停车场。

一小时后，戴维·亨利敲响了她的大门。

"你来啦。"她开门让他进来。

戴维·亨利走进屋，在她的沙发上驼着背坐下，帽子拿在手上转来转去。她坐在对面的椅子上，好像从未见过他似的看着他。

"启事是诺拉登的，"他抬头，额头上出现了皱纹，双眼布满血丝，看起来像好几天没睡，让她忍不住同情起他来，"是她自作主张，没告诉我。"

"可是她以为她的女儿死了，"卡罗琳说，"你告诉她女儿死了？"

他慢慢点头："我本想告诉她实话，等我开口却说不出话来，那时，我只是不想要她难过。"

卡罗琳想到自己也是谎言一个接着一个。

"我没把她留在路易斯安那，"她轻声说，朝着卧房点点头，"她在里面，正在睡觉呢。"

戴维·亨利抬起头来，脸色惨白。卡罗琳勇气尽失，她从没见过他如此慌张。

"为什么把她带回来？"他快要发脾气了，"为什么不把她留在那里？"

"你去过那边吗？"她的脑海中浮现出那个苍白的女子，一头黑发落在冰冷的地板上，"你自己去过那个地方吗？"

"没有，"他皱起眉头，"我只知道那边风评不错，以前我也把病人送去那里过，没听说有负面评价。"

"那里糟透了。"她说，心里松了一口气。这么说来，戴维不知道自己在做什么。尽管如此，她还是不想原谅他。她想起多少个夜晚，戴维自愿待在诊所为贫寒的患者看病——这些病人都住在乡下或山区，千辛万苦才来到莱克星顿，囊中羞涩却满怀希望。诊所其他医生不喜欢这样，只有亨利医师坚持了下去。她知道他不是坏人，也不是怪人，但现在……现在为一个活着的小孩举办追思会，实在太荒诞了。

"你得告诉她。"她说。

他的脸色依然苍白，但口气坚决。"不行。"他说，"现在已经太迟了。卡罗琳，你要怎么做都可以，但我不能告诉她，我不会告诉她。"

真是奇怪的感觉。这番话让她恨透了他，但这一刻她又感到他们之间亲密极了，以前从来没有这种感觉。此时此刻，他们因为某个重大秘密而产生了牵连，不管未来如何，他们永远摆脱不了联系。他拉起她的手（她觉得理所当然），举到唇边吻了一下。她感觉到他的双唇紧压着她的指节，皮肤上也感到他温暖的鼻息。

他放开她的手抬起头来，脸上依旧满是忧伤与困惑。如果这个表情是假的，卡罗琳绝对会马上拿起电话，通知本特利医生或警察，向他们一五一十和盘托出。但他眼中含着泪水。

"一切都交给你了，"他边说边放开她的手，"麻烦你来处理。我相信孩子在路易斯安那的疗养中心可以得到不错的照顾，我考虑了很久才做出这个决定，她可以得到其他地方无法提供的医疗照顾。但不管你怎么做，我都尊重你的决定，就算你打电话给有关单位，我也会负起全责，保证你绝对不会受到牵连。"

他表情凝重。卡罗琳第一次思索以后怎么办，开始考量各种可能性。她倒从没想过两人的事业会受到波及。

"我不知道，"她缓慢地说，"让我想想，我不知道怎么办。"

他拿出皮夹，把它全部掏空，一共三百元！她很惊讶他身上带着这么多钱。

"我不要你的钱。"她说。

"不是给你的，"他告诉她，"是给孩子的。"

"菲比，她叫菲比。"卡罗琳说，同时把钱推开，她想到出生证明。那个下雪的早晨，戴维·亨利在匆忙中除了签上名之外，其余一切都空着。她只要在上面打上菲比和自己的姓名就好，轻而易举。

"菲比。"他说，他起身准备离开，把钱留在桌上，"卡罗琳，拜托，做任何决定之前，请先知会我一声，我只有这个要求。不管你怎么打算，请先通知我。"

说完他便离开了。屋里一切跟之前完全一样：时钟摆在壁炉上，地板上有一块光影，光秃树枝的影子非常清晰。再过几星期，树木就要长出新芽，枝头将冒出片片新叶，地板上的影子也会变得不一样。这些景象，她已见过太多次了。但此时屋里变得那么陌生，好像她根本没在这里住过，这种感觉相当怪异。这些年来，她没有买太多东西，原因不单是天生节俭，更因为她总是想象自己马上就要搬走，去过真正属于自己的生活。花格呢布的沙发和配套的椅子，是她自己挑的，她颇喜爱这类家具，现在看来全部可以轻易舍弃。她环顾四周，裱了框的风景版画、沙发旁的柳条杂志架、低矮的咖啡桌……她心想，这些都不要了。忽然间，她的公寓和城市内所有诊所的候诊室一样单调乏味，况且这么多年以来，她在这里除了等待，还是等待。

她也想过打消这些傻念头。她妈妈会说，一定还有其他比较正常的方式可以处理好。妈妈曾摇摇头叫她别当莎拉·伯恩哈特①。

卡罗琳有好几年始终不知道谁是莎拉·伯恩哈特，但她知道母亲的意思：不要过度感情用事，否则只会扰乱平静的生活。因此，卡罗琳把感情像寄存大衣一样深锁在心中，摆在一边，梦想着日后再取回。当然她从来就没有重新开启过自己的感情，直到从亨利医生手中接过宝宝。某些事情已经开始了，而她无法阻挡。她感到既害怕又兴奋，十分纠结。她今天就可以离开这里，到其他地方展开新的生活，况且不管她打算拿宝宝怎么办，自己都非走不可。在这个小地方，连去个市场都会碰到熟人。她可以想象得到露西·马丁的眼睛越睁越大，到处转播卡罗琳的谎言并暗自窃喜。"可怜的老小姐，"大家会这么说，"这么渴望有个自己的孩子啊。"

"一切都交给你处理，卡罗琳。"亨利医生看来老了好几岁，整张脸皱得像颗核桃。

隔天一大早卡罗琳就起床了，天气好极了。她打开窗户，让新鲜的空气以及春天的气息飘进屋里。

菲比晚上醒了两次，卡罗琳趁着菲比睡着的时候打包妥当，在黑暗中把东西搬到车里。卡罗琳发现自己的东西真的很少，只够装几个皮

---

① 莎拉·伯恩哈特（Sarah Bernhardt），十九世纪末、二十世纪初法国的戏剧名伶。

箱，轻易就摆进了车子的后座和后备厢。说真的，她随时可以启程前往中国、缅甸或韩国，想想就觉得开心。她也很满意自己的效率。昨天中午之前她就已经全部安排妥当：慈善机构来收家具，清洁公司来打扫公寓，水电和报纸都停掉了，银行户头也取消了。

卡罗琳一面喝咖啡一面等待着，直到听到楼下的门砰地关上，露西轰隆轰隆发动车子，她才立刻抱起菲比出门。临走前她在门口站了一会儿，她在这里度过了好多充满希望的岁月，现在这些岁月就像昙花一现，似乎从来不曾存在。她紧紧关好门，走下楼梯。

她把菲比放在后座的纸箱里，开车进城，一路驶过青绿色墙面和橘色屋顶的诊所，经过银行、干洗店和她最喜欢的加油站。到达教会时她把车子停在街旁，把沉睡中的菲比留在车上。中庭的人比她预期中还多，她在人群边停下来，距离近到刚好看得见戴维·亨利因寒冷而冻红的后颈，还有诺拉·亨利一头往上盘起的金发。没人注意到卡罗琳，她的鞋跟陷到人行道旁边的泥地里，她把重心移到脚趾头上，想起亨利医生上星期叫她去的疗养中心里那股陈腐的气味，也想起那个穿着衬衣、黑发被剪下掉在地板上的女子。

牧师朗读《圣经》经文的声音在沉静的晨间空气里飘荡。

"黑夜有如白昼一样明亮。黑暗和光明对主而言不分轩轾。"

卡罗琳整夜没睡。她半夜站在厨房窗边吃饼干。她已分不出白昼或黑夜，过往安乐的生活已完全改观。

诺拉·亨利用带蕾丝边的手帕擦擦眼睛。卡罗琳记得她用力生双胞胎的时候，手抓得极紧，也记得她眼中的泪水。戴维·亨利曾断言，小女婴会伤透诺拉的心。如果现在卡罗琳抱着这个被认为已经死去的小女婴走过去，诺拉会作何反应？如果现在卡罗琳中断诺拉的追思，是否会引发更多伤痛？

"你将我们的罪孽摆在你面前，将我们隐藏的罪恶摆在你的光辉之中。"

牧师说话时，戴维·亨利动了一下身子。卡罗琳终于明白她该怎么做了。她喉头紧缩，呼吸急促，小碎石似乎紧压着她的鞋底。中庭里的人群在她眼前晃动，她觉得自己快昏倒了。她看着诺拉修长的双腿，如此优雅动人，忽然间却跪倒在泥地上。微风吹起诺拉的面纱，拉扯着她的圆盒帽。

"因为所见的是暂时的，所不见的是永远的。"

卡罗琳看着牧师的手。当他再度开口时，话语虽然模糊，但好像不是针对菲比说的，倒像是冲着她而来，仿佛昭示着某种无法扭转的定局。

"我们将她的躯体交还自然，泥归泥，尘归尘，土归土，愿主保护她、留住她，用他脸上的光照亮她，赐她安息。"

牧师的声音中止，风吹过树间。卡罗琳振作起来，用手帕擦掉眼泪，甩甩头，转身走向车子。菲比依然熟睡，一缕阳光掠过她的脸庞。

所有的结束都是开始。不一会儿，她已转过墓石成排的墓碑工厂，朝着高速公路前进。想来也真怪，她一进城就看到墓碑工厂，这岂不是个坏兆头？但她把这些全部抛在脑后。当开到高速公路分岔点时，她选择了往北开，驶向辛辛那提，然后前往匹兹堡，循着俄亥俄河开向那座有着亨利医生神秘过去的城市。另一条通往路易斯安那疗养中心的公路，逐渐消失在她的后视镜中。

卡罗琳开得很快，不顾一切，激动不已，心中有如白昼般透亮。说真的，这个时刻，坏兆头算得了什么？在世人眼中，这个在她车里的婴孩已经死了，而她，卡罗琳·吉尔，也正从地表上消失。这令她感觉越来越轻盈，仿佛车子已经飘浮到空中，越过俄亥俄州南部的静谧田野。在那个天气晴朗的下午，车子朝着北方和东方前进，卡罗琳对未来充满信心。倘若在世人眼中，最不幸的事已经发生在车里这两人身上，那么现在她们肯定已将最糟的丢在身后，往前方迈进。

THE MEMORY KEEPER'S
DAUGHTER

一九六五年

一九六五年二月

　　诺拉光脚站在饭厅的凳子上，把粉红色的彩带系在黄铜吊灯上，小心保持平衡。一串串粉红和桃红色的心形剪纸飘过桌面的瓷器、蕾丝桌布和亚麻餐巾。绘着深红色玫瑰花并且镶金边的瓷器，是她的结婚礼物。她干活的时候，暖气闷声低鸣，被风吹得沙沙作响的皱纹纸，擦过她的裙边，轻轻落在地上。

　　保罗快一岁了，他坐在角落，身旁有个装水果的旧篮子，里面摆满了积木。他才刚会走路，整个下午穿着他的第一双鞋在新家用力踏来踏去，自己玩得很开心。每个房间都可以冒险，他先前把钉子丢在暖气的节气门上，被发出的回音逗得大笑；还把一包石膏灰拖过厨房，留下一道狭长的白粉。此时他睁大眼睛，看着这些像蝴蝶一样美丽的彩带，然后自己从椅子上撑着起来，摇摇晃晃地追逐彩带。他捉住一束粉红彩带猛力一拉，吊灯摇晃起来。接着他突然失去平衡跌坐在地上，惊吓之余放声大哭。

　　"噢，小甜心，"诺拉爬下来抱他，"没事没事。"她轻声耳语，用手摸摸他柔软的黑发。

　　外面车灯亮起，接着熄灭，传来关车门的声音。同时电话铃声大作，诺拉抱着保罗走进厨房，刚接起电话就听到有人敲门。

　　"喂？"她把嘴唇紧贴着保罗的额头，感觉潮湿又柔软，同时有点担心地想看看是谁把车停在车道上。布丽还要一个小时才会回来。"甜心小宝宝，"她轻声说，然后又对着电话说一声，"喂？"

"请问是亨利太太吗？"

是戴维办公室的护士打来的电话，诺拉从没见过这位护士，戴维一个月前才刚到这家医院上班。她的声音亲切洪亮，诺拉想象中的她是个壮硕的中年妇女，梳个整齐的蜂窝头。以前那位握住诺拉的手帮她熬过产痛的护士卡罗琳·吉尔，已经不声不响地消失了。她的失踪既像神秘事件，又好像藏着不可告人的秘密。

卡罗琳的蓝眼睛和坚定的眼神，总让诺拉想起那个纷乱、下雪的夜晚。

"亨利太太，我是莎朗·史密斯。亨利医生刚被叫进急诊室了，他本来已经下班并打算离开，没想到又被叫回来。李斯汤路附近发生了可怕的车祸，你知道的，青少年总爱闯祸，他们伤势很严重，亨利医生请我打电话跟你说，他会尽快回家。"

"有没有说还要多久？"诺拉问，空气中充满了烤肉、酸白菜和烤马铃薯的香味，都是戴维爱吃的东西。

"他没说。但这场车祸很严重，我猜还要好几个小时。"

前门开了又关，轻盈而熟悉的脚步声穿过前厅、客厅、饭厅。布丽提早到了，她来接保罗，好让诺拉和戴维共享情人节前的夜晚，庆祝他们的结婚纪念日。

诺拉想要给戴维一个惊喜，算是送他的礼物。

"谢谢，"她跟护士道谢，"谢谢你打电话来。"然后挂掉电话。

布丽走进厨房，把外面下雨的味道也带了进来。她穿着长长的雨衣外套，底下是黑色及膝长靴，以及一件诺拉平生见过的最短的迷你裙，裙子根本遮不住她修长细白的大腿。耳际一对镶着土耳其玉的银耳环在灯光下闪闪发亮。布丽在一个地方电台上班，她直接从办公室过来，包里塞满了她的课本和报告。

"哇，"布丽把包放到流理台上，伸手抱保罗，"看起来好漂亮，诺拉。这么短的时间，你就能把家里布置得这么漂亮。"

"我一直在忙这些。"诺拉说着,想起这几个星期她一直在撕墙上的壁纸,把墙壁重新粉刷。他们搬家的原因和戴维换工作一样,是希望借新环境忘记过去的伤痛。诺拉什么都不奢求,只想一头栽进布置新家的工作中。只可惜效果不如预期,失落感依然常在心中翻搅,好像余烬中燃起的火焰。这个月她曾两次临时请人照顾保罗,自己丢下漆了一半的墙壁和成捆壁纸,飞速开车行经狭窄的乡间小路,直奔有扇铸铁大门的私人墓园——她女儿的长眠之地。墓园里的墓碑低矮,有些年代久远,磨损得几乎变成平的。菲比的墓碑样式简单,粉红色的花岗石上深深凿刻着她的姓名,以及她短暂的生卒年月。冬日景致寂寥,强风吹过她的头发,诺拉跪在和梦境中一样干裂冰冷的草地上。她伤心得几乎瘫痪,连哭都哭不出来,但她还是待了好几个小时。最后她站起来,掸掸衣服,掉头回家。

此时保罗正在跟布丽玩,一直去抓她的头发。

"你妈妈好厉害喔,"布丽跟他说,"简直就是'苏西主妇娃娃'①,像不像? 不行,宝贝,别碰耳环。"她伸手抓住保罗的小手。

"'苏西主妇娃娃'?"诺拉的愤怒像波浪涌上来,"你这话是什么意思?"

"没什么意思啊。"布丽说,她本来在跟保罗扮鬼脸,现在惊讶地看着姐姐,"噢,诺拉,放轻松一点嘛。"

"'苏西主妇娃娃'?"诺拉又重复一次,"我只想把家里弄得漂漂亮亮,庆祝结婚纪念日,这样有什么不对?"

"没什么不对,"布丽叹了一口气,"看起来棒极了,我刚才不就这么说吗? 我是来接宝宝的,你忘了吗? 干吗一肚子气?"

诺拉摇摇手:"算了,唉,真讨厌,别提了,戴维还在手术室。"

---

① 苏西主妇娃娃(Suzy Homemaker),一九六〇年代流行的洋娃娃,还有许多过家家的商品。

布丽过了一会儿才说："原来如此。"

诺拉本想为他辩护，但又没说什么。她用手压着脸："唉，布丽，为什么是今天晚上？"

"太可恶了。"布丽同意。诺拉的脸很臭，噘着嘴。布丽笑着说："拜托，说实在的，或许这不是戴维的错，但你真的很不爽，对不对？"

"好，不怪他，"诺拉说，"有人出了车祸。但是你说得对，真是可恶，讨厌死了。"

"我了解。"布丽说，口气出奇地缓和，"实在扫兴，姐，真抱歉。"说完她又笑笑，"你看，我替你们买了礼物，你开心一点嘛。"

布丽换了只手抱保罗，然后在大布袋里乱翻，掏出书本、套在皮盒里的太阳眼镜、糖果、一沓跟即将举行的示威活动有关的传单，最后终于拿出一瓶酒。两人各倒一杯，酒闪烁着深红色的光泽。

"为爱情干杯。"她递给诺拉一杯，自己拿起另一杯，"为永远的快乐与幸福喝一杯。"

两人都笑了。酒色暗红，带着莓果香和淡淡的橡木味。外面雨水沿着排水管滴落。多年以后，诺拉依然记得这个阴沉、满怀失望的夜晚，以及布丽带来的欢乐。她光芒四散的精神头儿、发亮的靴子和耳环，都让诺拉觉得好美，但又是那么遥不可及、难以捉摸。多年之后诺拉才了解，那股笼罩着自己的阴郁氛围叫忧郁症。但在一九六五年，没人谈过忧郁症，连想都没想过。诺拉当然更想不到——她有家、小宝宝和当医师的丈夫，理当心满意足。

"嘿，你的旧家卖了吗？"布丽把酒杯放在流理台上，"你接受对方的出价吗？"

"我不知道，"诺拉说，"价钱比我们期望的还低，戴维觉得可以接受，想赶快解决。但我不确定，那里是我们的家，我还不想卖。"

想到他们的旧家，现在满室黑暗，空无一人，前院插着"出售"的牌子，诺拉顿时觉得一切都脆弱不堪。她靠着流理台站好，又喝了口酒。

"你这阵子感情生活如何？"诺拉改变话题，"你跟那个叫什么——喔——杰夫，跟杰夫还好吧？"

"他啊，"布丽脸色一沉摇摇头，仿佛要厘清头绪，"我没跟你说吗？两个星期前，我回家发现他跟一个美丽可爱的姑娘在床上，我的床啊！那姑娘还跟我们一起参加过市长竞选活动呢。"

"噢！真抱歉。"

布丽摇摇头："别这么说，我并不爱他，或是特别有感情，只是在一起感觉还不错。我自己是这么想的。"

"你不爱他？"诺拉重复了一次。她察觉自己不满的语气很像母亲，竟讨厌起自己来。她不想变成母亲那种在整洁静谧的家里独自喝茶的人。可是她也不想因为遭逢悲伤而放纵自己过着没有意义的生活。可怕的是，她好像快要变成这种人了。

"不爱，"布丽说，"我才不爱他。有一段时间我以为我爱他。现在说这些都没用了。我最恨的是他把这段感情弄得平庸俗气，我最讨厌让自己变得俗气。"

布丽把空酒杯放在流理台上，换另一只手抱保罗。她面庞细致，轮廓漂亮，虽然没上妆，但气色很好，两颊与嘴唇透着淡淡的粉红色。

"我没法过你那样的生活。"诺拉说。保罗出生、菲比过世之后，她觉得自己必须保持戒备，仿佛一不留意就会大祸临门。"我就是没办法打破规范，换种生活方式。"

"世界又不会因此毁掉，"布丽轻声说，"信不信由你，世界不会因为这样走向末日。"

诺拉摇摇头："还是有可能。你不知道什么时候会发生什么事。"

"我明白，"布丽说，"我了解。"诺拉心头满是感激，扫去了先前的不悦。布丽总是愿意聆听，并适当回应，且尊重她的经历。"你说得没错，诺拉，任何事都可能发生，任何时候都有可能，但事情出了问题不是你的错，你不可能一辈子小心翼翼，只求躲避灾祸。这样行不通的，结果只会让你错过当下的一切。"

诺拉不知道如何回答是好，只好伸手抱过保罗。保罗在布丽怀里扭来扭去，小家伙饿了。他的头发太长，但诺拉又舍不得将它剪短，每次只要他一动，一头长发就像在水中一样轻微漂动。

布丽帮两人又倒了点酒，从流理台的水果篮里拿起一个苹果。诺拉把奶酪、面包和香蕉切成块，放在保罗高脚餐椅的托盘上。她边切边喝酒。不知怎么的，周遭似乎越来越清晰，她看到保罗海星一样的小手把胡萝卜撒在头上，厨房的灯光映着后院栏杆，在草地上投下阴影，形成黑影与亮光的图案。

"我买了台相机给戴维当结婚纪念日礼物。"诺拉说。她真希望能捕捉这些稍纵即逝的片刻，永远存留。"他换了家医院，工作很忙。他应该培养些嗜好。真不敢相信他今晚还要上班。"

"我看，"布丽说，"我还是把保罗带走吧。说不定戴维赶得及回家吃晚饭，就算是午夜也好。你们还可以省掉晚餐，推开碗盘，在饭桌上做爱。"

"布丽！"

布丽大笑："拜托嘛，诺拉。我可以照顾保罗。"

"帮他洗个澡。"诺拉说。

"没关系，"布丽说，"保证他不会淹死在澡盆里。"

"不好笑，"诺拉说，"一点都不好笑。"

诺拉还是同意了，她收拾好保罗的东西，让布丽抱着他走出家门。保罗柔软的头发贴着布丽的脸颊，黑色的大眼睛严肃地盯着她，然后两人就离开了。诺拉从窗户看着布丽车子的尾灯消失在街道上，带走了她的儿子，她只能克制自己不要追出去。她怎么愿意让孩子长大，让孩子进入这个危险而不可预测的世界？她站了几分钟，遥望漆黑的远方，然后走进厨房，用锡箔纸包住烤肉，关掉烤箱。七点了，布丽带来的酒几乎没了，厨房里安静到可以听见时钟的嘀嗒声。诺拉又开了瓶酒，这瓶昂贵的法国红酒是为今晚买的。

家里寂静无声。保罗出生之后，她可曾单独在家？一次也没有吗？

没有。她一直躲避这种孤独、安静的时刻。在这种时刻，她总是无法忘掉自己夭折的女儿。那场在教堂中庭、三月晴朗的阳光下举办的追思会虽然发挥了安慰的力量，但诺拉有时依然能感觉到女儿的存在。她也说不上为什么，反正好像一转身就会看到小女儿在楼梯上，或是站在外面的草地上。

她手扶在墙上，甩甩头理清思绪，然后拿着酒杯，走遍家中每个角落，仔细检查自己的工作成果。脚步在刚擦亮的地板上发出空洞的声响，屋外雨下个不停，对街的灯光朦胧。诺拉想起那个白雪翻飞的夜晚，戴维搀扶着她，帮她穿上那件绿色旧大衣。大衣现已经破旧了，她却不忍心丢弃。大衣在她圆滚滚的肚子周围敞开，夫妻俩四目相视。他关切地望着她，整个人看上去既紧张又兴奋。在那一刻，诺拉觉得她了解他，就像她了解自己。

但现在一切都变了。戴维变了。晚上两人坐在沙发上，他只会翻着期刊，整个人心不在焉的。诺拉以前当过长途电话接线生，按着冰冷的开关和金属按钮，仔细听着微弱的铃声，然后是电话接通的咔嚓声。"请稍候。"她告诉对方。电话里常有回音，从发话到收听之间会有时间差；有时电话线两头同时开口，接着同时打住，短暂的沉寂就像阻隔双方的深邃、安静的夜晚。诺拉偶尔会听别人对话，听听这些她永远不会碰见的人，是这么真心诚意地互通信息：出生、结婚，生病、死亡。她可以体会到黑夜所形成的遥远距离，以及自己能够消弭这些距离的力量。

她现在最需要的，就是这种力量，只是她已经失去这种力量了。有时，即使半夜两人做爱之后躺在一起，两颗心跳动着，她望着戴维，依然感觉耳中充斥着宇宙间黑暗、模糊的咆哮声。

八点已过，外面天已暗。她走回厨房站在烤箱前，戳戳烤得变老的猪肉，然后直接从烤盘里挑了一个马铃薯，用叉子在肉汁里捣碎了吃。焗烤花椰菜表面已经凝结，开始变得干硬了，诺拉尝了一口却烫到了嘴。她伸手拿酒杯，才发现酒杯空了，于是她站到水槽边喝了一杯又一杯水。

四周摇晃得厉害，她赶紧抓住流理台边缘。"我醉了。"她惊讶之余又有点得意，因为自己从没醉过。布丽有次跳舞回家在油地毡上大吐特吐，她告诉妈妈是有人在果汁里偷加了酒，但后来跟诺拉说了实话：大伙儿把啤酒藏在纸袋里，偷偷聚在树丛里喝酒，呼吸出的气息在夜晚里形成小小的云朵。

电话好像放在很远很远的地方。她走路的时候感觉很奇怪，自己好像飘浮起来，恍恍惚惚的。她一手握住门柱，一手拨电话，听筒夹在肩膀和耳朵之间，电话一响布丽就接起来。

"我就知道是你，"她说，"保罗很好，我们念了故事书，洗了澡，他现在睡得很熟。"

"哦，好，好极了。"诺拉说，本来打算告诉布丽说世界正在晃动，但现在讲这些又不妥，这是她的秘密。

"你呢？"布丽说，"还好吧？"

"很好，"诺拉说，"戴维还没回来，但我很好。"

她很快挂了电话，又倒了一杯酒，走到屋外望向天际。外面起了薄雾，酒精像热气或光束一样流过全身，经由四肢散布到指尖和脚尖。她转身时似乎马上又飘了起来，飘离了自己。她想起他们的车，好像飘的一样开过冰滑的街道，车子突然打滑偏斜了一下，戴维很快就控制住了。人家说得没错：她不记得分娩的痛苦，但她永远忘不了那种坐在车里，世界失控、天旋地转的感觉；也忘不了她的手紧抓着冰冷的仪表板，有条不紊的戴维却还是碰到红灯就停下来。

他在哪里呢？她忍不住想，眼里突然满是泪水。当初为什么嫁给他？他又为什么这么喜欢她？刚认识不久的那段浓情蜜意的日子里，他每天到她家，送花并请她吃晚餐，还开车带她到郊外兜风。平安夜那晚门铃响了，她穿着旧睡袍去开门，以为是布丽，怎知一开门看到戴维。他脸冻得发红，手臂里夹着包装精美的礼物。他说他知道时间很晚了，但她愿不愿意跟他出去兜兜风？

"不，"她说，"你疯了！"但从头到尾她都因他的疯狂而笑容满面，边笑边邀他进门。这个男人，拿着鲜花和礼物站在她的公寓楼梯上，令她吃惊和快乐，也让她有点不知所措。以前她不是看着别人参加联谊舞会，就是待在电话公司没有窗户的办公室里，静静地坐在凳子上，听同事规划着她们的婚礼，讨论胸花、薄荷糖等细节。安静端庄的她心想自己可能一辈子独身了。但这个英俊的医生站在门口，嘴里说着："来吧，拜托，我让你看个特别的东西。"

那晚夜色清明，繁星点点，诺拉坐在戴维旧车宽阔的前座上，穿着红色的羊毛外套，觉得自己很美。空气清新宜人，戴维握着方向盘驶过黑暗，穿过寒冷，行经越来越窄的小路，来到一个陌生的地方。他把车停在一座老磨坊的旁边，两人下车朝着潺潺的流水声走去。漆黑的河水倒映着月光，流过岩石，带动磨坊的水车运转。磨坊矗立在迷蒙的夜空下，遮住了繁星，四下只有湍急的水声。

"冷吗？"戴维在水声间高喊。诺拉笑着，边发抖边说不冷，还好。

"手还好吗？"他高喊，声音响亮，宛如流水般，"你没戴手套。"

"还好。"她也高声回答。但他已经握住她的手，紧贴在自己胸前，用他的手套和羊毛大衣帮她取暖。

"这里好美！"她大声说。他笑了，然后低头吻她。他放开她的手，把手伸进她的大衣里，摸着她的背。水流湍急，打在岩石上激起阵阵回音。

"诺拉。"他大喊，声音融入黑夜之中，如溪水流动，虽然清晰，但在大自然的声响里显得有点微弱，"诺拉，嫁给我好吗？"

她笑了，仰起头来，黑夜的气息环绕着她。

"好！"她大喊，又把手按在他的大衣上，"好，我愿意！"

他立即把戒指套在她的手指上，细细的白金指环尺寸刚好，橄榄形的钻石嵌在两枚小小的绿宝石之间。他后来说，宝石正好配她眼睛的颜色，还有他们第一次见面时她穿的那件大衣。

诺拉走进屋里，站在饭厅门口，翻转着手指上的戒指。彩带飘着，一条拂过她的脸；另一条浸到酒杯里，沾染的酒渍慢慢往上蔓延。诺拉看得入神了，注意到酒渍的颜色几乎和餐巾一样。是啊，她的确是"苏西主妇娃娃"，没有比这更贴切的了。有些酒从杯中溅出，洒在桌布上，弄脏了她要给戴维的礼物。冲动之下她拿起礼物，扯开金色条纹的包装纸。我真的醉了！她心想。

相机不大，重量刚好。诺拉苦思了好几个星期，一直想找份适合的礼物，最后在百货公司的展示柜里看到它。机身漆黑带着发亮的黄铬色，有功能复杂的旋钮和扳手，对焦环周围刻着数字，整台相机就像戴维的医疗器具。年轻热心的售货员说了一大堆光圈、光圈值、广角镜头等术语，差点把她淹没，但她喜欢这个相机的重量及冰冷的质感。当她把相机举到眼前时，世界就这么被精准地框了起来。

她试着推了一下银色的扳手，咔嚓地按下快门，声音在屋里格外响亮。她转动小小的旋钮，向前转动底片。"向前转动底片。"她记得售货员讲到这个术语时特别提高音量，盖过了店里其他声音。她透过视镜往外看，把镜头对准肮脏的桌面，然后转了两次旋钮对焦，这次按下快门时，闪光灯照亮了墙面。她眨眨眼把相机转过来，仔细研究灯泡，灯泡已经焦黑变形。她换上新的灯泡，不小心烫伤了手指，却不觉得痛。

她站起来，瞄了一眼时钟：九点四十五分。

雨势不大，但一直持续地下着。戴维今天是走路去上班的。她想象他拖着疲惫的步伐，走过漆黑的街道回家，冲动之下她抓起外套和汽车钥匙，要去医院给他一个惊喜。

车里很冷，她倒车出车道，摸索着寻找暖气开关。但习惯使然，她开错了方向，发现自己搞错后，她却依然冒雨继续在熟悉的小街上前进，往旧家开去。当年在旧家，她怀抱着天真的期望来装潢婴儿房，之后却孤单地坐在黑暗中哺育保罗。她和戴维都认为搬走比较好，但她又不忍心卖掉房子，几乎每天都回去看看。不管她小女儿的生命多么短暂，不管她与小女儿相处的时间多少少，所有的一切都是发生在这栋房子里。

旧家看起来跟以前一样，只是一片漆黑。宽敞的前廊有四根白色的石灰石圆柱，仅有一盏灯亮着。不远处，邻居迈克斯太太在厨房里走动，一边洗碗一边凝视着夜空。班奈特先生坐在椅子上，窗帘没拉上，电视开着。走上台阶的时候，诺拉觉得自己好像还是住在这里一样，可是大门一开，只见所有房间都空空荡荡，屋子小得令人愕然。

诺拉在冰冷的屋里走来走去，挣扎着整理自己的思绪。酒精的后劲更强了，她脑袋里一片空白，怎样也想不清楚。她手里还拿着要送给戴维的新相机，只是刚好拿着，并非刻意带出来。相机里还有十五张底片，她口袋里有备用闪光灯泡。她拍了一张吊灯的照片，觉得很满意，因为当闪光灯一亮，她就永远保有那个影像。二十年之后，哪天半夜醒来，也不会忘记吊灯优雅的金色造型。

她从一个房间走到另一个房间，醉意还在，但现在有事可做了。她把窗户、灯具、地板上旋涡状的纹理都拍下来，记录每个细节，仿佛这是非常重要的任务。客厅里，一个烧坏的闪光灯泡从手中掉到地上摔破，她退后一步，玻璃碎片刺到她的脚跟。她看看自己穿了丝袜的脚，一定是出于习惯，才把湿鞋子留在大门口。她想想自己居然醉成这样，实在难以置信。她又在家里走了两圈，拍下电灯开关、窗户以及通往二楼的瓦斯管。下楼时她才发现脚在流血，留下血迹斑斑的足印。血迹的形状像一颗冷酷无情的心，宛如血淋淋的情人节贺礼。诺拉对自己造成的混乱深感惊愕，又兴奋莫名。

她找到鞋子走出屋外。坐进车里时，她的脚后跟的脉搏急速跳动，相机还挂在手上。

后来，她不太记得那趟回程的路，只记得街道黑暗狭窄，风吹树动，车灯照着路上的积水闪闪发光，水花飞溅在车胎上。她也不记得金属撞击的声音，只记得看见有个闪亮的垃圾筒忽然飞到车前，把她吓了一大跳。她记得湿答答的垃圾筒似乎在空中悬了好一会儿才掉下来，撞上引擎盖，滚上来打裂了挡风玻璃。她还记得车子从路边弹回来，慢慢停到中央分隔岛的针枥树下。她记得挡风玻璃看着像蜘蛛网，复杂的裂痕向外延展，细致、美丽而精密。她用手摸摸额头，手上沾着鲜血。

她没下车。垃圾筒在街上滚动，垃圾散了一地，旁边有黑影在窥伺，可能是流浪猫。右边的房子亮起了灯，一个男人穿着睡袍和拖鞋出来，匆匆从人行道走到她的车旁。

"你还好吗？"男子探向车窗问道。她慢慢摇下车窗，夜晚的冷空气迎面而来。"发生了什么事？还好吗？你的额头在流血。"他又问，从口袋里拿出手帕。

"我没事。"诺拉摇摇手婉拒皱巴巴的手帕。她又用手轻按额头，擦掉一点血迹。相机依然挂在她的手腕上，轻轻敲打着方向盘。她拿下相机，小心地放在旁边的座椅上。

"今天是我的结婚纪念日，"她告诉这位陌生人，"我的脚后跟也在流血。"

"需要看医生吗？"男人问。

"我先生就是医生。"诺拉注意到男子一脸不解，才知道自己先前说的话大概没头没脑，也没多大意义。"他是医生，"她口气坚定地重复，"我会去找他。"

"你还能开车啊？"男人说，"把车留在这里，我叫救护车好不好？"

他恳切的言辞令她热泪盈眶。但她想到灯光、警笛声和一双双温和的手，想到戴维匆忙赶来，看见她在急诊室里，全身狼狈，流着血，还带点醉意——这会变成丑闻，太丢脸了。

"不用了，"她谨慎地说，"我还好，真的没事。我只是被突然冲出来的猫吓到了，我真的很好，我这就回家，我先生会处理伤口，真的没关系。"

男人犹豫了好一会儿，街灯照着他的银发，他耸耸肩，点了点头走回路边。诺拉缓慢、谨慎地在寂静的街道上打着方向灯往前开，从后视镜中她看到他双臂抱胸盯着她，直到她转弯，消失在视线中。

她沿着熟悉的街道开回家，四下安静无声，她的醉意退了。新家灯火通明，楼上楼下每扇窗户都亮着灯，灯光流泻而出，到处泛滥，怎样都围堵不住。她把车停在车道上，下车，在潮湿的草地上站了一会儿。

雨水轻轻落下，水珠挂在她的头发和大衣上。她瞥见戴维坐在沙发上，保罗在他怀中，头轻靠在戴维肩上睡着了。想到她留下的残局：泼在桌上的酒、散乱的彩带、烤坏的肉，她拉紧大衣，快步走上台阶。

"诺拉！"戴维仍抱着保罗，走到门口迎接她，"诺拉，出了什么事？你在流血。"

"没关系，我没事。"她说。戴维伸手想帮忙，却被她推开。她的脚发痛，她却庆幸自己痛得厉害，脚后跟的巨痛和头部的抽痛应和，贯穿全身，反而使她稳住了身子。保罗睡得很熟，呼吸平缓均匀，她把手轻放在他小小的背上。

"布丽在哪儿？"她问。

"出去找你了。"戴维说。他看了一眼饭厅，她跟着他的目光看见报销的晚餐、掉落在地上的彩带。"我回来发现你不在，吓了一跳，赶紧打电话给布丽。她把保罗带回来，然后出去找你。"

"我在旧家，"诺拉说，"我撞到了垃圾筒。"她把手放在额头上，闭上眼睛。

"你喝酒了。"他尽量让自己的声音听起来很平静。

"喝酒配晚餐，谁叫你迟到。"

"有两个空酒瓶，诺拉。"

"布丽也在，我们等了很久。"

他点点头："你知道吗？今晚车祸受伤的都是年轻人，现场到处都是啤酒罐。诺拉，我很担心。"

"我没醉。"

电话响了，她接起电话，话筒沉甸甸的。布丽的声音像流水般急促，急着想知道发生什么事。

"我很好，"诺拉尽可能冷静而清晰地说，"我没事。"戴维看着她手掌上的条条黑线，血已止住，也干了。她用手指遮住黑线，转过身。

"好了。"她一挂掉电话，他马上摸摸她的手，轻柔地说，"过来这儿。"

他们上楼。戴维把保罗抱上婴儿床，诺拉脱下破掉的丝袜坐到浴缸边。四周不再晃动了，诺拉在明亮的灯光中眨眨眼，想把今晚发生的事情理出头绪来。过了一会儿，戴维过来，把她额头上的头发拨开，举止温柔地为她清理伤口。

"被你撞到的人是不是更严重啊。"他说。她猜想，或许戴维跟病人也都是这样说：闲聊两句，讲些不着边际的话，当作工作上的调剂。

"没有其他人。"她说，心里想的是那个银发、倾身靠近她的车窗的男子，"我被猫吓到了，车子打滑，可是挡风玻璃……噢！"她叫了一声，他正帮她的伤口消炎，"噢！戴维，好痛。"

"一会儿就不痛了。"他把手放在她的肩头，接着他屈膝跪在浴缸旁，伸手拉起她的脚。

她看着他挑出碎玻璃，小心、冷静，沉浸在自己的思绪里。她知道他也是用同样娴熟的手法照顾每个病人。

"你对我太好了。"她轻声耳语，想要缩短两人间的距离。而这个距离是她造成的。

他摇摇头，停下手边的工作，抬头看着她。

"对你太好了？"他慢慢重复，"诺拉，为什么？为什么跑回旧家？怎么还停在过去？"

"因为那是最后仅存的地方，"她马上接道，语调坚定又悲伤，连她自己都讶异，"我们最后就这样离开了她。"

他把头转开。但在这之前，有那么短暂的一刻，他的脸上略过一阵紧张与愤怒，但很快就压抑下来。

"我已经很努力了，你到底还要我怎样？我以为这个新家会带给我们快乐，诺拉，大部分人看到这栋房子都应该觉得满意了。"

他的口气令她恐惧不已，她可能会失去他。她的脚、头一阵抽痛。想到自己造成的惨况，她微微闭上眼。她不想永远被困在这样沉寂的黑夜里，而戴维显得那么遥不可及。

"好吧，"她说，"明天我打电话给中介，我们接受对方的出价吧。"

她说话时感到有层薄雾将过去笼罩起来，宛如凝结中的薄冰一样尖锐、脆弱，在两人之间形成隔阂。以后隔阂会越来越深，最后变得阴暗而无法穿透。诺拉感觉得到隔阂正在形成，心里也很害怕。但此刻，她更怕的是眼前，如果这一切四分五裂的话，他们俩会怎样？没错，应该往前看。好，她会这么做，就当是送给戴维和保罗的礼物。

菲比将永远活在她心中。

戴维用毛巾包住她的脚，跪坐在脚跟上。

"我无法想象我们搬回老家的情形，"他说，口气因她的让步而和缓多了，"如果你真的想搬回去，我们可以卖掉现在这栋房子。"

"不要，"她说，"我们的家就在这里。"

"但是你这么伤心，"他说，"不要难过，诺拉，我没有忘记。我们的结婚纪念日、我们的女儿，我什么都没忘。"

"哦，戴维，"她说，"我把你的礼物留在车里了。"她想起相机，以及它精准的旋钮与扳手，"记忆的守护者"，盒子上白色的斜体字这么写着。这正是她买相机的原因：让他留下每个时刻，好让他永远不会忘记。

"没关系，"他站起来，"等等，在这里等等。"

他跑下楼，她又在浴缸边坐了一下，然后站起来，一跛一跛地走到保罗的房间。她脚下的深蓝色地毯触感厚实。她在淡蓝色的墙面上漆上了云朵，在婴儿床上方挂了活动的星星，保罗在旋转的群星下沉睡，踢开了毯子，小手伸到毯子外。她轻吻他，把毯子盖好，摸摸他柔软的头发，用食指摸摸他的小掌心。他现在长得很大了，会走路，也开始学讲话了。才不到一年，那些保罗专心吃奶、戴维在家中摆满水仙花的夜晚，都到哪儿去了？她想起相机，也想起自己走遍他们空荡荡的旧屋子，下定决心记录每个细节，不让时间溜走。

"诺拉？"戴维走进房里，站在她后面，"闭上眼睛。"

她的皮肤上一阵冰凉。她低头一看，是一长串深绿色的翡翠宝石，镶在金链子上，贴着她的肌肤。

“刚好配你的戒指，”他说，“刚好配你的双眼。”

“好漂亮。”她轻声说，触摸着温暖的金链，“噢，戴维。”

他把手放在她的肩上，刹那间，她好像又回到磨坊旁淙淙的水声间，快乐如黑夜般将她团团围住。她心想，别呼吸，不要动，但什么都停不下来。屋外细雨飘落，种子在黑暗潮湿的泥土里蓄势待发。保罗在睡梦中呼了一口气，移动了下身子。明天他会醒来，茁壮成长。他们的生命不断前进，每一天都让他们离早夭的女儿更远。

一九六五年三月

　　热水急促流出，蒸汽上升，镜子和窗户蒙上雾气，遮住屋外苍白的月亮。卡罗琳抱着菲比在狭小的紫色浴室里走来走去。菲比的呼吸急速短浅，小小的心脏跳得很快。"好起来吧，我的小宝贝。"卡罗琳自言自语，抚摸着菲比柔软的黑发，"好起来，心爱的小女儿，快好起来吧。"疲倦的她停下来往外看看月亮，月光照在山楂树的枝头。菲比又咳了，从胸腔猛咳，紧缩的喉咙发出咻咻的哮喘声，很尖锐，躺在卡罗琳怀里的身体越来越僵硬，这是典型的哮吼。卡罗琳拍拍菲比的背，小小的背比她的手掌大不了多少。

　　菲比咳嗽暂缓时，卡罗琳便开始走动，这样她才不会站着就睡着。今年有好几次了，她醒来时惊觉自己还站着，而怀中的菲比居然奇迹似的安然无事。

　　楼梯叽叽嘎嘎作响，然后是地板声响，接着紫色的浴室门开了，飘进来一股冷空气。多罗走了进来，睡衣外面披着黑丝袍，灰发垂到肩头。

　　"很糟吗？"她问，"听起来很糟糕，要不要我把车开来？"

　　"我想不必。但请把门带上好吗？蒸汽挺有帮助的。"

　　多罗把门带上，在浴缸边坐下。

　　"吵到你了，"卡罗琳说，菲比靠着她的脖子浅浅地呼吸，"对不起。"

　　多罗耸耸肩："你也知道我几点睡，反正我还醒着，在看书。"

"什么书这么好看？"卡罗琳问。她用睡袍的袖口擦擦窗户，月光照在楼下的花园中，闪耀着犹如草地上水珠的光泽。

"科学期刊，连我都觉得无聊透顶，还想拿它催眠呢。"

卡罗琳笑笑。多罗是物理学博士，在大学任教。多罗的父亲利奥·马奇曾是物理系的系主任。他聪颖过人，声名卓著，八十多岁仍身体硬朗，但记忆和感官知觉都不行了。十一个月以前，多罗雇了卡罗琳来照顾他。

这份工作真是老天爷的礼物。一年前，她开过彼特堡隧道，登上莫农加希拉河上的高耸大桥，河谷平原中冒起一座座青绿山丘，匹兹堡忽然就出现在眼前。这么近，这么生气蓬勃。城市的广阔和美丽令她震慑，她深吸了一口气，减缓车速，稳稳控制着车子。

她在市郊的廉价汽车旅馆住了一个月，每天读招聘启事，看着存款日渐缩减。等她来利奥家面试时，原本的兴奋已转为麻木的恐慌。她按了下电铃，然后站在前廊等候。鲜黄水仙花在春天茂盛的草地上摇曳。

隔壁穿家居服的女人正在扫门前台阶上的煤灰，住在这栋房子里的人却懒得打扫。菲比的汽车安全座椅被抬下来，周围的地面积了好几天的灰尘，灰尘有如染黑的雪，一踩上去就是清晰的脚印。

高瘦、苗条、穿灰色套装的多罗·马奇终于出来开门。卡罗琳也不管多罗迟疑地瞄着菲比，径自抬起安全座椅进屋。她在一张不太稳固的椅子上坐下。暗红的天鹅绒椅垫已褪为粉红色，只有装饰在布料上的大圆钉边缘还是深红色。多罗·马奇坐在对面的皮沙发上，沙发皮表面龟裂，一只沙发脚还靠砖头支撑着。她点燃香烟，打量了卡罗琳好一阵子，蓝色的双眼尖锐而灵活。她清清喉咙，吐了口烟，没有立刻说话。

"老实说，我没料到会有个小孩。"她说。

卡罗琳拿出履历表："我当过十五年护士，经验丰富。我会以高度的热忱来工作。"

多罗·马奇接过履历研究。

"没错，你经验丰富。可是这上面没写你在哪里高就，不够详细。"

卡罗琳犹豫了一下。过去几星期经历了十几次面试，对这个问题她有十几种答案，结果工作都没了下文。

"因为我跑掉了，"她头晕目眩，"我离开了菲比的生父，所以不能告诉你我打哪儿来，也没有推荐信。也因为这样，我到现在还没找到工作。但我是个很优秀的护士，老实说，你用这种薪水能请到我算你好运。"

听到这里，多罗大笑起来，又带点惊讶："你这人说话真直接！亲爱的，做这份工作的人必须住在我家，我干吗要冒险接纳一个百分之百的陌生人？"

"我可以马上开始工作，你先提供住宿就好。"卡罗琳坚持，汽车旅馆那个壁纸剥落、天花板斑驳的房间，她也没钱再住一晚了，"两个星期，让我试两个星期，然后你再决定。"

多罗·马奇手中的香烟已烧到尽头。她把香烟按熄，烟灰缸里烟头已经满出来了。

"你怎么应付得来？"她考虑了一会儿，"你还带着小孩。我爸爸没耐性，不好照料。"

"一个星期，"卡罗琳回答，"一个星期之内，若你不喜欢我，我就离开。"

到现在快一年了。多罗在蒸汽迷蒙的浴室里站起来，印着鲜艳热带鸟类的黑丝袍袖口滑到手肘。

"我来抱她吧，卡罗琳，你累坏了。"

菲比的气喘缓和下来，脸色也好多了，双颊有了浅浅的粉红。卡罗琳将她递过去，怀里少了她，忽然感到寒冷。

"利奥今天还好吗？"多罗问，"有没有给你惹麻烦？"

卡罗琳过了一会儿才回答。她很累。她跑到这么远的地方，这一年里过一天算一天。原本平静的单身生活已经完全改变。也不知是为什么，她来到这个小小的紫色浴室里，成了菲比的母亲，又替一个才华洋溢、头脑却不清楚的男人当看护，还跟这位原本不太可能认识的多罗成为好友。一年前她和多罗还是陌生人，两人若在街上擦身而过，说不定连看都不会再看对方一眼。现在她们的生命却因为日常的生活需求而紧密相连。两人也都谨慎小心，互相尊重。

"他不肯吃东西，还说我把清洁剂倒在马铃薯泥里，所以……今天看起来跟平常没什么两样。"

"我无意冒犯你，"多罗轻声说，"他以前不是这样的。"

卡罗琳关掉水龙头，坐在紫色浴缸的边缘。

多罗朝着烟雾蒙蒙的窗户点了一下头，菲比的手在她的睡袍衬托下，就像星星一样洁白。"外面那条公路还没盖的时候，他常带我去山坡那边玩。以前白鹭鸶就在树林里筑巢，有年春天，我妈妈种了好多水仙花，好几百株。我爸爸每天坐火车从学校回来，六点整到家，直接到那边采花给妈妈。那个时候的爸爸，你现在一定认不出来的。"她说。

"我知道，"卡罗琳温柔地说，"我了解。"

两人沉默下来，水龙头滴着水，蒸汽继续飘着。

"她睡着了，"多罗说，"她会好起来吧？"

"会的。"

"卡罗琳，她是不是有什么毛病？"多罗的口气变得急切而断然，"亲爱的，我对婴儿一无所知，但连我都感觉出有点不对劲。菲比很漂亮，很可爱，但就是有点不对劲，对不对？她快要一岁了，现在才刚学会坐起来。"

窗子上水雾淋漓，卡罗琳望着窗外的明月，闭上了眼睛。小婴儿菲比不太爱动，一开始看起来不错，代表她安静而专心，卡罗琳让自己相信菲比一切正常。六个月过去了，菲比一直长大，但以她的年纪而言还是太小了。她依然迟钝地躺在卡罗琳怀中。菲比的目光会随着一串钥匙移动，偶尔挥挥小手，可是从来没有伸出手来抓钥匙，好像也坐不起来。卡罗琳利用休假带着菲比到卡内基大学宽敞的图书馆里找资料，宽大的橡木桌上堆满了书本和期刊。她仔细阅读，显然患者们最后都会被冷酷地送到阴暗的疗养中心，生命比普通人短暂，未来毫无希望。每读一个字就会把她的胃穿一个孔，这让她感觉很不舒服。身旁的菲比还在汽车安全座椅里动来动去，面带微笑，挥着双手，咿咿呀呀。她是活生生的小宝贝，不是研究案例。

"菲比有唐氏症，"卡罗琳强迫自己说出来，"没错，就是这个专有名词。"

"卡罗琳，"多罗说，"真抱歉，因为这样你才离开你先生，对不对？你说过他不要她。哦，亲爱的，真的好抱歉。"

"别这么说，"卡罗琳伸手把菲比抱回来，"她很漂亮。"

"啊，没错，她很漂亮。但是，卡罗琳，她以后会怎样？"

菲比在她怀里，暖融融、沉甸甸的，柔细的黑发垂在白皙的脸上。卡罗琳轻轻摸摸菲比的脸。她意志坚强，会不顾一切地保护菲比。

"我们将来会怎样？我是说，多罗，请老实告诉我，你曾经想象过你现在的生活会是这样吗？"

多罗转过头，脸上表情痛苦。多年前她的未婚夫在别人的怂恿之下，从桥上跳到河里，就这样死了。多罗一直想着他，始终未婚，也没有一个她一直渴望的孩子。

"没想过。"她终于说，"但这不一样。"

"为什么？为什么不一样？"

"卡罗琳，"多罗摸摸她的手臂，"别再说了。我们都累了。"

多罗下楼，脚步声渐远。卡罗琳把菲比放到婴儿床里，单调的街灯灯光下，熟睡的菲比看起来跟其他小孩一样。但她的未来无法预测，充满了各种可能性。车辆飞速经过多罗童年玩耍的田野，车头灯照在墙上。卡罗琳想象白鹭鸶从沼泽地飞出来，在黎明的淡金色日光中展翅飞翔。她以后会怎样？老实说，卡罗琳有时半夜躺在床上，也在烦恼同样的问题。

针织窗帘在房里投射出雅致的阴影，这些窗帘是多罗的母亲几十年前亲自挂上的。月光非常明亮，不必开灯都可以将屋中细节看得清楚。桌上的信封里面摆了三张菲比的照片，旁边有张对折的信纸，卡罗琳展开信纸，读了读自己写的信：

> 亲爱的亨利医生：
>
> 我写信是要告诉你我们一切都好，菲比和我平安又快乐。我的工作不错，菲比有些呼吸系统的毛病，但大致上是个健康的宝宝。随函附上几张她的照片。祝我们好运吧，到目前为止她的心脏没有问题。

这封信几个星期前就写好了，本来早该寄出去，但每次想到菲比柔软的小手，想到菲比一高兴就咿咿呀呀的，她就忍不住改变了心意。此刻她又把信放到一边，躺了下来，不一会儿就昏沉入睡。模模糊糊间她又梦到候诊室里垂头丧气的植物，叶片被暖气吹得飘动。她醒来后有点不安，不知道自己身在何处。

"这里，"她摸摸冰凉的床单告诉自己，"我好端端地在这里。"

次日清晨，卡罗琳醒来时已是满室阳光，耳中充斥着震天响的乐声。菲比从婴儿床里伸出手来。音符要是带着翅膀的小蝴蝶或萤火虫之类的东西，说不定菲比就能捉到了。卡罗琳给菲比穿好衣服，抱着她下楼。她先到二楼，利奥·马奇安坐在明亮的黄色办公室里，双手枕在脑后瞪着天花板，书乱扔在长沙发上。卡罗琳平常不能进入这间办公室，除非利奥请她进去。所以她站在走道上望着他，但他没注意到。老人头顶秃了，周围是一圈灰发，身上还穿着昨天的衣服，正专心聆听喇叭中传出的音乐。乐声大得连房子都好像在震动。

"要吃早餐吗？"她大喊。

他摇摇手，意思是说他自己会处理。嗯。好吧。

卡罗琳下楼到厨房，煮上咖啡，在这里隐约还听得见音乐的声音。她把菲比放在高脚椅上，喂她吃苹果泥、炒蛋和新鲜奶酪，卡罗琳三次把汤匙拿给她，三次都咔嚓一声掉在金属盘上。

"没关系。"卡罗琳大声说。但她的心已经麻木，多罗的话萦绕耳际：

"她以后会怎样？"不要说以后，就说现在吧，菲比已经十一个月大了，应该抓得住一些小东西才对。

卡罗琳收拾好厨房走进饭厅，整理刚从晒衣绳上收下来的衣服，衣服闻起来有风的味道。菲比仰躺在小围栏里，咿咿呀呀地敲打卡罗琳挂在她上面的铃铛和玩具。卡罗琳不时停下手边的工作，走过去调整一下这些鲜艳的玩具，希望菲比会因五光十色的吸引而翻身。

半小时后音乐突然停止，利奥的双脚出现在楼梯口，鞋带绑好了，皮鞋擦得光可鉴人，长裤短了几英寸，裤管下面露出苍白、没穿袜子的脚踝。接着利奥整个人出现在眼前，他身材高大，本来很结实，现在皮肉却松垮垮地挂在瘦弱的骨架上。

"喔，很好。"他边说边朝着干净的衣物点点头，"我们需要女佣。"

"要吃早餐吗？"她问。

"我自己会弄。"

"好吧，请便。"

"午餐之前我就让你滚蛋。"他在厨房里大喊。

"请便。"她再说一次。

锅碗接连掉落一地，老人家出口咒骂，卡罗琳想象他蹲下来把一堆散乱的厨具推回储柜里的画面。她应该过去帮忙，但是不行，得让他自己来。刚开始上班的时候她不敢回嘴，利奥·马奇一喊，她就马上跑过去。后来多罗把她拉到一旁。"喂，你不是用人，你听我的指示就好，不必对他百依百顺。你表现得很好，这里也是你的家。"多罗这么说道。卡罗琳听了就知道自己已经通过试用期。

利奥走进来，端着满满一盘炒蛋和柳橙汁。

"别担心，"还没等她开口他就说，"我把他妈的炉子关了。我这就端着我的早餐上楼，一个人慢慢吃。"

"注意你的用词。"卡罗琳说。

他嘟囔一声表示回答，用力踏步上楼。她停下手边的工作，看着一只红雀驻足在窗外的紫丁香花丛上，然后飞走。忽然之间，她很想哭。

她在这里做什么？是什么念头驱使她做出这个极端的决定，走上了这条不归路？最重要的是：菲比以后会怎样？

几分钟后楼上再度传来音乐声，门口有人按了两次铃，卡罗琳从围栏内抱起菲比。

"她们来了，"她用手擦干眼泪，"练习的时间到了。"

珊卓拉站在前廊，她个子很高，骨架也非常大，是个意志坚强的金发女子。卡罗琳一开门她就急着挤进来，一只手抱着提姆，另一只手拖着一个大布袋，连招呼都没打就坐到地毯中央，把叠叠圈玩具倒出来摆成一堆。

"对不起，我迟到了，"她说，"外面交通糟透了，你家离大马路这么近，你不会抓狂吗？是我的话一定发疯。好了，你看我找到了什么？这些塑胶的叠叠圈玩具真棒，还有不同的颜色，提姆很喜欢。"

卡罗琳也坐到地上。珊卓拉跟多罗一样，是卡罗琳意外结交的朋友，以前的卡罗琳绝不可能认识这种朋友。某个阴冷的一月天，她们在图书馆巧遇。当时卡罗琳正因书中专家的分析和悲观的数据沮丧不已，她绝望地用力合上书。隔着两张桌子，珊卓拉的桌上也堆了一摞书，那些书的书脊和封面看来眼熟得不得了。"噢，我太了解你的感受了，我也很生气，气得真想打破窗子。"

她们聊了起来，刚开始还有点戒心，后来越聊越开心。珊卓拉的儿子提姆快四岁了，也有唐氏症。珊卓拉起先还不知道，但确实觉得提姆的发育比家里另外三个孩子慢。她以为只是单纯的发育迟缓，没什么其他原因。身为忙碌的母亲，她只能期望提姆渐渐能够跟其他小孩一样，就算多花点时间也无所谓。提姆到两岁才会走路，三岁才会自己上厕所，医生建议最好把提姆送到疗养中心。这话吓坏了全家，也让她气得开始采取行动。

卡罗琳专心倾听，她的每句话都让她心情大振。

后来两位母亲离开图书馆去喝咖啡。卡罗琳永远忘不了那天，忘不了心中的激动，那种感觉就像从漫长的梦中清醒。她们想知道，如果按照一般正常的方式带孩子，会怎么样？孩子或许学得比较慢，或许无法符合一般的标准，但如果她们干脆抛开那些让人觉得压迫的观点、曲线图和成长图表，又会怎样呢？如果她们一直抱持希望，但不设定时限呢？这样又没有坏处，为何不试试看呢？

对啊，为什么不试试看呢？她们开始在利奥家或是珊卓拉家聚会。珊卓拉家里还有三个年纪较大、吵吵闹闹的男孩。她们买书籍买玩具，多方研究探听，再加上卡罗琳的护士经验和珊卓拉的老师经验（还是四个孩子的妈妈）。她们大多只能依赖普通的常识，如果想教菲比翻身，就把颜色鲜艳的球放在她拿不到的地方；如果要让提姆练习协调能力，就给他一把钝剪刀和色纸，让他剪纸。进展虽然迟缓，甚至难以察觉，但这些已经是卡罗琳唯一的指望了。

"你今天看起来怎么这么累？"珊卓拉说。

卡罗琳点点头："菲比昨晚哮吼发作。老实讲我不知道她能撑多久。提姆的耳朵还好吗？"

"那个新医生不错。"珊卓拉放松了下坐姿。她朝着提姆微笑，给他一个黄色的杯子。她的手指粗粗长长的。"很有爱心，不会只想打发我们走。可是诊断结果不乐观，提姆的听觉有问题，可能就是这样所以语言发展才这么慢。来，甜心，"她拍拍他放下的杯子，"表演给卡罗琳小姐和菲比看看。"

提姆兴致缺缺，地毯的毛吸引了他的注意，他用手不停抚摸，感到惊奇而愉快。但珊卓拉坚持、沉着、毫不放弃，最后他终于捡起黄杯子，把它紧贴在脸颊上，然后放在地上，动手把其他杯子堆成一座塔。

接下来的两小时，两人边聊边陪孩子玩。珊卓拉对事情相当有主见，又勇于表达，卡罗琳真喜欢坐在客厅里跟这个聪明勇敢的女人交换当妈妈的经验。这些日子以来，卡罗琳经常渴望自己的母亲就在身边，很想打电话给母亲，问问她的意见，或只是过去坐坐，看母亲抱着菲比。母亲过世快十年了。

母亲在卡罗琳的成长过程中，可曾感受到同样的爱与挫折？一定有的。卡罗琳对童年忽然有了新的领悟。母亲老是怕她感染小儿麻痹症，那就是母亲爱她的方式。父亲辛勤工作，晚上仔细算计家里的收支，那也是爱。

她虽然没有妈妈在旁边，但现在有珊卓拉。整个星期她最快乐的时刻，就是和珊卓拉及提姆聚会的时候，她们彼此分享生命历程和育儿经验。当提姆想把杯子叠起来，当菲比一直伸手想抓住闪亮的小球，最后终于不自觉翻了个身，她们看了也一起露出笑容。那天早上卡罗琳还是担心菲比，好几次她把汽车钥匙放在菲比面前晃动。钥匙在早晨的阳光中闪闪发亮，菲比挥动着小手，手指像海星一样张开。在音乐与点点阳光中菲比伸手想抓钥匙，但不管多么努力，就是抓不到。

"下次吧，"珊卓拉说，"再等等吧，她一定会抓到的。"

中午时分，卡罗琳帮他们把东西拿到车上，然后抱着菲比站在门口和珊卓拉挥手道别，看着她的旅行车开走。虽然很累，但她很快乐。她进屋时，利奥的唱片跳针了，一直重复播放同样的三个小节。

她径直上楼，心想，难缠的老家伙，讨人厌的老傻瓜。

"关小声一点好吗？"她推开门，生气地说。唱片在空荡荡的房内跳针，利奥不在房里。

菲比哭了起来，她体内仿佛有个侦测器，可以侦察到紧张与不安。利奥一定是趁卡罗琳帮珊卓拉拿东西的时候，从后门溜了出去。喔，他还很精明嘛，虽然这阵子常把鞋子忘在冰箱里。他最喜欢耍她，最近已经偷偷跑出去三次了，有一次还全身光溜溜的。

卡罗琳冲下楼，匆匆套上多罗的平底鞋。鞋子冰冰的，比她的脚小一号。菲比婴儿车里盖着一件外套，她自己则连外套都没穿就跑出去了。

天气又变得阴沉起来，灰色的云低垂，她们走过车库到巷子里时，菲比抽噎啜泣，小手一直乱动。"我知道，"卡罗琳低语，摸摸她的头，"我知道，甜心，我知道。"她在融化的雪地上看到利奥的脚印，大大的靴子鞋底印在地上，她顿时松了一口气。这样看来，他是往这方向走的，而且穿了衣服。

至少穿了靴子。

她走到下一条街尾，眼前是一百零五级台阶，直通寇欧宁牧场。有一天晚餐时利奥神志还算清醒，主动告诉卡罗琳台阶的数目。现在他就站在长长的水泥台阶最下面，两手下垂，白发竖起，满脸困惑、迷失、懊恼。卡罗琳顿时怒气全消。卡罗琳不喜欢利奥·马奇，但不管有多厌恶，她对他仍夹杂着同情，感觉相当复杂。比方说现在，她了解他在世人眼中是什么德行：一个衰老、健忘的老人，而不是以前的利奥·马奇。

他转身看到她，过了一会儿，他困惑的表情逐渐消失。

"看这里！"他大喊，"女人家，你瞧瞧，很了不起吧！"

台阶上的积水已经冻结成冰，利奥在肾上腺素的驱使下，浑然不顾结冰，快步朝着她跑上来。

"我敢说你从来没看过这幅光景吧。"他边说，边气喘吁吁地跑到台阶顶端。

"没错，"卡罗琳说，"没看过，希望以后也不会看到。"

利奥大笑，粉红色的嘴唇对照着苍白的皮肤，显得格外鲜明。

"我从你身边跑掉喽。"

"没跑得太远。"

"只要我敢，还是可以的。下次吧。"

"下次穿上外套。"卡罗琳提醒他。

"下次，"他说，他们往回走，"我会消失在西非的廷巴克图。"

"请便。"卡罗琳说，一股疲惫涌上心头。青绿的草地上摇曳着紫色与白色的番红花，菲比哭得很厉害。幸好利奥还在这里，而且平安无事，感谢老天爷，她避免了一场灾祸。如果他走失或受了伤，她绝对难辞其咎，而这都是因为她整颗心全放在菲比身上。这几个星期菲比一直想要伸手抓东西，但一直没法抓到。

他们沉默地走了一会儿。

"你很聪明。"利奥说。

她停在红砖路上，深感讶异。

"什么？你说什么？"

他头脑清醒地看着她，明亮的蓝眼好像能洞察人心，跟多罗一样。

"我说你很聪明。你来以前我女儿请过八个护士，没有一个超过一个星期，你不知道吧。"

"不知道。"卡罗琳说。

稍后，卡罗琳清理厨房，把垃圾拿出去时，想起利奥说的话。"我当然聪明。"她站在巷子里的垃圾桶旁对自己说。空气湿润，带着寒意，她呼出的鼻息如白雾。"聪明帮不了你找到丈夫。"她可以想象母亲口气尖锐地说。就算这样，她还是觉得快乐，因为这是利奥第一次对她说这种好话。

卡罗琳在寒冷的空气里多站了一会儿，享受这份安宁。山坡下车辆交错，她注意到巷底有个人影，是个穿着深色牛仔裤和褐色夹克的高大男子，整个人几乎融入深冬的景物中。他朝着卡罗琳的方向观望，加上他站着的模样，令卡罗琳感到不自在。她盖好垃圾桶，两手环抱胸前。那人朝着她走过来了，他肩膀很宽，走得很快，夹克不是褐色，而是红色格纹布。他从口袋里拿出鲜红色的帽子戴上。这个举动让卡罗琳安心多了，她也不知道为什么。

"嘿，"他大叫，"你的福特车状况还好吗？"

她更加疑惑，转身看看房子，深色的砖瓦矗立在灰白的天空下。没错，那是她的浴室，昨晚她就站在那里看草坪上的月光；那是她的窗户，左边稍微打开，冰凉的春风飘进房内，掀动了蕾丝窗帘。

她转回头来，男子已站在离她不远处。她认识他，口里虽然还讲不出答案，但心中已出现熟悉的感觉。她松了一口气，然后觉得很不可思议，难以置信。

"你怎么可能……"她开口。

"真不容易啊。"艾尔笑了。他留了胡须，牙齿洁白，深色的眼睛里是温柔又惊喜的神色。她记得他把培根盛在盘中，也记得他倒车离开时，从卡车的银色驾驶室跟她挥手。"你还真难找。但你提过匹兹堡，我刚好每隔几个星期就会经过这里，找寻你的下落成了我的嗜好。"他笑笑，"现在找到了，我不知道将来怎么办了。"

卡罗琳无法回应，看到他虽然开心，但也感到非常困惑。这一年来她没有时间回想或是沉溺于过去，但此刻，她的过去却鲜明、强烈地出现在眼前：清洁剂的味道、候诊室的阳光，还有那种忙了一天回到安静整齐的公寓，准备简单的晚餐，坐下来与书共度夜晚的感觉。她自愿放弃了这些生活乐趣，在无法形容的强烈渴望下，接受了命运的改变。如今她的心却跳得厉害。她慌张地瞪着巷尾，仿佛戴维·亨利也会瞬间出现在面前。她突然了解这就是她从来没把信寄给戴维的原因。如果戴维或是诺拉想把菲比带回去，那该怎么办？想到这里，她就很害怕，痛苦不已。

"你怎么找到我的？"卡罗琳质问，"怎么找得到我？为什么？"

艾尔吃惊地耸耸肩。"我去莱克星顿找你，你家已经搬空了，还重新粉刷过。邻居说你搬走三个星期了。我也不喜欢搞神祕，而且我一直想着你。"他停下来，考虑该不该继续说下去，"更何况，唉，管他的，卡罗琳，我喜欢你，而且我想你大概有了麻烦，所以才一走了之。那天你站在停车场里，看起来就像是碰上了大麻烦，我想也许我能帮忙，说不定你需要帮忙。"

"我好得很，"她说，"说吧，你想干吗？"

她其实不是这个意思，但话脱口而出，听起来很严厉，不近人情。艾尔停了好久才又开口。

"我大概误会了，"艾尔摇摇头，"我以为我们很投缘，你和我。"

"我们是很投缘，"卡罗琳说，"我只是吓到了，我以为我已经斩断了过去的牵扯。"

他褐色的眼睛看着她。

"我花了整整一年才找到你，"他说，"你如果担心有其他人在追踪你，请记得这点。还有，我知道从哪里开始找你，运气也很好。我从我知道的汽车旅馆下手，问他们有没有看到一个带着婴儿的女人，每次我都到不同的旅馆去问，上星期终于有了头绪，你待过的那家旅馆，有个服务员记得你。顺便说一下，她下星期就退休了。"他举起大拇指和食指靠在一起，"就差这么一点点，就永远找不到你了。"

卡罗琳点点头，她记得那个站在柜台后面的女人，一头白发利落地梳成蜂窝头，珍珠耳环闪闪发亮。他们家族经营那间旅馆已经五十年了，暖气整晚轰轰响，墙壁总是一片湿气，连壁纸都剥落了。女人把房门钥匙给她的时候常说，你永远不知道下一个走进来的会是谁。

艾尔朝着福特车的浅蓝色引擎盖点点头。

"我一看到那个就知道找到你了，"他说，"宝宝还好吗？"

她想起那个空旷的停车场，灯光照在雪地上，缓缓消逝；他的手很轻柔地放在菲比小小的额头上。

"你要进来吗？"她问道，"我正要叫醒她。进来喝杯茶。"

卡罗琳带他走过狭窄的人行道，爬上后院的楼梯。她把他留在客厅，自己上楼。她头晕眼花，脚步不稳，脚下的地面在旋转，她的世界在旋转，不管再怎么使力，都没法稳住。她帮菲比换过尿布，又泼了点水在脸上，努力镇定下来。

艾尔坐在餐桌旁看着窗外。她下楼时，他转过身来，咧嘴一笑，马上伸手抱菲比，很高兴看到她长得这么大、这么漂亮。卡罗琳看他这样，也很高兴。菲比快乐地大笑，黑色鬈发垂在两颊。艾尔把手伸到衬衫里拿出一个他在纳什维尔买的圆形链牌，透明的塑胶罩底下有"乡村大剧院"[①]几个青绿色字样。"跟我走吧。"几个月之前他曾这么对她说，半开玩笑，半认真。

现在他却在这里，踏遍了各地找寻她。

---

①　乡村大剧院（Grand Ole Opry），是田纳西州纳什维尔著名的乡村音乐电台，猫王等名人都曾到此表演过。

菲比喉间发出轻轻的声响，她的手掠过艾尔的脖子、锁骨和暗色的花呢衬衫，伸手要抓链牌。卡罗琳刚开始还没察觉到是怎么回事，然后奇迹忽然间就发生了。艾尔说话的声音逐渐隐没，融入楼上利奥的脚步声和外面车辆的噪声里。从那以后，卡罗琳永远记得这些声音是幸运之声。

菲比伸手去够链牌，不像今天早上一样在空中胡乱挥舞双手，反而靠着艾尔的胸膛，小小的手指抓了又抓，直到把链牌抓在手中，合上手掌为止。她高兴地猛扯链牌的链子，弄得艾尔举起手摸摸被磨破的地方。

卡罗琳也摸摸自己的脖子，感到一阵燃烧般的狂喜。

噢，是啊，她心想，抓住它，我的甜心，抓住这个世界。

诺拉走在他前面，飞快地前进，白色上衣和牛仔裤在树林间闪动，然后就不见了。戴维跟在后面，不时弯下腰找石头，有粗糙的结晶岩和嵌蚀在页岩中的化石，有一次他还捡到箭头。他把每样东西都在手里握一会儿才放进口袋里。石头的重量、形状和贴在掌心那种冰凉的感觉，实在令他欣喜。小时候房间的架子上总是摆满了石头，即使今天胸前用背带托着保罗，相机摩擦着他的臀部，弯下腰的样子很笨拙，他依然无法对这些石头，还有石头蕴含的奥秘视而不见。

走在前头的诺拉停下来挥挥手，然后似乎直接走入一堵光滑的灰石墙，不见了踪影。其他几个人忽然陆续从同一堵灰石墙里冒出来，每个人都戴着同样的蓝色棒球帽。戴维走近后才发现那是一道石阶，直通高高在上的天然石桥，石桥刚好在视线外。"你最好小心走，"一个女人边下台阶边警告说，"石阶很陡，而且很滑。"

她上气不接下气，停下来把手放在心口。

戴维注意到她脸色苍白，喘不过气来，于是停下脚步："这位女士，我是医生，你还好吗？"

"心悸，"她说，然后摇摇手，"老毛病了。"

他抓起她肥厚的手腕测量脉搏，脉搏急促但稳定，在他计算时已逐渐缓慢下来。心悸，大家在讲到心跳加快时，都随意使用这个名词，但他马上诊断出这个女人的问题并不严重，不像他的妹妹。妹妹后来渐渐连气都喘不过来，头晕眼花，只能一直坐着，甚至连房门都没出过。"心脏出了问题。"摩根城的医生摇摇头说，没有多解释，不过也不要紧，反正他们也无能为力。几年后戴维就读医学院时，想起妹妹的症状，于是熬夜阅读，自己做出了诊断：妹妹可能是大动脉变窄或是心脏瓣膜异常。不管是哪种状况，琼儿行动缓慢，呼吸困难。随着年纪增长，她的状况越来越严重。过世前的几个月，皮肤甚至变得苍白泛蓝。她很喜欢蝴蝶，也喜欢脸庞迎向阳光站着，双眼紧闭，还喜欢在妈妈买回来的椒盐饼干上涂一层自制果酱，好好享用。她发色浅得几近白色，跟酪乳的颜色一样。她总是轻声哼唱自己编的曲调。她过世后的好几个月里，他经常半夜醒过来，以为自己听到了她细微的歌声，宛如松林中的微风。

"你说你一直有这个症状？"他放开那女人的手，认真地问。

"一直是这样，"她说，"医生说不严重，只是很烦人。"

"嗯，我想你还好，"他说，"别太勉强自己。"

她谢过他，摸摸保罗的头说："好好照顾这个小家伙喔。"戴维点点头，然后继续前进。他一边爬上湿滑的石阶，一边用手保护着保罗的头。能够帮助需要帮助的人，他觉得很高兴。帮人治病总是好事，他却帮不了他最爱的人。保罗轻轻拍打着他的胸前，抓取他塞进口袋里的卡罗琳·吉尔的来信。信是早上才寄到办公室的。他快速读了一遍，诺拉一进来他就赶快收起来，慌忙掩饰心中的纷乱。

"我们很好，菲比和我。"信中说，"目前为止，她的心脏没有问题。"

此时他轻柔地抓着保罗小小的指头，儿子抬起头，好奇地睁大眼睛。他心中顿时充满深深的爱意。

"嘿，"戴维笑着说，"我爱你，小家伙，别把这个吃下去好吗？"

保罗睁着深色大眼仔细打量，然后转头把脸颊靠在戴维胸前，散发出温暖。他戴着白帽，上面绣着黄色小鸭。结婚纪念日的车祸意外后，他们度过了一段安静又小心翼翼的日子，诺拉亲手绣上了这些小鸭子。她绣一只小鸭，戴维就安心一点。冲洗新相机里的那卷底片时，他深深体会了她的悲伤，还有留在她心中的空虚：旧家一个个空下来的房间、窗架的特写镜头、楼梯扶手的死寂黑影、歪斜破损的地砖，还有诺拉一连串杂乱无章血迹斑斑的足迹。他把照片和底片全部丢掉，但它们的阴影依然萦绕心头，永远挥之不去。毕竟是他先说了谎，他送走了亲生骨肉，才引发了这种可怕的后果，他是咎由自取。但日子一天天过去，至今已经三个月，诺拉看来恢复了正常。她整理花园，在电话里跟朋友谈笑，伸出秀气优雅的手臂，把保罗从婴儿围栏里抱起来。

戴维看在眼里，告诉自己她很快乐。

此时，帽子上的鸭子随着他的步伐愉快地跳动。他走出狭窄的石阶，踏上峡谷间的天然石桥时，阳光照映在小鸭子身上。身穿牛仔短裤和白色无袖上衣的诺拉站在桥中央，白球鞋的鞋尖已经贴在没有护栏的石桥侧边了。诺拉慢慢张开双臂，像优雅的舞者，朝后弯下腰，闭上眼睛，仿佛将自己献给上天。

"诺拉！"他惊恐地大叫，"危险！"

保罗伸出小手推推戴维的胸膛，他听到戴维说"危险"，跟着牙牙学语。小宝宝知道这个字可用于电器插座、楼梯、壁炉、椅子，现在则表示妈妈可能跌落到离脚下非常远的地面。

"这里好壮观！"诺拉大声回答，垂下手。她转过身，脚下的小石头纷纷坠落到桥下深处。"过来看看！"

他小心谨慎地走上桥，和她一起站在石桥边。远远的下方，微小的人影在小径上慢慢移动，古老的河流曾经冲击着这些小径。现在山丘绵延在春意盎然间，绿意变化万千，辉映着澄净的蓝天。他深深吸了一口气，一阵阵眩晕涌来，他甚至不敢看诺拉一眼。他本想保护她，让她免受死别的痛苦，但他不了解那种伤痛到现在还跟着她，如溪水般持续不断地改变着生命的面貌。他也没想到自己的悲伤会与自己晦暗的过去纠缠在一起。每次他想起送走女儿的那一刻，眼中浮现的竟都是妹妹的脸：她苍白的头发、真诚的微笑。

"让我照张相，"他慢慢往后退一步，"过来桥中间，那里光线比较好。"

"马上就过去，"她双手搭在臀部，"这里真是太美了。"

"诺拉，"他说，"你真的让我很紧张。"

"喔，戴维，"她甩甩头，连看都没看他一眼，"你不要老是这么紧张嘛，我很好。"

他没回答，只察觉自己在喘气，呼吸极不规律。他拆开卡罗琳的来信时也有同样的感觉，信封上是他以前诊所的地址，已经被转递的邮票遮掉一半。她的字迹凌乱，邮戳是俄亥俄州的托莱多。随信附有三张菲比穿着粉红色洋装的照片。回信地址是个邮政信箱号码，不在托莱多，而在克利夫兰。克利夫兰，他从没去过的地方，却显然是卡罗琳·吉尔和他女儿的居住之地。

"我们走吧，"他终于又开口，"我帮你拍照。"

她点点头。但他走到石桥中央安全处转过身时，诺拉依然站在桥边，双臂交叉，微笑地看着他。

"帮我在这里拍一张，"她说，"拍得好像我走在空中。"

戴维蹲下来拨弄相机的旋钮。金黄色的岩石冒出阵阵热气，保罗贴着他扭来扭去开始吵闹，这些都没人注意到，也没被拍下来。但日后影像在冲洗照片的药水中慢慢现形、展现全貌之际，他会记得的。他把诺拉纳入镜头中，风在她的发际吹拂，她的皮肤晒得红通通的，很健康的样子，他不禁想知道她到底对他隐瞒了什么？

春风和煦，微微飘着花香。他们往回走下去，经过洞穴入口，还有一丛丛紫色的杜鹃花及山月桂。诺拉带他们离开小径穿过树林，循着小溪走到一个艳阳高照的地方，她记得这里有很多野草莓。天气很热，微风轻轻吹过长长的草和低矮的野草莓。暗绿色的叶子在阳光下发亮，空气中充满甜腻的香气，小虫嗡嗡作响。

他们摆出野餐食物：奶酪、小饼干、一串串葡萄。戴维坐在毯子上，边解开婴儿背带，边把保罗的头靠在胸前时，想起了自己的父亲。父亲矮胖强健，手艺极佳，他教戴维拿斧头、挤牛奶或是往杉木块里钉钉子的时候，粗短的手指总是握住戴维的手。他冬天在矿坑工作，身上带着汗味、松脂味和煤矿深处的泥土味。即使上了高中，平时都寄宿在镇上，戴维也很喜欢在周末走路回家。回到家便会看见父亲坐在前廊抽烟斗。

"嘟！"保罗说。一获自由，他马上脱掉一只鞋子开始专心研究，然后又甩掉它爬向毯子之外的青绿世界。戴维看着他拔起一把野草放进嘴里，尝到草怪怪的味道时，他的小脸上闪过一阵讶异。戴维忽然好希望自己的父母还在人世，能看看小保罗。

"很难吃，对不对？"他轻声说，伸手抹去保罗下巴上沾着野草的口水。诺拉在他身边走动，利落地拿出餐具和餐巾。他转过脸，不想让她看到自己情绪激动的样子。他从口袋里挑出水晶石，保罗抓过去把它翻转过来。

"他把那个东西放到嘴里怎么办？"诺拉问。她在他身旁坐下，距离近得他可以感觉到她的体温，同时空气中弥漫着她的汗味和香皂味。

"不会吧。"他边说边把石头收回来，递给保罗一块小饼干。水晶石温暖潮湿，他把它放在石头上猛力敲裂，露出里面紫色的结晶体。

"好漂亮。"诺拉喃喃说，把它拿在手中翻转。

"远古的海洋，"戴维说，"海水被困在里面，经过几个世纪后化为结晶。"

他们轻松地吃着东西，然后摘取成熟的野莓。野莓被阳光晒得发热，香甜可口，保罗一把把地吃，莓汁顺着手腕流下来。两只老鹰懒洋洋地在湛蓝的天空中盘旋。

"迪迪。"保罗举起胖胖的小手臂指道。后来他睡着了，诺拉让他躺在草堆阴影下的毛毯上。

"这样真好，"诺拉靠着一块石头坐好，"我们三个，坐在阳光下。"她光着脚，他把她的脚拉到手中按摩。肌肤下隐藏着细致的骨头。

"喔，"她闭起双眼，"实在太舒服了，你这样会让我睡着的。"

"别睡着，"他说，"告诉我你在想什么。"

"不知道。我刚才想到那个绵羊牧场旁的田野地，布丽和我小时候常到那里等爸爸。我们采了一大把蛇目菊和野胡萝卜花，阳光感觉好像……好像一个拥抱，妈妈把花插进花瓶，摆在家里各处。"

"那不错。"戴维说。他放开她的一只脚，专心按摩另一只，用大拇指轻轻搓揉一道细白的疤痕，破碎的闪光灯泡留下了这伤疤。"我喜欢想象你在那里的样子。"诺拉的肌肤很细腻。他想起小时候天气晴朗的日子，琼儿病情还没那么严重之前，他们一家出去采人参。人参相当娇弱，埋藏在光线暗淡的树林间，他的父母就是在采人参时相识的。他存有父母的结婚照。他和诺拉结婚当天，诺拉把照片放在一个精美的橡木相框中，当作礼物送给他。他母亲的皮肤很好，长发卷曲，细细的腰身，带着浅浅、伶俐的微笑；他父亲留着胡子，站在后面，手里拿着帽子。父母结婚后就搬进了父亲盖在山边、可以俯瞰自家田地的木屋。"我父母喜欢待在户外，"他补充说，"我母亲到处种花，从我们家到小溪旁有一大片天南星。"

"真遗憾我没见过他们，他们一定以你为荣。"

"我不知道，或许吧。他们很高兴我过得很好。"

"没错。"她轻声表示同意，睁开眼睛看看保罗。小家伙睡得安恬，点点光影落在脸上。"但可能他们也有一点遗憾。如果保罗长大搬到其他地方，我会有点失落。"

"说得对，"他点点头说，"这倒是真的。他们为我骄傲，也觉得遗憾。他们不喜欢大城市，只到匹兹堡看过我一次。"他记得他们别扭地坐在他的单人宿舍里，每次火车汽笛一响，母亲就吓一跳。琼儿那时已经过世，大家坐在他摇摇晃晃的书桌前喝咖啡，他记得他愁苦地想着，少了照顾琼儿的责任，他俩都不知道要做什么了，因为琼儿一直以来是全家人的生活重心。"他们只待了一个晚上。父亲过世后，我妈妈到密歇根跟我阿姨住。她不肯搭飞机，也不会开车，之后我只见过她一次。"

"听了真令人难过。"诺拉擦掉她小腿上的泥土。

"没错，"戴维说，"确实很令人难过。"他想到琼儿。她的头发在夏日阳光下呈现出金黄色，兄妹两人并肩蹲在一起，用木棍挖泥土，空气中弥漫着她的温暖气息：香皂和某种类似铜板的金属味。他好爱她，爱她甜蜜的笑容。他也恨极了晴天回家时看到她无力地躺在前廊的木板上，母亲坐在瘦弱的女儿身旁轻声哼唱，手里剥着玉米或是豆子，脸上充满关切。

戴维看着保罗，小宝宝在毯子上睡得很熟，小脸转到一边，卷曲的头发黏在湿湿的脖子上。他的儿子，最起码躲过了悲伤。保罗不会像自己一样，会在成长的过程中承受失去妹妹的痛苦。小保罗也不必因为妹妹无法自立，所以被迫必须坚强独立。

这种想法及背后那股强烈的辛酸，吓了戴维一跳。当他把女儿交给卡罗琳·吉尔时，他说服自己这样没错，有正当理由这么做。但或许他没有正当理由，或许在那个下雪的夜晚，他想保护的不是保罗，而是某个失落的自己。

"你好像在发呆。"诺拉观察道。

他动了动，靠近她一点，身子靠在石头上。

"我父母对我期望很高，"他说，"但我有自己的理想。"

"听起来就像我和我妈，"诺拉边说边抱住双膝，"她说她下个月要来我们家住。我跟你说了吗？她有张免费机票。"

"这样很好，不是吗？保罗够她忙的。"

诺拉笑笑："是够她忙的。她就是为了保罗才来。"

"诺拉，你的梦想是什么？"他问，"你对保罗有什么期盼？"

诺拉没有马上回答。

"只要他快乐就好。"她终于说，"不管生命中的什么事情会让他快乐，我都希望他能够拥有。只要他心地善良，诚实面对自己就好。最好也像他老爸一样慷慨坚强。"

"不，"戴维觉得不自在，"你不会要他跟我一样的。"

她目不转睛地盯着他看，有点惊讶："为什么？"

他没有回答。犹豫了好一会儿之后，诺拉又开口。

"怎么了？"她问，没有咄咄逼人，带着疑虑，好像只想找出答案，"戴维，我们之间怎么了？"

他没有回答，挣扎着压抑一股突如其来的怒气。她干吗又要提起？她为什么不能抛开过去继续过日子？但她再度开口。

"保罗出生、菲比过世之后，我们的日子就跟以前不一样了。而且你还是不愿意谈她，你一直想要忘记她曾经存在这回事。"

"诺拉，你要我说什么？我们的生活当然不一样了。"

"别生气，戴维，那只是一种策略，对不对？好让我也不会再谈到她。但我不会罢休，我说的是真的。"

他叹了一口气。

"别毁了这么美的一天，诺拉。"他终于说。

"我没有，"她走开，躺在毯子上闭上眼，"我今天开心极了。"

他看了她一会儿，阳光留驻在她金色的发上，她的胸部随着呼吸轻轻起伏，肋骨像翅膀延展。他想伸手探索她肋骨间细致优雅的曲线，他想亲吻肋骨间的每一个接合点。

"诺拉，"他说，"我不知道怎么做才好，我不知道你要什么。"

"没错，"她说，"你不知道。"

"你可以告诉我。"

"我想我可以，也许我会。他们以前很爱对方吗？"她忽然问道，眼睛依然闭着，声音虽然柔和镇静，但他感觉到一股新的紧张气氛，"你父亲和母亲？"

"我不知道。"他缓慢而谨慎地说，同时猜想她为什么问这个问题，"他们彼此相爱，但他经常不在家，就像我先前说的，他们过得很艰苦。"

"我父亲很爱我母亲，远超过她爱他的程度。"诺拉说。戴维心中开始感到不安。"他爱她，但并不知道怎样用她觉得有意义的方式来表达。在妈妈眼中，他是个有点蠢的怪人。我从小到大家里面大半时间都静悄悄的……现在我们家里也很安静。"她补了一句，他想到那些宁静的夜晚，以及她低头专心绣鸭子的模样。

"安安静静也好啊。"他说。

"有时候吧。"

"其他时候呢？"

"我还想着她，戴维，"她侧身过来看着他的眼睛说，"我们的女儿，她是什么模样？"

她用手遮着脸开始哭，无声地哭泣。戴维看在眼里，讲不出话来，过了一会儿才靠过去摸摸她的手臂。她拭去泪水。

"你呢？"她质问，口气变得尖锐，"你难道不想念她吗？"

"当然想念她，"他真诚地说，"我时时刻刻想着她。"

诺拉把手放在他胸前，然后用她沾了野莓汁的双唇贴上他的双唇。如欲望般浓烈的甜味紧贴着他的唇舌，他感到自己一直往下坠落。阳光洒在他的皮肤上，她的乳房像小鸟般在他手中弹动。她搜寻他衬衫上的纽扣，一只手扫过他藏在口袋里的信。

他扯开衬衫，当他再将她拥入怀中时，他依然想着：我爱你，我好爱你，而我欺骗了你。就这样，他们之间的距离，虽然仅差一毫米、一口气，实际上却分隔得更加遥远，变成了深广的洞壑，而他正站在洞壑边缘。他抽身，退回光影间。头顶飘来一片云，随后又飘往别处，他背上靠着的石头被太阳晒得发烫。

"怎么了？"她抚摸他的胸膛，"戴维，怎么回事？"

"没什么。"

"戴维，"她说，"喔，戴维，拜托。"

他犹豫了一会儿，几乎想忏悔地说出一切，但他不能。

"工作上的问题，有个病人，我一直想到那个病例。"

"别管了，"她说，"你的工作让我厌烦死了。"

老鹰随着上升气流展翅高飞，阳光很温暖，所有事情都绕着圈儿打转，而且每次都绕回同一点。

他想要告诉她，话就在嘴边了——我爱你，我好爱你，而我欺骗了你。

"我想要再生一个，戴维，"诺拉坐起来说，"保罗够大了，我准备好了。"

戴维吓得一时说不出话。

"保罗才一岁。"他终于说。

"那又怎样？大家都说尿布这些事情一次解决比较容易。"

"谁是大家？"

她叹了一口气："我就知道你会反对。"

"我没有反对。"戴维小心翼翼地回答。

她没说话。

"时机不对，"他说，"只是这样而已。"

"你就是在反对，你其实就是反对，又不愿意承认。"

他沉默不语，想起诺拉先前站在桥边，也想到她那些毫无意义的照片，还有他口袋中的信。他最渴望的就是维持现在这种微妙、稳定的生活状况，维持两人间脆弱的平衡，不要改变。

"现在一切都好，"他和缓地说，"为什么要破坏现状？"

"保罗呢？"她朝着他点点头，小宝宝仍在睡，安稳地躺在毯子上，"他想念她。"

"他怎么可能记得。"戴维马上回嘴。

"九个月，"诺拉说，"一起心连心成长，怎么可能忘记？总有些记忆吧？"

"我们还没准备好，"戴维说，"我还没有。"

"不是只跟你有关而已，"诺拉说，"反正你经常不在家。戴维，或许是我在想念她，老实说有时我觉得她就在身边，就在隔壁的房间，我却忘了她。我知道这样讲很奇怪，不过我是说真的。"

戴维没有回答，他完全了解她的意思。空气中弥漫着浓烈的草莓香。他母亲以前会在户外的炉子上做果酱，把果子煮到变得浓稠、冒出泡沫。然后她用滚水烫一烫罐子，搅动几下锅子，再把果酱舀进去，最后让闪亮如珠宝的果酱瓶站在架子上。他和琼儿会在深冬时偷吃果酱，趁母亲不注意的时候舀几匙，躲到餐桌下舔得干干净净。琼儿的死令母亲深受打击，戴维再也不相信自己日后能逃过厄运。虽然依据统计，他们夫妇再生出一个唐氏症儿的概率很小，但凡事都有可能，他不能冒险。

"诺拉，再生个宝宝也弥补不了什么，那不是个好理由。"

沉默了一会儿之后，她站起来，在短裤上擦擦手，生气地大步蹚过田野。

他的衬衫皱巴巴地掉在旁边，白色信封的一角露了出来。他没有伸手拿信，也没必要这么做。信很短，他只瞄了照片一眼，影像却清晰得仿佛是他亲自拍的。菲比的头发跟保罗一样又黑又细，双眼是褐色的，胖胖的小拳头挥动着，好像要伸手抓镜头外的东西。也许是卡罗琳正在挥舞相机。他在追思会中瞥见瘦高的她，独自一人，穿着红外套。追思会结束后他直接去她家，也不知道自己想做什么，只觉得必须见她一面。到了之后他却发现卡罗琳走了，她家看起来一点都没变：低矮的家具，单调的墙面，浴室的水龙头滴着水。但室内一片死寂，架上没有东西，书桌抽屉和衣柜也空了，厨房中暗淡的灯光照在黑白相间的油地毡上。戴维站在那儿，倾听自己焦虑的心跳。

此时他往后一躺，头上云朵飘过，光影交叠。他并没去找卡罗琳。既然信封上没有确切的回信地址，他也不知道该怎么找她。"一切交给你处理。"他曾告诉她。但他自己心底的悲伤，却会在奇怪的时刻浮上心头：独自待在新办公室的时候；冲洗照片时看着空白的纸张上神秘地浮现影像的时候；要不然就是此刻躺在这块温暖的石头上，诺拉却伤心地愤愤走开的时候。

他累了，开始打瞌睡。昆虫在阳光下嗡嗡叫，蜜蜂让他有点紧张，口袋里的石头紧贴着他的腿。小时候，他晚上偶尔看到父亲坐在前廊的摇椅上，白杨树因着萤火虫显得闪闪发光。有天夜晚父亲递给戴维一块光滑的石头，是他在挖掘壕沟时发现的箭头。"两千多年的历史喽。"他说，"想想看，戴维，好久好久以前，它也曾在别人手里头，但我们头顶上都是同一个月亮。"

有的时候他们出去捉响尾蛇。从早到晚穿梭在树林间，手上拿着前端开叉的棍子，肩上扛着布袋，一个金属盒在戴维的手里摇来摇去。

戴维总觉得时间就停在那些日子里，阳光永远高挂在天际，干枯的树叶在脚下飘动，世界缩小到只剩他、父亲和蛇；但世界也不断扩延，天空在周围无尽展开，每走一步天空就更高更蓝。当他一发觉泥土和枯叶中有动静时，一切都慢了下来。蛇开始爬行后背上的菱形花纹才会出现，父亲已经教过他怎样静止不动，怎样观察黄色的眼部和闪动的舌头。蛇每脱一次皮，尾部的响环就变长。因此只要根据响尾蛇在宁静树林中发出的声响，就可以判定蛇多老、多长以及值多少钱。大蛇最受动物园、科学家或是弄蛇者的青睐，一条可以卖五美金。

阳光穿过林木，在林地上照射出各式图案。风声飒飒作响，霎时之间，响环声大作，蛇头高高竖起，父亲伸出强壮结实的手臂，用开叉的棍子钉住蛇颈，蛇伸出毒牙，蛇身猛烈拍打潮湿的泥土，响环声狂野暴烈。蛇的下巴大张，父亲用两只强健的指头紧紧掐住下巴后方把蛇捉起来，蛇身冰凉，像鞭子一样扭曲。他把蛇塞进布袋里，猛力一拉，闭紧袋口。布袋随即有了生命，在地上扭来扭去。父亲把布袋轻轻放进金属盒里，盖上盖子，他们沉默地继续前进，心里算计着蛇的价钱。夏天和深秋，有好几个星期可以用这种方式赚到二十五美元。这笔钱既能用来买食物，也可以支付他们去摩根城看医生的医疗费。

"戴维！"诺拉微弱的声音传到他耳中，声音穿过遥远的往事与森林来到当下，听来很紧急。他用手肘撑起身体，看到她站在远处田野里一片成熟的野草莓中，盯着地上某个东西发呆。他顿时感到一股恐惧，响尾蛇喜欢阳光照耀下的木块，并在腐烂的木头中下蛋，正如她脚边的那一块。他瞄了保罗一眼，后者依然安静地在阴凉处沉睡。于是他起身奔跑，蓟冠花摩擦着他的脚踝，草莓在他足下轻轻爆裂。他把手伸进牛仔裤口袋，握紧最大的一块石头，等到看见漆黑的蛇身时，就使尽全力丢过去。石头慢慢在空中翻转，呈抛物线落下，最后在蛇身六英寸之外碎裂开来，紫色的石心光彩闪烁。

"你在做什么？"诺拉问。

这时他已跑到她身旁，喘着气往下看。那根本不是蛇，而是靠在干枯木块上的黑色棍子。

"我以为你叫我。"他困惑地说。

"没错，"她指着一丛浅色的花朵，花刚好开在阴影后面，"天南星，跟你母亲以前种的一样。戴维，你吓了我一跳。"

"我以为有蛇。"他指指棍子，再次摇摇头挥除过去的记忆，"我还以为是响尾蛇，我大概是在做梦吧，我以为你需要帮助。"

她一脸迷惑。他摇摇头甩除梦境，忽然觉得自己好蠢，棍子就是棍子，如此而已。今天平淡得出奇，小鸟高声啼叫，树叶在树林间摆动。

"为什么你会梦见蛇？"她问。

"我以前抓过蛇，"他说，"可以卖钱。"

"为了赚钱？"她疑惑地重复，"赚钱做什么？"

两人的距离又出现了，过去的裂痕是他无法跨越的。赚钱来买东西吃啊，赚钱到城里求医呀。她活在不同的世界，永远不会了解的。

"我的学费，就是抓蛇赚来的钱。"他说。

她点点头，似乎还想问下去，但没开口。

"走吧，"她边说边揉揉肩膀，"带保罗回家吧。"

他们穿过田野往回走，收拾好东西。诺拉抱着保罗，戴维拿着野餐篮。

走着走着，他想起父亲站在医生诊间里，绿色的纸钞像树叶一样落在柜台上，每一张都让戴维想起那些蛇，想起猛烈拍打的响环、无助地张成"V"字形的嘴巴、手指下的冰凉蛇皮，还有蛇身的重量。捕蛇赚钱。他只是个小孩，八岁或九岁，他只能抓蛇赚钱。

当然还可以保护琼儿。"留心你妹妹。"他母亲从炉边抬起头来提醒他。喂鸡、清扫鸡舍、到园里除草，还有看好妹妹。

戴维照办，不过没有做得很好。他虽没让琼儿离开自己的视线，但也没有阻止她挖土，害她弄了满身。她被石头绊了一跤磨破手肘，他却没有安慰她。他很爱她，但爱里交织着憎恨，爱恨无法分开。

她老是生病，不是心脏太虚弱就是一年四季在感冒，结果总是气喘吁吁呼吸困难。但当他放学后背着书本从小径走路回家时，琼儿一定在等他。她一看他的脸就知道当天他过得如何，也急着想听他讲述一切。

她的手指细瘦，喜欢轻轻拍他，细细的长发在微风中飘动。

某个周末他从学校回家，却发现家里静悄悄的，没有一个人，一条毛巾搭在澡盆旁，空中弥漫着寒气。

他坐在前廊等，又饿又冷。过了很久，天色已晚，他才瞥见母亲双手抱胸，从山坡上走下来。妈妈不发一语地走到台阶前，抬头看着他说："戴维，你妹妹过世了，琼儿死了。"

母亲的头发紧紧扎在后面，太阳穴旁的血脉跳动着，双眼哭得红肿。她拉紧灰色的薄毛衣说："戴维，她走了。"他站起来拥抱她。她崩溃了，哀声啜泣。他问："什么时候。"她说："三天前，星期二的时候。那天清早，我到外面提水，回来后家里一片寂静，我马上就知道她走了，没了呼吸。"他搂着母亲，说不出话来，感到痛苦深植内心，除了痛苦外只有麻木，想哭都哭不出来。他拿了毛毯给母亲披上，帮她泡了杯茶，走到屋外的母鸡旁边，找到妈妈还没捡起的鸡蛋，喂了鸡，又挤了牛奶，做了平常该做的家事。等他回到屋里时，家里依然阴暗，空气中依然一片寂静，琼儿已经走了。

"戴维。"过了好一会儿之后，母亲坐在阴影里开口，"你去上学，学些可以济世救人的学问。"这令他厌烦，他想追求自己的生活，不想背负这种失去亲人的伤痛及阴影。他觉得有罪恶感，因为琼儿躺在地里，身上覆盖着泥土，他却好端端活着，站在这里，空气由肺部一进一出，心脏怦怦跳。"我会当医生。"他说。母亲没有回答，只是过了一会儿点点头起身，又把身上的毛衣拉紧。"戴维，我要你拿着《圣经》，跟我一起到那里，念《圣经》上的那些话，我要《圣经》上的话正式且正确地念出来。"于是他们走上山坡，到那里时天已经黑了。他站在松树下，大风低鸣，他就着煤油灯一闪一闪的灯光念道："耶和华是我的牧者，我必不至缺乏。"说着这些话时他心想，我有缺乏。他母亲啜泣，两人沉默地走下山回家。他写了信给父亲，告诉他这个消息。星期一回城里时顺便寄了信，街上人来人往，灯火通明，他站在因为长年使用而磨得光滑的柜台后面，将简单的白色信封交寄。

他们终于走到车旁。诺拉停下来检查肩膀，她的肩头晒成了暗红色。她戴着太阳眼镜抬头看他，他却解读不出她脸上的表情。

"你不必总想当大英雄。"她口气平板老练。他听得出她一直想讲这番话，说不定刚才就一边走一边暗自演练。

"我没有要当英雄。"

"没有吗？"她把脸转过去说，"我认为你有。这也是我的错，我一直想被英雄解救，这点我很清楚。但现在我不这么想了，你不必总想着要保护我，我不要这样。"

然后她拿起汽车安全座椅，把头转开。点点阳光中，保罗的手伸向她的头发。戴维感到一阵惊慌，几乎眩晕。他对自己所不知道的事情感到惊慌，也对他知道但无力弥补的事情感到惊慌。还有愤怒，一股怒气突然冒出，他气自己也气卡罗琳，气她没有遵照他的要求，反而把这个无解的状况变得更糟。诺拉侧身坐到前座，用力关上车门。他在口袋中摸索着找钥匙，结果摸出最后一块水晶石。大地形塑而成的石头灰白光滑，握在掌心中渐渐温热。他不禁思索起世间蕴含的无穷奥秘：层层岩石隐藏在泥土与青草下；这些平凡乏味的石头，中间却潜藏着闪亮的结晶。

一九七〇年五月

一

"他对蜜蜂过敏。"诺拉边跟老师说话,边看着保罗跑过操场的草地。他爬到滑梯顶端坐了一会儿,白色的短衣袖在风中飞舞,然后他滑下来,到底端时快乐得不得了。杜鹃花怒放,天气温暖,到处是鸟叫虫鸣。"他爸爸也对蜜蜂过敏,而且很严重。"

"请放心,"思罗克莫顿小姐回答,"我们会好好照顾他的。"

年轻的思罗克莫顿小姐刚毕业,瘦削强健又充满热忱。黑发的她穿着长裙和坚固的平底鞋,视线从不离开在操场上游玩的小朋友。她看起来沉稳能干,细心和气,可是诺拉还是怕她弄不清楚状况。

"他有次捡到一只蜜蜂,"诺拉继续紧迫盯人,"死蜜蜂喔,只是躺在窗台的死蜜蜂,结果几秒钟以后他整个人就肿得像气球。"

"别担心,亨利太太。"思罗克莫顿小姐一面再度保证,一面走到旁边看一个眼睛进了沙的小女孩。她清亮的声音有如钟声让人心安,但口气有点不耐烦了。

初春的阳光下,诺拉多逗留了一会儿来观看保罗。他还在玩捉迷藏,脸颊红通通的,两手垂在身旁奔跑。保罗睡觉的时候也会把手摆在身体两侧,就像小婴儿一样。除了他的黑头发之外,每个人都说他跟诺拉很像,骨架相似,皮肤白皙。没错,她确实在保罗身上看到自己的身影,也看到戴维的模样:保罗有他的下巴,耳朵的轮廓也一样;保罗喜欢站着把手臂环抱胸前听老师讲话,简直跟戴维一个样子。但保罗通常是一个人待着，他喜欢音乐，整天哼着自创的歌曲。他才六岁，就已经在学校担任独唱的角色了。甜美的歌声飘扬在礼堂中，宛如充满旋律的清澈溪流。看着保罗带着天真与自信迈步向前，诺拉十分感动。

此时他停下来蹲在一个小男孩旁，小男孩正用棍子捞水坑里的树叶。保罗的右膝有个伤口，创可贴掉了。阳光闪烁在他短短的黑发间。诺拉看着他认真而专心于手边的事。保罗，她的小儿子，活生生地在这世上，光是这点就让诺拉激动地不能自己。

"诺拉·亨利！我正要找你。"

她转头看到凯·马歇尔，凯穿着粉红长裤、嫩粉红的毛衣，还有金色的皮平底鞋，戴着闪闪发亮的金耳环。她推着一辆古董柳编婴儿车，里面躺着新生的宝宝，大女儿伊丽莎白则走在她的旁边。伊丽莎白比保罗晚出生一个星期，在突如其来的奇怪大风雪之后的那个春天。今天早上伊丽莎白穿着粉红小圆点的薄纱洋装和白色皮鞋，她不耐烦地从凯身边溜走，跑向操场上的秋千。

"天气真好，"凯看着伊丽莎白跑开，"诺拉，你好吗？"

"我很好。"诺拉说着，暂时压抑下整理头发的冲动，一心只想到自己穿着朴素的白衬衫和蓝裙，没有戴首饰。不管何时何地，凯·马歇尔总是这副模样：沉着镇静，全身上下搭配得完美无瑕；还把小孩也打扮得漂漂亮亮，教育得彬彬有礼。诺拉好希望自己是像凯这样的妈妈，天生冷静自持，能够轻松自在地应付各种状况。诺拉敬仰她也嫉妒她，有时甚至认为如果自己更像凯，更沉得住气一点，说不定婚姻情况会改善，说不定自己和戴维会比较快乐。

"我很好。"诺拉又说了一次，同时看看小女婴，宝宝也好奇地睁大眼盯着她，"安杰拉好大喽。"

诺拉弯腰抱起凯的二女儿，小宝宝跟姐姐一样穿着淡粉红色的衣服，抱在怀中轻盈温暖。她伸出小手拍拍诺拉的脸，笑了起来。诺拉感到一阵欣喜，想起保罗在这个年纪时，他身上那股皂香和奶味，以及柔嫩的皮肤。她看了一下操场，保罗又在跑着玩捉迷藏了。现在他进了小学，有了自己的生活，除非生病或睡前要她念故事，否则他已经不太愿意跟她待在一起了。真难想象他也曾经这么小，也很难相信他现在已经长成一个骑着红色三轮车、拿着棍子插入水坑、歌声优美的小男孩了。

"她今天刚满十个月，"凯说，"你相信吗？"

"唉，"诺拉说，"时间过得好快。"

"你有没有去大学那边看看？"凯问，"有听说发生了什么事吗？"

诺拉点点头："布丽昨晚打电话来了。"诺拉那时站着，一手拿着话筒，一手按在胸口，看着电视上模糊的画面：四个学生在肯特大学被国民兵开枪打死[1]。即使在莱克星顿，这几个星期的气氛也越来越紧张，报上都是关于战争、示威和动乱的消息。世界瞬息转变，动荡不安。

"真吓人。"凯虽这么说，但口气平和，听来责备多过于惊慌，好像她提到某人离婚时的口气。凯抱回安杰拉，亲了一下她的额头，把她轻轻放回婴儿车里。

"我知道。"诺拉的口气也一样。不过她的不安主要来自个人，反映着她这些年来的内心感受。一时她感到另一股强烈的妒意：凯单纯天真，没有受过失去亲人的打击，也深信生活向来就是这么安稳。菲比过世后诺拉的世界就变了。她失去了菲比，而且总觉得自己随时可能再失去什么，所有的喜悦都因此变得只是慰藉。戴维经常要她放轻松一点，让她请个人来家里帮忙，别把自己逼得太紧。她的各项规划和安排，使得戴维越来越气恼，但诺拉就是闲不下来，否则她心里会惶惶不安。她心中总有股强烈的感觉，好像一松懈下来，即使只是一会儿，灾难就会接踵而至，所以她让大小事情填满自己的时间。每天快中午的时候这种感觉最强烈，她必须得喝杯琴酒或伏特加才能熬到下午。她喜欢美酒穿

---

[1] 一九七〇年五月四日，国民兵奉召进入俄亥俄州立大学肯特校区，处理学生反战示威运动。当时正值越战高潮，全国对于是否要继续卷入越战意见分歧。动乱中军队开枪打死四名学生，另有九人受伤。

肠以后，那种如光线扩散到全身的平静感觉，但也须小心地把酒瓶藏好，免得被戴维发现。

"嗯，"凯说话了，"我想先跟你说一声，我们很高兴能参加你的派对，可是会晚到一点。需要我带什么东西过去吗？"

"人来就好，"诺拉说，"都准备得差不多了，只差等会儿回家摘掉一个黄蜂窝了。"

凯睁大双眼，她出身莱克星顿的古老家族，套用她的话，她家中请了各种"下人"：清理游泳池的人、打扫的人、除草的人和煮饭的人。戴维常说莱克星顿就像它底下的石灰岩地基：层次分明，各有其位阶与归属，你位居哪个阶层早被命定。凯一定也雇了除虫的人。

"黄蜂窝？你真可怜喔！"

"对啊，"诺拉说，"一窝黄蜂，巢就悬在车库外。"

看到凯惊讶的样子，即使只是稍微吃惊，诺拉也觉得痛快。她喜欢这个听起来很扎实的任务：黄蜂、工具、拆蜂窝。诺拉希望这件事可以耗掉一个上午，不然的话她说不定又会用皮包装着银色的小酒瓶飞快地开车出城。最近她常常这样，不用两小时就能开到俄亥俄河边，还开去过路易斯安那、梅斯维尔，甚至有一次到了辛辛那提。她把车停在岸边，下车望着远处永不停息的河水。

上课铃响，孩子鱼贯进教室，诺拉搜寻黑发的保罗，看着他消失。

"我真喜欢看到我们的小孩一起唱歌，"凯抛给伊丽莎白一个飞吻，"保罗的声音真美，他很有天赋。"

"他喜欢音乐，"诺拉回答，"一直很喜欢。"

这是真话。他三个月大的时候，有天她在跟朋友讲话，他忽然咿咿呀呀，一连串音符流泻到屋里，好像一道光中突然撒出花瓣，大伙儿立刻安静下来。

"其实我正想跟你商量这件事。我下个月要办募捐派对，派对的主题是灰姑娘，得凑齐几个小仆役的角色，后来我想到了保罗。"

诺拉虽然不情愿，但还是感到一阵喜悦。自从布丽结婚又离婚的丑闻传开来，她就放弃了希望，认定自己不可能再受到社交活动的邀约了。

"小仆役？"诺拉重复一次，仔细考虑这个提议。

"嗯，那是最棒的角色，"凯透露说，"不只是个小仆人，我是想请保罗跟伊丽莎白一起合唱。"

"喔，原来如此。"诺拉这下了解了。伊丽莎白的歌声虽然甜美，但很薄弱，欢愉中带着一点勉强，好像一月寒冬冒出来的花苞。若无保罗支援，她的声音无法压过全场。

"如果他愿意参加，大家都会感激不尽。"

诺拉慢慢点头，对自己先前的介意失望又生气。但保罗的声音纯净高昂，他一定喜欢扮演小仆人，最起码这个募款派对会像黄蜂窝一样，让她的日子多个寄托。

"好极了！"凯加了一句，"太好了。希望你不要介意，我擅自帮他订了一套燕尾服。我就知道你会答应！"她瞄了手表，很有效率地准备离开。"真高兴见到你。"她挥挥手，推着婴儿车走了。

操场空空荡荡的，一张糖果包装纸回旋飞过春天茂盛的草坪，掉落进火焰般绽放的粉红杜鹃花丛。诺拉走过颜色鲜艳的秋千和滑梯回到车子旁，令人心情沉静的河水旋涡正召唤着她，只要两小时，她就到了；飞速急驶，疾风飞扬，再加上河流的诱惑，几乎让她难以抗拒。上次学校放假时，她居然一口气开到路易斯安那，保罗吓得静静地坐在后座，她的头发被风吹得乱七八糟，琴酒的后劲逐渐消退。"这就是河流，"她握着保罗的小手说，母子二人站在一起看着混浊奔腾的河水，"好了，我们去动物园吧。"仿佛一开始就打算去动物园。

她离开学校，穿过绿树成排的街道开车进城。她驶过银行和珠宝店，心中的空虚和天空一样宽广。行经"世界旅行社"时，她慢了下来。她先前曾在报上看到广告，所以昨天到这里面试。当时她被橱窗中的绚丽广告吸引住了：闪亮的海滩和房屋，鲜明的天空和色彩。昨天走进这栋低矮的砖造建筑物之前，她本来对这份工作兴趣不高，但面试时忽然很想得到这份工作。她身穿亚麻印花洋装坐着，白色的皮包放在大腿上，一心只想被录取。旅行社的老板叫作皮特·华伦，年届五十，头顶光秃。他拿着铅笔轻敲笔记本，开"肯塔基野猫篮球队"的玩笑。诺拉是英语系毕业的，但没有经验，不过看得出来他喜欢她。他今天应该会打电话过来。

有人在后面按喇叭，诺拉加速前进。这条路贯穿市中心，而且和高速公路交接，但她接近大学时路上开始堵车，街上也挤满了人，她只好放慢车速，最后她不得不停靠下车，把车留路边。校园里远远传来模糊难辨的声浪，节奏分明，高昂激动，吟诵声中充满了活力，仿若树上绽放的新芽。此刻她的焦虑与渴求似乎得到了回应，她加入人潮一起前进。

空气中弥漫着汗味和印度香油的气味，阳光照在手臂上暖洋洋的。她想到仅在一英里之外的小学，平静而秩序井然；又想到凯·马歇尔提到这里时那种不赞同的口气。但她还是继续往前走，别人的肩膀、手臂和头发不断擦过她的身体。人潮开始慢了下来，最终围成一大圈，预备军官训练中心前面聚集了一群人，两个年轻人站在大楼台阶上，其中一个手执扩音器。诺拉停下来，伸长脖子想看会发生什么事。其中一位年轻人身穿西装外套，打着领带，高举美国国旗，让星条旗在空中飘扬；此时，另一个也穿得整整齐齐的年轻人，正站在台阶边缘举起拳头。刚开始火焰并不明显，只是一团微微发亮的热气，忽然火焰吞噬了整面旗子，火光直上，映照着旁边的树木以及清朗的蓝天。

一切如慢动作发生，诺拉在混乱中看到布丽在大楼附近的人群边走动，忙着散发传单，她的长发扎成马尾，在长袖白上衣上晃动。诺拉在布丽消失前的瞬间瞥见了妹妹脸上坚毅而兴奋的表情，她心想布丽真的好美。这让她再度感到一股火焰般的妒意，她嫉妒布丽的自信和自由。

诺拉奋力挤过人群。她的目光追寻着妹妹的身影，瞥到她的金发和侧脸一闪而过，最后终于挤到布丽身边。这时布丽站在路旁，正在跟一个红发年轻人说话，他们讲得义愤填膺。诺拉好不容易碰到她的手臂时，她一脸困惑地转身，呆呆地看了好一会儿才认出是自己姐姐。

"诺拉？"她的手搭在红发男子的胸上，诺拉注意到了这个亲密的举动，"是我姐，"布丽解释，"诺拉，这位是马克。"

他点点头，脸上没有笑容，跟诺拉握握手，上下打量她。

"他们放火烧了国旗。"诺拉再度觉得自己穿错了衣服，先前在操场上她感到衣着不得体，现在也一样。只是现在的理由与先前不同。

马克微微眯起褐色的眼睛，耸了耸肩。

"他们在越南打仗，"他说，"我想他们自有道理。"

"马克有一只脚在越南被炸断了。"

诺拉往下瞥见马克的靴子，鞋带绑到脚踝。

"前半段，"他边说边轻拍右脚，"脚趾头后面还有一点。"

"喔。"诺拉非常尴尬。

"马克，我跟我姐说几句话。"布丽说。

他看着骚动的人群："现在不行，接下来轮到我演说了。"

"没关系，我马上就回来。"布丽拉着诺拉的手来到几英尺外，匆匆避到一排梓树下。

"你来这里干吗？"她问。

"我也不知道，"诺拉说，"只是看到人潮，觉得非停下来不可，就这样。"

布丽点点头，银耳环闪闪发光："真令人惊讶，不是吗？这里起码有五千人，本来预期只有几百人，都是因为肯特校区的事。末日要到了。"

什么末日？诺拉十分纳闷。树叶在她身旁飞散，思罗克莫顿小姐正在某处呼叫学生，皮特·华伦坐在闪亮的旅游海报下开票，阳光下黄蜂成群地在她的车库旁懒洋洋地飞舞。世界会在这么一天终结吗？

"那是你男朋友？"她问，"你提过的那个？"

布丽点点头，脸上露出甜蜜的微笑。

"喔，你看看！谈恋爱喽。"

"大概是吧！"布丽轻声说，看了一下马克，"我谈恋爱了。"

"嗯，希望他对你好。"诺拉语气像极了母亲，她自己听了都吓一跳。

但布丽快乐得什么也没说，只是笑笑。

"他对我不错，"她说，"对了，这个周末我带他去你的派对好吗？"

"好啊！"诺拉说，但她心中一点好的感觉也没有。

"太好了，还有，诺拉，你得到那份工作了吗？"

梓树树叶像一颗颗柔软的绿心在风中飘动，周遭的人群嘈杂晃动。

"还不知道。"诺拉想到那个格调高雅、色泽鲜丽的办公室，忽然间觉得自己的抱负显得微不足道。

"面试进行得怎么样？"布丽逼问。

"嗯，还不错，我只是不确定自己想不想要那份工作，如此而已。"

布丽把一缕头发塞到耳后，皱起眉头。

"为什么不确定，诺拉？你昨天还很想要那份工作，听起来那么兴奋。是不是戴维说了什么？他不让你出去上班？"

诺拉为难地摇摇头："戴维根本还不知道。布丽，那只是旅行社的小工作，无聊、庸俗，你死都不会想去那里。"

"我不是你。"布丽不耐烦地指出，"你也不是我。拜托，诺拉，你想要这份工作，因为工作很吸引你，而且你需要独立。"

没错，她想要这份工作，但也感到怒火再度燃起。布丽可以在这里煽动革命，难道她也想指派一个朝九晚五的生活给自己吗？

"我只负责打打字，不是带团出游，要得花好多年才能得到免费旅行的机会。布丽，这不见得是我想要的生活。"

"推推吸尘器，打扫打扫家里就是你要的生活？"

诺拉想到狂风、俄亥俄河、奔腾的河水——只要八十英里就到了。她双唇紧闭，没有回答。

"我真受不了你，诺拉。你为什么害怕改变？你为什么不把日子过好，让别人各管各的呢？"

"我是啊，"她说，"我是在过日子啊，你只是不知道罢了。"

"你把头埋在沙里，我看到的就是这样。"

"你除了下一个可以交往的对象之外，什么也看不见。"

"好了，够了。"布丽向前走了一步，马上被人潮淹没。诺拉眼前的色彩一闪而过，随后消失无踪。

诺拉在梓树下站了一会儿，被一股无法形容的愤怒气得发抖。自己到底是怎么了？她怎么可能一下子嫉妒凯·马歇尔，一下子嫉妒布丽？

她好不容易穿过人潮才走回车旁。经历了骚乱又戏剧化的抗议活动之后，市内的街道似乎变得平淡无奇，单调乏味，再普通不过了。今天已经浪费了太多时间，再过两小时就得去接保罗，这下没办法开到河边了。回家之后，诺拉在明亮的厨房里帮自己调了酒，玻璃杯在手中稳固而冰凉，冰块闪烁着让人安心的光泽。她走到客厅，驻足在那张自己站在天然石桥上的照片前面。每次她回想那一天的郊游野餐，都想不起这张照片是什么时候拍的。她倒是记得世界在她的下方展开，阳光与微风拂过肌肤。"我帮你拍张照片。"戴维大喊，口气相当坚持。她转身看到他屈膝对焦，想要留住一个其实从未存在的时刻。送相机是对的，但她感到后悔，戴维喜欢摄影已经到了痴迷的地步，他还在车库上面加盖了一个暗房。

戴维！随着年月消逝，他怎么会变成这样，越来越熟悉，又越来越难了解？他留了一对琥珀袖扣在相片下方的小柜子上，诺拉拿起袖扣放在掌心，听着客厅里时钟轻声嘀嗒，手心的温度使石头暖了起来，石头的平滑使她沉静下来。她家到处都看得见石头：塞在戴维的口袋里、散置在梳妆台上、装在桌上的信封里。有时她瞥见戴维和保罗在后院低着头，观看某个看起来像石头的东西，她看在眼里虽觉得喜悦，又带点忧虑。这种父子相处的时刻越来越少了，最近戴维很忙。"等等，"诺拉想说，"多花点时间陪保罗，你的儿子长得真快。"

诺拉把袖扣放进自己的口袋，拿着酒走到屋外，站在干皱如纸的蜂巢下，看着黄蜂绕着蜂巢打转，然后消失在巢内。偶尔有只黄蜂受到琴酒的香味吸引，飞近她身旁，她边啜饮边观看，仿佛吞咽下了白日的暖意，肌肉与细胞连锁反应般逐渐放松下来。她喝光酒，把玻璃杯放在车道上，走进屋内找到园艺手套和帽子，绕过保罗的三轮车。三轮车现在太小了，该把三轮车和婴儿衣物、旧玩具等一起打包。保罗又已经上学，戴维既然不想再有小孩，她也不想和他争辩了。虽然很难想象再回到到处尿布、半夜两点起来喂奶的日子，不过她还是经常渴望怀里再抱个宝宝，就像今天早上的安杰拉，带着香甜的体温与重量。凯真有福气，而且是身在福中不知福。

诺拉戴上手套走回太阳下。她没跟黄蜂或蜜蜂打过交道，只有八岁时被蜜蜂叮了脚趾头，痛了一小时就好了。当保罗捡起地板上的死蜜蜂，然后痛得大哭时，她一点都不惊慌，以为只要用冰块消肿，搂着他在长廊的摇椅上坐一会儿，就没事了。但他手上的红肿迅速扩散，脸越来越肿，她才高声呼唤戴维，声音充满惊恐。戴维马上知道出了什么事，知道该打什么针，不一会儿保罗的呼吸就缓和多了。

"不会有事了。"戴维说。话是没错，但诺拉还是怕得要命，如果那天戴维不在家怎么办？

她看了黄蜂一会儿，想着山丘上的示威者和纷扰不定的世界。她向来遵循大家的期望行事，上大学读书，找份普通的工作，嫁个好先生。但孩子出生后，诺拉所理解的世界就变了：保罗张开双手，摇晃着滑下滑梯；菲比死去，却依旧存在，她在梦里出现，时时现身却又无形无影。失去女儿让她感到无助，于是她把时间排得满满的，借此抵抗这份无助。

她研究手中的工具，打算自己对付这些黄蜂。

长柄锄刀在手中沉甸甸的。她慢慢举起，猛力朝蜂巢一挥，刀刃轻易削过薄薄的蜂巢。这一击力道不小，让她觉得很刺激，但当她收回锄刀时，愤怒且意志坚决的黄蜂从破裂的蜂巢里一拥而出，紧跟在她身后飞舞，其中一只叮了她的手腕，另一只叮了她的脸颊。她扔下锄刀跑进屋，用力关上门，背靠着门站立，喘不过气来。

屋外黄蜂来回飞舞，在破损的蜂巢周围生气地嗡嗡叫着。有些黄蜂停在窗沿上，轻轻挥动细致的翅膀。愤怒的黄蜂让她想到早上看到的那群学生，也让她想到她自己。她回厨房又调了杯酒，用琴酒轻拍脸颊和手腕。被黄蜂叮到的伤口已经肿了起来，琴酒很顺口，令人愉悦，她感到全身暖和、平静、有活力。还有一个小时才要去接保罗。

"好吧，你们这些该死的黄蜂，"她大声说，"你们等着瞧。"

柜子里的外套、鞋子和吸尘器上方有罐驱虫剂，铁青色的吸尘器还是全新的。诺拉想到布丽将金发拨到脸旁说："推推吸尘器，那就是你想过的日子吗？"

诺拉朝门口走去，走到半途心生一计。黄蜂正忙着重新筑巢。诺拉手拿吸尘器再度走到屋外时，它们好像没注意到她。吸尘器放在车道上，就像只铁青色的小猪，怪异而不协调。诺拉重新戴上手套、帽子，套上夹克，还拿围巾包住脸。她把吸尘器插上插头，按下开关，让吸尘器嗡嗡响，声音在室外出奇细微。然后她拿起吸嘴，勇敢地插入残余的蜂巢里。黄蜂嗡嗡叫，气愤地四处乱飞，光看到它们，她的脸颊和手臂就感到刺痛，但黄蜂很快就咚咚作响地被吸了进去，听起来像橡实在屋顶上弹跳。她拿着吸嘴向空中挥舞，好像一个魔杖，吸进了所有愤怒的黄蜂，捣碎了脆弱的蜂巢，很快就将这些东西处理掉了。但她边让吸尘器继续运转，边想怎么能盖住吸嘴。她不想让这些勤奋的黄蜂逃出来。阳光温暖，酒精让她感觉很放松，她把吸嘴塞到土里，吸尘器开始发出使用过度的声音，这时她注意到车子的排气管：对啊，吸嘴刚好塞得进去。她满意极了，心中充满成就感，然后她关掉吸尘器，走进屋内。

在浴室的浴缸中，阳光透过雾蒙蒙的窗户照了进来，她解开围巾，脱下帽子，打量镜中的自己：深绿色的双眼、一头金发，面庞因忧虑而瘦削；头发塌了下来，全身是汗，脸上有块红肿。她轻咬嘴唇内侧，心想戴维眼中的她是什么模样？她究竟是谁？她一下子想融入凯·马歇尔的世界，一下子又想和布丽的朋友一样，要不然就是疯狂地开着快车去河边。但她在任何地方都没有归属感，而戴维看到的又是哪一个她？还是每天晚上睡在戴维身旁的，是个完全不同的女子？那还是她自己，对呀，但又完全不像她眼中的自己，也不像他以前认识的她。每晚戴维回家，将西装外套细心地挂在椅子上，翻开晚报阅读时，她看到的他也不是当初嫁的那个男人了。

她擦干双手，把冰块放在发肿的脸颊上。支离破碎、空荡荡的黄蜂巢悬挂在车库屋檐，吸尘器放在车道上，与车子的排气管之间有条长长、褶状的吸管，吸管像一条在阳光下闪闪发光的银色脐带。

黄蜂消失了，后院也布置好了，派对的每个细节都安排得十分妥当，她希望戴维回家看到这一切会感到惊喜而满意。

她看了看手表，该去接保罗了。诺拉在后院的台阶上停下来，在皮包里找着家里的钥匙。车道传来奇怪的声音，她抬头张望，是一种嗡嗡声。她起先以为黄蜂跑出来了，但蔚蓝的空中晴朗空旷。过了一会儿，嗡嗡声变成吱吱响，然后传来电线烧起来的臭味。诺拉纳闷了一会儿才想通：是吸尘器的声音。

她赶紧跑下台阶，脚踩在柏油路面上，手伸向春日明朗的空中，这时吸尘器忽然爆炸，飞了出去，翻转过青翠的草坪，撞上了篱笆，力道猛烈以致撞坏了一根木条。蓝色的机器掉落在杜鹃花丛中，油味冲天的污气冒了出来，好像受伤的小动物似的在哀鸣。

诺拉张开手动也不动地站着，跟戴维的照片一样冻结在时光之中。她想了解究竟发生了什么事。车子排气管被扯开了，她一看就明白了，原来排气管里剩余的油气在吸尘器依然发热的马达旁聚集，引发吸尘器爆炸。诺拉想到保罗，这个对蜜蜂过敏、嗓音有如长笛悦耳的小男孩如果在家，说不定会受到波及。她正在查看的时候，一只黄蜂从冒着烟的排气管中掉出来，然后飞走了。

诺拉再也受不了了。她费尽功夫，想出巧计，出了全力竟然还是有黄蜂逃脱。她走过草坪，迅速并毫不犹豫地打开吸尘器，从烟雾中拉出满是尘土与黄蜂的滤纸袋丢在地上，狂舞似的用力踩踏。纸袋边缘裂开，又一只黄蜂趁机要逃出，她马上一脚踩上去。她是为了保罗而搏斗，也是为了要了解自己而战。"你害怕改变，"布丽先前对她说，"你为什么不能好好过日子？"过什么日子？诺拉已经想了一整天。过的什么日子？她一度很清楚自己过的是什么日子：女儿、学生、长途电话接线生。

她也带着从容和自信把这些角色扮演好了。后来她成了未婚妻、年轻的妻子和母亲。现在她才发现这些角色太狭隘，根本无法包容她的体验。

尽管纸袋里的黄蜂全被踩死了，但是诺拉依然在一团碎纸上狂舞。在这世上，以及她心中，有件事情正在浮现，正在变化。当天晚上校园中的预备军官训练中心大楼会被烧成灰烬，在温暖的春夜中闪耀着明亮的火光；诺拉会梦见黄蜂和蜜蜂，梦见模模糊糊的大黄蜂飘浮过茂盛的草丛。隔天她会买个新的吸尘器，根本不必告诉戴维这个意外。她会取消那件为了凯·马歇尔募捐派对订的燕尾服，也会接下那份工作。是啊，光鲜、刺激，而且是属于她的生活。

这些都会发生，但目前她只想到不停地踩踏，纸袋慢慢变成一团肮脏的翅膀和蜂刺的混合物。远处示威群众还在嘶吼，高涨的声浪穿过春日晴空，传到她所站之处。血液在脉搏中跳动，抗议现场那里正在发生的事情，同样也在这里发生；在她宁静的后院，在她内心的神秘地带，一声崩裂，生命从此再也不一样了。

一只黄蜂在茂盛的杜鹃花丛旁嗡嗡叫着，然后愤愤离开。诺拉踏过扁烂的纸袋，头昏脑涨，酒醉初醒地走过草地，找到钥匙上车，仿佛今天什么事情都没发生一样，开着车接儿子去了。

二

"爸？爸爸？"

听到保罗的声音，还有他轻快地踏上车库楼梯的步伐，戴维随即从相纸前抬起头来。他才刚把相纸放进底片显像剂里。

"等等，"他大喊，"等一下就好，保罗。"但他说话的同时，保罗已经猛然开门进来，让光线泄入暗房。

"哎呀！"戴维看着纸张迅速变黑，影像在突然涌入的光线中消失，

"真是的，保罗，不是已经跟你说过一百次、一万次、一亿次，红灯亮着就不要进来吗？"

"对不起，爸，对不起。"

戴维深吸一口气，镇定下来。保罗才六岁，站在门口看起来很小："没关系，保罗，进来吧，我大声吼了你，对不起。"

他蹲下来伸开双臂，保罗投入他的怀中，把头靠在他的肩上。保罗刚剪的头发刺着他的脖子，根根竖起的头发感觉又软又硬。保罗瘦瘦高高，个性倔强，体格结实。他像水银似的到处乱窜，沉默、警觉又急着想取悦他人。戴维亲亲他的额头，很后悔刚刚对他发脾气。他赞赏地摸摸儿子的肩胛骨，骨头细致完美，像翅膀一样在层层肌肤下延展。

"好吧，什么事这么重要？"他跪坐着问道，"什么事重要到可以毁了我的照片？"

"爸，你看！"保罗说，"看我找到什么！"

他张开小小的拳头，手心中躺着几块扁平的石头，跟纽扣一般大小，中间有个小洞。

"太棒了，"戴维拿起一块石头，"在哪里找到的？"

"昨天我跟杰森到他爷爷的农场去了，那里有条小溪，要很小心，因为杰森去年夏天在那里看到了铜斑蛇。可是现在变冷了，蛇不会跑出来，所以我们到溪边玩，我就是在溪边找到这些石头的。"

"哇。"戴维摸摸这些化石，很轻很细致，已有千年历史，显然石头比任何相片还耐久，"保罗，你知道吗，这些化石本来是海百合。很久很久以前，肯塔基州有很多地方曾经在海底下。"

"真的？太酷了，书里面有石头的照片吗？"

"可能有。等下我把这里整理好，我们马上查查看。还有时间吧？"他踏出暗房看看外面。那天春光怡人，空气轻暖，花园里外开满了茱萸。诺拉摆好桌椅，铺上鲜艳的桌巾，还摆了盘子、混合果汁、餐巾和花瓶；五朔节花柱上面缀带飘扬，是用后院一棵瘦长的白杨树扎成的，这也是由她亲自打点的。戴维想帮忙，但她回绝了。"你能帮的大忙，"她说，

"就是别在这儿碍事。"他只好闪到一旁。

他走回隐秘阴凉的暗房，里面弥漫着刺鼻的化学药味，红光暗淡。

"妈还在布置，"保罗说，"我不可以把衣服弄脏。"

"这规定真是严格。"戴维把装了定影液和显影剂的瓶子摆到保罗拿不到的高架子上，"进屋里去好吗？我马上过去，我们一起查查那些海百合。"

保罗跑下楼梯，戴维看见儿子飞奔过草地，用力带上纱门。他把托盘洗干净，摆好晾干，然后从显影剂中取出底片收起来。暗房里阴凉、沉寂，他又待了一会儿才出去找保罗。屋外，桌巾在微风中飘摇，盘上装饰着纸编的五朔节花篮，篮中插满了春天的花朵。昨天是五朔节，保罗带着花篮到邻居家，把花篮挂在别人的门上，敲敲门然后跑开，躲在一旁看大家发现花篮的反应。这是诺拉的点子，展现出了她充满巧思和想象力的头脑与活力十足的精神头儿。

她在厨房里，正在肉品拼盘上摆饰荷兰芹和小番茄，珊瑚色的丝质套装外罩了件围裙。

"都好了吗？"他问，"外面看起来真棒，我能帮什么忙吗？"

"换件衣服吧。"她看了一下时钟，用毛巾擦干手，"先把拼盘放进楼下的冰箱，这个冰箱已经满了。谢谢。"

戴维接过拼盘，玻璃盘摸起来凉凉的。"真费功夫，"他说道，"为什么不请厨师来做饭？"

他只不过是提个意见而已，但正走向门口的诺拉停下来，皱起眉头。

"因为我喜欢，"她说，"规划、烹调，我全喜欢；因为我喜欢用这些原材料，做出漂亮的东西。我很厉害。"她冷冷地加了一句，"不管你了不了解。"

"我不是那个意思。"戴维叹了口气。这些日子来，他们就像两颗各有轨道、绕着同一个太阳运转的星球，虽不至于相撞，但也不会更靠近。"我只是说，为什么不请人帮忙呢，找厨师来做饭，我们负担得起。"

"不是钱的问题。"她摇摇头走出去。

他把拼盘放好，上楼刮胡子。保罗跟在后面，坐在浴缸边，脚跟踢着瓷砖，滔滔不绝地说话。他喜欢去杰森爷爷的农场帮忙挤牛奶，杰森的爷爷让他喝鲜奶，牛奶还是热的，喝起来有青草的味道。

戴维用柔软的刷子把肥皂泡抹在脸上，享受聆听的乐趣，刮胡刀的刀锋平滑、工整地划过皮肤，刀片在天花板上反射出晃动的光点。整个世界似乎在这一刻静止了：春天温柔的气息，肥皂的味道，儿子兴奋的声音。

"我以前挤过牛奶。"戴维擦干脸，伸手拿衬衫，"我可以把牛奶直接挤到猫咪嘴里。"

"杰森的爷爷就是这样！我喜欢杰森，真希望他是我弟弟。"

戴维系上领带，看着镜中的保罗。四周虽然宁静，又非全然无声：水龙头滴着水，时钟嘀嗒响，衣服轻声摩擦。他想到了女儿，每隔两三个月他就会收到卡罗琳字迹潦草的信，前几封是由克利夫兰寄来的，后来每个信封的邮戳都不一样。有时卡罗琳会附上一个新的邮政信箱号码，都是在陌生大城市的某一隅。戴维每次都依照邮政信箱的号码寄钱过去。虽然以前和卡罗琳不熟，但这些年来她写信的语气越来越亲密。最近寄来的信说不定是从她的日记本里撕下来的，她的想法随即跃于纸上，开头称他亲爱的戴维，或直接称戴维。有时他想拆都不拆就扔掉信，但最后总是从垃圾桶里把信捡回来，快速读一遍。他把信件锁在暗房的档案柜里，这样只有他才知道信在哪里，诺拉绝对不会发现。

几年前他开始收到信的时候，有次花了八个小时开车到克利夫兰，在市内走了三天，到处查电话簿，而且到每个医院打听。在邮政总局，他的指尖触摸着 621 号信箱的黄铜小门，但局长就是不肯透露信箱租户的姓名或地址。

"好，那我就站在这等。"戴维说。局长耸耸肩，"请便，"他说，"最好带点吃的东西，这些邮箱可能好几个星期才有人开。"

最后戴维放弃了，回到家中，让日子一天天过去，让菲比就在没有他的环境下长大。每次寄钱过去，他都附上一张便条，请卡罗琳跟他说她住在哪里。他并没有逼问她，也没有雇私家侦探找她，虽然他有时想象自己会这么做。他觉得，要不要现身由她决定，其他人强迫不来。但他依然想找她，也相信一旦找到她，自己就能弥补过失，然后告诉诺拉实情。对此他坚信不疑。每天早上起床，走路到医院，动手术，看X光片，回家，推着除草机除草，陪保罗玩。他的生活很充实。即使如此，每隔几个月，毫无预警地，他总是在卡罗琳·吉尔的注视下惊醒，梦中的她站在诊所门口或教堂中庭盯着他。醒来后他全身颤抖，穿上衣服走到书房写文章或去暗房，把底片浸在化学溶液中，看着影像从无到有。

"爸，你忘了查化石，"保罗说，"你答应我的。"

"没错。"戴维调整一下领带，将自己拉回现实，"没错，儿子，我答应过你。"

他们一起下楼走到书房，在书桌上摊开熟悉的书。化石是海百合纲类动物，衍自身体像花朵的海中小动物。纽扣状的石头曾是构成主干的甲壳。戴维把头轻靠在保罗的背上，感受着儿子的肌肤——如此温暖有生命力，细致的脊椎骨就在皮肤下面。

"我要拿给妈妈看。"保罗抓起化石飞奔，从后门跑了出去。戴维倒了一杯饮料站在窗边，有客人已经来了，分散在草坪上。男士穿着深蓝色西装外套，女士如同春天娇艳的花朵一样身着粉红、鲜黄、粉蓝的衣服。诺拉穿梭在众人间，一下拥抱女士，一下跟大家握手，帮人引介。戴维刚认识她时，她是那么安静、沉着、自制、谨慎，怎样也想不到她会变成现在这个样子，大方自在地主办宴会，每个细节都规划周详。戴维看着她，心中充满了渴望。渴望什么呢？或许渴望他们曾经拥有的生活吧。

诺拉似乎非常快乐，面带笑容地站在草地上。但戴维知道这种成就感是不够的，连一天都持续不了，到了晚上她就会接着计划下一件事。他晚上醒来，顺着她的背部轻抚想叫醒她，她往往嘟囔两句，握住他的手又转过身去，从头到尾连醒都没醒。

保罗在荡秋千，荡得高高的。他把海百合化石用绳子串起，挂在脖子上，石头起起落落，撞着他小小的胸膛，有时猛然敲到秋千的铁链。

"保罗。"诺拉大叫，敞开的纱门清楚地飘进她的声音，"保罗，把脖子上的东西拿下来，太危险了。"

戴维拿着饮料走到外面，到草地上跟诺拉碰头。

"别这样嘛，"他一边轻声说，一边拉着她的手，"项链是他自己做的。"

"我知道，绳子是我给他的，但他可以等一下再戴。如果玩到一半跌倒，被绳子缠住，会窒息的。"

她特别紧张。他把手放了下来。

"不会的。"他说。他真希望能够抹去他俩丧失亲人的悲痛，以及悲痛带来的影响。"他不会有事的，诺拉。"

"你怎么知道？"

"戴维说得没错，诺拉。"

声音从后面传来，戴维转头看到布丽。她的狂野、热情与美丽如风扫过他们家。她穿了一件面料轻薄的春装，洋装随着她的移动仿佛飘浮起来。布丽跟一个年轻人手牵着手，那人比她矮，五官鲜明，红色短发，穿着凉鞋，领口敞开。

"布丽，真的，他会被绳子缠住，会窒息的。"诺拉也转过身来，坚持道。

"他在荡秋千。"布丽轻声说。在此同时，保罗在蓝天下荡得很高，头往后仰，阳光照在他的脸上。"你瞧瞧，他玩得多开心，别叫他下来，也别这么担心。戴维说得没错，不会有事的。"

诺拉勉强挤出微笑："不会吗？你昨天才说世界末日要到了。"

"那是昨天。"布丽碰碰诺拉的手。姐妹俩久久对望，片刻间两人心灵相通，其他人都无法理解。

戴维好羡慕她们这样，忽然想起自己的妹妹：兄妹俩躲在厨房的桌子下，从油布的褶缝间往外偷看，笑得喘不过气来。他想起她的眼睛、她温暖的手臂，还有与她相伴的快乐。

"昨天发生了什么事？"戴维强将回忆暂停，好奇地问道。但布丽没理他，继续跟诺拉说话。

"姐，对不起，"她说，"昨天事情有点混乱，我说得太过分了。"

"我也很抱歉，"诺拉说，"很高兴你来参加派对。"

"昨天怎么了？布丽，你在起火现场吗？"戴维又问一次。他和诺拉半夜在警笛声中醒来，空气中全是刺鼻的烟味，夜空中闪烁着诡异的光芒。他们走到屋外，邻居都站在漆黑、安静的草地上，露水浸湿了大伙儿的脚踝。校园中的预备军官训练中心大楼遭大火吞噬。这几天，美军炸弹落在湄公河沿岸的城镇，居民四处奔逃，怀里抱着垂死的小孩；美国本土示威越演越烈，空中弥漫着紧张的气氛——虽没亲眼见到，但这份紧张非常真实。此时，在俄亥俄州河的对岸，四名学生惨遭枪杀，肯塔基州的莱克星顿居民从没想到，汽油弹、起火的大楼、大批警察奔向街上，会发生在眼前。

布丽转向他，长发甩过肩头，摇了摇头。"我没有在那里，但是马克在。"她对着身旁的年轻人微笑，把纤细的手臂滑到他的手臂下，"这位是马克·贝尔。"

"马克打过越战，"诺拉加了一句，"他到这里参加反战示威活动。"

"哦，"戴维说，"一个煽动者。"

"我想他是示威者。"诺拉一边更正，一边隔着草坪挥手，"凯·马歇尔在那边，"她说，"对不起，失陪一下。"

"好吧，示威者。"戴维看着诺拉走开，微风轻拂过她丝质套装的衣袖。

"没错。"马克语带刻意的自嘲说，口音听来有点熟悉，低沉而有旋律感，让戴维想起自己父亲的声音，"争取正义与公理，在所不惜。"

"你昨天上了新闻，"戴维忽然记起这个人，"就是你在演讲。原来如此，这场大火想必让你很高兴吧。"

马克耸耸肩："我没有很高兴，也没有感到抱歉，事情发生了，如此而已。我们会继续努力。"

"戴维，你干吗这种态度？"布丽问，一双绿色的眼睛瞪着他。

"我没有不友善，"戴维话一出口，就知道自己确实心怀敌意，也察觉自己讲话时把元音拉长。"我只是问问而已。你哪里人？"他问马克。

"西弗吉尼亚州，艾尔金斯一带，为什么这样问？"

"只是好奇，我家亲戚以前住在那里。"

"我倒不知道，戴维，"布丽说，"我以为你是匹兹堡人。"

"我家亲戚以前住在艾尔金斯附近，"戴维重复，"很久以前。"

"是吗？"马克的眼神比较没有戒备了，"在矿坑工作吗？"

"有时候冬天会入坑工作。他们有个农场，日子很苦，但不像矿工那么辛苦。"

"他们的土地还在吗？"

"还在。"戴维想到自己的老家，他已经十五年没回去过了。

"明智之举。我爸早把家产卖了。五年后他在矿难中丧生，我们就无家可归了，哪儿也没的去。"马克苦涩地笑笑，沉思了一会儿，"你回去过吗？"

"好久没回去了，你呢？"

"我没回去过。越战之后，我利用退役军人优待条例到摩根城上大学。回去一定很奇怪，一种应该属于却又不是真正属于这里的感觉，明白我的意思吧。离开的时候，我没想过自己做了选择，但结果就是如此。"

戴维点点头："我明白你的意思。"

"好啦，"布丽沉默了好一会儿之后，开口说道，"现在你们两人不都在这里吗？我渴了，"她又说，"马克、戴维，要喝点东西吗？"

"我跟你一起去，"马克对戴维伸出手，"世界真小。很高兴认识你。"

"戴维在我们眼中是个神秘人物，"布丽边说边拉着马克走，"只要问诺拉就知道。"

戴维看着他们没入欢乐的人群。只不过是和家乡人的一次萍水相逢，却让他感到原形毕露的不安和脆弱，往事也如海潮般升起。每天早晨，他会在办公室门口小站片刻，检视自己洁净、单纯的世界：仪器整齐排列，检查台上铺着洁净的白布。表面看来他已功成名就，但他从未满足于自己冀求的骄傲与自在。"就这样吧。"戴维离家前往匹兹堡那天，父亲站在公交站旁，边说边用力关上车门。"我想，以后我们不会指望听到你出人头地的消息，你也不会有时间理我们这种人。"戴维站在路旁，早秋的落叶飘落在身旁，他感到一股深沉的绝望，因为那时他就知道父亲说得没错：不管他怎样想，无论他多爱他们，他的人生已往不同的道路走去。

"戴维，你还好吗？"凯·马歇尔问。她经过他旁边，手里捧着一瓶淡粉红色的郁金香，每片花瓣都像肺部外围一样细嫩。"你看起来心不在焉。"

"唉，凯。"他说。她让他想到诺拉，在光鲜靓丽的外表下潜藏着孤寂。有一次在另一个宴会中她喝多了，结果她跟在他后面到了黑暗的走廊，双臂圈住他的脖子吻他，他则在惊讶中回吻。这已经是过去的事了，虽然他常想起她冰凉的双唇出其不意地贴在自己唇上，但每次看到她，戴维都会怀疑这件事是否真的发生过。"凯，你看起来还是一样漂亮。"他举杯，她笑笑，然后各自走开。

他走进阴凉的车库里，爬上楼梯，从柜子里拿出相机，装上一卷新底片。诺拉的声音盖过众人，他想起那天早上伸手滑过她的背部曲线时，掌下肌肤的平滑触感；他也想起她和布丽之间的默契，姐妹间的心性相通，远超过他们夫妻所有的亲密。"我要啊，"他想，随手把相机挂在脖子上，"我想要啊。"

他穿梭在宾客间，微笑、握手、打招呼，聊着聊着就走开，然后用相机捕捉宴会的情景。他停在凯带来的郁金香前，取个特写镜头，心想花朵还真像肺部细致的组织，如果能让两者入镜再放在一块儿呈现，一定非常有趣。他常想，人体就像镜子，完美地反映出宇宙的奥妙，他一直想好好探究这个问题。他一边想得出神，一边专心拍花朵。诺拉走来碰碰他的手，把他吓了一大跳。

"相机收起来，"她说，"拜托，戴维，我们在办宴会。"

"这些郁金香真的很漂亮。"他开口，但解释不出心中的想法，说不出为什么这些影像令他赞叹。

"我们在办宴会，"她再说一次，"你不要只顾拍照，喝点东西跟大家聊聊。"

"我喝过了，"他说，"没人在意我拍几张照片，诺拉。"

"我在意，这样很失礼。"

他们讲得很小声，整段对话中，诺拉始终面带微笑，神情镇定，还隔着草坪点头、挥手，但戴维感觉得到她紧绷和压抑的怒意。

"我花了好大功夫，"她说，"全部一手包办，亲自准备所有的食物，甚至解决了那群黄蜂，你为什么不能好好地享受？"

"什么时候弄掉蜂巢的？"他抬头看见平整、干净的车库屋檐，想找个安全的话题。

"昨天。"她让他看手腕上几处浅浅的红肿，"你和保罗都过敏，我想确保一切没事。"

"派对很棒。"他一时冲动把她的手腕拉到唇边，轻吻被黄蜂叮咬的地方。她看着他，震惊得两眼大睁，眸中闪烁着喜悦的光芒，接着她把手抽了回来。

"戴维，"她轻声说，"拜托，别在这里，现在不要这样。"

"嘿，爸。"保罗大喊。戴维四下观望找儿子。"妈、爸，我在这里，看看我！"

"他在朴树上。"诺拉一边用手遮着阳光，一边指着草坪，"看，在那里，爬到一半了，他怎么爬上树的？"

"一定是从秋千架爬上去的，嘿！"戴维高喊，挥手回应。

"马上下来！"诺拉大叫，然后对戴维说，"他让我好紧张。"

"小孩子嘛，"戴维说，"小孩子都会爬树，没关系的。"

"嘿，妈！爸！救命啊！"保罗大叫，但当他们抬头一看，他正开怀大笑。

"记得他以前常在超市这样吗？"诺拉问，"刚学说话的时候，他常在店里大叫救命，别人还以为我绑架了他。"

"在诊所他也搞过同样的花招，"戴维说，"记得吗？"

夫妻俩同时大笑，戴维感到喜悦浮上心头。

"把相机收起来吧。"她边说边摸摸他的臂膀。

"好，"他说，"我会的。"

布丽漫步到五朔节花柱旁，捡起一条深紫色的缎带，其他几个人看了觉得有趣，也一起加入。戴维走回车库，看着缎带在风中飘摇。忽然间他听到一阵骚动，树叶四处飞扬，树枝断了，发出巨响。他看到布丽双手高举，手指间的缎带滑落下来。接下来一片沉默，过了好一会儿诺拉才放声大哭起来，戴维转身时刚好看到保罗砰一声掉下来，背着地弹了一下，项链也摔断了，宝贵的化石散落在地上。戴维推开人群跑过去，跪在保罗身旁。保罗黑色的眼睛里充满恐惧，紧抓住戴维的手，喘着气。

"没事的，"戴维摸摸保罗的头，"你从树上摔下来，喘不过气而已，放轻松，再深呼吸一次，你很快就没事了。"

"他没事吧？"身穿珊瑚色套装的诺拉跪在保罗旁边，"保罗小甜心，还好吧？"

保罗吓得喘不过气来，拼命咳嗽，泪水在眼眶里打转。"手好痛。"他终于开口说道。他脸色苍白，额头上细小的蓝色血管清晰可见，戴维看得出来他强忍着不哭。"我的手真的好痛。"

"哪只手？"戴维问，口气尽量缓和，"你能让我看看哪里痛吗？"

是他的左手臂在痛，戴维很小心地举起手臂，支撑住手肘和手腕，保罗痛得哭叫出来。

"戴维！"诺拉问，"手臂断了吗？"

"不太确定。"他镇定地说，但几乎已经确定骨折了。他把保罗的手臂轻放在自己胸前，然后拍拍诺拉的背安抚她。"保罗，我现在要把你抱到车上，然后去我的诊所。我让你看看 X 光仪器。"

他慢慢地、轻轻地抱起保罗。保罗在他怀中，十分轻巧。客人让出一条路，他把保罗放在后座，从车厢里拿出一条毯子包住他。

"我也要去。"诺拉侧身进入前座，坐到他身旁。

"派对怎么办？"

"酒和食物还很多，"她说，"他们自己找乐子就是了。"

在明朗的春日中一家人开向诊所，诺拉不时拿保罗出生的那晚开玩笑，说戴维在空荡的街上开那么慢，有条不紊的。可是今天戴维还是没法容许自己开快一点。他们经过还在冒烟的预备军官训练中心，缕缕烟雾如黑色蕾丝般升起。附近的茱萸盛开，开在焦黑的墙边，花瓣苍白娇弱。

"唉，整个世界正在崩解，真的有这种感觉。"诺拉轻声说。

"还没啦。"戴维从后视镜中看了保罗一眼。保罗很安静，没叫痛，但惨白的脸上都是泪痕。

在急诊室中，戴维动用他的关系加快了程序，很快照了张 X 光片。他让保罗在床上躺好，请诺拉从候诊室拿了一本故事书念给保罗听，自己去拿 X 光片。当他从技术人员手中接过 X 光片时，他发现自己的手在发抖，于是干脆穿过走廊走到自己的办公室。在这个美丽的星期六下午，走廊出奇安静。门关上以后，他先在黑暗中站了一会儿，让自己镇定下来。他知道墙是浅绿色的，桌上散置着文件，也知道铬钢的器具排列在托盘上，摆在玻璃面的柜子下方，但他现在什么也看不见。他用手摸摸鼻子，即使这么近还是看不见自己的手，只感觉得到。

他摸索着找寻观片灯箱的开关。开关一碰就开了，嵌在墙上的面板一开始先闪动发光，灯亮起后便一片亮白，将所有东西都染上白色。灯光下是他上星期冲洗出来的底片，一系列依序拍的人体血管，张张都是在严密的光线控制下拍摄的，循序呈现微妙的对比与变化。最令戴维兴奋的是自己所达到的精密度，这些影像看起来不像人体的部位，反而像是打在大地上的闪电、静静流动的河川或波浪奔腾的辽阔大海。

他双手颤抖，强迫自己深呼吸几次，取下先前的底片，夹上保罗的X光片。他儿子小小的骨头结实细致，如幽灵般清晰地呈现在眼前。戴维用指尖检视光线下的影像，儿子的骨头很美，虽然色泽晦暗，但出现在眼前的影却似乎饱含光线，透明的影像浮现在漆黑的办公室里，有如缠绕的树枝一样强健优美。

伤处一目了然：尺骨和桡骨骨折。两块骨头平行伸展，愈合的过程中最怕的就是它们可能接合在一起。

他打开天花板的大灯，走回走廊，心想人体内蕴藏的世界真美。多年前在摩根的鞋店里，他父亲试穿一双工作靴，又皱着眉头看标价，那时戴维却站在一架拍摄足部X光片的机器前。机器将他普通的脚趾头变成某种诡异的影像，充满了神秘感。他看得发呆，仔细研究他趾头和脚跟的模糊棒状与球状物。

好几年后他才明白，那个时刻就是决定性的一刻：他领悟到有个无形、未知，甚至超乎他想象的世界存在。接下来的几个星期他观察鹿群奔跑、小鸟高飞、树叶飞扬、兔子忽然从地底下跳出来。他看得很认真，想要找出隐藏在它们里面的构造。他也仔细端详坐在前廊台阶上、静静地剥豆子或玉米、嘴唇因为专注而略张的琼儿，因为她虽像他，但两人又不全然相似，异同之间充满神秘。

他的妹妹，那个喜欢风，阳光照在脸上就开心，不怕蛇的小女孩，十二岁就去世了。她留在世上的只有充满了爱的回忆；现在除了白骨之外，什么都没了。

他六岁大的女儿生活在别处，他却不认得她。

他走回母子二人身边，诺拉把保罗抱在膝上。虽然保罗已经太重了，这样抱颇吃力，但她还是搂着儿子，让他的头靠在她的肩膀上，看来有点别扭。他的手臂因为刚才的重击有些轻微抽动。

"骨头断了吗？"她马上发问。

"恐怕是断了，"戴维说，"来，过来看看。"

他把X光片放到灯箱上，指着几道黑色的断裂处。

俗话说，柜子里的骨头、枯如白骨，或是我要给你挑挑骨头。① 其实骨头有生命，会成长，会愈合，能将断裂的地方接合起来。

"我真担心那些蜜蜂。"诺拉说，同时帮他把保罗抱上检查台，"我是说那些黄蜂，好不容易赶走了，现在却发生这种事情。"

"只是个意外。"戴维说。

"我知道，"她眼泪快掉出来了，"问题就出在这里。"

戴维没有回答。他正拿出做模型的材料，专心上石膏。他有好一阵子没替病人上石膏了。他接好骨头之后，接下来通常就交由护士处理，而他发现上石膏这个动作有安定人心的作用。保罗的手臂细小，模型逐渐成形，洁白如漂白的贝壳，明亮有如白纸。几天后石膏模子就会变成单调的灰色，上面会有小孩画得乱七八糟的涂鸦。

"三个月，"戴维说，"要三个月才可以拆掉石膏。"

"那就是整个夏天了。"诺拉说。

"少年棒球队怎么办？"保罗问，"可以游泳吗？"

"都没了，"戴维说，"没有棒球也不能游泳，很抱歉。"

"可是我要和杰森参加少棒队。"

"抱歉喽。"戴维说。保罗难过得泪眼汪汪。

"你说不会有事，"诺拉说，"结果他摔断了手。就是会这样，下次搞不好他摔断的会是脖子或是脊柱。"

戴维忽然感到疲惫。保罗令他筋疲力尽，诺拉也让他很愤怒。

"没错，这些都有可能，但都没发生，不要说了好吗？诺拉，你闭嘴。"

保罗乖乖坐着专心聆听，警觉到了爸妈口气的改变与语调的转折。

---

① 柜子里的骨头，原句为 skeletons in the closet，意为不可告人的秘密；枯如白骨，原句为 bone dry，形容非常干；我要给你挑挑骨头，原句为 I have a bone to pick with you，是指我对你不满。

戴维不禁想，以后保罗对这天的记忆会是什么样？他想象儿子长大迎向未知的将来，进入一个大家上街抗议，结果却因脖子挨了子弹死去的世界。想着想着，他也和诺拉一样感到恐惧。她说得对，什么事情都可能发生。他摸摸保罗的头，孩子刚剪的短发刺着他的掌心。

"对不起，爸。"保罗小声说，"我不是故意让你的照片冲不成的。"

戴维困惑了一秒钟才想起，几小时以前，保罗开门让光线跑进暗房，他对保罗大吼，让保罗害怕地站在门口动都不敢动，一只手还僵在电灯开关上。

"哦，不、不，我没有在气那件事，别担心。"他摸摸保罗的脸颊，"那些照片不重要，我只是早上有点累，好吗？"

保罗用手指沿着石膏比画。

"对不起，我吓到你了，"戴维说，"我没有生气。"

"我可以听一下听诊器吗？"

"当然可以。"戴维把听诊器的黑色耳塞塞进保罗耳中，然后蹲下来，把冰冷的金属圆盘摆在自己胸前。

他从眼角瞥见诺拉看着他们父子。此时的她远离了五光十色的派对，心中怀着悲伤，好像手中还抓着一块黑色的石头。他很想安慰她，却想不出该说什么。真希望世上有可以看穿人心的X光机器，好让他窥见诺拉的内心，还有自己的内心。

"我希望你能开心一点，"他轻声说，"我希望我能做些什么让你开心。"

"别担心，"她说，"不必为我担心。"

"不必吗？"戴维深深吸了一口气，好让戴着听诊器的保罗可以听见空气急速涌入的声音。

"没错。我昨天找到了一份工作。"

"工作？"

"是的，不错的工作。"她随即一五一十告诉他：是一家旅行社，早上上班，刚好有时间接保罗下课。她说话时，戴维觉得她好像正在从他身边飞走。"我快疯了。"诺拉又说，语气激烈地令他惊讶，"反正我有那么多时间，闲着也发慌，有份工作比较好。"

"好吧，"他说，"没关系，你如果这么想上班，那就去吧。"他搔痒逗逗保罗，伸手拿他的耳镜，"来，"他说，"检查一下我的耳朵，看我有没有把小鸟留在里面。"

保罗大笑，冰冷的金属贴上戴维的耳朵。

"我知道你不喜欢我出去上班。"诺拉说。

"什么意思？我刚才不是说，你要去上班就去吗？"

"我说的是你的语气，你应该自己听听看。"

"那你要我怎样？"他说。为了保罗，他尽量保持语气平缓："我觉得你在指责我。"

"你一定认为这事跟你有关，才会说我在指责你。"她说，"戴维，这就是你不了解的事。我上班跟你没关系，只是关系我个人的自由，关系着我想要拥有自己的生活。我希望你了解这一点。"

"自由？"他说。她最近又跟她妹妹聊上了，他可以用性命打赌，"诺拉，你以为每个人都自由自在？你以为我自由吗？"

接下来两人好久都没说话，他觉得幸好保罗打破了沉默。

"没有小鸟，爸，只有长颈鹿。"

"真的吗？几只？"

"六只。"

"六只！天哪！赶快检查一下另一只耳朵。"

"说不定我会讨厌这份工作，"诺拉说，"但至少我得试试。"

"耳道里有大象，"戴维边说边取回耳镜，"我们回家吧。"他强迫自己露出笑容，蹲下来抱起上了石膏的保罗，感觉到小儿子的重量，还有环绕在他脖子上的暖乎乎的光裸手臂。他忍不住想知道，六年前他若做出不同的决定，他们的生活会怎样呢？当年大雪纷飞，他站在一片沉寂之中，孤单一人；在那决定性的一刻，他改变了往后的一切。"戴维，"卡罗琳·吉尔在上一封信里写道，"我交了男朋友，他人非常好，菲比也很好，她喜欢捉蝴蝶和唱歌。"

"我很高兴你找到工作。"他们在走廊上等电梯时，他跟诺拉说，"我不想找麻烦，但我不相信这事跟我无关。"

她叹了一口气："你不会相信的。"

"你这是什么意思？"

"你把你自己看成是宇宙的中心，"诺拉说，"你是静止不动的那一点，所有东西都绕着你转。"

他们收好随身物品走进电梯，户外依然风和日丽，这是一个晴朗的午后。回到家时客人都走了，五朔节花柱的缎带在微风中飘扬，只有布丽和马克留下来，正把一盘盘食物收进屋。戴维的相机放在桌上，保罗的化石整齐地堆在相机旁。戴维停了下来，仔细端详有椅子散置各处的草坪。很久很久以前，这整个地方一度潜藏在浅浅的海水下。戴维抱着保罗上楼，帮儿子倒了杯水，给了他一片他喜欢的橘子味的阿司匹林，跟他一起坐在床上，握着他的手。他的手好小，好温暖，充满了生命力。戴维想起那些灯光照亮的X光片，上面呈现出保罗骨头的影像，让他心中充满了惊奇。这就是他想要用相机捕捉的东西：世界和谐一致，万物都蕴含在一个稍纵即逝的影像之中。这个留住了美、希望与动作的时光备份，有如一首流畅的诗篇，就像人体是由血肉和骨头所组合的诗篇。

"爸，念故事给我听吧。"保罗说。戴维在床上坐下，把保罗抱到怀里，一页页翻读《好奇的乔治》，书中的乔治摔断了一条腿住进了医院。楼下，诺拉穿梭在各个房间清理善后。纱门开了又关，关了又开。他可以想象她身着套装，穿过纱门迎向新生活，一个把他排除在外的新生活。快接近傍晚了，满室金色的阳光，他翻着书页，抱着保罗，感觉到儿子的体温和规律的呼吸。微风掀起窗帘，屋外山茱萸有如明亮的云彩，对应着篱笆的黑木条。戴维停了下来，看着白色的花瓣飘摇坠落，这幅美景令他既愉快又心烦，因为从这个距离看，朵朵花瓣有如白雪，而他不想看到白雪。

"嗯，菲比的头发的确跟你的一样。"多罗评论道。

卡罗琳摸摸颈背，暗自思量。她们在匹兹堡东边一座旧仓库改建的实验幼儿园里。阳光从长窗射入，在木头地板上洒出点点光影。菲比站在一个大木箱前面，拿着铲子把扁豆挖起来倒进罐子里。光线照在她的小辫子上，投射出金棕色的光点。六岁的她圆圆胖胖的，两只手柔嫩幼小，膝盖还有小胖窝，一双黑褐色杏仁状的眼睛微微上斜，笑起来很迷人。今天早晨她穿了一件粉红与白色相间的条纹洋装和一件粉红色毛衣，衣服是自己挑选、自己动手穿上的——只是穿反了。先前为了这件毛衣，菲比还在家里大发脾气。"她的脾气确实跟你一模一样。"利奥以前经常说，如今老人家过世已经快一年。卡罗琳当时听了总是很惊讶，倒不是因为他真以为卡罗琳和菲比有血缘关系，而是因为居然有人说她是个有脾气的女子。

"很像吗？"她边说，边用手指顺顺耳后的头发，"你觉得她的头发跟我的很像？"

"喔，当然。"

菲比正把手深深地插入一堆光滑的扁豆中，还跟身旁的小男孩一起大笑。她抓起一把豆子，让它们从指间滑落，男孩则伸出黄色的塑胶杯接着。

对这所幼儿园的其他小朋友而言，菲比只是菲比：一个喜欢蓝色、冰棒、转圈圈的小朋友。在这里没有人注意到她的不同。刚开始卡罗琳还很担心，害怕这里会出现一些她听过太多次的说法。不管是在游乐场、超市，还是医生诊所里，大家总是说，真可怜喔！唉，你的状况简直是我最害怕的梦魇。还有一次甚至有人说，起码她活不了太久，也算万幸。不管是出于无心、无知或无情都无所谓，这些年来，这种说法已在卡罗琳心中磨出了一道皮开肉绽的伤口。不过这所幼儿园的老师年轻且充满热忱，家长们也被老师影响：菲比或许要多费点力，进步比较慢，但她跟其他孩子一样学得会。

男孩丢下铲子跑进走廊，扁豆散落在地上。菲比跟着奔跑，小辫子飞扬，跑向有着画架和油彩的休息室。

"这个地方对她真有帮助。"多罗说。

卡罗琳点点头："真希望教育委员会能看到她在这里的模样。"

"你们的论点很有力，律师也不错，不会有问题的。"

卡罗琳看了一眼手表。她和珊卓拉的友谊已经衍生出一股势力。就在今天，这个已拥有五百多名会员的"欢乐唐氏症协会"，要求教育委员会允许他们的小孩进入公立学校就读。虽然看起来颇有胜算，但卡罗琳依然紧张，因为未来好多事情都得靠今天的结果。

一个孩子飞奔过来，差点撞到多罗，她轻轻扶住他的肩膀。多罗的头发全白了，跟黑色的眼睛与光滑的橄榄色皮肤形成强烈对比。她每天早上游泳、打高尔夫，近来卡罗琳常看到她一个人在偷偷微笑，仿佛心中藏着秘密。

"真谢谢你今天过来帮我照顾菲比。"卡罗琳边说边穿上外套。

多罗摇摇手："别客气。说实在的，我宁愿来这里，也不愿为了我爸爸的论文跟系里争吵。"她的声音听起来很疲倦，不过脸上仍闪过一丝微笑。

"多罗，如果我猜得没错，你在谈恋爱喔。"

多罗只是笑笑。"好大胆的猜测。"她说，"提到谈恋爱，我想艾尔今天下午会来吧？今天是星期五。"

梧桐树间闪烁的光影如同流动的水一般，令人心旷神怡。没错，今天是星期五，但之前整个星期都没有艾尔的消息。通常他会从哥伦布、亚特兰大或者芝加哥打电话给她。今年他向她求了两次婚，每次她都差点儿答应，但最后还是拒绝了。上次他来的时候两人吵了一架。"你对我总是保持距离。"他抱怨道，然后愤愤离去，连再见都没说。

"艾尔和我只是好朋友，事情没那么单纯。"

"别傻了，"多罗说，"事情单纯得很。"

这就是爱情喽，卡罗琳心想。她亲亲菲比柔软的脸颊，开着利奥的旧别克离开。黑色的别克车十分庞大，好像在开船一样。利奥去世的前一年，身体越来越虚弱，几乎整天坐在窗边的扶手椅上，大腿上放着一本书，望着街上发呆。有天卡罗琳看到他猛然跌下来，一头灰发直直的，竖成奇怪的角度，皮肤和嘴唇没有一丝血色。她还没碰到他的身体就知道他走了。她取下他的眼镜，替他合上眼皮。遗体移走后，她坐在他的椅子上，想象他平时的日子是怎么度过的：树枝在窗外悄悄晃动，她自己和菲比的脚步声在他头顶的天花板响起。"喔，利奥，"她对着空旷的房间大喊，"原来你这么寂寞。"

丧礼肃穆隆重，挤满了物理学教授和栀子花。葬礼后卡罗琳主动提出要离开，但多罗毫不理会："我已经习惯你住在这里了，习惯有你陪我。你留下来。我们过一天算一天吧。"

卡罗琳开车横越匹兹堡市区。她已爱上这座有个性、不屈不挠、美得耀眼的城市。这儿有高耸的大楼、华丽的桥梁、辽阔的公园跟隐藏于青绿山丘间的社区。她在狭窄的街道上找到停车位，走进大楼。长年的煤烟熏黑了大楼的石块。她穿过有着高高的天花板和地上铺着繁复的马赛克瓷砖的大厅，走上楼梯，来到三楼。暗色的木门上嵌着一片毛玻璃，生锈的黄铜号码标示着：304 B。她深深地吸了一口气，从上次参加口试以来，她还没有这么紧张过。她推开门走了进去，看到里面的情形后很是惊讶，室内陈旧简陋，巨大的橡木桌刮痕累累，窗户灰灰暗暗的，透过窗户看出去会让人以为室外天色沉寂晦暗。珊卓拉已和"欢乐唐氏症协会"的六位家长坐在那里等候了，卡罗琳心中温暖起来。她和珊卓拉是在超市或公交车上碰到这些家长的，刚开始大家一个接一个、不定期地参加聚会，后来传开了，好多人打电话来询问。律师罗斯·斯通坐在珊卓拉旁边，珊卓拉一头金发紧紧地梳在脑后，神情严肃，脸色苍白。卡罗琳在她旁边坐下。

"你看起来很累。"她小声说。

珊卓拉点点头："提姆感冒了，怎么刚好是今天。我妈还得从宾州过来照顾他。"

卡罗琳还没回答，门又开了，教育委员会的人鱼贯而入。他们个个神情轻松，彼此握手打招呼开玩笑。坐定后会议正式开始，罗斯·斯通站起来，清清喉咙。

"每个孩子都有受教育的权利。"他的言辞听起来很熟悉。他所呈现的证据清楚精确：孩子的进展稳定而持续，最后都会达到学习目标。尽管证据如此清楚，卡罗琳还是觉得眼前的委员看上去面无表情，好像对此无动于衷。她想到菲比昨晚坐在桌前，一只手握着铅笔练习写自己的名字。她写了满满一张纸，虽然字迹歪斜，有时还写反了，但最后还是把名字写出来了。委员会的成员翻翻文件，清清喉咙。罗斯·斯通发言暂停时，有个黑色鬈发的年轻人开口了。

"斯通先生，你的热忱令人激赏，委员会非常重视你所说的这些事，也谢谢家长们的投入与奉献。但这些小孩都是智障，这是最根本的问题。他们的成就或许令人刮目相看，但毕竟是在一个受到保护的环境中达成的，老师们也给予他们额外的甚至毫无间断的关注。这点非常重要。"

卡罗琳看看珊卓拉，这些话听来也很熟悉。

"智障是轻蔑的用语，"罗斯·斯通平静地回答，"没错，大家都知道这些小孩反应迟缓，但他们并不笨。在场的各位，并不知道他们能够达到什么成就。就成长与发展而言，这些小孩跟所有孩童一样，对他们最有利的就是提供一个没有预设条件的教育环境。我们要的只是公平。"

"公平，没错，可是我们没有资源。"一位头发稀疏灰白的瘦小男子说，"为了公平，我们必须全数接纳他们，目前的体系无法一下照顾这么多的智障小孩。请大家看看这个。"

他发给大家一份报告，然后开始做成本效益分析。卡罗琳深深地吸了一口气，努力控制自己的情绪，因为发脾气无济于事。一只苍蝇嗡嗡地飞过老旧的窗户玻璃。卡罗琳又想起菲比，这个可爱、性情不定的小女孩能找到不见的东西，会数到五十，可以自己穿衣服，还能背完二十六个字母。她或许还不能把话说得很清楚，却能一眼看穿妈妈的心情。

"……有限，"男子继续说道，"一下子拥向学校，占用大量资源，会拖累其他比较聪明的小孩。"

卡罗琳忽然感到绝望。这些人从没见过菲比，他们只会以为菲比是个特殊的孩子，一个讲话迟钝、学习缓慢的孩子。她要怎样才能向他们介绍自己这个漂亮的女儿？菲比会坐在客厅地毯上堆积木，柔软的头发垂绕在耳边，一脸专注；菲比会把四十五转唱片放在卡罗琳买给她的小唱机上，陶醉在音乐之中，在平滑的橡木地板上翩然起舞；卡罗琳陷入沉思或是被世俗杂务弄得心神不宁时，菲比柔软的小手就会放在她膝上，对她说"妈妈，你还好吗""我爱你"之类的话；菲比在夜色中骑在艾尔的肩膀上；菲比拥抱每个她遇见的人；菲比大发脾气，顽固叛逆得不得了；菲比今天早上自己穿的衣服，神情十分骄傲。她能让他们看到这一切吗？

桌间的讨论已经转向数字运算，现状是不可能改变的。卡罗琳在颤抖中站起来，她过世的母亲看见她现在这样，想必会惊讶地用手遮住嘴。卡罗琳自己也不太敢相信。生活已经改变了自己，而自己变成了什么样的人呢？但此时她再也不能回头，没错，一大群智障！她双手紧压着桌面，等待着。男人们一个个停止发言，房间里安静下来。

"不是数字的问题，"卡罗琳说，"是孩子。我女儿六岁了，的确，她学得慢，但其他小孩会做的事她都会：会爬，会走，会说话，自己上洗手间，自己穿衣服。她今天早上就是自己穿的衣服。我看到的是一个想要学习、爱每个人的小女孩，但我也看到在场的男士似乎忘了在这个国家，我们应该保证每个小孩都有受教育的机会，不管他的能力如何。"

一时间众人沉默不语。高高的窗户在微风中嘎嘎作响，油漆似乎开始翘起，从米色的墙上剥落。

黑发男子语调柔和地开口："我和在场所有人都非常同情你的处境。但你女儿或其他这类孩子怎么可能应付学校课程？她对自己有什么观感？换作是我，我宁愿让她学习一些有用、有生产力的技能。"

"她才六岁，"卡罗琳说，"她还没准备好学习任何技能。"

罗斯·斯通一直在观察两人的交谈，这下他开口了。

"事实上，"他说，"这都不是讨论的重点。"他打开公文包，取出一大沓文件，"这不只是道德或是执行程序的议题，而是法律。这里是这些父母和其他五百位家长签署的请愿书，还附有一份代表这些家庭提出的团体诉讼书，诉请允许他们的小孩到匹兹堡的公立学校上学。"

"这是宪法赋予人民的基本权利，"灰发男子从文件中抬起头来说，"但这里不适用。"

"请仔细阅读这些文件。"罗斯·斯通边说边扣上公文包，"我们再联络。"

大楼外的老旧石阶上，大伙儿急着说话。罗斯感到满意，抱着审慎的乐观态度；其他人情绪高昂，纷纷拥抱卡罗琳，感谢她的发言。她微笑着回抱大家，一方面感到筋疲力尽，一方面为这些人的深厚感情所感动。珊卓拉当然是其中一位，她现在依然每星期过来喝咖啡。柯琳跟她女儿一起募集了请愿书上的签名。还有高大爽朗的卡尔，他唯一的儿子因唐氏症引发的心脏病早逝，他让出自己的地毯仓库，充作大伙儿的办公室。四年前除了珊卓拉之外，这些人她一个也不认识，但经历过多次深夜的聚会、痛苦的挣扎和小小的成就，再加上大家心中满怀的希望，这些人已经是她的好友。

刚才的发言依然令她情绪激动，她开车去幼儿园，菲比从一群小朋友中跳起来跑向卡罗琳，抱住她的膝盖。卡罗琳闻到牛奶和巧克力的味道，菲比的衣服上还有泥土，头发像柔软的云朵一样垂在卡罗琳手边。卡罗琳跟多罗简述了事情始末，智障、拖累等丑恶的字眼仍萦绕在她脑际。多罗上课快迟到了，她拍拍卡罗琳的手臂说："我们今晚再聊。"

回家的路上风景很美，树上的叶子和盛开的紫丁香如同泡泡和火花在山坡上飘散。昨晚下过雨，所以今天的天空澄净而湛蓝。卡罗琳把车停在巷子里，艾尔还没来，她感到有点失望。她和菲比一起走在梧桐树摇曳的光影下，穿过一群发出刺耳嗡嗡声的蜜蜂。她坐在前廊的台阶上，打开收音机。菲比在柔软的草地上转圈圈，她伸出双臂，头往后仰，小脸迎向阳光。

卡罗琳看着她，依然想摆脱早上的紧张与怒气。事情不是没有希望，但经过努力改变世人观感的这些年，卡罗琳已经学会保持谨慎。

菲比跑过来，用手遮着卡罗琳的耳朵说悄悄话。卡罗琳一下没听清楚，只感到她兴奋得上气不接下气。她说完又跑开了，穿着一身嫩粉红的洋装在阳光下旋转。阳光在她的黑发上投下琥珀色的光影，卡罗琳想起在诊所灯光下的诺拉·亨利，一时之间，忧虑与疑惑刺痛了她的心。

菲比停止转圈，手臂大张保持平衡，然后大喊一声，跑到草坪另一边，爬上台阶。艾尔正站在那儿，一只手拿着一个包装鲜艳的包裹，是送给菲比的，另一只手握着一把紫丁香，卡罗琳知道是送给她的。

她心情大振。这些年来，他锲而不舍地追求她，每个星期都送她鲜花或是其他令人开心的礼物。他的神情快乐真诚，她根本不忍心拒绝他。但她没让自己陷进去，她不相信爱情会这么突然地降临，也不相信一个偶遇的男子会爱上她。此时她站在原地，内心充满喜悦，但又好怕在这种时候他会离她而去！

"天气真好。"他边说边蹲下去抱抱菲比。菲比用力抱住他的脖子表示欢迎。包裹里是一个很薄的、带有木柄把手的捕蝶网。菲比立刻拿起来，朝深蓝色的绣球花丛飞奔而去。"会议进行得怎样？"

她告诉他整个情况，他边听边摇头。

"唉，也不是每个人都适合上学，"他说，"我就不太喜欢。但菲比是个乖孩子，他们不能把她摒除在门外。"

"我只希望她在世上有个立足之地。"卡罗琳忽然明了，她所怀疑的不是艾尔爱不爱她，而是艾尔爱不爱菲比。

"亲爱的，她已经有了安身之地，这里就是她的家。但是我想你做得很对，你这么努力为她争取，这样做是对的。"

"我希望你这个星期过得比我好。"她注意到他的黑眼圈。

"还不是老样子。"他在她旁边的台阶上坐下，捡起一根树枝，动手剥起树皮。远处除草机嗡嗡作响，菲比的收音机里播放着披头士的歌。"我这星期开了两千三百九十八英里，创纪录了，以前没跑过这么远。"

他还会再问一次，卡罗琳心想。现在正是时候，他劳碌奔波，已有安定下来的准备，而他将再度开口。她看着他两手熟练、迅速地剥除树皮，心中波涛汹涌，这次她一定会说好。但艾尔没说话，两人沉默了很久，最后她不得不打破僵局。

"这个礼物真好。"她朝着草坪的另一边点点头。菲比正在青绿的草地上跑来跑去，捕蝶网在空中画出明亮的圆弧。

"是一个住在乔治亚州的家伙亲手做的，"艾尔说，"他人很好，给他的孙子做了一大堆。我们在超市聊了起来。他收集短波收音机，还邀我过去看看，我们聊了一整晚。你瞧，这就是四处流浪的好处。喔，对了，"他把手伸进长裤口袋，掏出一个白色信封，"我帮你从亚特兰大领了一封信。"

卡罗琳没说什么就接过信封，里面有一张普通的白纸，白纸里夹着几张折叠得平整的二十元钞票。艾尔从克利夫兰、孟菲斯、亚特兰大、亚克朗等他常跑的城市帮她领回这些信。她只说钱是菲比的父亲寄的，艾尔没说什么，但卡罗琳的感受很复杂。有时她梦见自己走过诺拉·亨利的屋子，从架上和储柜里拿东西，很开心地装满了一整个布袋，却撞见诺拉·亨利站在窗边，满脸冷漠与无尽的悲伤。惊醒后她全身颤抖，起来泡杯茶，端坐在黑暗中。她收到钱之后就存到银行里，直到下一封信寄达才又想起这回事。这样持续了五年，她已经存了将近七千元。

菲比依然在跑着追逐蝴蝶、小鸟和光点。收音机传出啪嗒啪嗒的声音，艾尔在找电台。

"这里有些不错的音乐，匹兹堡好就好在这里，我过夜的一些小镇只听得到流行排行榜，真乏味。"他开始跟着爵士歌谣《重新开始》哼唱。

"我爸妈以前常随着这首歌跳舞。"卡罗琳好像又坐回童年老家的台阶上，静悄悄地看着母亲穿着及地长裙在门口欢迎客人，"好多年没想起这件事了。以前星期六晚上，我爸妈常把客厅的地毯卷起来，请其他夫妻到家里跳舞。"

"我们改天也出去跳跳舞，"艾尔说，"你喜欢跳舞吧？"

卡罗琳感到心情一变，心中升起某种兴奋之情。她说不出为什么，或许是因为早上的怒气已消，或许是因为今天天气很棒，也或许因为身旁艾尔温暖的臂膀。微风轻拂着白杨树，树叶在风中露出银白色的底面。

"干吗等呢？"她站起来伸出手。

他开始没搞懂，还有点困惑，但马上就跟着站起来，把手搭在她肩上。两人在草地上随着微弱的乐声起舞，疾驰而过的车声成了背景音乐。阳光洒在她的头发上，她的脚上只穿着丝袜，脚底的青草轻柔温暖。两人舞动的非常自然，扭腰、旋转。开完会后那种挥之不去的紧张情绪，现在随着每个舞步逐渐消散。艾尔微笑地拉紧她，阳光照在她的颈背上。

喔，他又拉着她转圈，她心想，我会答应的。

阳光、菲比的笑声、艾尔双手在她背上传来的温暖，实在令她高兴。他们在草地上翩然起舞，随着音乐旋转，在乐声中融为一体，疾驰的车声如大海一样抚慰人心。但还有其他声音隐约作响，越过音乐的阵阵旋律，穿过明亮的晴日。卡罗琳刚开始没注意到这些声音，等艾尔把她转了一圈，她才停下了舞步。菲比正跪在绣球花丛旁柔软温暖的草地上，举着一只手哭得说不出话来。卡罗琳跑过去跪在草地上，查看菲比手心那个红肿的包。

"被蜜蜂叮了一下，"她说，"喔，甜心，很痛，对不对？"

她把脸贴向菲比温暖的头发。菲比的皮肤十分柔软，胸部起起伏伏，胸膛里的心脏在规律地跳动着。

这事你无法估算，无法量化，甚至无法解释：菲比就是菲比，没办法把她归类；你也不能自以为了解什么是生命，自以为明白生命的奥秘。

"喔，小宝贝，没事、没事。"她摸摸菲比的头发。

菲比的啜泣却变成急喘，好像她小时候哮吼发作的样子。她的手掌肿了起来，手背和手指也发肿，卡罗琳的心跳几乎停止。她立刻站起来，大声呼叫艾尔。

"快点过来！"她声音大得出奇，"艾尔，她过敏了。"

她把菲比抱在怀里后犹豫了一下，有点不知如何是好，因为她的钥匙在厨房流理台上的皮包里，而菲比有点重，她抱着她不知道该怎样开门。这时菲比喘得更厉害了，艾尔赶忙接过菲比跑到车旁。卡罗琳不知道自己是怎样拿到钥匙和皮包的。她飞车驶过大街小巷，抵达医院时菲比的气已经快没了，拼命在喘。

他们把车留在医院入口，卡罗琳拦下她看到的第一个护士。

"她有过敏反应，我们必须马上看医生。"

这个护士年纪不小，身材壮硕，一头灰发梳成内卷。艾尔轻轻地把菲比放在病床上，护士领着他们穿过几扇铁门。菲比呼吸困难，嘴唇微微发紫，卡罗琳也快喘不过气了，她非常害怕，心里纠成了一团。护士将菲比的头发推到颈背后，用手指测量菲比颈间的脉搏，卡罗琳看到她注视菲比的表情，就像很久以前那个下雪的夜晚，亨利医师注视菲比的神情。她看着护士研究菲比杏仁状的双眼，以及紧握着网子的小手。刚刚在追逐蝴蝶的时候，菲比把网子抓得很紧。她知道护士自然也看到菲比的眼睛微微上斜。尽管如此，对于接下来要发生的事，卡罗琳依然没有心理准备。

"你确定吗？"护士抬头直视着她问，"你确定要我去请医生？"

卡罗琳呆站在原地，想起水煮蔬菜的味道，想起开车带菲比离开的那天，想起教育委员会那些男人无动于衷的表情。霎时之间她的恐惧忽然转变成强烈、穿心的愤怒，她举起手想打那个一脸冷淡、漠不关心的护士一巴掌，但艾尔捉住她的手腕。

"去请大夫，"他对护士说，"现在就去。"

他紧紧搂住卡罗琳不放手，直到护士离开，医师出现，菲比呼吸逐渐和缓，脸上重新有了血色。

然后他们一起走到候诊室，手牵着手坐在橘色的塑胶椅上。护士忙着跑来跑去，对讲机中传出各种声响，还有小宝宝发出的哭声。

"她差点儿就死掉了。"卡罗琳崩溃了，她的身体颤抖着。

"她没死。"艾尔坚定地说。

艾尔的大手透着暖意，让人感到安心。这些年来，他始终很有耐心，一而再，再而三地来找她，他说他看到了值得珍惜的东西，还说他会等。但这次他离开了两星期，并非平常的一个星期，而且旅途中也没有打电话过来。虽然他还是送花给她，但已经六个月没开口求婚了。他很可能开着大卡车离去，从此再也不回来，再也不给她一个机会说"我愿意"。

她拉起他的手，亲吻他的手心，长满茧的大手粗粗的，布满了岁月的刻痕。他转过头，诧异地看向她，一脸疑惑，好像刚才被蜜蜂叮到的是他自己。

"卡罗琳，"他的语气非常正式，"有件事我想跟你说。"

"我知道。"她握紧着他的手，把它放在她的胸口上，"喔，艾尔，我一直好傻，我当然愿意嫁给你，"

THE MEMORY KEEPER'S
DAUGHTER

| 一九七七 年

一九七七年七月

"像这样吗？"诺拉问。

她躺在沙滩上，臀部下的细沙不停地滑动，每次深呼吸，沙子就会从身下滑走。炙热的阳光像闪亮的金属烤着皮肤。她在这里已经一个多小时了，姿势一摆再摆。"重摆姿势"①这个词有点讽刺，因为这正是她最渴望却又做不到的事情。

去年，她千辛万苦才让自己的游轮之旅的销售业绩位居全肯塔基州第一名，赢得了免费畅游阿鲁巴岛两周的大奖。现在她直挺挺地躺在这里，沙子黏在冒汗的手臂和脖子上，整个人被压在太阳与沙滩之间。

为了分散注意力，她一直盯着保罗。保罗正沿着海岸线跑步，成了地平线上的小小一点。十三岁的他身材高瘦，有点笨手笨脚的，这一年他像小树一样忽然长高了。他每天都去晨跑，似乎想借此来逃避自己的生活。

波浪轻轻拍打着沙滩，潮来潮去，海水正在上涨。正午强烈的日光很快就会消失，戴维想拍照片就要等明天了。诺拉的唇边黏着一缕头发，有点痒，但她忍着没动。

"好。"戴维摆低相机，连续拍了几张照片，"哦，对了，好极了，

---

① 原文 re-pose 意为重新摆姿势，若换成 repose，意思则是休息。

真的太棒了。"

"好热。"她说。

"再等几分钟就好，快好了。"他跪在沙滩上，贴在沙地上的大腿非常苍白。他工作得很认真，而且花了很多时间在暗房里，把相片夹在一条条横跨暗房的绳子上晾干。"想想大海，水中的浪花，还有打上沙滩的波涛。诺拉，你就是大自然的一部分。你会在照片里看到这些的，我会拿给你看。"

她笔直地躺在阳光下看着他拍照，想起新婚之初他俩手牵手，在春天傍晚出去散步，空气中混杂着忍冬花和风信子的味道。年轻时的她，走在柔和沉静的夕阳中，满怀希冀，不知那时可曾想象过未来会是什么样子？肯定不是现在这种日子。过去五年内，诺拉摸熟了旅游业，把办公室管理得井然有序，也开始监管出团。她累积了固定的客源，学会了营销——把精美的册子放在桌上，对客户细细描述她自己只能梦想一游的美景。她也成了危机处理专家，无论是行李遗失、护照不见，还是感染肠炎等，她都应付得来。去年皮特·华伦退休，她一口气买下旅行社，现在这栋低矮的砖房和柜子里一箱箱空白的机票全是她的。她忙得起劲，很有成就感，但每晚回到的却是一个静悄悄的家。

"我还是不懂。"她说。戴维终于拍完了，她站起来拍掉腿上和手上的沙子，甩掉头发上的沙子。"如果希望我融进大自然里，何必还要拍我？"

"这跟认知问题有关。"戴维从摄影器材中抬起头来。他的头发乱七八糟的，两颊和前臂被正午的阳光晒红了。不远处保罗已经往回跑，越跑越近。"跟一种期待也有关。在这张照片里，观看的人会看到沙滩和起伏的沙丘，然后会看到某些特殊的景象，某个跟你身体特殊曲线相似的景象。或者他们会读一下照片的标题，再看一次，寻找先前没发现的女体，这时他们就会看到你。"

他的声音十分热切，海风吹动他的黑发。这话让她很难过，因为他谈到摄影的语气，就像他以前谈到医学和两人婚姻的语气。这些热切的言辞和语调令她想起已成追忆的过往，也让她心中充满渴望。布丽曾问她："你和戴维聊天的时候谈的是大事还是小事？"诺拉才惊讶地发现他们谈的多半是家庭杂务、保罗的时间表等，这些都是不得不谈的事，而且谈的时候双方总是语带敷衍。

阳光照在她的头发上闪闪发亮，粗粝的沙子还夹在细嫩的双腿之间。戴维正专心地收起相机。诺拉本来希望这个梦幻假期能拉近彼此的距离，让两人重温以前的亲密，所以她才逼自己躺在艳阳下好几个小时动也不动，让戴维拍了一卷又一卷的底片。但他们已经在这里待了三天了，一切却跟在家里没什么不同。他们每天早上在沉默中喝咖啡。戴维总是找得到事情做：不是忙着拍照就是钓鱼。他晚上读书，躺在吊床上晃来晃去；诺拉散步、打盹、无精打采地闲荡，或是到镇上五光十色、要价非常高的观光商店逛街；保罗则弹吉他、跑步。

诺拉遮着双眼，低头看着起伏的金黄色沙滩。跑步的人影逐渐接近，却不是保罗。跑步过来的男子高大、精瘦，大概三十五或四十岁，穿着一条蓝色尼龙短裤，裤沿有一圈白色绲边，没穿上衣，黝黑的肩膀上有块晒伤，看来似乎会痛。男人接近他们时放慢了脚步，然后停下来，双手叉腰，大口喘气。

"好棒的相机，"他说，然后直直地盯着诺拉又说，"画面也很棒。"他的头已经开始秃了，深褐色的双眼充满热情。她转过身，仍能感觉到他炽热的目光。此时戴维开口说话："海浪和沙丘，沙子和肌肤，同时呈现两种对立的影像。"

她凝视沙滩。没错，另一位跑步者就在那里，那个看不太清楚的人影才是她的儿子。阳光好强，她感到一阵眩晕，光线如同银白色小鱼掠过浪花，在她眼睛里闪动。霍华德，她想知道他是哪里人，从哪里取了一个这样的名字。此时霍华德和戴维热烈地讨论起光圈和滤光镜片。

"这么说来你是这些照片的灵感来源喽？"他把话题一转，想让诺拉加入谈话。

"我想是吧，"她拍去手腕上的沙子，"阳光对皮肤伤害很大。"她这才注意到这件新泳衣让自己近乎赤裸。海风吹来，轻抚她的发丝。

"不会，你的皮肤很美。"霍华德说道。戴维睁大眼睛瞧着妻子，仿佛从未见过她似的。诺拉心里生出一股胜利感。"你瞧，"她真想说，"我有一身漂亮的皮肤！"但在霍华德热切的注视下，她没有开口。

"你应该看看戴维的其他作品。"诺拉指指棕榈树间的度假小屋，九重葛从门廊的棚架上蔓延而下，"他有带作品集来。"她的话筑起一道墙，但也是个邀请。

"乐意之至，"霍华德转过头面向戴维，"我对你的作品很有兴趣。"

"好啊，"戴维说，"过来吃午餐吧。"

但霍华德说他一点钟在镇上有个会。

"保罗来了。"诺拉说。他沿着海边跑得非常快，拼命冲过最后一百码，手臂和大腿在太阳光下闪烁着光芒。我的儿子啊！诺拉只要想到儿子，世界就顿时豁然开朗，只要他一出现，她就有这感觉。"我们的儿子，"她对霍华德说，"他也爱跑步。"

"他体能很好。"霍华德评论道。快接近他们时，保罗开始减缓速度。一跑到他们身旁他就弯下腰，双手放在膝盖上，慢条斯理地深呼吸。

"而且跑得也快。"戴维看了下手表说。别这样，诺拉心想。戴维似乎不了解保罗讨厌父亲给他的建议。戴维一提到他的前途，保罗就反感，让戴维别说了。但戴维还是不放弃："真不希望他浪费才华，你看看他的身高，想想他在球场上会有什么表现，他却说自己一点儿也不喜欢打篮球。"

保罗愁眉苦脸地抬起头，诺拉的怒气又上来了。戴维难道还不明白，他越逼保罗打篮球，保罗就越抗拒？若想让保罗打篮球，戴维就该反其道而行，不准保罗上球场。

"我喜欢跑步。"保罗站起来说。

"谁能怪你喜欢跑步呢？"霍华德边说边伸手过去和保罗握手，"你跑得这么好。"

保罗跟他握握手，脸高兴地涨红了。"你的皮肤很美。"他几分钟前才对她说。诺拉不知道当时自己是否也同样让人一眼就看透。

"过来吃晚餐吧。"她一时冲动提议。霍华德对保罗的友善引发了她的兴致。她又饿又渴，被太阳晒得头昏眼花。"不能跟我们吃午餐，那就过来吃晚饭吧，带太太一起来，"她补了一句，"全家人一起来吧，我们生个火，在沙滩上弄点东西吃。"

霍华德皱皱眉头，望着闪亮的海面。他拍拍手，然后把手放在头后面伸展了一下身子。"很遗憾，"他说，"这儿只有我一个人，算是在这儿隐居吧，我跟我太太正在办离婚。"

"真遗憾。"诺拉说道，但她心里却不这么想。

"还是来吧，"戴维说，"诺拉是派对专家，我可以给你看看我的其他作品，这一系列都和认知有关，应该说是转化吧。"

"啊，转化，"霍华德说，"我完全赞同。好，我很乐意过去吃晚餐。"

戴维和霍华德聊了几分钟，同时保罗沿着海滩慢慢走着，让身体降温。霍华德随后告辞。几分钟后，诺拉站在厨房里切小黄瓜准备午餐，无意间看到霍华德走向沙滩远端的场景。窗帘在微风中飘动，他的身影忽隐忽现。她想起他肩膀上晒伤的地方、锐利的眼神和他的声音。保罗正在冲澡，水急速流过水管；戴维在客厅里整理照片，纸张轻柔地沙沙作响。这些年来他仿佛着了魔，总是透过相机镜头看世界，看她。他们早夭的女儿仍然徘徊在两人间，他们的生活始终绕着不存在的她打转。诺拉有时甚至怀疑，是否因为失去了她，才让两人依然守在一起。她把小黄瓜片放进盘子，开始削胡萝卜。霍华德成了远处的小针点，然后消失无踪。他有双大手，她记得，白白的掌心和指甲，跟晒黑的皮肤形成对比。"皮肤很美。"他说，而且他的眼睛一直看着她的眼睛。

午餐后戴维在吊床上小憩，诺拉在窗边的床上躺了下来。海风徐徐，她感到活力充沛。不知道为什么，微风让她觉得自己跟细沙、大海产生了感应。霍华德只是个普通人，骨瘦如柴，头也快秃了，但他却有种神秘的吸引力。也说不定只是因为她内心深处的寂寞与渴望。她想，布丽若是知道了一定很高兴，然后会大笑起来。

"嗯，有什么不可以的？"布丽会说，"说真的，诺拉，有什么不可以的？"

"我是个已婚妇女。"诺拉回答布丽，转身望向窗外耀眼、流动的沙子，急切地等着妹妹驳斥她。

"诺拉，拜托喔，这辈子只活一次，干吗不找点乐子？"

诺拉站起来，走过陈旧的木板地，给自己调了一杯琴汤尼加莱姆片。她坐在前廊的吊椅上，在微风中慵懒地看着戴维打瞌睡。这些日子来，他好像更陌生了。保罗弹着吉他，音符在沉静的空中飘扬。她想象保罗正盘腿坐在狭小的床上，低头专心地弹着他心爱的阿尔曼萨吉他，这是去年戴维送给他的生日礼物。

这把精美的乐器有着黑檀木指板，背面和侧边是花梨木，还有黄铜的旋钮。戴维试着拉近父子的距离。虽然他的确在运动方面把儿子逼得太紧，但也常找时间带保罗钓鱼或到森林远足，两人还不停地采集石头。买这把吉他之前，戴维花了不少时间研究哪种吉他好，最后才向纽约的乐器行订购的。当保罗毕恭毕敬地把吉他从琴盒里拿出来的时候，戴维的脸上充满了无言的喜悦。现在她看着戴维在前廊熟睡，脸颊的肌肉微微抽动。"戴维。"她轻轻叫了一声，但他没听到。"戴维。"她稍微提高音量，他还是动也不动。

四点整，她半睡半醒地打起精神，挑了一件有腰身的细肩带印花洋装穿好，接着套上围裙准备晚餐。食物简单而精致：牡蛎浓汤配香脆小饼干、粒粒黄澄的玉米、新鲜的生菜沙拉，加上今早在市场买的小龙虾——龙虾还养在装了海水的桶子里。她在狭小的厨房忙着，洁净的棉裙轻轻贴着她的大腿及臀部。

她临时把做蛋糕的烤盘拿来当作烧烤盘，用奥勒冈叶替代马约兰做沙拉酱。温暖的空气拂过手臂，她的手浸在冷水中清洗一片片细嫩的生菜叶。保罗和戴维在屋外的烤肉架上生火，烤肉架已经锈了一半，小洞上黏着锡箔纸碎片。褪色的桌上摆着纸盘，酒倒进红色的塑胶杯里。今晚他们要用手来剥龙虾吃，让奶油顺着手掌流下。

她先听到声音才看到他。他的声音比戴维低沉又多了点鼻音，带着浅浅的北方口音，每个音节都如夹带着冬日气息的冷冽空气，随风飘进了屋里。诺拉用厨房毛巾擦干手，走到门口。

三个男人聚在前廊沙滩上。她很惊讶自己已经把保罗看作男人了，他现在快要跟戴维一样高了，几乎算是顶天立地的大人了，很难相信他的身体曾是她的一部分。烤肉架散发出烟雾与松脂的气味，煤炭的热气直往上冲，保罗光着上身，双手插在裤子口袋里，简短而别扭地回答大人的问题。她的先生和儿子注视着火光和平滑如玻璃的大海，没看见她，倒是霍华德对着她抬起下巴微笑。

刹那之间，他们的目光就这么相遇了，在她的先生和儿子没转头、霍华德没拿起酒瓶交给她之前。之后也说不出来两人之间到底有什么，只能说在那一瞬间心灵交会了，谁都不知未来怎么发展。但那一刻是真真实实的：他黝黑的双眸，他和她在愉悦中展露欢颜，世界像拍岸的海浪般在他们周围轰然碰撞。

戴维转身微笑，那真实的一刻立即像门一样猛然关闭。

"白酒。"霍华德把酒瓶递给她。诺拉这才发现霍华德其实很平凡。他的鬓角留到脸颊的一半，显得有点儿蠢。先前那一刻所蕴藏的意义马上消失无踪。难道刚才都是她的想象吗？"白酒可以吧？"

"好极了，"她说，"我们今晚吃龙虾。"这话平淡无奇，震撼心弦的时刻已经被抛在脑后，现在她是亲切的女主人，她娴熟地扮演着女主人的角色，就像穿着洋装走路一样自在。霍华德是客人，她帮他搬了一张椅子，送上一杯酒。等她用托盘端着琴酒、通宁水和冰桶再度过来的时候，太阳已经快要下山了，粉红与桃红的云彩在空中翻腾。

他们在前廊吃饭。黑夜很快降临了，戴维点燃放在栏杆间隙上的蜡烛。远方，海水开始涨潮，波涛拍打沙滩。在闪烁的烛光中，霍华德的声音起起落落。他讲到他做了一个"暗箱"，一个密封不透光的桃花心木箱子，只留一个小孔。小孔把世上的小小影像投射到镜子上。暗箱就是照相机的前身，有些画家像是荷兰画家维梅尔，曾利用暗箱在作品中描绘出令人惊讶的细节。霍华德现在也在研究暗箱。诺拉带着醉意，诧异地听着霍华德提到的事情：整个世界投射在一道漆黑的内墙上，小小的影像困在光影内，却活动自如。这跟戴维以她为主角的习作很不一样。照片中的她好像被固定在某个地方、某个时间上，保持不动。她在黑暗中啜着酒，终于恍然大悟，问题就在这里：也不知道从什么时候开始，她和戴维的关系就卡住了，现在两人围绕着彼此转圈圈，各自被困在不同的轨道上，从不相交。一会儿话题就换了，霍华德谈到他在越南帮军方拍战地纪录片的事情。保罗听到后觉得霍华德很厉害。"老实说，很多时候都很无聊，"霍华德回应，"大部分时间就坐在船上，顺着湄公河上上下下。不过那是一条特别的河流，也是个相当特殊的地方。"

晚餐过后保罗回了房间。不久后吉他的音符伴随着浪涛声流泻出来。保罗并不想出来玩儿，这让他少去了一周音乐营。而且这次度假回家没几天，他就要参加一场重要的音乐会。但戴维坚持让他来。戴维向来就没把保罗对音乐的热忱当一回事，他认为音乐只是嗜好，不能当作事业。可是保罗非常喜欢弹吉他，他想要上茱莉亚音乐学院。戴维在医院里勤奋工作，求的就是家人过得好，每次听到保罗说要读茱莉亚，戴维就紧张兮兮的。此刻乐声飘扬在空中，急促、优美、略带犀利，仿佛刀尖刺入了肌肤。

话题从光学仪器转移到哈德孙河谷和法国南部微妙的光线，霍华德住在哈德孙河谷，也喜欢去法国南部玩。他描述着狭窄的道路、飞扬的尘土、令人惊艳的向日葵田。在她身旁的霍华德几乎仅是个影子，只听得到声音，但他的话像保罗的音乐一样穿透她的心，同时在体内与体外回荡。戴维为大家斟酒，又换了个话题，然后他们起身走进灯火通明的客厅。戴维从作品集中抽出一系列黑白照片，两人讨论起光线的特性。

诺拉在一旁闲晃。他们所讨论的照片都和她有关：她的臀、她的皮肤、她的手、她的头发，而她被排除在讨论之外。她只是物体，而非主题。她走进莱克星顿的办公室时，偶尔会看见一两张没有署名却异常熟悉的照片，上头是她身体的曲线，或是她跟戴维共游的地方。但照片里面的景象已失去原有的意义，她的形体也已转化为抽象概念。她之所以愿意当戴维的模特儿，为的是消弭两人之间日渐增生的距离。该怪他？还是她的错？其实都无所谓了。这时她看着戴维全神贯注地向霍华德说明自己的想法，突然明白戴维其实没有看见她，而且已经对她视而不见很多年了。

她忽然怒从心生，气得全身颤抖，然后转身离开客厅。自从"黄蜂事件"后她就很少喝酒，但现在她走进厨房，往红塑胶杯里倒满了酒。她周围都是肮脏的锅子和凝结的奶油，还有龙虾火红的有如死蝉的表壳。花了这么多工夫，就为了短暂的快乐！戴维通常负责洗碗，但今晚诺拉系上围裙，往水槽里注满水，把剩下的牡蛎浓汤收到冰箱里。客厅里的两个人还在畅谈，声音起落如海潮。她究竟在想什么？穿着这件洋装陶醉在霍华德的声音中？她是诺拉·亨利，戴维的妻子、保罗的母亲，而且儿子快成年了。从浴室的镜子里，诺拉看出自己已经有几缕灰发了，虽然其他人还看不出来。霍华德过来跟戴维聊摄影，没错，事情就是这么单纯。

她走到户外，把垃圾拿到垃圾场。赤足下的沙子有点冰冷，空气和她的肌肤一样温暖。诺拉走到海边，站在夜空下凝视繁星，身后的纱门开了又关，戴维和霍华德走了出来，踏过细沙穿过黑夜而来。

"谢谢你收拾这一大堆东西。"戴维说，他的手在她背上放了一会儿。她全身紧绷，努力让自己不要走开。"对不起，我没有帮忙，我们聊上瘾了，霍华德有些不错的点子。"

"说真的，你的手臂真令我着迷。"霍华德说的是戴维拍的数百张照片。他捡起一片浮木，猛力一掷。他们听到水声四溅，波涛吞噬了木块，卷入大海之中。

他们身后的屋子像个灯笼，投射出明亮的光圈。但三人站在黑暗中，周遭暗得几乎看不到戴维或是霍华德的脸，诺拉连自己的手都看不清。黑夜中只有朦胧的身影和声音，话题东南西北，绕着技巧和过程打转。诺拉觉得自己快要尖叫出来了，她把一只脚摆在另一只后面，打算转身离开，这时忽然有只手轻轻拂过她的大腿。她十分诧异地停下来，静静等待。不一会儿，霍华德的手指悄悄移上她的裙边，一只手探进她的口袋，一股神秘的暖意忽然袭上她的肌肤。

诺拉屏住气息，戴维还在谈他的照片，她依然穿着围裙，四周依然漆黑。过了一会儿她微微动了一下，霍华德摊开手紧贴她薄薄的衣料和平坦的腹部。

"这话没错，"霍华德的声音低沉从容，"你用滤光镜的话，会牺牲掉分辨率，可是效果绝佳。"

诺拉慢慢、慢慢地吐了口气，心想不知道霍华德是否感觉得到她的血脉在偾张。他的手散发出温暖，她心中充满渴求，饱胀得让她痛苦。海浪涌起，又缓缓退落，然后再次涌起。诺拉站着没动，听着自己急促的呼吸声。

"有了暗箱，你就可以更进一步，"霍华德说，"暗箱呈现出来的情境实在令人赞叹。要不要过去我那边看看？"

"我明天要带保罗去海钓，"戴维说，"后天吧。"

"我要进去了。"诺拉轻声说。

"诺拉觉得无聊。"戴维说。

"不能怪她啊。"霍华德说，他的手轻压她的下腹部，迅捷有力，宛如翅膀的拍击。然后他把手悄悄从她的口袋中抽出。"要不然明天早上你过来也可以，"他说，"我利用暗箱画几张图。"

诺拉点点头，没有说话，想象有一道强光贯穿黑暗，在墙上投射出神奇的影像。

几分钟后霍华德离去，渐渐消失在黑暗中。

"我喜欢这个家伙。"他们走进屋内时，戴维说道。厨房已经收拾干净，她这个梦幻般的傍晚也过完了。

诺拉站在窗边望着黑暗的沙滩，听着浪涛声，双手插在洋装口袋的深处。

"对，"她表示同意，"我也喜欢。"

隔天天未亮，戴维和保罗就起床了，开车到海岸边搭海钓船。他们准备出门时，诺拉还躺在黑暗中，干净的床单贴着肌肤，触感柔软。她听到父子俩笨手笨脚地在客厅走动，以免发出噪声。先是传来脚步声，然后车子引擎发动，接着慢慢恢复宁静，只剩海浪声。海天交接处出现微微光芒，她仍懒洋洋地躺在床上。稍后她冲了个澡，穿好衣服，替自己泡了杯咖啡，还吃了半颗葡萄柚。直到洗完盘子，收拾整齐后她才出门。她穿着短裤和有火鹤图案的青绿色上衣，把白色的球鞋绑在一起，提在手上。她洗了头，现在海风吹干了她的头发，发丝缠绕在脸上。

霍华德的小屋在一英里外的沙滩上，跟她的小屋几乎一样。他正坐在前廊，弯身看着一个黑色的精巧木盒。他穿着白色短裤和一件橘色花格衬衫，衬衫的纽扣没扣，跟她一样打着赤脚。她走近时，他站了起来。

"喝点咖啡吧？"他喊道，"我看着你一路从沙滩上走过来。"

"不用，谢谢。"她说。

"确定？爱尔兰咖啡喔，带点儿劲道，你知道我的意思吧。"

"等一下好了。"她走上台阶，伸手抚摸光滑的桃花心木盒，"这就是暗箱？"

"没错，"他说，"来，过来看看。"

她坐下来，椅子上还留有他的体温。她从小孔中看出去，世界就在眼前：绵延的沙滩与一堆岩石，一只蜗牛在地平线上慢慢地移动，如松树一般茂盛的木麻黄在风中摇曳，一切都变得极其微小、清楚。景物虽被局限在框框中，却是这么生动鲜活，而非静止不动。诺拉随后眨眨眼抬头一看，发现景物也起了改变：沙滩旁的花朵盛开，椅子上的条纹鲜明，一对情侣在海边戏水。一切都栩栩如生，令人讶异，远超过她的认知。

"哇，"她再度往盒内看，"太神奇了，好精细，好有趣，我还看见风在树间吹拂。"

霍华德笑笑："很奇妙喔，我就知道你会喜欢。"

她想起保罗还是小宝宝、躺在摇篮里的时候，他会盯着看一些很普通的东西，嘴巴噘成一个"O"形。她又低头观赏箱内的世界，然后抬头看看世界的转变。从黑暗框架中解放出来的世界，连光线都特别生动明亮。

　　"太美了，"她低声说，"美得叫人受不了。"

　　"我知道，"霍华德说，"来，让我帮你画张像。"

　　她起身走向炽热的沙滩，然后转身站在霍华德面前。他俯身观看小孔，她看着他的手在素描簿上移动。她的头发发烫，阳光热气腾腾地照耀着自己。她想起昨天自己也在摆姿势，前天也是。有多少次她就这么站着，既是照片的主题，也是个物体。她摆出姿态来成就或保留根本不存在的东西，但却隐藏了自己真正的思绪。

　　现在她依然站着：一个女人，被光线投射到镜上，缩小成一个完美的迷你形象。温暖湿热的海风吹动她的头发，霍华德细长的手指和修剪端整的指甲快速移动着，把她的影像定形于纸上。她想起摆姿势让戴维拍照时，沙子在身下滑动；她也想起后来戴维和霍华德是怎么谈她的。在这两人的谈话中，她不是个活生生的女子，只是个影像、形体。想着想着她忽然觉得无力，自己不再是那个事业有成、自给自足、带团出入中国的女强人了，而是个弱女子，说不定一阵狂风就把她吹走了。她又想起霍华德那只温暖、探进她的口袋触摸她身体的手。此时，那只手正在帮她素描。

　　她把手伸到腰际，缓慢但毫不犹豫地脱下上衣，将它丢在沙滩上。在前廊上，霍华德停止作画，但没有抬起头。他的手臂和肩膀已经不再移动。她拉开短裤的拉链，短裤顺着大腿滑到地上，她一脚跨了出来。到这里都还不算太夸张，因为她身上还穿着泳装，先前已经不知道穿着这套泳装摆过多少次姿势了？接下来她把手伸到背后，解开泳装上半部的带子，再把内裤从臀部褪下，顺着大腿脱下来，一脚把它踢开。她站着，感受阳光和海风在身上游移。

　　霍华德慢慢从暗箱上抬起头来凝视着。

她忽然有种做噩梦的感觉，好像在梦中买东西或是走在拥挤的公园里时，赫然发现自己忘了穿衣服，又羞耻又慌张。她开始伸手去拿泳衣。

　　"不要，不要。"霍华德轻声说。她又停了下来，站直。"你好美。"他起身，缓慢而谨慎，仿佛她是只小鸟，他会把她吓得飞走。诺拉站着不动，她觉得自己好像是沙子做的，沙子在烈火中转化，变得平滑，晶莹闪亮。霍华德走到沙滩上，双脚陷在温暖的沙里，这段距离似乎走了好久好久。终于他来到她身边，停下来，盯着她，却没碰她。海风吹过她的发间，他移开她唇边的发丝，非常温柔地把它塞到她耳后。

　　"我永远画不出来你现在的模样，"他说，"永远画不出。"

　　诺拉笑笑，把手贴在他胸前，感受着棉衬衫的薄薄触感，和他温暖肌肤下的层层肌肉与骨头。胸骨，她记得这个名词，以前为了多了解戴维和他的工作，她曾经研究过骨头。胸骨柄和胸骨体，形状如剑；真肋与胸骨相接，假肋又联结上来，结合成为一体。

　　他两手轻轻托住她的脸，她任凭自己的手垂下来。两人一语不发地走向小屋，她的衣物还留在沙滩上，谁都可能会看见，可是她已经不在乎了。走廊的木板在她走过时微微下凹，暗箱的盖布甩在后面。她满意地看到霍华德已画了沙滩、地平线、散乱的岩石和树木，一切都完美的呈现在纸上。他只画好了她的头发，看起来像是一团形状不定的柔和云朵。画纸上她刚刚所站之处还是一片空白，她的衣物像树叶坠落，而他抬起头来，看着她站在那里。

　　一辈子就这么一次，她让时间停止。

　　刚从明亮的沙滩走进来，房内显得很阴暗。外面的世界被框在窗户里，正如暗箱里的镜头所见的影像一样，极其耀眼、生动，令她热泪盈眶。她坐在床边。"躺下吧，"他脱下衬衫，"我只想看你一会儿。"她躺下，他站着俯瞰她，目光在她身上游走。"别走。"他在她的惊讶中跪下来把头靠在她的小腹上，没有刮干净的脸颊贴在她平坦的腹部，感觉刺刺的。她一呼吸就感受到他的重量，他的气息游走于她的身体各处。

她伸手拂过他日渐稀疏的头发，把他拉上来亲吻。

日后回想起来，她惊讶的不是自己做过什么，或是事情接下来的发展。她惊讶的是，自己竟然在敞开的窗户下做了！霍华德的床就在敞开的窗下，又没有窗帘遮掩。戴维虽然带着保罗出海钓鱼，但是任何人都可能经过，看到他们。

但她没有停下来。当时没有，后来也没有。他跟她在一起，热情如火，令人忘记一切。她似乎敞开了一道大门，由此进入可以探索她的全部，探索她以为的自由之路。好奇怪，她现在有了秘密，和戴维之间的疏离就没那么难以忍受了。她一而再，再而三地回头去找霍华德，即使戴维注意到她经常出去散步，而且一去很久很远；即使她躺在床上等着霍华德拿饮料过来，并从地上捡起他的短裤时，看见了那封夹着照片的信——照片上是他面带微笑的妻子和三个稚子，信里面写着"我妈好多了，我们都想你、爱你，下星期见"——她还是去找霍华德。

这件事发生在一个下午，阳光照耀在海浪上，沙滩上散发着热气，天花板上的电风扇在阴暗的屋里咔嚓咔嚓响。她拿着照片，看着远方想象中的景物和耀眼的光线。在现实生活中，这张照片肯定会伤人，但此刻她毫无感觉。诺拉悄悄把照片放回去，让他的短裤掉回地上。这都不要紧，只有梦想和令人狂热的光芒才重要。接下来的十天里，她一直和他见面。

一九七七年八月

一

戴维跑上楼梯，踏进学校安静的大厅。他停下来喘了口气，顺便找准方向。保罗的音乐会他迟到了，而且迟到了很久。他原本想早点离开医院，正要走的时候救护车送来一对老夫妻：先生从梯子上跌下来，摔到太太身上，老先生的脚和老太太的手臂都断了，要上石膏和打钢钉。戴维打电话通知诺拉，听得出她很生气。他也火了，甚至有点高兴惹恼了她，她早就该知道他的工作性质。两人在电话里沉默了好一会儿，他才挂断。水磨石地上带点粉红色泽，走道两旁是深蓝色的置物柜。戴维站着聆听，一时间只听到自己的呼吸声。然后礼堂内爆出一阵掌声，他跟随掌声走到礼堂宽大的双扉木门前，拉开一边的门走了进去，让眼睛慢慢适应一下光线。里面挤满了人，一大片黑压压的人头朝着明亮的舞台延伸而下。他在人群中寻找诺拉。有位年轻女子递来节目单，这时一个穿着低腰牛仔裤的男孩走上台，拿着萨克斯风坐下。女子指指节目单上第五个节目，戴维感激地深吸了一口气，紧张的心情稍稍缓和了。保罗排在第七位演出，他刚好及时赶上。

萨克斯风乐手开始吹奏，乐声热情激昂，男孩吹错了一个音符，尖锐的声音让戴维打了个寒战。

他再度搜寻，看到诺拉坐在前排中央，旁边还有个空位。这么看来她确实想到了他，至少帮他留了个位子，本来他还不确定诺拉会不会为他留位子呢。其实，他已经觉得没什么事情是"确定"的了。唉，他倒可以确定自己心中有怨气，也确定自己是因为罪恶感，所以只字不提在阿鲁巴的事情。这种事情让两人的距离更遥远，但他完全看不透诺拉的心，也猜不透她的欲望和动机。

萨克斯风乐手在一阵响亮的乐声中结束了演出，他站起来鞠躬。趁着众人鼓掌时戴维走下灯光昏暗的走道，笨拙地挤过那些已经坐下的观众，来到诺拉旁边的位子上。

"戴维，"她挪动自己的大衣，"你还是赶上了。"

"那是紧急手术，诺拉。"他说。

"我了解，我已经习惯了。我只是关心保罗。"

"我也关心保罗，"戴维说，"所以我才来。"

"是啊，的确没错。"她的语调尖锐，"所以你才来。"

他感觉到她散发的怒气。她金色的短发吹得很漂亮，身上穿着金黄色系的天然丝套装，那是她第一次带团到新加坡的时候买的。随着业务的发展，她带团出国的频率越来越高，不管平淡无聊还是充满异国风情的地方都去过。戴维刚开始跟着去了几次，那时旅行团的规模还小，行程也单纯，不管是去肯塔基州的猛犸洞窟国家公园还是到密西西比河乘船，每次他都讶异于诺拉的转变。旅行团的人跟她抱怨牛肉没煮熟、度假木屋太小、空调太冷、床太硬等，她都仔细倾听，每次遇到危机都能保持冷静。她点点头，拍拍旅客的肩膀，然后拿起电话。她依然美丽，但美貌中已经带着棱角。她工作表现杰出，好几次都有女性客户把他拉到一旁，热切地告诉他说他是多么幸运。

他猜想，这些女客户若发现诺拉的衣服堆成一团扔在沙滩上，不知作何感想？

"你没有理由生我的气，诺拉。"他低声说。她身上有股淡淡的橘子香，下巴紧绷。台上，一位身穿蓝西装的年轻人坐在钢琴前，伸缩一下手指，接着专心演奏起来，乐声轻快流畅。"不可以。"戴维说。

"我没生气，只是为保罗紧张，生气的是你。"

"是你在生气，"他说，"从阿鲁巴回来就是这样。"

"你自己照照镜子吧,"她小声回嘴,"你看起来像是吞了一只天花板上的蜥蜴,恶心死了。"

这时有只手拍拍他的肩膀,他转头看到一个胖女人坐在他先生旁边,两人身旁坐了好几个小孩。

"对不起,"她说,"你是保罗·亨利的父亲吗?台上是我儿子杜克在弹钢琴。如果你们不介意,我们想好好听他演奏。"

戴维和诺拉对看了一眼,两人暂时心灵相通,都感到了害羞。她甚至比他还不好意思。

他坐定聆听。这个杜克是保罗的朋友,弹钢琴时神情认真,弹得非常好,技巧纯熟,充满感情。戴维看着他的双手在琴键上飞动,心想杜克和保罗骑脚踏车在自家附近安静的街道上溜达时,不知道谈些什么。这两个男孩有什么梦想?保罗会告诉朋友哪些他绝不跟爸爸说的事?

诺拉的一团衣服扔在白色的沙滩上,海风吹动她那件色彩鲜明的上衣,十分显眼。虽然戴维猜测保罗可能也看到了,但父子永远不会谈这件事。那天他们一大早天没亮就起床去钓鱼,在黑暗中开车到海边,沿途经过几个小村子。他和保罗的话都不多,但清晨两人收放钓竿时,他总感到父子间有股默契。而戴维也十分珍惜这个跟儿子相处的机会。儿子长得很快,他已经不了解儿子了。但海钓之旅被取消了,船的引擎坏了,船主还在等待零件的到来。他们失望地在港口徘徊了一阵,喝了橘子汽水,看着朝阳从明镜般的海面升起,才开车回到小屋。

那天早上光线极佳,戴维急着回去拍照。他半夜忽然想到个新点子,霍华德曾提过一个地方,若到那里补拍照片,就可以让整个系列连贯起来了。霍华德这家伙不错,而且感觉敏锐,戴维整晚想着他们的谈话,暗自感到兴奋。昨晚他几乎没睡,现在只想回家,再拍一卷诺拉在沙滩上的照片。回家后他却见小屋安静、清凉,空无一人,只有满室阳光和阵阵波涛声。诺拉把一盘橘子留在桌上,咖啡杯洗得干干净净,整齐地放在水槽里晾干。"诺拉?"他大叫,然后又喊了一次,"诺拉?"

但她没回答。"我要去跑步了。"保罗说，明亮的门口只看得到他的影子。戴维点点头。"看一下你妈在哪里。"他说。

戴维待在小屋里，把那盘橘子移到流理台上，然后把照片排在桌上。微风吹动了照片，他用小酒杯压住。诺拉常抱怨他太迷摄影了，连度假时也带着作品集。她说得或许没错，但别的方面她就错了，他没有借摄影来逃避这个世界。有时他看着影像逐渐在显影剂中出现，瞥见她的手臂及臀部的曲线，他就会安静下来，因为他深深地爱着她。保罗跑步回来时，他还在整理照片，只听大门砰一声关上。

"这么快就回来了啊。"戴维抬起头说。

"累了，"保罗说，"我累了。"他直接穿过餐厅，消失在房里。

"保罗？"戴维走到房间门口，转动一下门把，门锁住了。

"我累了，"保罗说，"没事。"

戴维等了几分钟。保罗最近非常情绪化，戴维似乎动辄得咎，跟保罗谈前途的时候尤其糟糕。保罗前途无量，在音乐和运动方面极有潜力，机会很多。戴维常想到他自己的一生，还有他曾经做过的困难抉择，如果保罗了解自己的潜力，他的付出就有了回报。但不知为什么，他心中总有挥之不去的恐惧，怕自己让儿子失望，也担心保罗会虚掷天赋。他再次轻轻敲门，保罗还是没有回应。

戴维叹了一口气走回厨房，欣赏了一下流理台上的那盘橘子，端详水果的线条和暗色的木桌。然后他在莫名的冲动下出门，沿着沙滩走了大概一英里之后远远瞥见诺拉鲜艳的上衣在风中飘动。他走近时，发现她的衣物散落在沙滩上，扔在霍华德的小屋前。戴维在刺眼的艳阳下暂停脚步，满心疑惑，他们在游泳吗？他看了海面一眼，但没看到他们。他继续往前走，直到小屋的窗户里飘出诺拉熟悉的笑声，低沉悦耳。他停步，也听见霍华德的笑声与诺拉应和。这下他知道了，可怕的痛苦袭上心头，有如他脚下的热沙一样刺痛难耐。

霍华德，这个家伙头发稀疏，穿着凉鞋，昨晚站在客厅里提出好几个不错的摄影点子。

跟霍华德？她怎能这样？

但话又说回来，跟谁都一样，他等这一刻已经等了很多年。

戴维脚下的沙子滚烫，阳光耀眼刺目。多年前那个下雪的夜晚，当他把女儿交给卡罗琳·吉尔的时候，就相信日后一定会有报应。日子继续过下去，生活充实富裕，从表面来看，他算是成功了。但有时手术做到一半、在路上开车或者入睡前的某一刻，他心里会突然充满罪恶感：他把亲生骨肉送走了。这个秘密阻隔在他们之间，影响了一家人的生活。他知道，他看得到，他们之间已升起石墙一样的藩篱。他看见诺拉和保罗伸手敲墙，母子两人不知道怎么回事，只知道他们和戴维之间有段看不到、越不过的距离。

杜克·麦迪逊用华丽的颤音结束表演，站起来鞠躬。诺拉用力鼓掌，转头看看坐在后面的那家人。

"弹得真好，"她说，"杜克很有天分。"

舞台清空，掌声消逝。一分钟过去了，又过了一分钟，观众开始窃窃私语。

"他在哪里？"戴维边问边看他的节目单，"保罗在哪里？"

"别担心，他就在这里。"诺拉说。她拉起他的手，让他感到惊讶。她冰冷的手贴着自己的手心，他心中突然浮起一阵无法解释的安慰。这一刻，事情好像变得跟从前一样，两人之间完全没有距离。"很快就会上台了。"

就在她说话的时候，人群一阵骚动，保罗走到台上。戴维看着儿子，身材高瘦，干净的白衬衫袖口卷起来，脸庞微红，别扭地对着观众微笑。戴维吓了一跳，保罗什么时候长大了？保罗是大人了，能够站在漆黑的礼堂里，自信从容地面对满屋子观众。这件事，戴维认为自己肯定办不到，他忽然觉得紧张起来。如果保罗在台上，在这么多人面前出了错，该怎么办？保罗俯身准备演奏，戴维感觉得到诺拉依然握着他的手。保罗试了几个音符，然后开始弹奏。

节目单上说这是西班牙作曲家塞戈维亚的两首作品。曲子旋律优美，听来非常熟悉。戴维早已听保罗弹奏过千百次了，在阿鲁巴度假时，保罗的房间从早到晚飘出这些旋律，时快时慢，音节与音符一而再、再而三重复。此时保罗修长的指头娴熟又充满自信地滑过琴弦，音符流泻于空中。戴维早已熟悉的乐声，现在却觉得好像是头一次听到这些曲子。也许这是他第一次专心看着保罗弹吉他。以前那个脱下鞋子来舔的小宝宝到哪儿去了？那个爬到树上、骑脚踏车时故意放手不扶把手的男孩到哪里去了？那个天不怕地不怕的小男生变成了眼前这个年轻人。戴维的心跳得很猛、很快。霎时之间，他几乎怀疑自己是心脏病发作了。他才四十六岁，心脏病发作的概率很低，但可能性还是有的。

戴维慢慢放松下来，在黑暗中闭上眼睛，全神贯注地倾听保罗弹奏的音乐。他想到妹妹琼儿，站在门口唱歌，声音清新甜美；音乐是银铃般的语言，她生来就会说，保罗也一样。他心中升起一股深深的失落感，众多回忆交织着猛然袭上心头：琼儿的声音，保罗砰的一声关上大门，诺拉的衣物散落在沙滩上，刚出生的骨肉被送到卡罗琳·吉尔手中。

太多太多了，戴维几乎快哭出来了。他睁开眼睛，开始背诵化学元素表：氢、氦、锂……以此不让自己的紧张与忧伤化为泪水。这个方法屡次在手术室里帮他集中精神，此时也一样，一切思绪全被抛诸脑后：琼儿、音乐、他对儿子强烈的爱。保罗的手指在吉他上停了下来，戴维从诺拉手中抽回他的手，热烈鼓掌。

"没事吧？"她双眼凝视他，"戴维，你还好吗？"

他点点头，依然不太敢说话。

"不错，"他终于大声说，"他很不错。"

"对，"她点点头，"所以他想进茱莉亚音乐学院。"她还在拍手，保罗朝他们这里望来，她飞吻回去，"如果能进茱莉亚不是很好吗？他还有好几年可以练习，如果他尽全力……谁知道呢？"

保罗鞠躬，带着吉他下台，全场响起热烈的掌声。

"尽全力？"戴维重复，"如果进不去呢？"

"如果进去了呢？"

"我不知道，"戴维缓缓地说，"我认为他还年轻，不要放弃其他机会。"

"他很有天赋，戴维，你也听了他的演奏。如果这就是个大好的机会呢？"

"他才十三岁。"

"没错，而且他热爱音乐，他说弹吉他的时候，整个人都活了起来。"

"但是……演奏的生活充满变量，他能靠这个吃饭吗？"

诺拉一脸严肃地摇摇头："我不知道，但那句俗话怎么说来着？'做你喜欢做的事，财源就会滚滚来。'别断绝了他的梦想。"

"我不会，"戴维说，"我只是担心。我希望他生活得稳当顺利，但不管他多么杰出，进茱莉亚的概率都很小，我不希望他受到打击。"

诺拉开口想说话，但另一位穿着深红色洋装的女孩带着小提琴上台了，礼堂内顿时安静无声，他们只得把注意力转回台上。

接下来不管谁上台，萦绕在戴维耳际的依旧是保罗的音乐。音乐会结束后，他和诺拉走向大厅，每走几步就停下来跟人握手，听大家赞美他们的儿子。等他们看到保罗时，诺拉挤过人群上前抱住他，保罗有点羞怯地拍拍她的背。戴维对着他咧嘴一笑，出乎戴维意料的是保罗也咧嘴一笑。在这样的时刻里，戴维再度告诉自己，凡事都不会有问题的。但几秒钟后，保罗好像就恢复了原样，他从诺拉怀中抽身，倒退了几步。

"你真棒。"戴维上前拥抱保罗，注意到儿子肩膀紧绷，这孩子平常就这样，拘泥而冷漠，"儿子啊，你真是太棒了。"

"谢谢，我有点紧张。"

"看不出来。"

"一点儿也看不出来，"诺拉说，"你在台上表现得好极了。"

保罗轻轻晃着双手，仿佛在发泄剩余的精力。

"马克·米勒要我跟他在音乐节一起演出，很棒吧？"

马克·米勒是保罗的吉他老师，声誉极佳。喜悦再度涌上戴维的心头。

"没错，真是太棒了，"诺拉笑着说，"简直酷毙了。"

她抬头，不料看到保罗一脸苦恼。

"怎么了？"她问，"怎么回事？"

保罗来回换脚站着，把手插进口袋，看着大厅人潮："我不知道，只是……妈，你的话听起来很好笑，我的意思是，你已经不是青少年了好吗？"

诺拉满脸通红，戴维看得出她被保罗的话刺伤了，心里不禁跟着难过。他不知道他和保罗为什么生气，她也不知道多年前他的决定，导致了她把衣服丢在沙滩上，让其在风中飘动。

"不可以跟你妈这样说话，"他斥责，"马上跟妈妈道歉。"

保罗耸耸肩："好啊，当然可以，对不起喽。"

"诚恳一点。"

"戴维，"诺拉拉着他的手臂，"别把事情看得那么严重嘛，我们只是太兴奋了，就这样而已。回家庆祝吧，我想邀请几个人来，布丽说她会过来，还有马歇尔一家，丽兹长笛吹得不错，不是吗？说不定杜克的爸妈也会来，保罗，你觉得怎样？我跟他们不太熟，不知道他们要不要参加。"

"不要。"保罗说话时，略过诺拉望着拥挤的大厅，显得很生疏。

"真的吗？你不想请杜克的家人？"

"我什么人都不想请，"保罗说，"我只想回家。"

一家人在原地站了一会儿。在人声沸腾的室内，他们好像沉默的孤岛。

"好吧，"戴维终于说，"回家吧。"

回到家后，屋里一片漆黑。保罗直接上楼了，他们听到他走进浴室，然后走回房间；他们听到他的房门轻轻关上，锁上门锁。

"我不明白。"诺拉已经脱下鞋子，穿着丝袜站在厨房中间，看起来很瘦小，很娇弱，"他在台上表现得那么好，看起来那么快乐，现在怎么了？真的搞不懂。"她叹了口气，"青少年啊，我要上去跟他谈谈。"

"不，"戴维说，"让我去。"

他没开灯就上楼了。他走到保罗的房门口，在黑暗中站了好一会儿。他记起儿子双手娴熟精准地在琴弦上移动，宽阔的礼堂盈满乐声。多年前他做错了事，不该把女儿交给卡罗琳·吉尔；他做了错误的决定，所以现在才在这里，在漆黑的夜晚站在保罗的门口。他敲了敲门，保罗没有回应，再敲一次，依然没有反应。于是他走到书架旁，找到先前藏在那里的小钉子，把钉子插进钥匙孔，门把轻响一声转开了。他进去看到房里空着，并不惊讶；他打开灯，微风吹过白色的窗帘，把它掀到天花板。

"他不见了。"他告诉诺拉。诺拉仍在厨房站着，两手抱在胸前，等着茶壶的水烧开。

"不见了？"

"从窗户跑出去了，大概爬树下去的。"

她双手捂着脸。

"你知道他会去哪里吗？"

她摇摇头。茶壶发出咻咻声，她没有马上关掉炉火，厨房充满了轻细的咻咻声。

"不知道，可能跟杜克在一起吧。"

戴维走过去，把茶壶从炉子上移开。

"我相信他没事。"

诺拉点点头，然后又摇头。

"不行，"她说，"问题就出在这里，我不知道他是不是没事。"

她拿起电话，从杜克的母亲那里问到音乐会的庆祝派对在哪里举行。诺拉拿起车钥匙。

"不，"戴维说，"我去，我觉得他现在不想跟你说话。"

"他也不想跟你讲话。"她勃然大怒。

即使她这么说，他也知道她心知肚明。这一刻，有件事情赤裸裸地呈现在他们面前，就在两人之间：她离开小屋，一走就是好几个小时；

她的谎言、借口以及沙滩上的衣服。但他自己不也说了谎吗？她点了一下头，他好担心她接下来要说的事，要做的事，会永远改变他们的生活。现在他一心只想让时间停下来，停止前进。

"怪我自己，"他说，"都是我的错。"

他拿起钥匙，走入屋外和暖的春天的夜晚。一轮明月低悬在天际，散发着澄黄光泽，很美很圆。戴维开过寂静的社区，双眼不断凝视着明月。街道旁的人家殷实富足，小时候他连想都没想过自己有朝一日可以住在这种地方。他知道这个世界既残酷又危险，但保罗不知道；他拼命奋斗才有今日的光景，保罗却把家里的一切看得理所当然。

戴维在离派对还有一条街的地方看到了保罗。他双手插在口袋里，走在人行道上，肩膀有点下垂。路边停满了车，找不到车位了，所以戴维放慢车速，轻按了一下喇叭。保罗抬起头来。那一刹那，戴维真怕他会跑掉。

"上车。"戴维说道。保罗照办。

戴维开车前进，两人都没讲话。美丽的月光洒在大地上，戴维可以感觉到保罗坐在他身边，也能感觉到儿子的呼吸声。保罗把手放在大腿上，凝视着窗外经过的宁静草坪。

"你今晚的演出真的很棒，我很感动。"

"谢谢。"

他们默默无语地驶过两条街。

"你妈说你想进茱莉亚音乐学院。"

"或许吧。"

"你很不错，"戴维说，"在很多方面都厉害。保罗，你一生中还有其他机会，也可以选择很多不同的路走，你什么都做得到。"

"我喜欢音乐，"保罗说，"音乐让我充满活力，我也不指望你了解我的感觉。"

"我当然了解，"戴维说，"可是'充满活力'和'养活自己'是两回事。"

"没错，确实如此。"

"你没有缺少过什么东西，所以才这样讲，"戴维说，"你很幸福，可是你自己不知道。"

快到家了，戴维又掉头朝着反方向行驶，他想跟保罗待在车里，经过月光下的世界。在车里，不管两人的谈话多么牵强别扭，最起码有机会继续谈下去。

"你和妈，"保罗蹦出一句憋在心里很久的话，"你们怎么搞的？你好像什么事都不在乎，一点都不快乐，好像只是过日子，日子过得怎样都无所谓。你连那个叫作霍华德的家伙都不在乎。"

原来他真的知道。

"我当然在乎，"戴维说，"可是事情太复杂，保罗。我现在不想跟你说，以后也不会跟你解释，很多事情你不了解。"

保罗没说话，戴维停在红绿灯前。街上没其他车辆，父子沉默地坐着，等待信号灯变颜色。

"这么说吧，"戴维终于开口，"不必担心你妈和我，这不是你的责任。你的责任是在这个世界上找到安身立命之地，善用你的才能。而且你不能只为自己打算，还要反馈社会，这就是我帮人家义诊的原因。"

"我喜欢音乐，"保罗柔声说，"弹吉他的时候，我觉得我好像……好像就在反馈什么。"

"你确实做了反馈，这点完全正确。可是，保罗，如果你有能力，可以发现宇宙中的另一个元素呢？如果你找出一种方法，可以治疗罕见又致命的疾病呢？"

"那是你的梦想，"保罗说，"不是我的。"

戴维一语不发，心里明白那确实是他的梦想。他曾经怀抱着拯救世界的理想，梦想着要改变它、塑造它，但如今他人在月下，跟着快要长大成人的儿子开车同行，生命的每个层面都远远超过他的掌控。

"你说得对，"他说，"是我的梦想。"

"如果我变成下一个塞戈维亚呢？"保罗问，"爸，你想想看，如果我有能力变成大音乐家，却没有尽力过呢？"

戴维没有回答。他又开到自家附近的街道上，这次朝着家门开去。他驶进车库的车道，车道和巷路的交接处有点不平，车子稍微颠簸了一下，然后停在了车库前。戴维熄火，他们静默地坐了几秒钟。

"我不是不在乎，"戴维说，"来，给你看样东西。"

他带着保罗走入月光下，爬上楼梯，来到车库上方的暗房。保罗站在紧闭的门口，两臂抱胸，明显地不耐烦。戴维忙着冲洗照片。他倒出化学药剂，把底片摆在放大机下，然后叫保罗过来。

"看看这个，"他说，"觉得如何？"

犹豫了一秒钟后，保罗走过来看了看。"一棵树吗？"他说，"看起来像树的轮廓。"

"很好，"戴维说，"现在再看一次。这张是我在开刀的时候拍的，保罗，我站在手术台上面，用长镜头拍的。看得出是什么吗？"

"我不知道……是心脏？"

"没错，一颗心，是不是很神奇？我正在拍'认知'系列，人体的部位有时看起来像是其他东西。我觉得从一个活生生的人体当中，可以看到整个世界。我在乎的就是那种神秘、奥妙的认知，所以，我了解你对音乐的感受。"

戴维让光源透过放大机，然后把相纸放进显影剂里。在黑暗与寂静中，他清楚地感觉到保罗就站在自己身旁。

"摄影要呈现的就是秘密。"戴维过了几分钟后用钳子取出相纸，放进安定剂中，"每个人都有的秘密，不愿透露的秘密。"

"音乐不是这样子的。"保罗说。戴维听得出儿子语带抗拒。他抬起头看儿子，但在幽暗的红光中，他读不出保罗的表情。"音乐就像你碰触了世界的脉搏。音乐无处不在。当你碰触到它，你就会觉得天下所有的事情，其实都是相互连接的。"

说完他就转身走出暗房。

"保罗！"戴维大喊，但儿子已经气冲冲地大步踏下台阶。戴维跑出去站在窗边，看着儿子穿过月光，跑回屋子里。过了一会儿，保罗房间的灯光亮起，塞戈维亚的优美音符随即清晰地飘扬在空中。

戴维思索着他们的对话，考虑是否该追过去。他本来的出发点，只是想跟保罗沟通，彼此互相了解，但他的善意很快就变成争执与漠然。过了一会儿，他转身回到暗房，幽暗的红光让人心安，他想起自己对保罗说的话：世界由各种不为人知的事情和秘密所构成；所赖以支撑的骨架，永远没有机会得见天日。他也曾经想要解开宇宙万物和谐的秘密：郁金香和肺部的比较、血管和树枝的对照、血肉与土地间的关联。他希望这些事物可以展露一些他能够理解的规则，但它们没有。再过几分钟，他会走回屋里，倒杯水；他会上楼，发现诺拉已经睡着了，而他将站着，静静地看着这位他永远无法真正了解的神秘女子，看着她弓着身子，环抱着她的秘密。

戴维走到小冰箱旁。冰箱里面储存着化学药剂和底片，信封就藏在冰箱最里面，前面挡着好几个瓶子。信封内装满了二十美元的新钞，张张坚韧而冰凉。他点出一二十张，然后把信封放回瓶子后面藏起来。钞票整齐地摆在桌面上。

他通常用白纸包住纸钞，把钱寄出去。但今晚，保罗的怒气还回荡在室内，吉他乐声飘扬在空中。戴维坐下来写了一封信。他振笔疾书，字句倾泻而出，写出他对过去所作所为的懊悔，还有他对菲比的期望。菲比是他的骨肉，是他亲手送走的女儿。她现在究竟是什么样子？当年他没指望她会活这么久，也没指望她会过着卡罗琳信中描述的生活。他想到儿子，一个人坐在舞台上，到哪里身上都带着一股孤寂。菲比也是这样吗？布丽和诺拉虽然各方面都南辕北辙，却心意相通，十分亲密。如果菲比和保罗可以跟诺拉和布丽一样，手足相伴一起长大，他们兄妹不知道会怎样？如果琼儿没死，他又会怎样？"我想见见菲比，"他写道，"我想让她认识她哥哥，也想让他认识她。"写完后，他读也不读就用信纸包住钱，连信带钱放入信封，写上地址，封上封口，贴上邮票。他明天就要把信寄出去。

月光从窗户透进来，落在挂照片的墙上。保罗已经停止了弹奏，戴维凝视着月亮。此时月亮已经升高了，在黑暗中依然很明亮。那天他在沙滩上做了决定：让诺拉的衣服留在沙滩上，让她的笑声飘荡在阳光中，他自己则走回小屋，继续整理照片。一小时后，她走进屋里时，他连提都没提霍华德。他保持沉默，因为他自己的秘密更晦暗，更不欲人知，因为他相信是他的秘密造成了她的欺瞒。

他回到暗房寻找一卷底片。度假那晚请霍华德吃饭的时候，他趁大家不注意拍了这些照片：诺拉端着托盘，保罗举起杯子站在烤肉架旁，还有好几张大伙儿在前廊的照片。每个人看起来都轻松愉快。他要的是最后一张。找到后他把灯光打在相纸上，影像慢慢从显影剂里面浮出来，一点一点逐渐现形。戴维觉得在原本空白的相纸上出现影像，是极为神秘的事情。他看着影像现形：诺拉和霍华德站在前廊，笑着举杯。相片里的他们看似自然，其实激情已在两人间酝酿。在这一刻，她已下了决心。戴维从显影剂中取出这张相纸，但没把它放进安定剂里，反而手里拿着湿淋淋的相片，走进挂着照片的房间，站在月光中。他看着他的家，屋里一片漆黑；保罗和诺拉在屋里，各自拥梦入眠，循着各自的人生轨道移动。他多年前造成的严重伤害，持续影响着两人的生活。

他又回到暗房，把这张记录着那决定性一刻的照片挂起来晾干。照片没有冲洗完毕，还没定影，影像不会持久。几小时内，光线会在曝过光的相纸上起作用，这张诺拉与霍华德一同欢笑的照片就会慢慢变暗；一两天内，照片会全部变黑。

二

他们走在铁道上，杜克·麦迪逊双手插在从廉价商店买的皮夹克的口袋里。保罗踢着石头，石头在铁道上撞出刺耳的声音。远处传来火车的汽笛声，两个男孩在沉默中不约而同地踏上铁轨边缘，双脚踩在铁轨上，保持身体平衡。火车过了好长一段时间才接近，他们脚下的铁轨震动，原本如黑点大的火车头越来越大，越来越显眼，驾驶员狂鸣汽笛。保罗看看杜克，杜克两眼因兴奋、刺激与危险而炯炯发光。火车越来越近，疯狂的汽笛声响彻邻近街道，传到远方。保罗也感到体内升起一股兴奋之情，猛烈地令人难以承受。火车头高处的灯火和驾驶员已经赫然在目，警告的汽笛声再起，火车更接近了，火车头引发的风势扫平了野草。他等着，看了杜克一眼，杜克正站在他旁边的铁轨上。火车疾行，就要撞上他们了，他们还是等了又等，保罗有一刻以为他们俩就站在这里不动了。但最后他还是跳开了，摔倒在野草中，疾行的火车离他的脸只有一英尺。他只看到列车长惊吓得脸色发白，然后车厢驶过，一明一暗，一明一暗，奔向远方，强风随之消散。

杜克坐起来，仰脸面向乌云密布的天空。

"妈的，"他说，"好爽！"

两个男孩拍干净衣服，走向杜克家。他家在铁道旁边，是一栋长盒子似的小屋。保罗在这附近出生，离杜克家只有几条街。虽然以前妈妈会开车载他来这里有凉亭的公园玩，看看公园对面他出生的那栋房子，但她不喜欢他一个人跑来这里，也不喜欢他去杜克家。管他的，反正她总不在家。再说只要他做完功课，割了院子的草，练一小时钢琴，剩下的时间他爱做什么就做什么。

她看不到就没关系，她不知道的事情也一样。

"他真的气坏了，"杜克说，"火车上的那个家伙。"

"没错，"保罗说，"他确实气得要命。"

他喜欢骂脏话，也喜欢热风吹在脸上的感觉。热风平息了他心中无法张扬的怒气。在阿鲁巴的那天早上他出去慢跑，无忧无虑的，脚下踩着湿润的沙滩和海水，心情愉悦。海钓之旅取消了，他很高兴。爸爸喜欢钓鱼，他能沉默地坐在船上或是港边，一坐好几个小时。他不停地抛掷钓竿，偶尔有鱼上钩，激起短暂的刺激。保罗小时候也喜欢钓鱼，喜欢的倒不是钓鱼的过程，而是有机会跟爸爸在一起。但长大后钓鱼却像义务，好像爸爸想不出其他事情可做，才计划一起去钓鱼。或许爸爸希望培养父子感情，说不定是爸爸在哪本讲亲子关系的书里读到的。有次在度假时，他知晓了传宗接代的真相。那时他跟爸爸在明尼苏达州一个小湖上，两人坐在船里，哪儿也去不了，他只好听爸爸描述生殖过程的细节，爸爸晒红了的脸庞因为讲这些事而越来越红。最近爸爸喜欢聊保罗的前途，保罗则觉得爸爸的建议，跟一片平静无波的海水一样无聊。

那天他高兴地在沙滩上跑步，心情十分轻松。刚开始他对那堆衣服也没什么特别感觉。衣服扔在一栋小屋前，散落在木麻黄树下。他步伐稳健，肌肉摆动规律地跑过那堆衣物，一路跑到岩石边。他停下来绕圈走了一会儿，然后放慢速度往回跑。衣物的位置变了，衬衫的衣袖在海风中飘荡，亮粉红色的火鹤，映着青绿色的布料翩然飞动。他放慢脚步。好多人都有这种衬衫，他妈妈就有一件，他们在镇上的商店里还嘲笑过这种衣服，他妈妈觉得很好玩，把它当成笑话买了下来。

好吧，或许附近有成百上千件同样的衬衫，但他依然弯腰把它捡起来。一件泳装从衣袖里掉出来，这件肉色的泳衣绝对是妈妈的。保罗站在那儿，无法动弹，好像偷东西被逮到，好像相机的闪光灯一亮，镜头对准了他。他丢下衬衫，依然无法动弹。终于，他跨步向前，跑回他们的小屋，想去那里寻求一个避难所。他站在门口让自己镇定下来，爸爸已经把那盘橘子移到流理台上，正在大木桌上整理照片。"怎么回事？"爸爸抬头问。但保罗不能说，他走到自己房间，用力关上房门，头抬也没抬，甚至爸爸来敲门时，也没有抬头。

妈妈两小时后才回来，哼着歌，火鹤图案的衬衫整齐地塞在短裤里。"我想在午餐前游个泳，"她说，仿佛一切如常，"有谁要跟我去？"他摇摇头，事情就这么告一段落。秘密从此像面纱一样拦在两人之间。他的秘密。本来是她的，他知道后就变成他的秘密了。

爸爸也有秘密。爸爸在办公室和暗房里有自己的生活。保罗本来以为天下的爸爸都是这样，等到认识杜克这个朋友之后才知道事情不是这样的。有天下午他在琴房碰到这个钢琴弹得很好的男孩。麦迪逊一家并不富有，他家离铁道很近，每次火车经过，房子和窗子就嘎嘎响。杜克的妈妈一辈子没搭过飞机，保罗觉得她很可怜，自己的父母也一定会觉得她很可怜。她有五个小孩，先生在通用电器下的一家工厂上班，收入不多。但杜克的父亲喜欢跟儿子打球，每天下午六点值完班就回家，即使他和保罗的爸爸一样话不多，但他大多时间在家；他不在家的时候家人也知道该去哪里找他。

"你想做什么？"杜克问他。

"不知道，"保罗说，"你呢？"金属铁轨依然嗡嗡响，保罗心想火车的终站不知道是哪里，车上不知道有没有人看见他站在铁轨上。他刚才站得那么近，伸手就能摸到疾驶的火车。强风刮过他的头发，刺痛了他的眼睛，车上若有人看到他不知作何感想。火车车窗外飞驰而过的影像，就像一系列静止的照片：一棵树，是的；一块岩石，是的；一片云彩，是的。每个影像都不同。还有个男孩，就是他自己，正仰着头大笑，然后就不见了。一丛灌木，一排电杆，一闪而过的道路。

"要不要打篮球？"

"没兴趣。"

他们沿着铁道走，走过罗斯蒙特花园长长的草丛。杜克停了下来，在皮夹克口袋里翻找东西。他的眼睛是绿色的，微微带点蓝，就像地球。保罗心想，如果从月亮上看地球，看到的颜色就如同杜克的双眼。

"你看，"杜克说，"上星期从我表哥丹尼那里拿的。"

那是个小塑料袋，里面装满了干枯的绿色叶渣。

"这是什么？"保罗问，"一把干枯的野草？"才刚讲完他就明白了，随即尴尬地涨红了脸，为自己像个愚笨的书呆子而难为情。

杜克笑了，笑声在沉寂中格外响亮，叶渣沙沙作响。

"没错，这就是'野草'。你抽过大麻①吗？"

保罗摇摇头，吃惊得不知如何是好。

"不会上瘾的，不用怕，我试过两次了。我跟你说啊，感觉棒极了。"

天空依然灰暗，风吹着树叶，远方传来另一辆火车的汽笛声。

"我不怕。"保罗说。

"当然，没什么好害怕的，"杜克说，"要不要试试看？"

"当然，"保罗四下观望，"可是不要在这里。"

杜克笑笑："谁会跑到这里来逮我们？"

"你听。"保罗说。他们侧耳倾听，火车从反方向开过来，一个小黑点越来越大，汽笛声划过空中。

他们跳下铁道，各自站在金属铁轨的两端看着对方。

"到我家吧。"火车呼啸而过时，保罗大喊，"没人在家。"他幻想他们在妈妈新买的印花沙发上抽大麻，想着想着大声狂笑。火车疾驶过两人之间，先是一阵轰隆，然后短暂安静。车厢一节一节地前进着，喧嚣和沉静不断交错。在明暗交错之际他望着对面的杜克，真像爸爸暗房里的照片。爸爸这辈子的每一刻都像从火车里往外看时看到的影像：困在当中不能逃脱，匆匆而过又回归寂静。就像这样。

两人走回杜克家，骑上单车，穿过尼可拉斯维尔路，慢慢经过附近街道，抵达保罗家。

大门上了锁，钥匙藏在杜鹃花丛旁边松动的石板下。屋内温暖，有点不透气，杜克打电话回家说会晚一点回去。保罗打开窗户，微风掀起妈妈缝制的窗帘。妈妈没上班的时候，每年都会重新布置家里。他记得她坐在缝纫机前，碰到夹线和跳针就咒骂两句，窗帘布的底色是米色的，上面印着深蓝色的乡村风景，刚好搭配深色条纹的壁纸。保罗记得自己坐在桌前瞪着窗帘布，想象那些人物会动，会走出屋子，披上衣物，

---

① 原文 grass 亦指大麻。

然后挥挥手说再见。

杜克挂了电话，环顾四周，然后吹了声口哨。"天哪，"他说，"你家真有钱。"他在餐桌前坐下，摊开一张薄薄的长方形纸张，摆上粗糙的叶渣，然后卷成一支细长的纸烟。保罗在旁边看得入迷。

"不要在这里。"保罗忽然感到不安。他们出去坐在屋后的台阶上，大麻烟冒出橘色光点，一支烟在两人间传来传去。天上飘起小雨，然后停了。刚开始觉得没怎样，过了一会儿（他也不确定到底多久），保罗发现自己一直盯着车道上的一滴水，看着它慢慢和另一滴水汇流，然后滑到车道边，滚落到草地上。杜克开始狂笑。

"天哪，瞧瞧你这副德行，"他说，"你还从未有过这种飘飘欲仙的感觉吧？"

"别管我，浑蛋！"保罗说，然后也开始大笑。

不知道什么时候又下起雨，两人全身淋得湿透，忽然觉得很冷，于是走回屋内。妈妈在炉上留了一锅冷冻食物，但保罗看也不看，反而开了一罐腌黄瓜和一瓶花生酱。杜克打电话叫了比萨。保罗拿出吉他走到客厅。客厅里有架钢琴，两人开始即兴合奏。保罗坐在壁炉前拨了几声和弦，然后手指娴熟地移动，弹奏昨晚那两首熟悉的塞戈维亚的作品。这两首曲子让他想到爸爸，瘦高而沉默，俯身在暗房的放大机前。两首曲子如光又似影，如影随形，紧紧相随；此刻音符已融入他的生命中，也与家中的寂静、阿鲁巴的沙滩和学校里的教室融为一体。保罗弹着弹着，感觉自己飞起来了，波涛阵阵涌入，而他乘着波峰而行；他在创作音乐，他自己就是音乐，乐声带着他越爬越高，攀升到最高点。

弹奏完毕，两人沉默了一会儿，然后杜克说："妈的，真是太棒了！"

他弹了一段音阶，接着弹奏音乐会上的曲子：格里格的《侏儒进行曲》，神采奕奕又带着喜悦。杜克弹琴，保罗接着弹吉他，两人都没听到门铃声或敲门声；忽然间送比萨的外卖员就站在敞开的大门口。黄昏已近，寒冷的风扫进屋内，他们撕开纸盒，吃得又急又猛，还烫到了舌头。保罗感觉到食物进入肚子后，他整个人安定了下来。他抬头望向落地玻璃门外。远方的天空阴沉、灰暗。然后他看着杜克的脸。杜克一脸苍白，青春痘分外显眼，黑发平贴在前额，嘴唇边沾了红色的番茄酱。

"妈的。"保罗用手摸摸橡木地板，还好地板还在，他自己也好端端地站在地板上，周遭的一切也没变。

"这可不是开玩笑的，"杜克说，"这玩意儿真好！几点了？"

保罗走到门厅里摆放外公的钟的前面。几分钟或几小时前，他和杜克就站在这里，秒针一格格地移动，两人笑个不停，每秒之间似乎相隔很久。现在保罗却只想到爸爸每天早上对着这座钟校准手表上的时间，同时会抬头瞄瞄满桌子的照片。思及此，他心中满是悲伤。他想起今天下午，知道下午已经过去了。它已浓缩成记忆中跟雨滴差不多大的一点。天快黑了。

电话响了，杜克还瘫在客厅的地毯上。好像过了很久保罗才接起来，是他妈妈。"宝贝。"她说，电话里听得到噪声和餐具碰撞声。他想象她穿着套装——也许是深蓝色的那套，手指顺顺短发，戒指闪闪发光。"我跟客户吃晚饭，有笔重要的生意要跟 IBM 谈。你爸爸回来了吗？你还好吗？"

"我功课做完了。"他继续瞪着外公的钟，钟变得滑稽起来，"钢琴也练了。爸还没回来。"

妈妈停顿了一下。"他说过要早点回家的。"她说。

"我没事，"他想起昨晚坐在窗边，考虑要不要跳出去，然后纵身一跃，落地时发出轻响，没人听见，"我今晚不会出去。"

"保罗，我很担心你。"

既然这样，那就回家啊。他想这么说，但电话那头的笑声起起落落，犹如波浪。"我没事。"他重复。

"你确定吗？"

"确定。"

"唉，我不知道，但我很担心你。"她叹了一口气，遮住话筒跟旁边的人说了几句话，然后继续回头跟他讲话，"好吧，功课做完就好。保罗，不管怎样我都会打电话给你爸爸。我保证再过两小时就回家，可以吗？你确定你还好吗？你如果需要我，我可以马上回家。"

"我没事，"他说，"你不用打电话给爸爸。"

她再开口时，讲话冷漠而简短。

"他跟我说了会提早回家，"她说，"他答应我的。"

"这些人，"他问，"IBM 的这些人，喜欢火鹤吗？"

电话另一端停了下来，只听见一阵大笑和酒杯碰撞的声音。

"保罗，"她终于说，"你真的没事吗？"

"我很好，"他说，"只是开个玩笑，别担心。"

她挂了电话，保罗站在原地听着电话的嘟嘟声。屋里的寂静包围着他，这不是礼堂那种充满期待、蕴藏着感情的寂静，而是空虚。他伸手拿起吉他，心里想着他的妹妹。如果她没死，她会跟他一样吗？她喜欢跑步吗？她会唱歌吗？

杜克依然用手遮着脸瘫在客厅里，保罗捡起空比萨盒和垫在下面的薄薄的蜡纸，丢进外面的垃圾桶。空气带着凉意。吸了大麻之后的世界完全不一样了，他感到口干舌燥，像跑了十英里似的。他提了一桶半加仑装的牛奶回到客厅，对着瓶口猛灌，然后把牛奶递给杜克。他坐下来再度弹奏，这回弹得比较快，吉他的音符展翅飞升。

"这种东西你还有吗？"他问。

"有，要花钱。"

保罗点点头，继续弹奏，杜克站起来打电话。

他小时候，好像是在幼儿园时，曾经画过妹妹。妈妈告诉过他妹妹的事，所以他在一张名叫"我的家庭"的画里加上了她。他用褐色蜡笔画了爸爸，妈妈有一头深黄色的头发，他自己跟另一个他的翻版人物手牵手。他在学校里画了这幅画，卷起来，系上缎带，吃早餐的时候把它当作礼物送给爸妈。他看到爸爸脸上的表情，即使那时他才五岁，不懂怎么解释或形容那种表情，也知道爸爸很难过，他的内心顿时出现了某种阴影。妈妈从爸爸手中接过图画，脸上也带着悲伤，但很快就掩藏起来，如今她也戴着同样的面具应付客户。他记得妈妈的手在他的脸颊上摸了许久，现在有时候她还会这么做，好像怕他会消失无踪。"喔，好漂亮的图画，"她那天说，"保罗，好漂亮的图画。"

他更大一点，九岁或十岁的时候，有个微寒的春天，妈妈带他到妹妹的墓园去。妈妈在铁栏杆的周围撒下牵牛花的种子，保罗站着念出"菲比·格雷斯·亨利"这个名字，还有跟他一样的生日日期，感觉很奇怪，心中有股无法解释的沉重。"她为什么会死？"等妈妈走回他身边，脱下种花的手套时，他问道。"没有人知道。"她说，随后看看他的表情，伸出手抱住他。"不是你的错，"她坚定地说，"跟你没关系。"

当时他不相信，现在也一样。如果爸爸每天晚上把自己关在暗房里，如果妈妈每天都工作到很晚才回家，而且在全家度假时脱光衣服，偷偷跑进一个陌生男人的小屋，那这是谁的错？不能怪妹妹吧，她一出生就死了，留下这片沉寂。这些事情让他很不舒服，每天从早上就开始觉得难受，一整天都反胃。毕竟他还活在这里，他当然应该保护爸爸妈妈。

杜克回到客厅，他停止弹奏。

"乔可以过来，"他说，"如果你有钱的话。"

"我有，"保罗说，"跟我来。"

他们绕到屋后，走下潮湿的水泥台阶，爬上屋侧的楼梯，来到车库上面的工作室。房里的墙上都有宽大的窗户，白天时光线从四方透过来。房间门边有个像储藏室的无窗暗房。几年前爸爸的作品开始受到重视，他就盖了这个工作室。现在他大部分时间待在这里冲洗底片，用光线做实验。这里几乎没有其他人来过，妈妈就没来过。有时爸爸会请保罗进来，保罗非常渴望爸爸叫他进来，渴望到连自己都觉得不好意思。

"嘿！真酷。"杜克绕着墙壁走了一圈，仔细看墙上的照片。

"我们不能进来，"保罗说，"不能在这里混。"

"嘿，我看过这张。"杜克站在一张照片前说。照片中大楼的废墟冒着黑烟，淡白的茱萸花瓣衬着焦黑的围墙。这是爸爸的代表作品。多年前，许多家通讯社买了这张照片刊登在全国的报纸上。这张照片是个开头，他爸爸老喜欢说："它让我成名。"

"没错，"保罗说，"是我爸拍的。别碰任何东西，好吗？"

杜克笑笑："放轻松点，小子，别担心。"

保罗走进暗房，暗房内比较温暖、安静，一张张相片正挂在绳子上晾晒。他打开爸爸放底片的小冰箱，从最里面取出冰凉的牛皮纸袋，纸袋里有个装满二十元钞票的信封。他抽出一张，然后又拿了一张，才把钞票放回去。

他跟爸爸来过这里，自己也偷偷来过几次，所以才知道这里有钱。有天下午他跑到这边弹吉他，满肚子怒气，因为爸爸本来答应要教他用放大机，到头来却取消约定。他既生气又失望。后来他肚子饿了，乱翻冰箱找东西吃，才发现这个装满冰凉新钞的神奇信封。那次他偷了一张二十元钞票，后来又偷了几次，爸爸从没注意到不对劲。之后他不时来这里抽几张钞票。这笔钱，以及他偷窃的行为，从没被发现过，这些事令保罗焦虑。这种焦躁不安的感觉就像他和爸爸两人在黑暗中，等着影像在他们眼前成形。爸爸说一张底片不单是一张照片，还有很多种意义；一个时刻也不仅是单纯的一刻，而代表了无数不同的时刻，全视谁在观看以及如何观看而定。

保罗听着爸爸的述说，觉得心口多了个大洞。如果爸爸说的是真的，那么他就永远无法真正了解自己的爸爸，想想就让他惊慌。尽管如此，他依然喜欢暗淡的灯光和刺鼻的化学药剂，喜欢从开始到结束一连串精确的步骤。纸张浸入显影剂，影像从无到有，计时器的时间到了，拿出纸张浸入定影剂中，影像慢慢变干定形，闪亮又神秘。

他停下来研究照片，奇怪的螺旋形状，就像已成化石的花朵。他认出那是在阿鲁巴度假时看到的珊瑚，珊瑚的肉已剥离，只剩下细致的骨架。其他照片都很类似，到处盛开的繁密的花朵，好像从太空传送回来、形态复杂的月球坑洞景观。"珊瑚／骨头。"爸爸在笔记里写道。笔记工整地摆在放大机旁边的桌上。

那天在小屋里，保罗刚进来、爸爸抬头看他的那一刻，保罗看到爸爸脸上流露出的神情，尽是对爱情的失落和遗憾。保罗看在眼里，好想说些什么或做点什么，什么都可以，只求让世界变得更好。但他同时又想逃脱，想忘了他们的问题，活得自由自在。他移开视线，当他再看爸爸时，爸爸又像往常一样疏离，不带感情，说不定正在想底片的技术问题、骨科疾病或午餐。

一个时刻具有千万种不同的意义。

"喂，"杜克推开门，"你到底要不要出来？"

保罗把冰凉的纸钞塞进口袋里，走回外面。另外两个男孩已经到了，都是高年级生，午休时常聚在学校对面的空地抽烟。其中一人带了啤酒，递了一罐给保罗。保罗本想说："我们下楼吧，到外面抽。"但现在雨下得更大了，两个男孩年纪比他大，身形也比他高壮，他只好坐下来加入他们。他把钱交给杜克，然后点燃大麻，一支烟在他们中间传来传去。杜克修长的手指握着大麻烟，保罗看得出神，想起杜克的十指在琴键上那么精确地移动——爸爸也非常精准，爸爸专门修补病人的骨头和身体。

"有感觉了吗？"杜克过了一会儿问。

保罗听着他的声音从远处飘来，仿佛穿过流水，飘过远方火车的汽笛声。这次他没有狂笑，没有傻笑，只是一直往内心的深井里坠落。内心的深井与身外的漆黑交织。他看不见杜克，心里很慌。

"他怎么了？"有人问。杜克说："他恍神了。"这些字句无比庞大，挤满了整个空间，把他推到墙边。

房间里回荡起一长串的笑声，其他人笑盈盈的脸孔扭曲变形。保罗笑不出来，他冻结在原地，喉咙发干，觉得自己的手大到跟身体不成比例。他看着房门，爸爸随时可能冲进来，对他们大发脾气。笑声停了，其他人站起来乱翻抽屉找东西吃，却只找到爸爸细心排列的档案夹。不要这样！他想要开口。但年纪最大、留着胡须的男孩却把档案夹抽出来翻开。不要这样！他在心中尖叫，嘴里却发不出声音。其他人也站起来把档案夹一个个抽出来，档案夹里精心排好的照片和底片全散落在地上。

"喂，"杜克转身给他看一张八乘十的光面照片，"保罗，这是你吗？"

保罗坐着没动，双臂抱着膝盖，呼吸非常急促；他没动，他不能动。杜克把照片丢在地上，另外两个男孩疯狂了，把照片和底片全部胡乱丢在光亮的地板上。

他坐着不动，好一阵子吓得动也不敢动。等他终于起身时，才发现自己已经躲进了暗房，缩在温暖的角落，靠着爸爸上了锁的柜子，听着外面的动静：外面回荡着阵阵噪声和笑声，然后是瓶子摔得粉碎的声音，最后终于安静下来。有人推开了门，杜克说："喂，小子，你在这里啊，还好？"保罗没有回答，外面传来急促的对话声，大伙儿边吼叫边下楼离去。保罗慢慢站起来，踏入一沓沓照片散落的工作室，站在窗边看着杜克骑脚踏车离开，然后消失在街上。

保罗很累，筋疲力尽。他转身看看房间：照片乱丢于各处，被窗口吹进来的微风掀动着。底片像长条缎带一样从台子和灯具上垂下。有个瓶子破了，绿色的碎玻璃飞散在地上，啤酒泼在台子上，墙上涂了拙劣的涂鸦。他靠在门上，慢慢滑坐在零乱的地上。他得赶快站起来，把这里打扫干净，把照片整理好放回原处。

他抬起手，看着手底下的照片，然后把它捡起来。照片上是一间在山丘旁的破烂屋子，他不认得这个地方。屋子前面有四个人：一个身穿连身洋装、罩着围裙的女人，双手握在身前，一缕头发被风吹起，飘过她的脸颊；一个瘦削的男人弓着身体站在女人旁边，手拿帽子放在胸前。女人微微侧过身对着男人，两人脸上带着压抑的笑意，仿佛其中一人刚讲了笑话，两人下一刻就会爆笑出声。女人的手放在一个金发小女孩的头上，母女间站着一个男孩，男孩年纪跟他差不多大，一脸严肃地盯着镜头。这幅景象看来有点熟悉，他闭上眼，大麻耗尽了他的精力，让他疲倦到想哭。

他在东侧窗户强烈的晨光和爸爸的侧影中醒来。

"保罗，"爸爸说，"这是怎么回事？"

保罗坐起来，拼命思索自己在哪里，到底发生了什么事。毁损的照片和底片散落一地，到处都是泥泞的脚印，没有卷好的底片像一条条长缎带，房里四处都是玻璃碎片，在地板上留下了深深的刮痕。恐惧淹没了他，他好想吐。他伸手遮住双眼，挡住令人目眩的阳光。

"老天爷啊，保罗！"他爸爸说，"这里出了什么事？"戴维终于自晨光中移开身子，弯腰蹲下来。他从一片混乱中捡起那张不知名家庭的合照，仔细看了一阵子，然后靠着墙壁坐下，双手依然拿着那张照片，环顾整个房间。

"这里出了什么事？"他又问了一次，这次语气比较平静。

"一些朋友过来玩儿，大伙儿有点失控。"

"我想也是，"爸爸把手放在他的额头上，"杜克也来了吗？"

保罗犹豫了一下，然后点点头。他强迫自己不要哭，但只要一看到毁损的照片，就觉得胸口一阵紧缩，好像被打了一拳。

"保罗，是你把这里搞成这样的吗？"爸爸问，口气出奇的温和。

保罗摇摇头："不是我，但我没有阻止他们。"

爸爸点点头。

"要花好几个星期才能清理干净，"他说，"你要负责，负责帮我重新建档。这是个大工程，要花很多时间，所以你得放弃排练。"

保罗点点头，但胸口缩得更紧了。他再也压抑不住："你只想找借口不让我弹吉他。"

"不是这样的，可恶，保罗，你知道我没有这个意思。"

爸爸摇头，保罗真怕他会站起来离开，他却低头看着保罗手上的照片。照片是黑白的，四周是扇形的白边，照片中的一家人站在低矮的小房子前。

"你知道这些人是谁吗？"他问。

"不知道。"保罗说。其实说话的同时，他已经恍然大悟。"喔，"他指着台阶上的男孩说，"这个是你。"

"对，那时我跟你现在一样大，后面是我父亲，我旁边是我妹妹。你知道吗，我以前有个妹妹叫琼儿，跟你一样很喜欢音乐。这是我们家最后一张合照，琼儿心脏不好，隔年秋天就过世了。她的死，让我的母亲伤痛欲绝。"

保罗看这张照片的角度不一样了。这些人是他的亲人，不是陌生人。杜克的祖母住在楼上的房间里，每天下楼烤苹果派看连续剧。保罗仔细端详照片中那个压不住笑意的女人。这位从不相识的女士是他的祖母。

"她还在吗？"他问。

"我母亲？过世了。琼儿过世多年后，她也死了，你祖父也是。他们死的时候年纪都不算老。我父母的生活很艰苦，保罗。他们没钱，我的意思不是说他们不够富有，而是说他们穷到不知道下一顿饭在哪里。这点让我父亲很难过，毕竟他工作非常努力。我母亲也很难过，因为他们帮不了琼儿。我在年纪跟你一样大的时候找了个工作。只有这样我才能到镇上读高中。琼儿过世之后，我发誓要改善这个世界。"他摇头苦笑，"我当然没有达成目标，但是，保罗，我们一家人什么都不缺，也从来不必担心没有饭吃，你可以读任何一所你想上的大学。你却在这里跟朋友抽大麻，浪费生命。"

本来心头紧绷的保罗，现在连喉咙也无法出声了。周遭的世界依然太明亮，太不稳定，他想赶走爸爸声音中的悲伤，抹去这个家里的沉默，更重要的是他希望现在时光能够停下来，这个坐在爸爸身旁听爸爸讲家族历史的时刻永远不要结束。他真怕自己说错话毁了一切，就像太多光线倾泻到相纸上，会毁了照片一样。错误一旦造成，就永远无法弥补。

"对不起。"他说。

爸爸点点头，一只手温柔地抚过保罗的头发。

"我知道。"他说。

"我会把这里整理干净。"

"好，"他说，"我知道。"

"可是我喜欢音乐，"保罗明知这话不对，还是脱口而出，就像亮光忽然一闪，整张相纸全都变黑，但他就是控制不住，"吉他是我的生命，我永远不会放弃。"

爸爸低着头默默地坐了一会儿，然后叹了一口气站起来。

"先别排斥其他机会，"他说，"我只有这个请求。"

保罗看着爸爸走进暗房，然后跪下来捡拾玻璃碎片。远方火车呼啸而过，窗外遥远的天空无尽延展，晴朗而湛蓝。保罗在刺眼的晨光中暂时停下来，听着爸爸在暗房里面工作，想象着那双手小心地在病人的体内移动，修补那些断裂的地方。

一九七七年九月

拍立得照片一从相机里掉出来，卡罗琳就用拇指和食指捏住照片边缘。影像已经逐渐显现。铺上白布的桌子，看起来好像飘浮在一片广阔的墨绿色草地上；山坡上开满牵牛花，洁白的花朵闪耀着光采。照片里穿着坚信礼洋装的菲比看上去有点儿模糊。卡罗琳在清香的空气中甩干照片。远方传来雷声，夏末的雷阵雨正在逼近。微风扬起，吹动了餐巾纸。

"再来一张。"她说。

"噢，妈。"菲比抗议，但还是站直。

刚按下快门，她就跑掉了，直奔草地另一头。邻家八岁的小女孩艾芙丽抱着小猫站在那里，小猫的毛色跟她的头发一样是深橘红色。菲比今年十三岁，以她的年纪来说，她的个头算是矮小的。身材矮胖，个性冲动而热情的菲比，学习速度虽然慢，但情绪转变的速度快得叫人惊讶，常常一下子欢天喜地，一下子焦虑忧伤，一下子又重展欢颜。"我领坚信礼了！"她大喊，再次在草地上转身，双臂高举，宾客听了都朝她看过来，拿着饮料微笑。她跑向珊卓拉的儿子提姆，裙子随着转圈圈。提姆现在也是青少年了。她抱住他，兴高采烈地吻他的脸颊。

她忽然停下来，紧张地回头看了卡罗琳一眼。今年年初，菲比因为在学校里乱抱小朋友而惹出麻烦。"我喜欢你。"菲比一边说，一边紧紧搂住一个年纪比她小的孩子，她不能理解为什么这样不行。卡罗琳曾再三警告她，拥抱是很特别的，家人之间才可以抱抱，菲比慢慢听懂了。但现在卡罗琳看到菲比刻意压抑情感，又不禁怀疑这样教她是否正确。

"没关系，甜心，"卡罗琳大喊，"在派对上抱朋友没关系。"

菲比放松下来，和提姆跑过去拍拍小猫。卡罗琳看着手上的快照：花园一片明亮，菲比笑逐颜开。照片捕捉到的那一刻，现在已经成为过去。远方又传来雷声，但傍晚依然美好，气温刚好，花朵盛开，宾客在草地上走来走去，谈天说笑，塑胶杯斟满了饮料。桌子中央摆了一个三层高、涂着白色糖霜的蛋糕，四周装饰着从花园摘来的玫瑰花。三层蛋糕代表着庆祝三件事情：菲比的坚信礼、卡罗琳的结婚纪念日，还有多罗的退休庆祝会和远行告别会。

"这是我的蛋糕。"菲比的声音压过大家的谈笑声。物理系的教授、邻居、唱诗班和学校的朋友，还有"欢乐唐氏症协会"的会员欢聚一堂，孩子们在草地上跑来跑去。菲比上学后，卡罗琳就到医院兼职，她在医院认识的新朋友也来了。她筹划了这场派对，让这些人齐聚一堂，派对如花朵般在黄昏时展开。"这是我的蛋糕。"菲比的声音又传了过来，高亢地飘荡在空中，"我领受坚信礼了！"

卡罗琳啜饮着酒，温暖的微风拂过皮肤，好像人的气息。她没看到艾尔抵达，但他忽然出现在眼前，一只手悄悄揽住她的腰，亲吻她的脸。他的人、他的气味带给她一阵悸动。五年前他们在一个跟今天差不多的花园派对上结婚，草莓漂浮在香槟酒中，萤火虫满天飞舞，空气中弥漫着玫瑰花香。五年了，新鲜感尚未消逝，卡罗琳三楼的卧室变得跟这个花园一样神秘性感。她喜欢在艾尔温暖、壮硕的怀抱中醒来，他的手轻轻地搁在她平坦的肚子上。房里有他的肥皂味和古龙水的清香，床单和毛巾上都闻得到。他人就在这里，她每根神经都能感觉到他的存在，清晰又鲜明，但他往往不久又要离家上路。

"结婚纪念日快乐。"他用手揽着她的腰。

卡罗琳微笑着，心中充满快乐。日已西沉，客人走来走去，在和煦、飘着花香的傍晚里谈笑。草上积聚了露珠，四处尽是白色的花丛。她拉起艾尔结实稳重的手，几乎想开怀大笑。艾尔人刚到，还不知道最新消息。多罗要跟情人搭游轮环游世界，一去就是一整年。艾尔知道多罗有男朋友，这人叫崔斯，也知道她环游世界的计划制订了好几个月，但他还不知道多罗在所谓的"摆脱过去的喜悦"中，已经把这栋老房子送给了卡罗琳。

多罗这时才到，她穿着丝质洋装走下阶梯，崔斯跟在她后面，手里拿着一袋冰块。六十五岁的崔斯比多罗小一岁，一头灰色短发，狭长的脸庞，双唇饱满。他天生白净，很注意体重，对饮食非常挑剔，喜欢歌剧和跑车。崔斯以前是奥运会游泳选手，差点就赢得铜牌。他喜欢跳进莫农加希拉河，然后游到对岸，这对他来说根本不算什么。有天下午他从河水里上岸，全身湿淋淋的，刚好碰上物理系在河畔举办年度野餐，他俩就这样相遇了。崔斯对多罗很好，多罗也很喜欢他。卡罗琳虽觉得他似乎有点生疏、冷漠和矜持，但也觉得不关自己的事。

一阵风把整沓纸巾从桌上扫落在地，卡罗琳蹲下来捡。

"你把风给带来了。"多罗走近时，艾尔说。

"真令人开心啊。"她举手致意。她越来越像利奥，五官更突出，短短的头发已经完全变白。

"艾尔就像老水手，"崔斯把冰块放在桌上，卡罗琳用一块小石头压住纸巾，"感觉得到气候的变化。喔，多罗，就站在那里吧，"他兴奋地说，"天哪，甜心，你真美，看起来像个女风神。"

"你若是女风神，"艾尔一把捉住被风吹起的纸盘，"拜托你降低神威，好让我们开个派对。"

"真棒，"多罗说，"好棒的派对，也是最好的送别。"

菲比跑过来，怀里抱着像团橘色毛球的小猫咪，卡罗琳微笑着伸手整理她的头发。

"我们可不可以养猫咪？"她问。

"不行，"卡罗琳像往常一样回答，"多罗姑姑会过敏。"

"妈！"菲比不甘心地抱怨，但微风和美丽的桌子马上又转移了她的注意力，她拉拉多罗的丝质衣袖，"多罗姑姑，这是我的蛋糕。"

"也是我的，"多罗搂着菲比，"别忘了，我要出门旅行，所以这也是我的蛋糕。也是你妈妈和艾尔的蛋糕，因为他们结婚已经五年了。"

"我要跟你去。"菲比说。

"喔，不，小亲亲，"多罗说，"这次不行，大人才能去，这次是我和崔斯的旅行。"

菲比一脸失望，难过的表情跟先前的喜悦一样明显。她的情绪变化很快，但每个当下对她来讲都是全世界。

"嘿，小甜心，"艾尔蹲下来说，"小猫咪想不想喝点牛奶？"

她勉强挤出笑容，颓然地点点头，暂且不去想她不能跟着去。

"好极了。"艾尔拉起她的手，跟卡罗琳眨眨眼。

"别把猫抱到屋里。"卡罗琳警告。

她在托盘上摆好酒杯，游走于宾客之间，心里依然感到难以置信。她，卡罗琳·辛普森，菲比的母亲、艾尔的妻子，筹划举行过示威抗议，跟十三年前那个站在风雪扫过的寂静诊所里、怀里抱着婴孩的胆小女子已完全不同。她转身看着房子，白色的砖瓦映着逐渐暗下来的天色，形成强烈对比。"这是我的房子。"她心里重复着和菲比先前说的差不多的话。接下来的想法和现场气氛更相符，令她不禁微笑起来："我受到了肯定。"[①]

珊卓拉和多罗在忍冬树丛边谈笑，苏拉德太太捧着百合花从巷尾走过来。崔斯的灰发被风吹动，他用手圈住火柴，想在风中点燃蜡烛，白色的火光闪烁跳动，终于稳定下来，照亮了白色的亚麻桌布、小小的透明还愿杯、一盆盆白色的花朵和鲜奶油蛋糕。车辆急驶而过，众人的笑声和落叶的飒飒声盖过车声，卡罗琳静静地站了一会儿，想着艾尔等

---

① 原文 I am confirmed 可理解为基督教的坚信礼，所以菲比说"我领受了坚信礼"；另一含义为肯定、确认，也就是卡罗琳说的"我受到了肯定"。

下会在黑夜中抱着她。这就是幸福，她告诉自己，幸福就是这样。

派对进行到十一点，多罗和崔斯待到最后还没离开，两人把摆着杯子的托盘、剩下的蛋糕以及一瓶花端到屋里，还把桌椅收到车库里。菲比睡了，她先前哭成了泪人儿，又疲倦又激动。她舍不得多罗离开，喘着气哭得抽搭搭的，上气不接下气。

"别忙了。"卡罗琳在台阶上拦下多罗，繁茂、浓密的紫丁香叶片拂过身旁。这是她三年前种下的，本来只是小树丛，现在根茎健壮枝叶茂盛，明年就会繁花盛开。"我明天会清理，多罗。你明天一大早的班机，一定迫不及待地想出发吧。"

"没错。"多罗的声音如此轻柔，卡罗琳不得不竖起耳朵仔细听。她朝着房子点点头，艾尔和崔斯正在明亮的厨房里洗盘子，"但是，卡罗琳，我觉得既高兴又悲伤。刚才我在家里走了一圈，每个房间又都看了一眼。我在这里待了一辈子，现在要走了，感觉很怪，但我又兴奋得想赶快出发。"

"你随时可以回来。"卡罗琳强压下骤然涌上心头的感情。

"我希望我不会想回来，"多罗说，"最多只是回来看看你们。"她拉住卡罗琳的胳膊肘，"来，我们到前面坐坐。"

她们沿着房子走过低垂的紫藤花，在摇椅上坐下，马路上车流移动，大得跟盘子一样的梧桐树的树叶在街灯下飘摇。

"你不会怀念马路噪声的。"卡罗琳说。

"没错，这倒是真的。这里以前很安静，冬天的时候，整条街都封闭起来，我们坐着雪橇一路滑到马路上，就是这里。"

卡罗琳推推摇椅，想起很久以前的夜晚，月光照在草地上，从浴室的窗户射进来，菲比在她怀里猛咳，白鹭鸶从多罗童年时的田野间飞起。

纱门推开，崔斯走了出来。

"好了吗？"他问，"多罗，准备走了吗？"

"快了。"她说。

"那我去开车，把车开到大门口。"

他又进屋，卡罗琳数着马路上的车辆，数到二十就停了。十二年前她来到这个大门口，怀里抱着还是婴儿的菲比，当年她就站在这里，等着看接下来会发生什么事。

"你几点的班机？"她问。

"挺早的，八点。喔，卡罗琳，"多罗边说边往后靠，手向外敞开，"过了这么多年，我觉得好自由，谁知道我会飞去哪里？"

"我会想念你的，"卡罗琳说，"菲比也会。"

多罗点点头："我知道，但我们还会再见面，我不管到哪里都会寄明信片给你们。"

坡道上出现了车灯，一部租来的车慢慢驶近，崔斯长长的手臂在空中挥舞。

"上路了！"他大喊。

"好好照顾自己。"卡罗琳拥抱多罗，摸摸她柔软的脸颊，"多年前，你救了我一命，你知道的。"

"亲爱的，你也救了我。"多罗抽身，黑色的眼睛都湿了，"这是你的房子了，好好享受吧。"

多罗随即走下台阶，白色的毛衣随风飘动。她从车里挥手道别，然后就走了。

卡罗琳看着车子驶进贯穿市区的大道，消失在一片灯光中。暴风雨依然盘旋在不远处，闪电照亮了天空，沉闷的雷声在远方作响。艾尔端着饮料走出来，用脚推开门，两人一起坐在摇椅上。

"嗯，"艾尔说，"派对很不错。"

"是啊，"卡罗琳说，"大家都很开心，我累坏了。"

"还有力气打开这个吗？"艾尔问。

卡罗琳拿起包裹，打开包得有点难看的包装纸，一颗用樱桃木雕的心掉了出来，躺在掌心里有如一颗被水冲刷得光滑的石头。她合掌握住它，想起当年艾尔的链牌在那光线暗淡的驾驶座里发亮，也想起好几个月之后，菲比小小的手第一次握住链牌。

"真漂亮，"她把光滑的木心轻贴在脸上，"真温暖，刚好能放在我的手掌心里，看起来真合适。"

"我自己刻的，"艾尔的语气中带着喜悦，"出门在外的晚上刻的。我还怕这个礼物太便宜，但我在克利夫兰的餐厅认识的一个女服务员说你会喜欢，我希望她说得没错。"

"我喜欢。"卡罗琳伸手勾住他的手臂，"我也有礼物给你。"她递给他一个小纸盒，"我没时间包装。"

他打开盒子，拿出一把新的黄铜钥匙。

"这是什么？通往你心门的钥匙吗？"

她大笑："不，是这栋房子的钥匙。"

"为什么？你换了锁吗？"

"没有，"卡罗琳推了一下摇椅，"多罗把房子送给我了，艾尔，这太好了。房产证就在我这里，她说她要追寻全新的开始。"

心跳了一下、两下、三下，摇椅前后摆动，嘎嘎出声。

"这样真的很怪，"艾尔说，"如果将来她想把房子要回去呢？"

"我问过她这个问题。她说利奥留下很多钱，还有些专利和存款之类的，多少我不清楚。多罗一辈子都很节俭，所以她不缺钱。如果他们回来，她和崔斯会买栋公寓什么的。"

"她真大方。"艾尔说。

"没错。"

艾尔沉默不语，卡罗琳听着摇椅的嘎嘎声、风声及车声。

"我们把它卖掉，"他说，"我们也离开这里，去哪里都好。"

"房子卖不了多少钱。"卡罗琳慢慢说，她从没想过卖掉这栋房子，"再说，我们要去哪里？"

"喔，卡罗琳，我不知道。你也知道我这个人，一辈子四处流浪。我只是出点子，消化一下这个消息。"

寂静的黑夜里，摇椅摆动着，但气氛凝重了。卡罗琳不禁怀疑起这个坐在她身边的男人，他每个周末回家与她同床共枕，早上会把头偏到固定的角度，还在脖子和下巴拍上古龙水，但他究竟是谁？她真的了解他的梦想和他神秘的内心吗？她忽然觉得自己一点也不了解他，他也不了解自己。

"这么说来，你不想要这栋房子？"她追问。

"我没这个意思，多罗这样做真的让人感动。"

"但房子绑住了你。"

"我喜欢回到你身旁，卡罗琳。每次下了高速公路往家里的方向开，想到你和菲比母女两人在厨房里做饭、种花或是做其他的事情，我都觉得很快乐。但多罗和崔斯整理行囊，出发上路去环游世界，这样也很吸引人。我想那种自由自在的感觉一定很不错。"

"我没有那种冲动了。"卡罗琳望着漆黑的花园，城市的灯火闪烁，超市的深红色招牌一闪一闪的，在夏日浓密的枝叶中构成一幅图案，"我待在这里就很快乐，你会不会厌烦我？"

"不会，亲爱的，就是因为这样，所以我们才这么快速地契合在一起。"艾尔说。

他们坐着没讲话，聆听风声和急驰而过的车声。

"菲比不喜欢改变，"卡罗琳说，"她不太能适应改变。"

"嗯，这也是个问题。"艾尔说。

他等了一会儿，然后转身面向她。

"你也知道，菲比要成年了，不再是小女孩了。"

"她还不到十三岁。"卡罗琳心里出现菲比抱着小猫的模样，这孩子多么容易感受到童年无忧无虑的快乐呀。

"没错，她十三岁了，卡罗琳，她……嗯，你知道的……她开始发育了，像今天晚上把她这样抱起来的时候，我觉得有点不自在了。"

"那就别抱啊。"卡罗琳尖锐地说，但又想起菲比前几天在游泳池里，游回来时抓着自己的内衣，手臂压着发育中的小乳房。

"别生气，卡罗琳，我们没谈过这个问题，对不对？以后她会变成什么样？等我们像多罗和崔斯一样退休的时候，会是什么样呢？"他暂停了一会儿，她感觉得到他在小心地斟酌语句，"说不定我们也想出去旅行。老实说，想到我们永远待在这栋房子里，我就觉得害怕。还有菲比该怎么办？她会一直跟我们住吗？"

"我不知道。"卡罗琳的忧虑如同黑夜般笼罩着她。她奋斗了好久才为菲比在这个冷漠的世界上争取到一个立足之地，现在问题暂时解决了。这一年来她总算可以轻松一下，但菲比长大后要在哪里上班？怎么过活？这些问题都还未知。"唉，艾尔，拜托，今天晚上我想不了这么多。"

摇椅前后晃动。

"我们迟早得考虑这个问题。"

"她年纪还小，你是不是想暗示什么？"

"卡罗琳，我没有在暗示什么。你知道我爱菲比，但你或我都可能明天就一命呜呼，我们没办法永远在旁边照顾她，我想说的就是这些。而且说不定哪天她就不需要我们了，我只想问你有没有想过这点。你为什么要存这些钱？我只是提出来讨论，我的意思是，我们该好好想想，你如果能偶尔陪着我开车上路载货，这样也很好啊。一起过个周末也很好。"

"对，"她轻声说，"确实很好。"

但她心底还在怀疑。卡罗琳想象过艾尔的生活：每晚住在不同的房间、不同的城市，公路像灰色的缎带一样无尽延展。他先前的想法也令她不安：卖掉房子，开车上路，漫游世界。

艾尔点点头，喝完饮料，准备起身。

"别走，"她轻轻把手放在他的手臂上，"我要跟你说件事。"

"听起来挺严重的，"他又在摇椅上坐定，紧张地笑笑，"你现在有了多罗送的房子，又有存款什么的，该不是要离开我吧？"

"当然不是，绝对不会。"她叹了一口气，"我这星期收到一封信，内容很奇怪，我想跟你谈谈。"

"谁寄来的信？"

"菲比的父亲。"

艾尔点点头，抱着手臂没说话。他当然知道这些信，这么多年来信件从不间断，信里装着数目不等的现金和一张字条，上面只潦草写着：请让我知道你住在哪里。她从没让戴维·亨利知道她的下落，但早些年她把所有事情都告诉了戴维，每封信都非常真挚，仿佛戴维是她贴心的密友。

时光飞逝，她也变得讲求效率了，只寄照片，顶多附一两句话。她太忙了，生活充实而复杂，不可能全部写下来，所以干脆不写了。如今她却接到戴维·亨利寄来的一封长信，工整的笔迹写满了三张信纸，难怪她惊讶万分。信中充满感情，先谈到保罗的才华、梦想、怨气以及愤怒。

> 我知道当年做错了。我把亲生女儿交给你，我知道这样
> 做非常不对，我也知道事情已经无法挽回了。但我希望见见
> 她，卡罗琳，我希望多少做些补偿。我希望多了解菲比以及
> 你们的生活。

他描述的情景让她心软：保罗已经是青少年了，弹着吉他，梦想进入茱莉亚音乐学院；诺拉有了自己的事业。还有戴维，这些年来她一直记得他的样子，清晰得有如书中的照片一样。她想象着他低头写信，懊悔与渴望之情跃然纸上。她把信塞回抽屉里，好像这样就能锁住它，但这个星期虽然忙碌，那些字句却时时萦绕在她的心中。

"他想见她，"卡罗琳轻抚多罗扔在摇椅上的披肩流苏，"他想要再度回到她的生命中。"

"挺好的嘛，"艾尔说，"这么多年了，他还算有良心。"

卡罗琳点点头："毕竟是她父亲。"

"那我算什么？"

"拜托，"卡罗琳说，"你是菲比慈爱的爸爸。艾尔，当初我没告诉你菲比这孩子怎么来的，现在我要跟你说清楚。"

他握着她的手。

"卡罗琳，你当年离开后，我还在莱克星顿待了一阵子，跟你邻居聊天时，也听到很多流言。我虽然没念过多少书，但我不笨，我知道戴维·亨利医生的小女儿夭折的时间，差不多就是你离开莱克星顿的时候。我想说的是，不管你们之间发生过什么，我都不在乎，也不会影响我们，所以我不需要知道细节。"

她沉默地坐着，看着车辆在公路上急驶。

"他不要她，"她说，"要把她送去一个类似精神病院的疗养中心，叫我带她过去。我去了，但不忍心把她留在那里，那个地方太糟糕了。"

艾尔好一阵子没说话。"我听过这种事情，"他终于开口，"我在路上听过。卡罗琳，你很勇敢，你当初的决定是对的，我不敢想象菲比在那种地方长大是什么样子。"

卡罗琳点点头，泪水在眼眶里打转："对不起，艾尔，我早就该告诉你。"

"卡罗琳，"他说，"没关系，事情都过去了。"

"你觉得我该怎么做？"她问，"我的意思是该不该回这封信？要让他跟菲比见面吗？我不知道，一整个星期我快疯了。如果他要把她带走呢？"

"我不知道该说什么，"他慢慢说道，"轮不到我来决定。"

她点点头。这话倒是真的，她既然把这事埋藏在心里这么久，现在就得自己承担后果。

"但我支持你的决定，"艾尔补了一句，捏捏她的手，"不管你想怎么做，我都百分之百支持你和菲比。"

"谢谢，我真的很担心。"

"你一直在担心那些不该担心的事情，卡罗琳。"

"这件事不会影响到我们吧？"她问，"我以前没跟你说实话，会不会影响我们的关系？"

"一点也不会。"

"那就好。"

"好，"他站起来伸伸懒腰，"我要睡了，一起上楼吧？"

"好，我等会儿就上去。"

纱门嘎嘎推开，砰一声关上，风吹过他先前坐着的地方。

下雨了，雨滴刚开始轻轻地落在屋顶，后来滴答地落下来，好像在击鼓。卡罗琳锁上门，这里现在已经属于她了。

她上楼看了看菲比，菲比的皮肤温暖湿润，感受到身边有人惊了一下，张口好像要说话，然后又安稳地回到梦乡。"小亲亲啊。"卡罗琳低声说着，帮她盖好被子。她在雨声回荡的房里站了一下，菲比真小，但她再怎样也无法保护女儿一辈子，想到这里心中又不禁激动起来。她走进自己的卧室，钻进冰凉的被窝里，贴近艾尔的身体。她想起他的手抚摸她，胡子轻扎着她颈子的感觉，也想起自己在黑暗中的呻吟。这个男人是好丈夫，也是菲比的好爸爸，星期一早上他就会起床冲澡，穿好衣服跳上卡车，接下来整个星期不见踪影。不管她决定怎么做，他都信任她的判断。卡罗琳躺了很久，手放在他的胸膛上，聆听雨声。

她黎明时起床。艾尔脚步声很大，早早出门开着卡车去换机油。雨水从屋旁的引水槽和排水管倾泻而出，积成小水潭，又顺着山坡流下。卡罗琳走到楼下泡了咖啡，家里异常安静。她想事情想得发呆，直到菲比站到门口才发现菲比起来了。

"下雨了，"菲比的睡袍松垮垮地套在身上，"倾盆大雨①。"

"没错。"卡罗琳说。她们以前花了好久才学会这个成语，卡罗琳还做了海报帮助菲比学习，海报上画着乌云，成群的小猫和小狗从天而降，那是菲比最喜欢的海报。"今天天空中落下来的比较像长颈鹿和

---

① 原文是 cats and dogs，英文俚语，表示倾盆大雨。

大象。"

"牛和猪，"菲比说，"猪和山羊。"

"你要吃吐司吗？"

"要猫咪。"菲比说。

"要什么？"卡罗琳问，"把句子说完整。"

"我要一只猫咪，拜托。"菲比说。

"我们不能养猫。"

"多罗姑姑已经走了，"菲比说，"我可以养猫。"

卡罗琳头痛了，她将来会变成什么样？

"菲比，仔细听好，这是你的吐司，我们等下再讨论养猫的事情，好吗？"

"我要一只猫咪。"菲比坚持。

"待会儿再说。"

"一只猫咪。"菲比说。

"可恶！"卡罗琳用手猛然在流理台上一拍，两人都吓了一跳，"不许再跟我讲养猫，听见了吗？"

"坐在前廊，"菲比一脸不高兴地说，"看看雨。"

"你要怎样？用完整的句子。"

"我要坐在前廊看雨。"

"你会着凉。"

"我要……"

"唉，好吧。"卡罗琳挥挥手打断她的话，"好，出去坐在前廊，看雨，随便你干什么。"

门开了又关，卡罗琳往外看到菲比撑着雨伞坐在前廊的摇椅上，吐司摆在大腿上。她为自己脾气失控懊悔，这件事跟菲比无关，只是因为自己不知道该怎么回复戴维·亨利，她心里相当害怕。

她拿出相簿和一些她早就想整理的照片，在沙发上坐下。坐在这里可以注意到菲比的动静，菲比坐在摇椅上晃来晃去，脸被雨伞遮住了。

卡罗琳把最近的照片摆在咖啡桌上，然后拿了张信纸写信给戴维。

> 菲比昨天领了坚信礼，她穿着白色的绣花洋装，系了一
> 条粉红缎带，看起来真可爱，她还在教会表演了独唱。随信
> 附上一张昨天在派对上拍的照片。真不敢相信她长得这么大
> 了，我也开始担心她的未来。你把她交到我手中的那夜，心
> 里八成也是这么想吧。这些年来，我为她奋斗得十分辛苦，
> 有时我真怕接下来会发生什么变故，然而……

写到这里她暂时停笔，纳闷自己为什么有回信的冲动。跟钱无关。
这些年来，卡罗琳已经存了一万五千美元，每分钱她都为菲比保管起来
了。或许只是出于习惯，或许她想继续他们之间的联系，或许她只想让
他知道他失去了什么。

"你瞧瞧，"她想拉着戴维·亨利的衣领对他说，"这就是你的女儿
菲比，她十三岁喽，脸上的微笑像阳光一样。"

她放下笔，想起菲比身穿白色洋装跟着唱诗班唱歌、抱着小猫的
模样，她怎能告诉他这一切，却又不让他看看他的亲生女儿？隔了这么
多年，他如果现在露面，接下来会怎样？她觉得自己已经不再爱他，但
也说不定爱意犹存；说不定她对他仍心怀不满，气他当年做出的决定，
气他始终未曾真正了解她。她很惊讶自己心肠居然这么硬，想到这儿更
是苦恼。话又说回来，如果他已经变了呢？如果他还是没变，那又怎么
办？他说不定会伤了菲比，正如当年他令她心碎，而他甚至毫不自觉。

她把信推到一旁，开始整理账单，然后走到屋外把账单支票投入
信箱。菲比坐在屋前的台阶上，伞举得老高，卡罗琳看了她一会儿才把
门带上，走到厨房又倒了杯咖啡。她在后门旁边站了很久，凝视屋外滴
水的树叶、湿淋淋的草地及人行道流下的积水。一个纸杯缠在树丛下，
车库旁的一张纸巾被雨淋得烂烂的。再过几小时艾尔又要上路了，她看
了马路一眼，心想，不知自由的滋味是什么。

雨势忽然变大，敲打着屋顶。她心里出现一种感觉，在强烈的直觉驱使下她又转身走进客厅，还没走到屋外的前廊她就知道自己会看到什么——前廊没人，盘子摆在水泥地上，摇椅静止不动。

菲比不见了。

到哪儿去了？卡罗琳走出去，在倾盆大雨中循着马路来回找。远处传来火车的汽笛响，左边的马路沿着山丘向上，通往铁道；右边马路的尽头则是高速公路入口匝道。好，仔细想想，好好想！她会去哪里？

街尾史旺家的小孩光脚在积水中玩耍，卡罗琳想起菲比刚才说，"我要一只猫咪"，也想起昨天在派对上，艾芙丽抱着毛茸茸的猫咪。她记得菲比迷上了它小小的身躯和细微的声音。她问史旺家的小孩有没有看到菲比，果然不出她所料，他们指指马路对面那个矮树丛："小猫跑掉了，菲比和艾芙丽过去救它。"

红绿灯一变换，卡罗琳马上冲过马路，泥土地上积满了水，一踏下去就是一摊水。她推开矮树丛往前走到一块空地上，看见艾芙丽跪在空地的排水管边，水管把山坡上的水排到水泥沟里。菲比黄色的雨伞非常显眼，就丢在艾芙丽旁边。

"艾芙丽！"卡罗琳蹲在小女孩身边，摸摸她湿了的肩膀，"菲比在哪里？"

"她去找猫咪，"艾芙丽指指排水管，"小猫跑到里面去了。"

卡罗琳暗自骂两句，跪在水管边，冰冷的雨水急速流过她的膝盖和双手。"菲比！"她大叫，声音回荡在黑暗中，"我是妈妈，甜心，你在里面吗？"

一片沉寂。卡罗琳慢慢爬进排水管，水好冷，她的手冻僵了。"菲比！"她大喊，声音越来越大，"菲比！"她仔细聆听，有个微弱的声响，卡罗琳又往前爬了几英尺。水流冰冷又湍急，她摸索着前进，先摸到布料，然后是冰凉的肌肤，接下来才是颤抖的菲比。卡罗琳紧紧抱住她，回想起当年那个夜晚，自己在潮湿的紫色浴室里抱着菲比，拼命求她呼吸。

"我们离开这里，甜心，我们出去。"

但菲比不肯动。

"我的猫咪，"她的声调高昂坚决，卡罗琳感觉得到有东西在菲比的衬衫里扭动，同时听到细微的喵喵声，"它是我的猫咪。"

"别管那只猫了。"卡罗琳喊道，轻轻拉着菲比循来路退回去，"走吧，菲比，快走。"

"我的猫。"菲比说。

"好吧。"卡罗琳说，水位升高到她的膝盖了，"好，好，菲比，是你的猫，我们走吧。"

菲比开始移动，慢慢爬向明亮的管口，两人终于爬出水管。水泥沟中的冷水绕着她们流动，菲比全身湿透了，头发紧贴着脸，小猫也湿了。卡罗琳看了看矮树丛后面的家，坚固而温暖，就像危险世界里的救生艇。她想着艾尔已开上遥远的公路，家里有舒适的房间，这些现在都属于她了。

"没事了。"卡罗琳揽住菲比，小猫扭来扭去，细细的爪子刮过她的手背。雨依然下着，雨丝从茂密的树叶间飘落。

"邮差来了。"菲比说。

"没错。"卡罗琳说，她看着他走上前廊，把她先前放进信箱的账单塞进他的皮袋子。

她写给戴维·亨利的信，才写了一半就搁在桌上。她刚才站在后门看雨，一心只想着菲比的父亲，菲比却在这个时候陷入危险。忽然间，这像是个不好的兆头，菲比的失踪令她异常惊慌，现在惊慌转为愤怒，她不想再写信给戴维了。他对她提出的要求太过分，而且也太晚了。邮差走下阶梯，手中的雨伞鲜艳醒目。

"没错，甜心，"她边说边摸摸猫咪瘦小的头，"没错，邮差来了。"

THE MEMORY KEEPER'S
DAUGHTER

▎一九八二 年

一九八二年四月

一

卡罗琳站在富比士街和布列达克街交口的公交车站，看着操场上精力充沛的孩童。隆隆车声掩盖不住孩子们高昂的笑声。远方的棒球场上，附近酒馆的酒客身穿蓝色和红色的球衣，优雅地在绿色草地上奔驰赛球。时值春天，傍晚将临，再过几分钟，那些坐在长凳上或是站着把手插在口袋里的家长就会大叫孩子回家，大人们的球赛则会持续到天黑。球赛结束后，球员就会拍拍彼此的背，离开球场到酒馆喝一杯，高声谈笑。她和艾尔曾在酒馆里见过这些球友。两人若有机会外出，通常会先看午场的秀，然后吃晚餐。如果艾尔不用待命的话，他们还会到酒吧喝几杯啤酒。

但今晚他上路了，在夜幕逐渐低垂的夜晚中急速驶向远方，从克里夫兰往南开到托莱多，然后转到哥伦布。卡罗琳把他的行车路径图挂在冰箱上。几年前多罗离开之后，有段日子两人的关系好像不太对劲儿，卡罗琳便请人照顾菲比，自己和艾尔一起上路，希望拉近彼此的距离。时光不断流逝，她在车上睡了又醒，浑然不知几点了，车轮下的公路无尽延伸，就像一条黑色的丝带，被连续出现的白色分道线隔成一截一截的，感觉神秘而令人着迷。最后艾尔也累了，他把卡车开进休息站，带她到餐厅吃饭。这家餐厅和他们前一天去的餐厅大同小异，是哪座城市也已经印象模糊。旅途中的日子好像穿梭在宇宙中奇怪的时空之门中，走进某座城市的洗手间，然后从同一个门里出来，结果却发现自己置身另一座城市。沿路都是大同小异的商业区、加油站、快餐店，车轮在公路上发出同样的嘚嘚声，只有地名、灯光和人的脸孔有所不同。她跟着艾尔跑了两趟，然后再也没跟他一起上过路。

公交车转过角落，轰隆一声停下来，车门向两旁打开，卡罗琳上车，选了个靠窗的座位。公交车隆隆驶过大桥和桥下宽广的河面，树木一棵棵掠过眼前。车子急驶过墓园，蜿蜒穿过史奎尔丘，然后慢慢开过老市区抵达奥克兰。卡罗琳在这里下车，在卡内基美术馆前站了一会儿，平复了一下心情，然后抬头看了看这座雄伟的石砌建筑，以及它长长的台阶和希腊爱奥尼亚式的柱子。悬排在柱廊上的旗帜在风里飘扬，上面写着"镜中影：戴维·亨利摄影展"。

摄影展今晚开幕，他将到场演讲。卡罗琳双手颤抖，从口袋里拿出剪报。这剪报她已经带在身边两星期了，每次摸到它心中就一阵狂跳。她已经改变心意不下十余次。来了又有什么用？

话又说回来，她转念想，来看看又何妨？

艾尔今天如果没上班，她或许会待在家里，让这个机会悄悄流逝。她会不停地瞄着时钟，直到开幕典礼结束，戴维·亨利回到他现在的生活为止。

但艾尔打过电话来说今晚不回家，欧尼尔太太又有空看顾菲比，而且公交车也准时。卡罗琳的心跳得很猛。她站定不动，深深吸口气。与此同时，世界依然运转：车辆紧急刹车，排气管排出废气，春天细软的新叶微微颤动，有群人越来越近，说话声渐渐变大，然后又渐渐消退，只剩片片段段的谈话声，仿佛一张张在风中飞舞的小纸片。一群穿礼服、高跟鞋或昂贵深色西装的宾客走上美术馆的石阶。天色变暗了，街灯已经亮起，隔街的希腊东正教教堂正举行庆典，空气中洋溢着柠檬和薄荷香味。卡罗琳闭上眼，想到了黑色的橄榄，搬到这里以前她从没尝过黑橄榄。她还想到星期六早上市集里的画面：现烤的面包、蔬果和鲜花，以及沿着河岸街道边贩卖的食物。若不是因为戴维·亨利和当年那场出其不意的暴风雪，她永远也不会看到这些景象。她走上一级台阶，再上一级，融入人群中。

美术馆白色的天花板高耸，橡木地板发出淡淡的金黄色光泽。有人递给卡罗琳一张介绍单，戴维·亨利的名字印在厚厚的淡黄纸张上，下面是作品明细表。"《薄暮中的沙丘》，"她念道，"《心之树》。"她走进展览室，看到他最有名的一幅作品。照片中起伏的不只是沙滩，还有一个女人的臀部，女人光滑的大腿隐于层层沙丘间。照片中的影像似在颤动，仿佛快要变成另一个形影，霎时间它真的是另外一个影像了。卡罗琳刚看到这幅作品时，足足瞪了十五分钟，她知道那个起伏的女体是诺拉·亨利，也想起那个隆起的白色肚皮阵阵抽动时，诺拉死死地抓紧了她！这些年来她一直对诺拉·亨利心存芥蒂，还告诉自己说诺拉带点傲气，惯于安逸，颐指气使，说不定是那种会把菲比留在疗养院的女人。

但这幅照片粉碎了她对诺拉的印象：照片中的女子，她完全不相识。

观众鱼贯进入会场，座无虚席。卡罗琳坐定，仔细观察四周。会场的灯光被调暗，然后又变亮，在一片掌声中，戴维·亨利走了进来。身材高大的他看着依然眼熟，虽说胖了一点。面对观众微笑的他已经不再年轻，她看在眼里，心中十分惊讶。他的头发日渐灰白，双肩微垂。他走到讲台上，看着下面的观众。卡罗琳不禁屏息，他一定看到她了，他马上就会认出她来，正如她一眼就认出他一样。戴维清清喉咙，先开了个天气的玩笑，等周围的笑声渐退，他看着自己的笔记开始演讲。卡罗琳这才明白，自己不过是其中一个观众而已，没什么特殊的。

他讲得抑扬顿挫，充满自信，但卡罗琳几乎没听见他说什么，而是研究起他那熟悉的手势，以及他眼睛周围新冒出来的细纹来。他的头发长了一点，虽然灰白，但依然浓密，看来似乎满足而安逸。她想起二十年前的那晚，他刚睡醒，从桌上抬头看到她站在门口，她对他的爱意毫不掩饰。在那一刻，他们彼此毫不设防。再也没有什么比那一刻更亲密了，她看出他心里所隐藏、不敢与人分享的梦想、期待和经历；现在，她依然看得出来戴维·亨利有着不为人知的一面。二十年前她相信他对她怀有情愫，其实只是她的痴心妄想。

演讲结束后，掌声热烈地响起来，他从讲台后方下来，从手中的玻璃杯里喝了一大口水，开始回答观众的问题。有几个人提问，包括一位拿着笔记本的男子、一位灰发中年妇女，以及一位身穿黑衣的年轻女子——她有着浓密的黑发，相当激动地问些关于形式的问题。卡罗琳越来越紧张，心脏怦怦跳，觉得几乎喘不过气来。提问结束了，台下一片安静，戴维·亨利微笑地跟大家道谢，然后转身离开。卡罗琳只知道自己站了起来，几乎想都没想，把身上的皮包像张盾牌一样挡在前面。她走过去加入围在他身边的一小群人里，他瞄了她一眼，对她礼貌地笑笑，没认出她是谁。大家又问了许多问题，她耐心地等待着。时间一分一秒过去，她却越来越平静。摄影展的策划人在人群边徘徊，焦急地等待着戴维跟观众结束交流。

等到提问告一段落，卡罗琳走上前，拍拍戴维的手。

"戴维，"她说，"不认得我了吗？"

他仔细端详她的脸。

"我变了那么多吗？"她小声说。

然后她看出他想起来了。他神色一变，脸部扭曲，好像地心引力忽然增强，一阵红潮从他的脖子往上蔓延，脸颊肌肉也随着抽动。卡罗琳觉得时光倒流了，他们又回到了多年前的诊所中，外面飘着雪花。两人一语不发地注视着对方，仿佛整个房间和周围人群全部消失无踪。

"卡罗琳，"他终于恢复镇定，"卡罗琳·吉尔，啊，一个老朋友。"他对围在身边的人解释。戴维伸手调整了一下领带，脸上露出笑容，但眼中却一点笑意也没有。"谢谢大家，"他对其他人说，"谢谢大家光临，对不起，我们先告退一下。"

两人随即穿过会场，戴维走在她旁边，一只手放在她背上，又轻柔又稳固，好像怕她消失一样。

"来这里。"他走到一幅展示面板的后方，这里有道没有门框的门，在白色的墙面上很难被发现。他很快带着她走进去，把门关好。这里是储藏室，空间很小，一个没加灯罩的电灯泡照亮了满柜的油漆和工具。他们面对面站着，相隔只有几英寸，室内弥漫着他身上略带甜味的古龙水清香，还有一股她记得的气味：药水味中夹杂着一丝男性气息。小小的房里很热，她忽然感到头晕目眩，视线也模糊了。

"卡罗琳，"他说，"老天爷啊，你住在这里？就在匹兹堡？为什么一直没有告诉我？"

"要找我并不难，其他人就找得到。"她慢慢地说道，想起艾尔从巷子里走出来的样子，那也是她第一次见识到艾尔的坚持。不过，她庆幸戴维·亨利没花太多力气找她，她自己倒真想销声匿迹。

门外传来脚步声，越来越近，停留在门口，有人在门外低声交谈。她仔细端详他的脸，这些年来，她每天都想到他，现在却想不出该说什么。

"你不是应该去跟人家交际吗？"她瞄了瞄门口。

"他们会等我。"

两人又注视着对方，彼此都没说话。卡罗琳一直把他当成照片一样放在心里，心中积存了上百、上千张照片，每张照片中的戴维·亨利都是精力充沛、坚决果断的年轻人。现在她凝视着他黑色的双眼、丰润的脸颊，还有仔细梳理的发型，忽然意识到自己若在街上与他擦身而过，可能也认不出他。

他再度开口时，语气缓和了点，但脸颊还在抽搐："我去过你住的地方，卡罗琳，那天追思会结束之后，我去你那里，但你已经走了，这些年来……"他想说什么，但又沉默下来。

一阵敲门声响起，还有压低嗓子的询问。

"再等一下。"戴维回应道。

"我当年暗恋你。"卡罗琳对自己脱口而出的话也大吃一惊，因为这是她第一次坦白地说出来。这件事放在心里好多年，她从没说出来，连对自己都没说过。坦承之后，她感到有点头昏、急躁，接着又说："你知道的，我常幻想跟你一起生活，但在教堂外头的那一刻，我才了解你心里根本没有过我。"

她说话时，他本来低着头，此时他抬起头来。

"我知道，"他说，"我知道你爱上了我，不然我怎么会请你帮忙？对不起，卡罗琳，这些年来，我一直……我一直很愧疚。"

她点点头，眼中充满泪水，想到自己当年站在追思会的一个角落，没人认得，没人看见。当年他眼中没有她，令她十分气愤，现在想来还是有气。同样令她生气的是，他根本不了解她，却依然毫不迟疑地请她带走自己的亲生女儿。

"你过得好吗？"他问，"卡罗琳，你快乐吗？菲比好吗？"

他的问题，还有他温柔的语调，解除了她的心防。她想到菲比努力学习拼写字母和辛苦练习绑鞋带的模样，也想到自己为了菲比受教育的权利不断打电话时，菲比天真快乐地在后院玩耍。菲比用柔软的手臂圈住她的脖子，没什么特殊理由，只是要说声"妈妈，我爱你"。她想到艾尔，虽然不常在家，但漫长的一周结束后，会带着鲜花走进家门，还有一袋现烤的小面包或别的小礼物，他从来不会忘记带东西给她和菲比。当年在戴维·亨利的诊所工作时，她年轻、孤独而且十分天真，所以才痴痴等待别人来爱她。但现实不是这样的，她心中一直有爱，唯有她先付出爱，心中才能再得到爱。

"你真的想知道吗？"她直视他，"这些年来，你从没有回信。除了上一次之外，你从没有问过一句我们过得怎样。"

说话的同时，卡罗琳终于明白自己来这里的原因，根本不是出自爱情，也非缅怀往事，更不是出于罪恶感。她基于一股怒气前来，她想要把话说清楚。

"这么多年，你从来不想知道我和菲比过得怎样，你根本不在乎，不是吗？后来你写了那封信，我一直没回。忽然之间你又想把她带回去。"

戴维带着讶异轻轻笑出来："你真的这么想吗？这就是你不再写信的理由？"

"我还能怎么想？"

他慢慢摇摇头："卡罗琳，我一而再，再而三跟你要地址，每次寄钱都问你一次。上次那封信里面，我只是请求你让我再次回到你的生命中。此外我还能怎么做？我知道你不了解，但我保留了你寄来的每一封信。你停笔之后，我觉得你好像当着我的面用力摔上了门。"

卡罗琳想到她写的那些信，她的真情全透过笔墨流泻于纸上，她已经忘了自己写过什么。菲比生活的细节？还是她的希望、梦想及恐惧？

"那些信在哪里？"她问，"你把我的信放在哪里？"

他讶异地说："在我暗房档案柜最下层的抽屉里，抽屉锁得好好的。你为什么想知道？"

"我没想过你会读我的信，"卡罗琳说，"我觉得我好像对着空气写信，也许是因为这样我才觉得无拘无束，好像我爱说什么就可以说什么。"

戴维用手揉揉脸。她记得他累了或沮丧时就做这个动作。"我都读了，老实说，刚开始我确实得强迫自己看，后来虽然读了伤心，但我还是想知道发生了什么事。你让我稍微认识了菲比，也让我看到了你们的生活片段，我十分期盼读到这些。"

她没回答，心里想起那个下雨的午后，她叫菲比带猫咪"小雨"上楼换掉湿衣服，她自己站在客厅里把他的信撕成四片、八片、十六片，然后扔到废纸篓里。她感到心满意足，以为这件事就此画上了句号。当时她觉得自己已经忘了这件事，根本不在乎戴维会作何感想，她不在乎。

"我不能失去她，"她说，"我对你生了很久的气，但我最害怕的是如果你见到她，会把她带走，这就是我不写信给你的原因。"

"我从来没打算把她带走。"

"你没有这样打算，"卡罗琳回答，"但事情还是发生了。"

戴维·亨利叹了一口气。她想象他当年站在她空无一人的公寓中，从一个房间走到另一个房间，最后终于明白她不会再回来。"告诉我你有什么打算，"他曾说，"我只有这个要求。"

"我如果没有带着她离开，"她加了一句，"你说不定会改变心意，把她要回去。"

"我没有阻止你呀，"他说，双眼再度迎上她的凝视，声音沙哑，"我可以阻止你，追思会那天你穿了一件红外套，我看到你了，也看着你开车离开。"

卡罗琳突然感到很累，差点晕倒。她不知道自己今晚来此的目的，她曾想过两人可能会说什么，但没想到会争辩起来。他这么悲伤又愤怒，她自己也是。

"你看到我了？"她说。

"追思会结束后，我直接去你的公寓，我以为你会在那边。"

卡罗琳闭上双眼。她当时已经开上高速公路，驶向匹兹堡，驶向现在的生活。说不定只要迟个几分钟或是一小时，她就不会错过戴维。那一刻引发了多少改变！她的生命又因此变得多么不同！

"你没回答我，"戴维说，"卡罗琳，这么多年来你快乐吗？菲比呢？身体好不好？心脏还好吧？"

"心脏没问题。"卡罗琳想起早些年自己老是担心菲比的健康，跑了好多趟医院去看牙科、心脏科、耳鼻喉科。现在菲比长大了，健健康康，喜欢在车道上打篮球，还喜欢跳舞。"根据我以前在书上读到的，菲比八成活不到现在。可是她很好，她很幸运，心脏从没出过问题。她喜欢唱歌，养了一只叫作'小雨'的猫咪。现在正在学编织，今天她就在家里忙着编织呢。"卡罗琳摇摇头，"她也上学，跟其他孩子一样上公立学校，我千辛万苦才让她能够入学。等她将来长大了，我也不知道会怎样。我的工作不错，在一家医院的内科门诊兼差，我先生常出差，菲比每天去'唐氏症团体之家'，她在那里有很多朋友，而且在学习处理办公室事务。我还能告诉你什么？当然你躲过了很多伤心的时刻，但是，戴维，你也错过了许多快乐的时光。"

"我了解，"他说，"你想不到的，可是我真的了解。"

222

"你呢？"她看到他老了这么多，还是很惊讶。她心中还在努力适应"他就在眼前"的事实。过了这么多年，两人再次相见，同在这个小房间里，还是令人难以置信。"你快乐吗？诺拉呢？还有保罗？"

"我不知道，"他慢慢说，"跟其他人差不多吧。保罗很聪明，学什么都可以，但他想进茱莉亚学音乐，专攻吉他。我认为他这个决定是错的，但诺拉又支持他，所以我们冲突很多。"

卡罗琳想到菲比十分喜欢打扫和整理东西，洗盘子或拖地时总是自顾自地哼歌。菲比也热爱音乐，却永远没机会学吉他。

"诺拉呢？"她问。

"她开了一家旅行社，"戴维说，"跟你先生一样也经常不在家。"

"旅行社？"卡罗琳重复道，"诺拉？"

"连我自己都很惊讶她当老板，但是旅行社已经开了很多年了，经营得还不错。"

门把转动了一下，门被推开了几英寸，摄影展的策划人探头进来，蓝色的眼睛中充满好奇和关切，讲话时一只手紧张地摸了一下自己的黑发。"亨利医生？"他说，"外面还有很多人，大家都希望您……嗯……跟大家聊聊。一切都还好吗？"

戴维看着卡罗琳，有点犹豫，但也没了耐性。卡罗琳知道，等下他就会转身调整一下领带，接着离开。持续了这么多年的纠葛，在这一刻即将结束。别走。她在心中说道。策划人清清喉咙，不自在地笑笑。戴维说："没问题，我这就出去……你会留下来吧？"他伸手拉她的手肘。

"我要回家了，"她说，"菲比在等我。"

"拜托，"他停下脚步，她看着他，好像看到了多年前她的悲伤与怜悯，当时他们都很年轻，"我们还有很多话要说，而且这么多年没见了，拜托，请你等我好吗？我不会耽搁太久。"可是她觉得胃里很不舒服，非常不自在，不过她还是微微点头。戴维·亨利露出了微笑："好，等会儿我们一起吃晚餐，好吗？我先出去应酬一下才行。很多年前我确实做错了，我想多知道一点菲比的事，不只是片段而已。"

他拉着她的手臂，重新回到人群中。卡罗琳没有说话，大家都在等着戴维，而且瞪着两人看，好奇地窃窃私语。她把手伸到皮包里，拿出一个先前准备好的信封递给他，里面有菲比的近照。戴维接下信封，看着她，严肃地点点头。有位身穿黑色亚麻洋装的纤细女子挽起戴维的手臂说话，这女子刚才也在台下，人长得很漂亮，但对她有点敌意。此时她又在问戴维另一个关于形式的问题。

卡罗琳在原地站了几分钟，看着他指着一张照片，跟那位身穿黑色洋装的女子说话。照片中的影像颇似树木的黑色枝干。他以前就很帅，现在依然英挺。他往卡罗琳的方向瞄了两次，看到她还在，又把注意力集中在解说之上。

"等一下，"他刚刚说，"请你等一下。"他指望她会等他，但她再度感到一阵恶心，她不想等了，事情就到此为止吧。年轻时她已经花了太多时间等待，等着受到肯定，等着冒险，等着爱情到来；一直等到她抱着菲比掉头离开路易斯安那，一直等到她收拾行囊远走他方，她才真正展开新生活。她一直在等待，可从没等到好结果。

戴维低头聆听那名黑发女子说话，握着信封的手摆在身后。她看着他随手把信封放进口袋里，好像信封里装着不重要或是令人不太高兴的东西，比如说水电费账单或交通罚单。没多久她就来到了户外，匆匆走下石阶没入黑夜中。

春夜的空气清新潮湿，卡罗琳太激动了，没心情等公交车。她快步前进，走过一条又一条街道，浑然不顾往来车辆和行人，甚至不在乎这个时间单独走在街上，其实有点危险。她回想今晚的种种，一幕幕在脑中盘旋，显得奇怪而支离破碎。当年的他，一缕黑发盖过右耳，指甲剪得很短，她还记得那些修剪得四四方方的指头。现在他的声音变了，变得比较沙哑。太让人仓皇失措了，这些年来她心中的影像，在见到他的那一刻，全变了样。

她自己呢？在他眼中，今晚的她看起来怎样？他看到的，或者他

224

以前认识的卡罗琳·洛兰·吉尔是怎样一个人？他可曾看透她神秘的内心？没有，一点都没有。她早已知道很多年了。在教堂门外，他的亲朋好友将她隔绝在外，在她转身离去的那一刻，她就很清楚了。她在内心深处，一直怀有某种愚蠢的浪漫情愫，认定曾有那么一刻，世上没有人比戴维·亨利更了解她，但事实并非如此，他甚至连看都没有看她一眼。

她走了五条街，天空飘起了雨丝，脸上、外套和鞋子都淋湿了，夜晚的寒气渗入体内，钻到肌肤下。她走到街角，61号公交车刚好停下来，她跑过去上了公交车，甩掉头发上的雨水，坐在已有裂痕的塑胶座椅上。路灯、霓虹灯以及水汽蒙蒙的红色车灯，从窗边一一闪过。早春的空气贴着她的脸庞，冰冷而潮湿。公交车颠簸地驶过街道，开到漆黑的公园边，进入一段很长的低矮的下坡路，才加速前进。

她在摄政广场站下车，经过酒吧时听到里面传出一阵吼叫声。透过玻璃窗她看到先前见过的球员，身影模糊的聚在电视机旁，手里拿着杯子，挥舞着拳头。靠窗最近的一张桌旁有位女服务员，她一转身，点唱机的灯光就在她手臂上投射出一道道蓝色的霓虹灯彩。卡罗琳停下脚步，和戴维·亨利见面所引发的激动与亢奋，忽然消失了，就像雾气消散在春天的夜晚。她忽然感到强烈的孤寂。酒吧中的人因为共同爱好聚集在一起，而人行道上经过她身旁的人群，各自循着生命的轨迹前进，前往她想象不到的地方。

她眼中涌现出泪水，电视荧光幕一闪一闪的，玻璃窗内又是一阵欢呼。卡罗琳迈步前进。她撞到一个手里抱着一袋杂货的女人，踩过一堆丢在人行道上的快餐垃圾。她走下山坡，然后走进巷子回到自己的家。熟悉的景象取代了城市的喧嚣：欧尼尔家透出金黄色的灯光，照亮了茱萸树丛；苏拉德家的花园一片漆黑；马尔戈利家的草地在夏天时会有牵牛花盛开，一路开到山坡旁，杂乱却美丽。一排排的房子仿佛层层阶梯一样沿着山坡矗立，最后就是她的家。

她在巷口稍停，看着自己家挑高的房子。她出门前拉上了百叶窗，这点她很确定，但现在百叶窗拉开了。从餐厅的窗户她可以清楚地看到屋内，餐桌上的吊灯散发着亮光，桌上到处都是菲比的毛线，菲比面向编织机前后摇动梭轴，专注又平静，一团毛茸茸的橘球窝在她的大腿上，那是"小雨"。卡罗琳看到女儿看上去如此娇弱，心里十分忧虑。世界在她身后的黑暗中神秘地旋转，女儿却好像无法防备。她皱起眉头，努力回想起自己是什么时候转动细长的塑胶杆，关上百叶窗的。她正努力回想时瞥见屋里还有动静，通往客厅的法式双扉玻璃门后方，有个人影在快速移动。

卡罗琳屏息观察，虽然惊讶但不太担心，然后人影逐渐现形，一看她就安心了。不是陌生人，是艾尔，他今晚回家早，正在家里走来走去。她又惊讶又莫名开心，艾尔最近接了很多工作，经常一去就是两星期。但此时他在这里，已经回家了。百叶窗是他开的，她这才有机会从门外一窥自己的生活，好好品味这一刻。砖墙之内是她的家，里面摆着她重新修缮的置物柜、还没得及修剪的榕树，还有这些年来她仔细洗刷的玻璃窗。菲比从手边的工作中抬起头来，心不在焉地盯着窗外黑暗中的湿草地，一只手轻抚猫咪柔软的背部；艾尔走进餐厅，手里端着咖啡。他站在菲比旁边，用咖啡杯指指她编的毯子。

雨下得更大了，卡罗琳的头发也湿透了，但她动也没动。先前在酒吧窗外感受到的空虚，那种真实又让她害怕的虚无，在她看到家人之后全部烟消云散。雨水拍打着她的脸，也沿着窗户一道道流下，她那件面料不错的羊毛外套上布满了水珠。她脱下手套，在皮包里找钥匙，然后才想到有人在家，大门不会上锁。卡罗琳在黑暗的草坪上又站了一会儿，马路上的车辆永远川流不息，很多年前她种来作为围篱的紫丁香已经长成了茂密的树丛，遮掉了往来的车灯。这就是她的生活，虽然不是以前她梦想的人生，也不是年轻时想追求的日子，但这就是她的生活。虽然时有复杂的状况，但生活中充满关怀与体贴，这种感觉很好。

然后她扣上皮包，爬上阶梯，推开门回到家中。

二

她是卡内基梅隆大学的艺术史教授，缠着他问些关于形式的问题。她抓着他的手，带他走过发亮的橡木地板，穿梭在挂着照片的白色墙面之间，问他什么是美，形式中找得到美吗，形式有何意义？她转身，头发往后一甩，用手把头发拢到耳后。他低头看着她，看着她头发的光泽，以及她平滑白细的脸庞。

"相交。"他温和地说道，然后往后瞄了卡罗琳一眼，卡罗琳还在《海滩上的诺拉》那张照片附近徘徊，看到她还在这里，他就放心了，然后转头继续面对那位教授，"融合。这就是我要追寻的感觉。我没有什么理论，只拍摄让我感动的景物。"

"怎么能不管理论！"她惊呼，随后暂时停止发问，眯起眼睛，轻咬着唇缘。他看不到她的牙齿，但可以猜想牙齿的样子：整齐、洁白而匀称。展厅在他周围转动，声音此起彼落；在沉默的一刹那，他感觉自己的心脏狂跳，也知道自己仍握着卡罗琳给他的信封。他又看了现场一眼，好，很好，她还在。他把信封小心地塞进衬衫口袋里，双手微微颤抖。

黑发女子告诉他她的名字是李，现为美术馆的驻馆艺评家，戴维心不在焉地点着头。卡罗琳住在匹兹堡吗？还是她看到展览的广告，从摩根镇、哥伦布或是费城跑来这里？她曾经从这些地方寄信给他，没想到现在却从一群不知名的观众中冒出来。她看起来一点也没变，只是稍微变老了点，不知怎么显得比较严峻，比较强悍，年轻时的温柔已经不见了。戴维，你不认得我吗？当然认得，只是不愿对自己承认。

他向室内环顾，却没看到她，心里开始觉得恐慌。这份恐慌就像隐藏在木块中的菌丝，细微而无所不在，逐渐在心中蔓延。她大老远的来一趟，说会等他，不会离开。有人用托盘端着香槟经过，他拿了一杯。策划人又过来为他引荐此次展览的赞助人，他镇定下来，伶俐地对应着，但心里依然惦记着卡罗琳，希望能瞥见她站在展场的一角等他。刚才他还相信她会等他，现在却很不安，他记起多年前的那天早晨，卡罗琳身穿红色外套站在追思会会场外；他记得早春空气冰凉，天气晴朗，裹着毛毯的保罗在婴儿车里踢来踢去；他记得他就这么让她离去。

"对不起。"他喃喃地打断对方的话，快步走到入口处，在那里停了一会儿，然后回头看看展览室，在人群中搜寻她。过了这么多年，他终于找到她了，当然不能再度失去她。

但她走了。远方的点点灯火在窗外闪烁着诱人的光芒，有如小亮片撒在蜿蜒起伏的山丘上。不管在这座城市还是其他什么地方，卡罗琳·吉尔可能正在某个角落洗碗、扫地，偶尔还会停下来看看漆黑的窗外。失落与悲伤如海浪一样席卷全身，强悍的力道逼得他靠在墙上。他把头低下来，以此抗拒胃里的一阵翻腾。这些年来虽然没见到卡罗琳·吉尔，但日子还是一天天过去了，可此时这些情绪太强烈了。他深吸一口气，在脑海中默背化学元素表：银、镉、铟、锡……但这次就是无法镇定下来。

戴维从口袋里拿出她的信，说不定她留了地址或是电话号码。信封里有两张画质不佳、色调灰暗的快照。在第一张照片里，卡罗琳微笑地揽着身旁的女孩。女孩穿着一件硬挺的低腰蓝色洋装，系着腰带，背后是房屋的砖墙，强烈的阳光让背景的颜色变淡了。女孩身材结实，洋装很合身，但看起来称不上优雅。她笑容灿烂，柔细的鬓发垂在脸旁，对着镜头外的人笑到眼睛都快闭上了。她的脸扁平，看起来相当亲切，说不定只是因为相机的角度，所以眼睛有点朝上歪斜。"菲比的生日照，"卡罗琳在照片背面写道，"甜蜜的十六岁。"

他把第一张照片放到第二张后面。第二张拍摄的日期更近，还是菲比，她在打篮球，正抬起脚后跟摆出投篮的姿势。唉，保罗这孩子就是不肯打篮球。戴维看看照片背面，再检查一下信封，没有找到地址。他喝完香槟，把杯子放在大理石桌上，展览室里依然拥挤，充满了交谈的声音。戴维站在门口，带着一点好奇的疏离往里面看了一会儿，好像自己只是意外经过，里面跟他一点关系也没有。接着他转身往外走，外面飘着小雨，空气冰冷潮湿，他把卡罗琳的信封连同照片放回胸前口袋里，迈步往前走去，却不知自己要去何处。

他以前在奥克兰区念书，这个大学城现在变了很多，但有的地方他还能认出来。以前他常到富比士棒球场看球，不知道有多少个午后顶着烈日坐在看台上。当球棒发出清脆声响，球飞过青翠的外野时，他就跟着高喊加油。棒球场已经拆了，以前上千名球迷欢声雷动之处，现在新盖了一栋四四方方的高耸大楼。他停下来看着"知识殿堂大厦"①，重新找到方向，留下修长的灰色大楼在夜空下投射出影子。

他继续在漆黑的街道上走着，经过一群群从餐厅和戏院出来的人。虽然好像没有刻意要往哪里去，但其实他心里很清楚，这些年来他一直困在自己把女儿交给卡罗琳的那一刻，那个动作彻底改变了他的一生：他怀里本来抱着自己的亲生骨肉，却又伸手把她交给了别人。从此以后，他沉迷在摄影中，似乎想要借着拍照，找到生命中另一个同样重要、同样具有意义的时刻，他要让这个忙乱的世界和接二连三的事件静止下来。但这当然是不可能的。

他继续往前走，心情难以平复，不时喃喃自语。见到卡罗琳之后，压抑在心中多年的感受喷涌而出。他想到诺拉，她现在是一个精明干练的职场女性，用耀眼的自信争取大企业客户，晚上带着酒味和雨水的味道回家时，脸上胜利的笑容犹存，绽放着成功的光彩。这些年来他知道她外遇不断，而她的秘密就像他的秘密一样，在两人间筑成一道高墙。有些夜晚他会在一刹那间看见当年嫁给他的那个女人：怀里抱着小保罗的诺拉，双唇沾着浆果汁、系上围裙的诺拉，刚进旅行社为了平衡收支而熬夜努力的诺拉。但她像蜕皮似的摆脱了这些旧面貌，如今两人好像

---

① 知识殿堂大厦（Cathedral of Learning），楼高四十二层，匹兹堡大学的教学中心，也是当地著名的地标。

陌生人一样住在偌大的房里。

　　他知道保罗也非常辛苦。他除了努力让儿子衣食无忧，还想要做个好爸爸。他带儿子一起收集化石，并把整理好的化石贴上标签摆在客厅展示，还一有机会就带保罗去钓鱼。但不管他多么努力，多么想让保罗过平顺富足的日子，全家人的生活依然是建立在谎言上，这是无法改变的事实。他也想保护保罗，让儿子不要承受自己小时候遭受的悲痛、贫穷、忧虑，但他的努力造成了意想不到的隔阂。当年的谎言已如岩石一般阻隔在家人之间，使得每个人都变得别扭，好像树木在大石头的挤压下扭曲生长。

　　市区至大河交会处逐渐变窄，街道也跟着以怪异的角度汇聚成一条街。莫农加希拉河和阿勒格尼河在此汇集成俄亥俄河，俄亥俄河流经肯塔基州继续前行，直到流入密西西比河中。他走到两河交汇的顶点，站在岸边望着河水交汇。以前读书的时候他也常来这里。有时他把脚趾头悬在漆黑的河面上，想象河水有多冷，如果跌下去的话他是否够强壮，能不能游到岸边。现在跟当年一样，寒风毫不留情地穿透他的西装，他往下看着河水在两脚间流动，然后又往前挪动一英寸改变一下视角。他在满心疲惫之余忽然感到一丝懊恼：这里拍张照片不错，相机却留在旅馆保险箱里。

　　远远的下方河水翻转，白色的泡沫拍击水泥桩之后急速消退，戴维的后半只脚紧压着水泥岸边。如果在这里落水，或是自己跳下去，又没办法平安游上岸，以后人家会在他的尸体上发现一只手表，背面刻着戴维父亲的名字。另外还有他的皮夹，里面有两百美元和驾照，还有一块小石头。这块小石头是小时候在自家附近的溪边捡到的，三十年来他一直带在身边。除了这些东西以外，就是塞在他胸前口袋里的信封和里面的照片了。

　　他的葬礼会有很多人参加，送葬的人将挤满好几条街。

　　但这个消息也许就只是这样了，卡罗琳或许永远不会知道。他的死讯不会传得太远，更不会传回他出生的地方。

就算消息传回了家乡，那里也没有人认识他。

当年，有一天放学后他看到一封信塞在街角杂货店的咖啡罐后面等他领取。没人说什么，但每个人都看着他，大家都知道那封信是干吗的：信封上匹兹堡大学的校徽很明显。他拿着信上楼，摆在床边桌上，紧张得不敢拆开。他记得那天下午天色灰暗，只有榆树光秃秃的枝干打破了窗外单调的景致。

整整两小时，他都不敢看信。终于他鼓起勇气把信拆开，是好消息：他被匹兹堡大学录取了，还有全额奖学金。他坐在床沿上，整个人吓呆了，几乎不敢相信这个好消息。他这一辈子都是这样，总是不敢放心享受喜悦。

"很高兴通知您……"

然后他注意到一个错误，可怕的事实浮现：信上的名字不是他本人。地址没错，出生日期、社会安全码等资料都正确，但只有他姓名的前两部分"戴维"和"亨利"出现在信上。戴维是他父亲的名字，亨利是他祖父的名字。说不定秘书正确打出这两个字之后，被电话或访客干扰；说不定在某个美好的春日，秘书从手边繁杂的工作中抬起头来，梦想着晚上未婚夫捧着鲜花出现，一颗心便如同叶片颤动，然后一扇门大声关上，随即响起脚步声，原来是她的上司，于是她打起精神，重新回到现实，眨了眨眼，把打字机的滚筒推到一侧，继续工作。

"戴维·亨利"，她已经端整地打出这个名字了。

但他的姓氏"迈克凯利斯特"漏掉了。

他没告诉过任何人。他进了大学，没人知道这件事。毕竟"戴维·亨利"也是他的真名，但"戴维·亨利"和"戴维·亨利·迈克凯利斯特"是两个不同的人，这点他非常清楚。很明显，"戴维·亨利"注定要读大学，他是一个没有过去、不必背负过去包袱的人，有机会重新开始。

他就这么重新开始，而这个新名字也给了他不错的起点。从某个层面来说，这个名字听起来掷地有声又带点贵族气息。以前不是有个名叫帕特里克·亨利的人吗？伟大的政治家、演说家。①

早年与那些上流社会的人交谈时，他总感觉自己没有底气，周围都是比他有钱有势的人，他们在金钱权势的世界里如此轻松自在，让他急切地想加入。于是有时他会暗示自己有一房位高权重的远亲（不过他从未明说），利用那些不存在的祖先来助他一臂之力。

他要让儿子在世上有个别人不能质疑的立足点，这就是他想给保罗的礼物。

他的双脚下，褐色的河水边缘带着一层微弱的白色泡沫。大风扬起，透进衣内，又钻入他的肌肤，在血液中流窜。旋流打转的河水快速奔流，越逼越近。他喉间涌上一股酸水，不一会儿人就跪到地上，手下面的石头冰冷，他对着奔腾的漆黑河面呕吐，一直吐到再也吐不出来为止。他在黑暗中待了很久，最后慢慢站起来，用手背擦擦嘴，走回市区。

他在灰狗公交车站坐了一整夜，打打瞌睡又突然惊醒。隔天早上，他搭乘头班公交车到西弗吉尼亚州的童年故居。公交车驶经山岭深处，周围的山丘仿佛拥抱着他。七小时后，公交车跟往常一样停在大路和威恩街的转角，然后扬长离去，只留戴维·亨利站在杂货店前。街上很安静，一张报纸贴在电线杆上，人行道的裂缝中长出野草。他是别人嘴里那个"家住山里的聪明小孩"，以前在这家杂货店打工赚食宿费，住在店里楼上的小房间。那时镇上铃声与车声此起彼落，家庭主妇出外购物，小孩围在店里买汽水，男人晚上聚在一起嚼烟草、打牌、聊天打发时间，这些事都让年少的他感到惊奇。现在这些全部成了往事。钉满了木板的窗户上满是红色和黑色的涂鸦，颜色深深渗入木头纹理中，读不出是什么意思。

戴维喉咙像着火般干渴。对面街道上有两个中年男子，一个秃头，另一个稀疏渐白的头发垂到肩膀，二人正坐在前廊下棋。他们抬头看他，

---

① 帕特里克·亨利（Patrick Henry，1736 年—1799 年），美国开国元勋，以"不自由，毋宁死"的演讲著名。

好奇又疑惑，刹那间戴维看见了自己在他们眼中的模样：长裤皱巴巴又脏兮兮，衬衫穿了一天一夜，领带不见了，头发因在公交车上时睡时醒而塌扁。他不属于这里，从来都没有过。在杂货店二楼的小房间里，他的床上摆满了书。那时候他很想家，想着没办法专心念书，可是等他回到山上，心中的孤单却未消减。父母的小木屋坐落在山坡上，在家里时间过得很慢，母亲的叹息声，父亲在椅子上敲打烟斗的声音，妹妹的吵闹声，日子就这样过去了。屋外小溪的上游与下游各有天地，孤寂却如阴郁的花朵，到处开放。

他朝着男人们点头致意，然后转身离开。他感觉得到他们依然注视着他。

天空下起薄雾般的细雨。虽然双脚发痛，他还是继续走，想到自己明亮的办公室，想到自己的一生，觉得有如一场梦。现在已是下午，诺拉还在办公室里，保罗在楼上的房里把寂寞与愤怒寄托在音乐之中，他们以为他今晚会到家，但看来是不会了。等下想清楚自己要干吗，再打个电话回去，他大可跳上另一班车回到诺拉和保罗身边，但那边的生活和现在眼前的世界格格不入。

崎岖不平的人行道很快被小镇边缘的草地截断，人行道与草地交替出现，很像摩斯密码，时有时无，最后人行道完全消失。浅浅的沟渠顺着狭窄的小路延伸，他记得以前沟里长满了萱草，一团团橘色的花朵像燃烧的火焰。他把手夹在腋下取暖，这里天气还很冷，不像匹兹堡已经长出紫丁香，下起暖湿的雨。层层残雪在脚下碎裂，他把变黑了的脏雪踢到沟里，里面积雪更多，夹杂着野草和瓦砾碎片。

他走到大马路旁，疾驰的车辆把他逼到长满杂草的路肩，溅得他一身污泥。这里本是条安静的道路，车还没来，大老远就听得到车声，车里通常是熟悉的面孔。看到他后驾驶人一定会减速停车，打开车门让他上车，大家都认识他和他的家人。爸妈还好吗？今年田里收成如何？问候完之后，车里便一片沉默，大家都在想接下来该跟他说什么，不该跟他说什么。每个人都知道他很聪明，拿了全额奖学金，但妹妹得病他不能上学。在山里面，甚至外面的世界都有一套补偿的理论，也就是说，凡事皆有得有失，你这里得到了什么，那里就会失去什么。嗯，你是很聪明，但你妹妹也是真漂亮。赞美之词有如花朵一样诱人，相对也带刺：没错，你或许很聪明，但人长得实在不怎样；你或许很漂亮，但脑袋空空。补偿理论就是：上帝是公平的。每次提到他的课业，戴维就觉得别人的赞美里隐含某种指控：他得到太多，拿走了一切，妹妹却什么都没有。于是，车子里的沉默逐渐蔓延，任何话语也无法打破。

　　小路蜿蜒，这就是琼儿的"跳舞小径"。山坡越发陡了，溪水如瀑布流下，住户越来越少，越来越穷。山坡上有一个个临时搭建的活动房屋，看起来像廉价商店的珠宝，原本的青绿、银白、鲜黄全部褪成米色。走着走着他看到了梧桐树和心形的岩石，弯道旁有三个白色的十字架，十字架深深打入泥地里，装饰着褪色的花朵和缎带。他转身走向小溪，这是他的小溪。小路长满杂草，几乎找不到路。

　　他花了近一个小时才走到老家。历经风吹雨打，老屋的外表已变成灰色，屋脊中央凹陷，有些瓦片不见了。戴维停下来，往事如此清晰，简直历历在目，他好想再看到他们：妈妈拿着铁桶子走下台阶到外面接水洗衣服，妹妹坐在前廊上，远处传来斧头的声音，父亲在他看不到的地方劈柴。琼儿过世后，他离家上学，父母一直待在这里不肯离开，生活也没有改善。后来父亲早逝，母亲到北方找她妹妹，搬到一个可以在汽车厂工作的新地方。戴维很少回老家，母亲过世后再也没有回来过。这个地方像呼吸一样熟悉，但跟他现在的生活天差地别。

　　风势增强，他走上台阶，大门歪斜地悬在铰链上关不起来。屋里阴寒，带着霉味，里面只有一个房间，阁楼睡觉的地方也因凹陷的屋脊而变形，墙上到处是水渍，透过墙缝他瞥见苍白的天空。他曾帮父亲搭盖屋顶，两人脸上汗水直流，双手带着血迹，高举榔头，直直打入香气浓郁、刚砍下来的松木。

　　这里已经空置多年。但旧炉子上出现了一个煎锅，锅子是冷的，上面凝结了一层油脂，他闻了闻，并没有发出恶臭。角落有张旧铁床，上面盖着一床像他祖母和母亲缝的被子，破旧冰冷又有点潮湿。床上没有床垫，床架上只铺了一层厚厚的毛毯，木头地板扫得很干净，窗边的小罐子插了三朵番红花。

看来有人住在这里。天花板、窗户和床的上方到处挂着剪纸，微风吹来，剪纸轻摇。戴维走了一圈，越来越好奇，小小的剪纸像他在学校剪的片片雪花，但构图更复杂、更细腻，图样主题包括农产展览会、炉火前整洁的客厅、五彩烟火下的野餐等，幅幅细致精准，最小的细节都顾到了。这栋老房子也因着剪纸增添了一种神秘的生气。他摸摸一幅剪纸的扇形边缘，这幅剪的是一辆马车上，女孩们头戴蕾丝边软帽，男孩们把长裤卷到膝盖。包括摩天轮、旋转木马、公路上来往的车辆等剪纸，都挂在床铺上方，随着微风轻轻摇动，有如羽翼般娇弱。

是谁有这种手艺和耐性剪出这些图案？他想到自己的照片：费尽心思捕捉每一个片刻，把每个片刻都固定在当下，留存永久。可是等到这些影像在暗房中浮现，照片里捕捉到的片刻已经一去不复返，而且已经是好几个小时，甚至好几天过后了，连他自己都稍稍变得不一样了。但他依然想抓住那一瞬间，一而再再而三想在时光消逝之际捕捉住那一刻。

他坐在坚硬的床上，头还在隐隐作痛。他躺下来，把潮湿的被子裹在身上，暗淡的阳光从窗户射进屋内，桌子、炉子、整个房子闻起来都有霉味，墙上贴的报纸已经剥落。他家以前真穷，所有的邻居也穷。贫穷不是罪，但恐怕也比罪恶好不到哪里去。正因如此，所以每样东西都不能乱丢，草地和山坡上散置着旧引擎、锡罐、牛奶瓶：这是家里过活的符咒，要惜物以免匮乏。小时候，有个叫作丹尼尔·布林克霍夫的小男孩爬进废弃的冰箱里闷死了。戴维记得当时人声鼎沸，一个跟他同龄的小男孩的尸体躺在木屋里，木屋颇似他家这间老房子。吊祭的蜡烛点燃，男孩的母亲不停地哭泣。戴维那时年纪太小，实在不明白悲伤的滋味，也不了解死亡的沉重，但他记得那个刚失去儿子、痛苦莫名的父亲说的话。这位父亲站在屋外，声音却传进戴维母亲的耳里："为什么是我的小孩？他四肢健全，身体强壮，为什么不是那个生病的女孩？如果有人注定遭殃，为什么不是她？"

他闭上眼，这里真安静。他想到他在莱克星顿的生活，充斥着各种声响：走道间的脚步声和说话声、刺耳的电话铃声；开车时呼叫器在收音机音乐中的哔哔作响声；家里，保罗永远弹着吉他的声音，诺拉把电话线缠绕在手腕上跟客户讲电话的声音；半夜也有繁忙的电话铃声——医院要他马上过去，于是他在黑暗和寒冷中起身前往。

这里不一样。这里只有风吹起干枯的落叶，飒飒作响；远处的溪水在冰面下依旧潺潺流动，水声轻柔。树枝拍打着外墙，真冷，他撑起身子，靠着脚后跟撑起上半身，把被子裹好，让自己完全缩在被子里。翻身时口袋里的照片戳了胸部一下，他把被子拉得更紧，但屋里还是很冷。带着旅途的疲惫，他颤抖了几分钟，闭眼想到两河汇集，漆黑的河水漩涡般打转。别掉下去啊，但纵身一跃吧：他站在岸边稳住身体，心里想的就是这些。

他只想闭眼休息几分钟，在发霉的气味之中，有种美妙、甜蜜的气息。母亲以前会到镇上买糖，他偶尔还吃得到生日蛋糕，黄色绵密的蛋糕很香很甜，甜味在嘴里四散。山坡下邻居说话的声音在空旷的山谷内回荡。女人衣着鲜艳，神情愉悦，衣裙擦过高高的野草，男人穿着深色长裤和靴子，孩子在院子里扯着嗓子四处奔跑。过了一会儿大家聚在一起做冰激凌，冰激凌盛入盐桶中放在前廊下面冻得硬硬的，然后大伙儿掀起冰冷的金属盖，挖出香甜的冰激凌，放在小碗里。

享用冰激凌的那天，琼儿说不定已经出生或受洗。琼儿跟其他小宝宝一样，他去亲她的时候，她的小手挥舞，抚过他的脸颊。在那个炎热的夏日，冰激凌在前廊下冻着，一家人齐聚庆祝。然后秋天、冬天相继到来，琼儿没坐起来，后来还是坐不起来。她一岁的时候身体虚弱，走不了几步路。隔年秋天有个表亲带着儿子来访，小男孩和琼儿年纪差不多大，不但能走，还能在家里跑来跑去，并且开始牙牙学语；琼儿依然坐着，静静地看着周遭。那时他们就知道不对劲，他记得他母亲看着小表弟，泪珠悄悄滑落脸庞。她哭了很久，最后才深深吸了一口气，转身回到屋里继续做事。这样沉重如石头的悲伤始终藏在他心中。他不要让诺拉和保罗承受同样的痛苦，没想到结果却造成更多伤痛。

"戴维，"他记得母亲很快擦干泪水，不想让他看见她在哭，"把桌上那些纸拿起来，到外面捡点木头、舀点水。现在就去，别闲着。"

他照办，一家人照常过日子，那天和接下来的每一天都如此。他们避开其他人，除了偶尔参加受洗礼或葬礼之外，几乎不跟别人来往。后来有一天，丹尼尔·布林克霍夫把自己关到冰箱里闷死，他们参加葬礼后摸黑走回家，沿着溪旁的小路凭着记忆摸索前进。父亲抱着琼儿，母亲从此再也没有离开山区，一直到她搬去底特律为止……

"别以为你想干吗就干吗。"有个声音说。戴维还在半睡半醒，不确定自己在做梦还是真听到了什么声音。那声音听来很模糊，像在喃喃而言。他感到手被扯住，然后动了动身子，伸出干燥的舌头顶着上腭。他们的日子十分艰难，漫长的一天从早忙到晚，没有时间也没有耐性沉溺于悲伤。日子要继续过下去啊，也只能如此，而且谈她也不能让她起死回生，所以他们就再也没提起过她。戴维翻身，感觉手腕很痛，他在惊讶中醒过来，睁开眼睛，看着屋里。

她站在炉子旁，离他只有几英尺，橄榄色的工作服紧贴着纤细的臀部，靠着大腿的部分较为宽松。她穿着一件黄褐夹杂着亮橘色的毛衣，毛衣外面套着一件男人穿的黑绿相间的法兰绒格子衬衫。她把手套的指尖部分剪掉了，熟练而有效率地在炉子旁走动并翻动煎锅里的炒蛋。天色已黑，显然他睡了很久，屋里点满了蜡烛。昏黄的烛光下一切都变得柔和起来，一幅幅精美的剪纸轻轻晃动。

油从锅里向外溅出，女孩把手扬起避开。他躺着不动待了几分钟，悄悄观察她，每个细节都生动地出现在眼前：他母亲曾经刷洗过的黑色炉把手、女孩咬啃过的指尖、在窗上摇曳的烛光。她伸手到炉子上的柜子拿盐和胡椒，动作娴熟。她游走于光影之间，烛光映过她的皮肤和头发，他看得入迷了。

他竟然把相机留在旅馆的保险箱里。

他想坐起来，但再次感到双手动弹不得，疑惑中转头才发现一只手被红色雪纺纱丝巾绑在床柱上，另一只手用拖把的布绑在另一个床柱上。她注意到他移动了身子，转身用一个木勺轻轻拍打着手掌。

"我男朋友随时会回来。"她说。

戴维的头重重落回枕头上。她身材细瘦，年纪跟保罗差不多，说不定更年轻，却一个人在这栋空屋子里。同居吧，他心想，不知道她男友是什么人。这时他才发觉，或许他应该感到害怕才对。

"你叫什么名字？"他问。

"罗斯玛丽。"她神情忧虑，"信不信随便你。"她补了一句。

"罗斯玛丽，"他想到诺拉在院子向阳的一面种下的迷迭香①，松叶般细细的枝干发出浓郁的香气。

"可不可以拜托你，帮我松绑？"

"不行，"她马上回答，声音清亮，"不可能。"

"我口渴。"他说。

她看了他一会儿，她的眼睛是雪莉酒一样的褐色，目光温和，带着警戒。然后她走到屋外，一阵寒气随即灌进屋里，剪纸被风吹得到处晃动。她从小溪里舀了杯水回来。

"谢谢，"他说，"但我这样躺着没办法喝水。"

她过去看了看炉子上的食物，翻了一下锅里噼噼啪啪的炒蛋，然后在抽屉里东翻西找，最后找到一支快餐店的吸管，一端有点脏了，她还是把吸管插到铁杯里。

"我想没关系吧，"她说，"如果你很渴的话。"

他转头就着吸管喝水，只觉得水中带着土味。她把蛋盛到一个带着白点的蓝色铁盘子上，然后在木桌旁坐下。她吃得很快，想都没想就

---

① 原文 Rosemary 是迷迭香。

用左手的食指把蛋推到塑胶叉子上，动作从容，仿佛他根本不在屋里。这时他知道了，所谓的男朋友纯属虚构，她一个人住在这里。

他一直喝到吸管里吸不出水，感觉喉咙中的水有如肮脏的河流。

"这栋房子是我父母的，"他喝完水之后说，"事实上，房子还在我的名下。权状在我的保险柜里。从法律的观点来看，你犯了非法侵入住宅罪。"

她听了笑笑，然后小心地把叉子放在盘中央："你来这里是想把房子要回去？"

烛光闪耀在她的头发和脸上。她真年轻，能干又坚强，有点孤单，但意志坚定。

"不是。"他想到这趟怪异的旅程，早上在莱克星顿时还跟往常一样，保罗在浴室里待了很久，诺拉皱着眉头在流理台边算账，咖啡冒着热气。然后是那场摄影展，接着他徒步到河边，现在人却在这里。

"那你为什么跑来这里？"她边说边把盘子推到桌子中间。她双手粗糙，指甲龟裂，他很惊讶这样一双手竟能剪出满屋子细致、繁复的艺术品。

"我叫戴维·亨利·迈克凯利斯特。"他已经很久没有说出自己的全名了。

"我不认识迈克凯利斯特家的人，"她说，"我家不在这附近。"

"你多大？"他问，"十五岁？"

"十六岁，"她更正，然后理直气壮地说，"十六、二十、四十，随你讲。"

"十六岁。"他重复道，"我的儿子比你大一点，他叫保罗。"

一个儿子，他心想，还有一个女儿。

"这样啊。"她面无表情地说。

她又拿起叉子。看着她姿态优雅地吃着炒蛋，细细咀嚼，他突然间感到了强烈的震撼，仿佛回到从前，在这同一个屋子里看着琼儿用同样的方式吃炒蛋。琼儿去世前，连坐在桌旁都很辛苦，但还是每晚都坐下来跟全家一起吃晚餐，灯光照在她金黄色的头发上。她的动作虽然缓慢，但依然从容优雅。

"你帮我松绑好吗？"他温和地提议，声音充满感情而嘶哑，"我是医生，不会害人。"

"是喔。"她端着蓝色盘子走到水槽边。

她从架子上拿肥皂时，从侧边可以看得出来她已经怀孕了，这让他很吃惊。他猜她怀孕还没太久，只有四五个月。

"唉，我真的是个医生，我皮夹里有张名片，你可以看看。"

她不回答，只是清洗盘子和叉子，然后用毛巾仔细擦干双手。戴维想到自己居然身在此处，实在是觉得匪夷所思。他躺在这个自己成为受精卵、出生、成长的地方，他的家人已全部离世；而这个女孩这么年轻、强韧，却显然是位离家出走的少女，还把他绑在床上。这一切实在太离奇了。

她走过来，从他口袋里抽出皮夹，逐一把他的东西摆在桌上：信用卡、现金、便条纸和名片。

"名片上写你是摄影师。"她就着闪烁的烛光看他的名片。

"没错，"他说，"我也拍照，请再看看。"

"好。"她拿起他的证件，过了一会儿之后说，"嗯，你是个医生，那又怎样？有什么差别？"

她的头发扎成马尾，几缕发丝散在脸上。她把头发塞到耳后。

"这表示我不会伤害你，罗斯玛丽。医生的第一条守则就是，不可以伤害病人。"

她打量他一眼："就算你想伤害我，你也会这样说。"

他仔细看她，看她那凌乱的头发以及清澈的黑眼。

"我这里有些照片，"他说，"在这边……"他移动身子，透过衬衫口袋感觉到信封尖锐的一角，"请你看看。这是我女儿的照片，她跟你差不多大。"

她把手伸进他的口袋，他再度感觉到她身上的体热，也闻到她身上自然而洁净的气味。那股甜味是什么？他心里想着，同时记起他刚才的梦，还有摄影展开幕典礼上，放在托盘里的奶油泡芙的味道。

"她叫什么名字？"罗斯玛丽边问边研究第一张照片，然后又看了看另一张。

"菲比。"

"菲比，好名字。她很漂亮，用她母亲的名字来命名的吗？"

"不是。"戴维忆起她出生的那个晚上，诺拉失去知觉之前，告诉他要帮小孩取什么名字。卡罗琳听到了，也尊重诺拉的决定。"是她姨婆的名字，是我太太娘家的亲戚，我不认识这个姨婆。"

"我的名字也是根据我外婆和祖母的名字取的。"罗斯玛丽轻声说。黑发又垂落到苍白的脸上，她把头发拨到后面，戴着手套的手指停留在耳际。戴维想象她跟她的家人坐在灯火通明的桌旁的场景，他真想伸手揽住她，带她回家，保护她。"我祖母叫作罗斯，外婆叫作玛丽。"

"你家人知道你在哪里吗？"他问。

她摇摇头。"我不能回去，"声音交织着痛苦与愤怒，"回不去了。我也不会回去。"

她看起来那么年轻，坐在桌旁，双手互握，一脸阴沉忧虑。

"为什么不能？"他问。

她摇摇头，然后用手轻叩了一下照片："她跟我一样大？"

"差不多吧，她是一九六四年三月六日出生的。"

"我的生日是一九六六年二月。"她放下照片时，手微微发抖，"我妈还要帮我办舞会庆祝甜蜜的十六岁，她会把所有东西弄上粉红色的花边。"

戴维看见她欲言又止，再度把头发拨到耳后，瞪着黑暗的窗外。他想安慰她，就好像他常想安慰琼儿，安慰他的妈妈，安慰诺拉一样。但无论是现在还是以前，他都办不到，他都安慰不了她们。四下一片沉静，又有种蠢蠢欲动的气氛。这里有点不对劲，他急着想知道是什么，但自己又没办法集中思绪。他被困住了，就像他把时间静止在他的作品中一样，而困住他的那个片刻既深沉又悲痛。当年他和母亲站在山坡上，手里拿着《圣经》，对着新坟念诵"主祷文"。晚风凄厉，他跟妈妈一起低声哭泣。那是他唯一一次为琼儿哭泣。母亲从那天起就讨厌风，然后他们把悲伤埋藏起来，继续过日子。世事就是如此，他们也没什么好说的。

"菲比是我女儿。"他听到自己这么说。但不知道为什么，他有股冲动，想把深藏多年的秘密说出来。"我从菲比出生那天之后，就没见过她了。"他犹豫了一下，然后强迫自己说出来，"我亲手把她送走了。她有唐氏症，也就是说她是智障儿，所以我把她送走了。我从来没有告诉别人。"

罗斯玛丽目光尖锐，满脸震惊："就我看来，你这样做就是伤害别人。"

"没错，"他说，"我也这么想。"

两人沉默了好久，戴维不管朝屋子哪里看，都会想起自己的家人：琼儿温暖的气息贴着他的脸颊，妈妈一边唱歌一边在桌上折衣服，他父亲讲的故事回荡在屋内。没了，家人全没了，他女儿也没了。他努力想要压抑悲伤，但眼泪却控制不住地流了下来。他为琼儿哭泣，也为了他在诊所把菲比交给卡罗琳·吉尔，看着她转身离去的那一刻而哭泣。罗斯玛丽静静坐在桌旁，脸色凝重，两人的目光一度相遇，他盯着她看，感觉异常亲密。他想起当年睡着时，卡罗琳在门口看着他，表情柔和，带着一丝对他爱意。先前他大可以跟着她走下美术馆的阶梯，重回她的生命中，但他也错失了那个时刻。

"对不起，"他平复下来，"我很久没来这里了。"

她没回答。他心想这番话听来大概很疯狂。他深深吸了一口气。

"你宝宝的预产期是什么时候？"他问。

她惊讶地睁大褐色的眼睛："我猜再过五个月吧。"

"你离开他了，对不对？"戴维轻声说，"我是说你的男朋友。是不是他不要这个孩子？"

她转过头，但转头之前，他已看见她眼中满是泪水。

"对不起，"他马上道歉，"我不是有意打探。"

她轻轻摇摇头："没关系，没什么大不了的。"

"他在哪里？"他语气保持缓和，"你家在哪里？"

"宾州。"她沉默了好一会儿，深深吸了一口气。戴维明白了，是他的遭遇和悲痛，让她说出了心中的伤心事，"靠近哈利斯堡。我以前有个阿姨住在这一带，"她继续说，"就是我妈妈的妹妹苏·沃利斯，她过世了，但我小时候来过这里，我们以前常在山上跑来跑去，知道这栋房子一直没人住。我们小时候常来这里玩，那时候真快乐，这里是我记忆中最美好的地方。"

他点点头，想起林中的寂静。苏·沃利斯，他脑海中浮现出一个场景：一个女人走上山来，端着一个桃子派，上面盖着一条毛巾。

"帮我松绑吧。"他说道，语调依然轻柔。

她苦笑了一下，擦干眼泪。"为什么？"她问，"我们两人单独在山上，周围没半个人，为什么我要放开你？我没有那么笨。"

她站起来，从炉上的柜子里拿出剪刀和一小沓纸。剪纸时，白色的碎片四处飞散，一阵风吹来，蜡烛的火焰在风中闪动，她一脸坚毅果断，神情专注。保罗弹吉他的时候，为了走自己的路而跟爸爸抗争的时候，脸上就是这个表情。她的剪刀飞快闪动，下巴紧绷，他从没想过她可能会伤害他。

"你剪的东西，"他说，"真漂亮。"

"我祖母罗斯教我的，说这叫剪纸艺术。她在瑞士长大，我猜那里的人整天都在做这些东西。"

"她一定很担心你。"

"她过世了，去年走的。"她停顿下来，专心剪纸，"我喜欢做这些东西，剪纸让我想起她。"

戴维点点头。"你先有点子才动手吗？"他问。

"点子在纸张里，"她说，"我没有创造什么新东西，只是从纸张里发掘。"

"你发掘那些点子，没错。"他点点头，"我了解，我拍照时也有同样的感觉。影像已经在那里，我只是发掘出来罢了。"

"没错。"罗斯玛丽把纸翻过来，"一点都没错。"

"你打算拿我怎么办？"他问。

她没回答，只是继续剪纸。

"我要撒泡尿。"他说。

他本来希望把她吓得开口，况且他也是真的尿急。她看了他一会儿，然后放下剪刀和纸张，没说什么就不见了踪影。他听到她在漆黑的户外走动，然后拿着一个装花生酱的瓶子回来。

"唉，"他说，"罗斯玛丽，拜托，解开绳索吧。"

她放下瓶子，拿起剪刀。

"你怎么可以送走她？"她问。

烛光在剪刀的刀刃上闪烁。戴维想起当年做会阴切开术时，手术刀闪闪发亮，他飘浮在半空，从上方观看产房。那晚的事情牵动了他的一生，一件事引发出另一件事，开启了通往人迹未至之地的大门，也关闭了其他大门，最后牵引他来到这个奇特的时刻。旁边的这个陌生女子在纸张中发掘隐藏其间的细致图样，还等着他回答问题。而他什么也不能做，哪里也去不了。

"你担心宝宝的事吗？"他问，"你怕你会把宝宝送走？"

"不会，我绝不会这么做。"她脸上的表情既激动又坚定。这么看来，有人抛弃了她，像在海上遇难，把她往外一丢，任她自生自灭，让这个十六岁的怀孕少女，孤独地坐在这张桌子旁边。

"我知道我错了，"戴维说，"但已经太迟了。"

"永远不会太迟。"

"你才十六岁，"他说，"请相信我，有时，真的是太迟了。"

她的表情立刻严肃起来，她没有回应，只是继续剪纸。在沉寂中，戴维又开始说话，想要解释。他先说到那场雪，说到心中的惊惶，还有在强光下闪闪发亮的手术刀；他讲到自己飘到半空，观看自己的动作；

描述过去十八年来，他是如何每天早上醒来，心想着说不定今天，说不定就是这一天，他能改正所有错误。但菲比已经不见了，找不到了，他要怎么才能告诉诺拉呢？这个秘密已经像恶毒的藤蔓般深入他们的婚姻中，缠绕翻搅。她一开始是酗酒，然后是有外遇，先是沙滩上那个油滑的房地产经纪人，之后又有其他人。他想要忽略这些事情，原谅她的不贞，因为他知道这一切都是他造成的。他拍了一张又一张照片，仿佛这样就能让时光停止，或是能拍出一幅强烈的影像，力量强大到足以掩盖过他把女儿交给卡罗琳·吉尔的那一刻。

他的声音起起落落，开始了就停不下来，就好像他拦不住雨水降落，阻止不了溪水从山上奔流而下，抓不住在结了冰的河面下游动的小鱼一样。而他的回忆就像小鱼一样，一直持续，又捉摸不定。这是运动中的物体，他想起高中物理课的片断内容。当年他把女儿交给卡罗琳·吉尔，多年后那个错误的决定带领他回到老家遇到这个女孩，女孩正依循自己的生命轨迹生活着。这女孩可能在汽车后座或是某一栋寂静空屋的房间里，点头同意与人温存。短暂的温存过后，当她起身整理身上的衣服时，完全不知那一刻决定了她这辈子以后的方向。

她边剪纸边听。她的沉默让他畅所欲言。他的话语有如河流、暴风雨，字字带着他无法阻挡的生命力，急速穿过这栋老屋。讲到某个时候，他又开始哭泣，泪水怎么也停不下来。罗斯玛丽还是什么都没说。他一直说到自己的语速变缓、字句减少，最后终于停止。

四周尽是沉默。

她没说话，剪刀闪闪发光。她站起来，剪到一半的纸从桌上滑到地面。他闭上眼，害怕起来，因为他看到了她眼中的愤怒，因为每件事情都是他的错。

先是她的脚步声，然后，寒冰般冷冽发亮的金属滑过他的皮肤。

他的手腕松开了。他睁开眼，看到她正往后退，明亮机警的眼睛紧盯着他，剪刀闪闪发光。

"好了，"她说，"你自由了。"

三

"保罗。"她大喊。时髦苗条的她穿着蓝色套装和窄裙，套装有着厚厚的垫肩，高跟鞋在擦亮的楼梯上发出叩叩的尖锐敲击声，随后她就站到了门口。保罗半睁着眼，看到妈妈所见的景象：衣服散在地上，唱片和乐谱乱堆，那把旧吉他靠在角落。她摇摇头叹了口气。"起床了，保罗，"她说，"现在就起来。"

"我不舒服。"他喃喃地说道，拉过被子盖住头装出沙哑的声音。从薄薄的小凉被里面，他可以看到妈妈双手叉在腰部，晨光停驻在她的发梢。昨晚失去光泽的秀发，现在闪烁着金红色的光芒。他先前听见她在跟布丽讲电话，描述着一束束发丝要怎样裹上铝箔纸卷烫。

她一面讲电话一面炒牛肉，声音还算镇定，双眼却哭得红肿。他爸爸失踪了三天，没人知道是生是死，昨晚却突然回来了，好像没事一样走进家门。爸妈两人讲得剑拔弩张，声音传到楼上，持续了好几小时。

"你给我听好，"她看了手表一眼，"我知道你没生病，至少不会比我惨，我也想睡一整天，天知道我真的很想很想。但我不能睡，你也不能睡，所以你现在就给我起床穿衣服，我送你去学校。"

"我喉咙好痛。"他尽可能装出沙哑的声音。

她犹豫了一下，闭上眼，然后又叹了口气。这下他就知道自己得逞了。

"你不去学校就乖乖待在家里，"她警告，"不准出去跟那群四重奏的朋友鬼混。还有，听清楚，把这个猪窝给我整理干净，我是说真的，保罗，我现在没空应付其他事情。"

"知道了，"他低声抱怨，"好，我会。"

她一语不发，又站了一会儿。"事情很棘手，"她终于说，"我也不好受。我也想留下来陪你，但我已经答应了布丽陪她去看医生。"

他用手肘撑起身子。她的口气阴郁，让他心生警觉："她还好吗？"

妈妈点点头，但眼光望着窗外，没有看他："我想还好，她做了一些检查，觉得有点担心，这是很正常的。上星期你爸还没出事之前，我就答应陪她去。"

"没关系。"保罗说，同时不忘装出沙哑的声音，"你应该陪她去，我不会有事的。"他保证道，心里还是有点希望她不要管这件事，留在家里陪他。

"去医院不会花太多时间，我会直接回来。"

"爸在哪里？"

她摇摇头："我不知道，他不在家，但这又有什么好奇怪的？"

保罗没回答，只是又躺下来闭起眼，不奇怪，他心想，一点都不奇怪。

妈妈用手轻轻摸了摸他的脸，但他动也没动，然后她就走了。刚才她手摸的地方，现在只留下一片冰凉。楼下大门重重关上，门厅传来布丽的声音。这几年来妈妈和布丽非常亲密，连两人的外表也越来越像。布丽也挑染头发，手里提着公文包，但她还是很酷，充满自信，依然勇于冒险。她始终鼓励保罗倾听内心的声音，照着自己想要的，勇敢申请茱莉亚音乐学院。每个人都喜欢充满冒险精神、神采飞扬的布丽。她为旅行社带来很多生意。他曾听她说，她和他妈妈刚好互补，他也如此认为。布丽和妈妈的生命轨迹相交，一方永远牵动着另一方，少了彼此都不行。这时她们的声音交错，你来我往，妈妈郁闷地笑笑，大门又砰地关上。他坐起来伸伸懒腰，他自由了。

家里很安静，热水器嘀嗒嘀嗒响。保罗下楼，打开冰箱，用手从餐盘里挖了点奶酪通心面吃。他看了看冰箱，没什么东西。他在冷藏室里找到了六包女童军兜售的薄荷巧克力饼干，抓了一把吃掉，然后直接就着塑胶瓶喝鲜奶，把冰凉的巧克力碎片冲下肚。他又吃了点饼干，然后拿着牛奶瓶穿过客厅，爸爸的毯子整齐地叠放在长沙发上。

女孩还在那里睡觉。他又扔了一块饼干到嘴里，让薄荷和巧克力慢慢融化，同时站着端详她。昨晚爸妈愤怒的声音传到他的卧室，听来熟悉。先前一想到爸爸横死在外地，或是爸爸永远不见了，他就感到有块石头哽在喉头。虽然听到爸妈吵架，但幸好那种感觉已经消失无踪。保罗下床走下楼，停在楼梯口观看这幅家庭景象：爸爸身上那件白衬衫已经好几天没洗了，西装裤沾满了污泥，一脸胡须，头发没梳，全身脏兮兮，走路还一跛一跛的；妈妈穿着桃色的绸缎睡袍，脚上套着拖鞋，双臂抱胸，眼睛眯起；陌生的女孩站在门口，穿着过大的黑外套，手指紧抓着袖口。爸妈的声音交战，越来越大，女孩往上看，想要避开这家人高涨的怒气，却刚好看到他。他瞪着她看了半天：她肤色白皙，眼神不定，耳朵细致有如雕刻的艺术品，褐色的眼睛清澈又疲倦。他真想走下楼梯，用手遮住她的脸。

"三天，"他妈妈说，"然后你就这样回来，像个……天啊，戴维，你看看自己……这副德行，还带了个女孩。你说她怀孕了？你要我什么都不问就收容她？"

女孩听了微微发抖，然后望向别处。保罗的目光移到她的腹部，腹部在大衣遮盖下还算平坦，她的一只手摆在那里，好像在保护宝宝。他这才注意到她毛衣下的小腹微微隆起。他站着听爸妈争吵，两人吵了很久，最后妈妈一语不发，双唇紧闭，从柜子里拉出被子、床单和枕头，把这些东西从楼上丢向爸爸，爸爸则一派正式地搀扶着女孩，把她带到客厅。

现在她睡在折叠的沙发床上，头歪向一边，一只手放在脸旁。他仔细观察她：她仰躺着，眼睑轻轻眨动，胸部缓缓起伏，小腹像小小的波浪般微微隆起。保罗心跳加速，感到恐惧。从三月到现在，他和劳伦·洛贝里欧已经发生了六次关系。四重奏排练时，她就在附近晃荡，一直看着他，一句话都不说。这妞长得不错，但有点瘦削，还举止怪异。有天下午，其他团员离开后她留了下来，寂静的车库只剩他们两人，户外的阳光游移在树叶间，在水泥地上留下明暗交错的光影。她长发浓密，双眼黝黑，看起来怪异又性感。他坐在一把旧椅子上，她站在放工具的墙边，他一面调整吉他弦，一面心想是否该走过去吻她。

但先动作的是劳伦。她一下子站到他面前，悄悄坐到他的大腿上，裙子掀高，露出细长白皙的大腿。大家早就传说，如果劳伦·洛贝里欧喜欢你，她就愿意跟你做。他从没想过传说是真的。但此时他已把手滑到她的T恤下，她的肌肤好温暖，乳房在他手中好柔软。

他知道这样不对，但这就像自由落体，一旦开始下坠就要等到撞到东西才会停下来。后来她还是常在附近闲晃，但现在气氛不一样了，他们单独在一起时，他就吻她，把手伸到她光滑的背后。

沙发床上的女孩叹了一口气，双唇轻轻颤动。"祸水妞儿。"他的朋友警告他说劳伦就是这等货色，其中杜克·麦迪逊尤其担心。杜克去年被迫辍学，和女朋友结婚，他现在已经很少弹钢琴了，就算偶尔弹琴也会让人觉得他一直在看钟表似乎要赶着时间弹完。"你把她的肚子搞大，你就真的完蛋了。"

保罗观察这个女孩，她肤色苍白，有一头黑色长发，脸上长着雀斑。她是谁？他那向来一丝不苟，精准如嘀嗒时钟的爸爸就这么失踪了，隔天妈妈打电话报警，警方没什么反应，口气不痛不痒，直到有人在匹兹堡美术馆的衣帽间发现爸爸的公文包，在旅馆里找到他的皮箱和相机，警方才认真起来。有人在开幕酒会里看到他跟一位黑发女子争执，结果这名女子是艺评家；匹兹堡的报纸刊登了她对戴维摄影展的评论，评论不是很正面。

"纯粹是公事。"她对警方说。

然后昨晚一把钥匙打开门，爸爸走了进来，还带着这个怀孕的女孩。他说他刚认识她，至于她为什么出现在家里，则没有多解释，他只是简单说她需要帮忙。

"你有很多方式可以帮她。"妈妈讲到她的时候，好像门口没有站着这个穿着过大外套的女孩似的，"你给她钱啊，把她带到未婚妈妈之家啊。你什么都没说就消失好几天，然后带着这个陌生女人回家，她还怀了孕。我的天啊，戴维，你难道没有脑子吗？我还打了电话报警！我们以为你死了。"

"说不定我真的死了。"他这个奇怪的答复压下了妈妈的指责，也让保罗呆在原地。

女孩此时还在熟睡中，她肚子里的小宝宝正在一片漆黑中成长。保罗伸手轻轻摸她的头发，然后把手放下。他忽然有股冲动想躺在她身边，抱住她。这跟和劳伦在一起的感觉不同，无关性爱；他只想要靠近她，感受她的肌肤和体温。他想在她身边醒来，抚摸她隆起的腹部曲线，摸摸她的脸，握握她的手。

他也想知道，她到底了解他爸爸多少。

她眨了眨眼，睁开眼睛，茫然地瞪着他，然后很快坐起来，顺了顺头发。她身上穿着他褪色的旧T恤，前面有"肯塔基野猫"的标志。他几年前参加田径队的时候，穿过这件蓝色的T恤。她的手臂细长瘦削，他瞥见了她柔软、除过毛的腋下，也窥见了她光滑隆起的乳房。

"你在看什么？"她的脚在地板上摆动。

他摇摇头，说不出话来。

"你是保罗，"她说，"你爸爸跟我提过你。"

"是吗？他说了什么？"他迫切地问道，恼恨自己的声音听起来那么想知道一切。

她耸耸肩，把头发拨到耳后，然后站起来："嗯，他说你很鲁莽，你讨厌他，你是吉他天才。"

保罗觉得脸上发热，他始终以为爸爸没有注意到他，要不然就是只能看到他比不上别人的地方。

"我不讨厌他，"他说，"是他讨厌我才对。"

她弯腰拾起被子，然后抱着被子坐下，环顾四周。

"这里很舒服，"她说，"将来我家也要像这样。"

保罗讶异地笑了。"你怀孕了。"他说。房间里弥漫着他内心的恐惧，每次他颤抖地走到劳伦·洛贝里欧身旁，被自己那股抗拒不了的欲望牵引时，他也会感到同样的恐惧。

"没错，那又怎样？我只是怀孕了，又不是死了。"

她的语气中带着叛逆，但听得出她还是很害怕。保罗有时会半夜醒来，他梦见劳伦温暖柔润的身体，耳中还萦绕着她低沉的声音。他知道再这样下去肯定闯祸，却无法停止，这让他心里感到害怕。

"你倒不如死了好。"他说。

她抬起头来，狠狠地看了他一眼，眼中充满泪水，好像他刚才打了她一巴掌。

"对不起，"他说，"我随口说说而已。"

她继续哭泣。

"你为什么来这里？"他质问。他气她哭了，也气她人在这里："我的意思是，你以为你是谁，怎么敢赖着我爸，出现在我家？"

"我谁都不是。"她说，他的口气刺到了她，她擦干泪水，态度变得比较强硬、冷漠，"也不是我要来这里的，是你爸的主意。"

"这没道理，"保罗说，"他为什么要这样？"

她耸耸肩："我哪儿知道？我躲在他从小长大的老房子里，他说我不能待在那里，那是他的房子。我还能说什么？所以一早我们就走到镇上，他买了车票，我们就来这里了。搭公交车还真麻烦，转车真是累死人了。"

她把长发拢到背后，随手绑成一个马尾。保罗看着她，心想她的耳朵真漂亮，不知道爸爸是不是也觉得她很美？

"哪栋老房子？"保罗问，胸口涌起激愤的情绪。

"我刚才说了啊，他从小长大的那栋房子。我没地方去，就住在那里。"她说话时瞄了地板一眼。

保罗觉得心中充满莫名的情绪，说不定是妒忌吧。这个女孩，这个瘦弱苍白、有着漂亮耳朵的陌生人去过爸爸最在乎的地方，他却从没去过。"哪天我会带你去的。"爸爸那次答应过他，但之后再也没有提起。尽管如此，保罗还是从未忘记这件事，始终记得爸爸坐在一团混乱的暗房里，小心翼翼地捡起每张照片。"保罗，这是我母亲，也就是你的祖母，她一辈子过得很苦，你知道我以前有个妹妹吗？她叫琼儿，很会唱歌，也很喜欢音乐，就像你一样。"直至现在，保罗还记得那天早晨爸爸身上清爽的气味。他原本已经穿好衣服打算去医院了，后来却坐在暗房的地板上和保罗聊天，好像时间非常充裕，慢条斯理地述说保罗从未听过的往事。

"我爸爸是医生，"保罗说，"他只是喜欢帮助别人。"

她点点头，然后盯着他。她的脸上有种表情，保罗看出来她是在怜悯他，一股热潮涌向他的指尖。

"怎么了？"他问。

她摇摇头："没什么，你说得没错。我需要帮助，如此而已。"

一束头发从她的马尾中掉下来，滑到她脸上，乌黑的发丝带着一点红色光泽。他想起刚才她睡着时，他抚摸她头发的感觉，柔细温暖。他强压下要帮她把发丝拨到耳后的冲动。

"我爸爸以前有个妹妹。"保罗想起爸爸在暗房里告诉他的故事，和爸爸温柔、镇定的声音，他想借此试探她是否真的去过那里。

"我知道，她叫琼儿，她葬在屋子上方的山坡上，我们也去了一趟。"

指尖的热潮逐渐扩展，他的呼吸变得短浅急促。她知道这些又有什么关系？有什么差别？但他无法停止想象她跟爸爸走上山坡，走到那个他从没见过的地方的场景。

"那又怎样？"他说，"你去过那里又怎样？"

她似乎有话要说，后来只是转身，走向厨房。她绑起来的黑发贴着后背一晃一晃的，肩膀瘦小纤细，脚步轻缓，有如舞者般优雅。

"等等。"保罗在她身后大喊，她停下来时他却不知道说些什么。

"我需要落脚的地方。"她轻轻地说，转头看他，"对于我，你只要知道这一点就好了。"

他看着她走进厨房，听到冰箱开了又关。然后他上楼，拿出一个他藏在最下面抽屉里的档案夹。档案夹里摆满他跟爸爸聊天的那个晚上，被他留藏起来的照片。

他拿着照片和吉他，没穿上衣，赤着双脚，走到屋外的前廊。他坐在摇椅上弹吉他，同时注意着女孩的动静。女孩在屋里四处走动，从厨房、饭厅走到客厅，但她没做什么，只是吃了一点酸奶，然后在妈妈的书柜前站了很久，最后抽出一本小说，在沙发上坐下。

他继续弹奏。音乐带给他平静，只有音乐才有这种功效，让他进入不同的境界。他的双手在指板和琴弦上自在游走，一个音符自然出现，然后是下一个，再下一个。乐曲终止，他停了下来，闭上双眼，让音符在空气中缓缓消逝。

永远重复不了，他再也弹不出这种音乐，再也不会有这样的时刻。

"哇。"他睁开眼睛，她端着一杯水靠着门边站着，然后推开纱门走到前廊，坐下。"哇，你爸爸说得没错，"她说，"你真的弹得很好。"

"谢谢。"他说，手里拨着吉他弦，低着头掩藏喜悦之情。音乐舒缓了情绪，他已经没那么生气了："你呢？你会弹吉他吗？"

"不会。可是我以前学过钢琴。"

"我们家有钢琴，"他对着门点点头，"试试看吧。"

她露出微笑，但眼神依然严肃："不，谢谢，我今天没心情。再说你弹得很棒，跟音乐家一样。我才不好意思弹些《致爱丽丝》之类的曲子呢。"

他也笑了笑："《致爱丽丝》，我知道这首作品，我们可以合奏。"

"合奏……"她点点头重复，轻皱眉头，然后抬头，"你是独生子吗？"

他吓了一跳："可以说是，也可以说不是。我的意思是，我有个双胞胎妹妹，但她已经过世了。"

罗斯玛丽点点头："你曾经想过她吗？"

"当然。"他感到不自在，看向别的地方，"其实，倒不是因为思念什么之类的，毕竟我从没见过她。只是我想知道她会是什么模样。"

他脸红了起来，十分讶异自己会跟这个陌生的女孩吐露这么多心事。她打乱了全家人的生活，他甚至不太喜欢她。

"好吧，"他说，"换你说了。告诉我一些你的事，一些我爸爸不知道的事情。"

她用锐利的目光看了他一眼。

"我不喜欢香蕉。"半晌,她终于说。他听了大笑,然后她也笑了:"别笑,我真的不喜欢。还有什么呢?我五岁的时候从脚踏车上跌下来,摔断了手臂。"

"我也是。"保罗说,"我六岁的时候从树上掉下来,也摔断了手臂。"他记得爸爸把他抱到车里,天空在他眼前晃动,放眼望去都是阳光和树叶;他记得爸爸的手,爸爸帮他接骨时,那双手如此谨慎、温柔,然后他们一起回家,走入午后明亮的阳光之中。

"喂,"他说,"我给你看一样东西。"

他把吉他平放在摇椅上,拿起那些不太清晰的黑白照片。

"就是这个地方吗?"他递给她一张照片,"你是不是就在那里遇见我爸?"

她接过照片仔细看着,然后点点头:"没错,可是现在看起来不一样。照片里窗帘很漂亮,还有鲜花盛开,看得出来以前是栋不错的房子。但现在没人住了,房子空着,窗户都破了,风灌进来。我小时候去那里玩过,我们以前在山坡上乱跑,我还跟表姐妹们过家家。大家都说那栋房子闹鬼,但我一直很喜欢它,也不知道为什么。那里就像我的秘密天地,有时候我还会坐在屋里面,梦想将来的事情。"

他点点头,把照片拿回来,仔细研究照片中的人物。他已经研究了好多次,仿佛它们能回答有关爸爸的问题。

"你从没想过会是现在这样吧。"他抬头看看她。

"没有,"她轻声说,"从来没想过会这样。"

两人沉默了几分钟,偏斜的阳光穿过树枝,在前廊的地上投下光影。

"好,又轮到你了。"她过了一会儿说。

"轮到我?"

"告诉我一件你爸爸不知道的事。"

"我要上茱莉亚学院了。"他冲口而出，语调有如嘹亮的音乐，这事除了妈妈之外，他还没跟任何人说过，"我是候补名单的第一名，上星期爸爸不在的时候，我被正式录取了。"

"哇。"她的笑容有点悲伤，"我以为你顶多会说你喜欢吃哪种蔬菜，"她说，"没想到是这件事。这真是太好了，我一直觉得上大学一定很棒。"

"你也会去念大学吧。"话一出口，他才忽然想起她是离家少女。

"我会的，我绝对会。"

"我说不定得自己付学费。"保罗想转换话题，从她坚定强硬的语气中，他听得出她心里隐藏的恐惧，"我爸帮我规划过人生目标，他不喜欢音乐这一行。"

"你怎么知道？"她猛然抬起头来，"其实你根本不了解你爸爸。"

保罗不知道该如何回答，他们沉默地坐了几分钟。两人面前有个藤架，从街上看不到他们，藤架上爬满了铁线兰，紫色和白色的花朵盛开，因此当两部车先后驶进车道时，保罗只瞥见两道金黄色的残影一闪而过。爸妈大白天开车回家，实在很奇怪。他和罗斯玛丽互看了一眼，听到车门猛地关上，声音大得能传到邻居家。然后脚步声响起，他爸妈站在车道上，小声争执，但口气坚决。罗斯玛丽张嘴，好像打算大喊，保罗举起手摇摇头，两人就静静地坐在一起聆听。

"今天，"他妈妈说，"这整个星期，戴维，你知不知道你让我多痛苦？"

"对不起，你说得没错，我应该打电话回家，我也想过要打电话。"

"这样就够了吗？那我也来个一走了之，"她说，"闷声不响就走。哪天我也一走了之，然后带个英俊的年轻小伙子回来，而且什么都不解释，你作何感想？"

接下来一阵无言，保罗想到那堆丢在沙滩上的鲜艳衣物，也想到从那次之后，多少个夜晚，妈妈都是过了半夜才回家。生意忙啊，她总是叹口气说，然后在门口脱下鞋子，直接上床睡觉。他看看罗斯玛丽，她正低头看自己的手。他一动也不动地坐着，边听边看着她，等着看接下来会发生什么。

"她只是个孩子，"他爸爸说，"她十六岁，怀了孕，一个人住在空屋里，我不能把她留在那里。"

他妈妈叹了口气，保罗可以想象到她伸手摸头发的模样。

"这是中年危机吗？"她轻声问道，"就这么回事吗？"

"中年危机？"爸爸语调平缓谨慎，好像在仔细检视数据，"也许是吧。诺拉，我碰到了瓶颈，以前年轻时在匹兹堡，我努力向上，根本没时间管其他事。这次我回老家想弄清楚一些事情，刚好碰到罗斯玛丽在我家的老房子里。是不是巧合，我也不知道，也不知道该怎么解释，免得你以为我疯了。但是请相信我，我没有爱上她，事情不是这样的，我将来也绝对不会跟她有感情牵扯。"

保罗看看罗斯玛丽，她低下头，看不出脸上的表情，但她双颊泛起红晕。她撕扯着破裂的指甲，不愿看他。

"我不知道该相信什么，"他妈妈慢慢说，"戴维，这么多个日子，为什么偏偏挑这个星期？你知道我刚才去了哪里吗？我陪布丽去看癌症医生，她上星期做了切片，左乳有个小硬块。虽然医生乐观，但肿瘤是恶性的。"

"我不知道这件事，诺拉，我真抱歉。"

"不要这样，戴维，别碰我。"

"她的医生是谁？"

"艾德·琼斯。"

"艾德是好医生。"

"最好是这样。戴维，我现在真的顾不了你的中年危机。"

保罗听着，觉得世界运转变缓。他想到布丽和她轻快的笑声，她常坐着听他弹吉他，一坐就是一小时，音乐回荡在他们之间，两人不需要言语；她闭着眼，躺卧在摇椅上倾听。他不敢想象失去她的日子。

"你打算怎样？"他爸爸问道，"诺拉，你要我怎么做？你若要我留下来，我就留下来；要我搬出去，我就搬出去。但我不会把罗斯玛丽赶走，她没有其他地方可去。"

接下来又是一阵沉默，保罗几乎不敢呼吸，等着听妈妈怎么说，却也希望她永远不要回答。

"我呢？"他出声发问，自己都吓了一跳，"你们有没有想过我？"

"保罗？"这是妈妈的声音。

"我在这里，"他边说边拿起吉他，"我和罗斯玛丽在这里。"

"老天爷啊。"他爸爸说。几秒钟之后，爸爸走上台阶绕过来，他昨晚已经洗过澡，刮了胡子，现在换上了干净的西装，瘦削的他看起来很疲倦。妈妈看起来也很疲倦，她走过来站在爸爸旁边。

保罗站起来面向爸爸："爸，我要去茱莉亚音乐学院，他们上星期打电话来，我被录取了，我决定要去。"

他等着爸爸老调重弹：把音乐当作事业不可靠，就算是古典音乐也不例外，你有这么多机会，就算选择另一条路走，还是可以弹吉他，还是可以从中得到乐趣。他等着爸爸跟他讲道理，坚持不准他上音乐学院，这样他才可以发泄自己的怨气。他非常激动，准备发火，但出乎意料，爸爸只是点点头。

"很好。"爸爸脸色缓和下来，洋溢着喜悦，因为忧虑而皱起的眉头也跟着舒展，他开口说话时，口气轻缓而肯定，"保罗，如果这是你想要的，那就去做吧。做你想做的事，全力以赴，让自己快乐。"

保罗站在前廊，觉得很不自在。这些年来，每次他和爸爸讲话，都觉得好像撞墙一样，但现在这道墙神奇地消失了。他却依然奔跑，头晕眼花，带着犹豫在空旷中奔跑。

"保罗，"爸爸说，"儿子啊，我以你为荣。"

每个人都看着他，他红了眼眶，不知道该说什么，只好走出去。刚开始他只是走到大家的视线外，这样他才不会出丑，然后他开始跑，手里还拿着吉他。

"保罗！"妈妈在他背后大喊，他转身看，倒退着跑了几步，看到她的脸色十分苍白，双臂紧紧环抱在胸前，刚刚挑染的发丝在微风中飘扬。他想到布丽，也想到妈妈说她们姐妹越来越像，忽然恐惧起来。他想到爸爸站在门口，衣服肮脏发臭，脸上长了短短的黑色胡须，头发乱七八糟。虽然现在爸爸恢复了干干净净、神态冷静的样子，但人还是变了。那个毫无瑕疵、做事精确、自信稳重的爸爸已经变成另一个人了。

罗斯玛丽半躲在铁线兰的藤架后面，双臂交叠，站着倾听他们谈话。她的马尾已解，头发垂在肩上。他想象她在山上那栋房子里跟爸爸说话，跟爸爸一起搭了很久的公交车，这些事情让爸爸改变了。保罗想到接下来不知道还有什么事情会发生在家人身上，这让他再度感到害怕。

于是，他跑了。

那天天气晴朗，气温回升。斐瑞先生和普尔太太在他们的前廊上对保罗挥手，保罗举起吉他致意，继续奔跑。他跑到三条街外，然后是五条街、十条街。对面一栋低矮的平房前面有部车子，车里没人，引擎发动着，车主说不定忘了东西，跑回屋内拿公文包或夹克去了。保罗停下脚步，这部黄褐色、斜背造型的轿车足称得上是全宇宙最丑的车子了，车身都生锈了。他穿过马路，打开驾驶座旁的门，坐进去。没人喊叫，也没人从屋里冲出来。他使劲关上车门，调整座椅的腿部空间，然后把吉他放在旁边的座椅上。这是辆自排车，车里四处是糖果包装纸和空香烟盒。车主八成是个没出息的人，他想，说不定是个浓妆艳抹、在干洗店或银行上班的秘书，工作的地方不但无趣，摆设也很俗气。他挂上倒挡倒车。

依然毫无动静，没人喊叫，也没警笛声。他推上前进挡，驾车离开。

他很少开车，但开车就像做爱，只要假装知道是怎么回事，过不久你就真的会了，然后驾轻就熟。他经过学校旁边，内德·斯通和兰迪·德兰尼还在街角闲晃。他们把烟蒂丢到草丛中，然后走进教室。他搜寻劳伦·洛贝里欧的踪迹，她有时会跟他们一起混。他吻她时，她的鼻息常充满烟味。

吉他滑了下来，他停车，为吉他系上安全带。这真是部烂车。他已经穿过市区，途经每个红绿灯都会小心地停下来。天空晴朗蔚蓝，他想到罗斯玛丽盈满泪水的眼睛，他无意讲话刺伤她，但依然伤了她的心。有些事发生了，有些事起了变化。虽然爸爸听到他录取的好消息时，有那么一刻脸上满是欣喜，但这些变化里面包含了罗斯玛丽，却没有他保罗。

　　保罗继续往前开，不管接下来发生什么事，他都不想待在家里。他开到高速公路口，道路在此分岔。往西可去路易斯安那，他脑中浮现出加州的阳光、音乐，还有绵延无尽的沙滩。劳伦·洛贝里欧会黏上别的家伙。她不爱他，他对她也没有感情。她令人上瘾，但他们做的事情偷偷摸摸的，让人感觉有负担。加州，再过不久他就可以躺在沙滩上，在乐团里表演，住在廉价旅馆，轻松自在地度过漫长的夏日。秋天，他自己会想办法去茱莉亚音乐学院上课，说不定能搭便车横越全国。他把车窗降到底，让春风吹进来。即使拼命踩油门，这车也开不到时速五十五英里，尽管如此，他还是觉得自己好像在飞。

　　他以前来过这附近。小时候学校上户外教学时曾带他们去路易斯安那动物园；更小的时候，妈妈带着他飙车到这里，年幼的他躺在后座，看着树叶、枝干及电线杆从车窗外闪过。妈妈跟着收音机大声唱歌，声音忽高忽低，还说他如果乖乖听话、安安静静，她就买冰激凌给他。这些年来他始终很听话，却没什么用。他发现了音乐这个天地，可以弹奏自己的心声，为寂静的家庭注入活力，让乐声飘入家里的虚空，因为妹妹的死而造成的虚空，但这些都没用。他已经尽了全力，想让爸妈从日复一日的生活中抬起头来，聆听音乐之美，体会他发现的喜悦。他弹得很努力，技艺已臻完美，但这些年来，爸妈从未抬起头来注意他，连一次都没有。直到罗斯玛丽走进家门，改变了一切。但话又说回来，或许她根本没有改变什么，说不定只是因为她的出现，每个人都开始重新反省自己的生活，所以改变了原本的状态。

　　毕竟，爸爸说过，一张照片可能代表着上千种不同的意义。

他把一只手放在吉他上。木头摸起来很温暖，令人心安。他把油门踩到底，公路在此进入山区。他在石灰岩层间爬升，然后朝向蜿蜒的肯塔基河飞速下行，桥梁在车轮下咻咻作响。保罗只顾闷头往前开，什么都不想。

四

诺拉办公室的门外传来喧哗声。IBM 人事经理尼尔·辛姆斯从门外经过，穿着深色西装的身影一闪而过，皮鞋闪闪发亮。布丽刚好到接待室拿传真，转身跟他打招呼。她身穿黄色亚麻套装，脚上是暗黄色的鞋子，跟他握手时，手臂上的金手镯滑到手腕旁。她瘦多了，优雅的衣着下骨瘦如柴。但她的笑声依然开朗，穿过玻璃门传进诺拉的办公室。诺拉坐着，手里拿着电话筒，桌上摆着精美的档案夹，封面上印着IBM 的粗黑字母。她花了好几个星期才准备好这些资料。

"唉，山姆，"诺拉说，"我叫你不要打电话给我，我是说真的。"

她耳边只有一股深沉的静默。她可以想象到山姆在家里，在可以俯瞰河面的玻璃窗边工作。他是投资分析师，六个月前两人在停车场认识。当时电梯旁灯光暗淡，她的钥匙不小心掉了下去，他在半空接住钥匙，姿态娴熟，双手有如鱼儿一样闪过。"是你的吗？"他带着轻快、率直的笑容问道。这是个玩笑话，因为四下只有他们两人，诺拉感觉到一种熟悉的悸动，好像一种很甜蜜的堕落感。她点点头，他的手指轻触她的肌肤，把冰冷的钥匙放在她的手掌心。

当晚他就在她的录音机留言。诺拉心跳加速，被他的声音撩动。但听完留言之后，她强迫自己坐下来，数数这些年来经历的外遇：时间有长有短，有的热情如火，有的点到为止，有时不欢而散，有时平静分手。

四，她写下这个数字，在早晨的报纸上留下四道粗黑的笔痕。楼上，浴缸里滴着水，保罗在客厅里弹吉他，重复着同样的旋律，戴维在屋外的暗房工作，他们之间总是隔得这么遥远。诺拉每次都满怀希望与期待地开始新恋情，沉醉在私会、新奇与惊喜的刺激中。霍华德之后，她又展开了另外两段短暂甜蜜的恋情，接下来那次持续得比较久。每次她觉得快要被家里沉重的静默逼得发狂时，她就展开一段恋情。

在那一刻，另一个神秘难测的人，不管是任何人，对她而言都是慰藉。

"诺拉，拜托，听我说嘛。"山姆说。他很有说服力，又有点咄咄逼人，她其实不太欣赏这种人。布丽在接待室转身瞄了她一眼，不耐烦地发出询问的眼神。诺拉透过玻璃门示意，她会赶快过去。她们花了快一年的时间争取 IBM 这个客户，她绝对应该赶快过去。"我只想问保罗好不好，"山姆继续坚持，"我只想知道你有没有听到什么消息。我会在这里等着你，好吗？诺拉，你听到我的话了吗？我会完完全全、毫无保留地等着你。"

"我听到了。"她在心里恼恨自己，她不希望山姆谈起她的儿子。保罗已经失踪二十四小时了，离家三条街外有部车也不见了。昨天家里气氛紧张，她看着他离开。她一直想要回想自己到底说了什么，他到底偷听到了什么。想到他脸上困惑的表情，她就十分难过。戴维赞成保罗的决定，他的言辞、态度都很正确。但也不知道为什么，整个氛围非常不对劲，情况变得更糟了。她看见保罗带着吉他跑开，差点也想跟着他跑了。但她头很痛，她告诉自己，也许保罗只是需要时间独处，而且他也跑不远，毕竟他能上哪儿去？

"诺拉？"山姆说，"诺拉，你还好吗？"

她闭了会儿眼，阳光照热了她的脸庞，山姆卧室的窗户上嵌满棱镜，在今天这样明亮的晨光中，色彩在每个窗面上跳动，充满了生命力。"我们很像在迪斯科舞厅里做爱。"她有次跟他这么说，语气中半带抱怨，半带销魂，一道道长长的彩色光束在他的手臂和她苍白的肌肤上游移。

那天，诺拉本打算结束这段感情，其实在他们相会之后的每一天，她都想结束这段感情。但山姆的手指随着她大腿上七彩的光线移动，慢慢地，她强烈的意志开始软化、模糊，心中神秘的激情渗出，从阴暗的靛青转化为金黄。她的理智虽然不情愿，但意志力已转变成欲望。

尽管如此，后来在开车回家的路上，欢愉之情仍是烟消云散。

"我现在只想着保罗，"她口气强硬地说，"山姆，请听好，我真的受够了，我那天是说真的，别再打电话给我。"

"你在生气。"

"没错，我是说真的，别打电话给我，永远不要再打来。"

她挂掉电话，一只手不住地发抖。她把手平放在桌面上，觉得保罗的失踪似乎是种报应：她和戴维长久以来的怨怼，如今受到了惩罚。保罗偷走的那辆车，昨晚被发现弃置在路易斯安那的街边，保罗却不见踪影。于是她和戴维在家中等候，无助地穿梭于家中的死寂里。那个西弗吉尼亚州的女孩依然睡在沙发床上，戴维从没碰过她，除了问她需要什么，几乎没跟她说过半句话。但诺拉感觉得到他们之间存在着真挚的感情牵连。想到这件事，她心中就是一阵刺痛，这比肉体的外遇更让她难过。

布丽敲敲玻璃门，稍稍推开门。

"没事吧？IBM的尼尔已经到了。"

"没事，"诺拉说，"你呢？你还好吧？"

"上班对我更有利，"布丽开朗而坚定地说，"尤其是发生了这么多事情之后。"

诺拉点点头。她打电话问过保罗的那票朋友，戴维也已报警了。她整晚穿着浴袍在家里走来走去，一直踱步到清晨。今天早上她一边喝咖啡，一边想象可能发生的灾祸，到公司上班至少可以暂时转移她的注意力，感觉上仿佛是种解脱。

"我马上就过去。"她说。

她站起来的时候，电话铃又响起来，诺拉在愤怒与忧虑中推门而出。她不能再让山姆骚扰她，她不会让他毁了这次会议，她不会的。她的外遇结束的方式各不相同，有时藕断丝连，有时快刀斩情丝，双方也不见得总是心平气和，但没有一次像这次一样让她这么不自在。绝对没有下一次，她心里想着，这事就到此为止，绝对没有下一次。

她匆匆穿过通道，但莎莉举着话筒在接待桌前把她拦下来："甜心，你最好接这通电话。"诺拉马上知道事情不对了，颤抖地接过电话。

"找到他了，"戴维语调平静，"警察刚刚打电话来，他在路易斯安那的商店偷东西，我们的儿子偷奶酪，被警察抓了。"

"还好他没事。"她缓缓吐了口气，这下才明白她这口气憋了多久，手指头也不再冰冷了。唉，她已经丢了半条命，到现在才知道。

"对，他没事，而且显然肚子饿了。我现在就去接他，你要一起去吗？"

"也许我该去，我不知道，戴维，我怕你又会说错话。"你跟你女朋友待在家里吧，她差点就加上这句话。

他叹了口气："我不知道怎样说才对，诺拉，我真的很想知道该说什么。我以他为荣，也告诉他了，但他掉头就跑，还偷了辆车。我究竟该说什么才对？"

讲得太少，也讲得太迟了，她真想说。况且，你那女朋友是怎么回事？但她什么也没说。

"诺拉，他十八岁了，偷了部车，他必须负起责任。"

"你五十一岁了，"她突然大怒，"也该负起责任。"

戴维没回话。她想象他站在办公室里，身穿白袍满脸自信，一头银灰色的头发显得生气蓬勃。看到他现在的模样，没人想得到他那晚回家的样子：胡子没刮，衣衫褴褛，浑身发臭，身旁还跟着一个穿了件破旧黑色大衣的怀孕女孩。

"喂，把地址给我吧，"她说，"我跟你在那里碰头。"

"他在警察局的登记处。你以为他在哪儿？动物园吗？但还是确定一下比较好，你等等，我给你地址。"

抄下地址时，她抬头看到布丽送尼尔·辛姆斯出门。

"保罗没事？"布丽问。

诺拉点点头，整个人百感交集，松弛了神经，说不出话来。听到有人说保罗的名字，这个消息才显得比较真实。保罗安全无事，说不定被手铐铐着，但人平安没事，活得好好的。公司的职员们在接待室里徘徊，有人开始鼓掌，布丽上前拥抱她。诺拉心想，布丽真瘦，眼中顿时充满泪水。她妹妹的肩胛骨有如小鸟的翅膀一样细小瘦削。

"我来开车，"布丽拉着她的手臂，"走，我们边走边说。"

诺拉任凭布丽拉着她穿过大厅，走进电梯来到停车场的车子旁边。布丽开车驶过市中心拥挤的街道，同时诺拉开始诉说事情始末，宽慰之情如同和风拂过心头。

"我真不敢相信，"她说，"我整夜没睡。我知道保罗已经是大人了，再过几个月就要上大学了，但我完全不知道他人在哪里，我没办法不担心啊。"

"他还是你的小宝贝。"

"永远是我的小宝贝，我怎么能放手让他走！比我想象中的难多了。"

她们驶过 IBM 低矮、单调的办公大楼，布丽对着建筑物挥挥手。"嘿，尼尔，"她说，"下回见喽。"

"花了这么多功夫……"诺拉叹了口气。

"喔，别担心，我们不会丢了这个客户，"布丽说，"我这么迷人，而且尼尔是个顾家的男人。我猜他碰到紧急状况时，反应也会像个不经事的孩子。"

"你怎么放弃了当年的立场？"诺拉回了布丽一句。她忽然想起多年之前，布丽在饭厅微暗的灯光中，挥舞着喂哺母乳的小册子。

布丽大笑："才没有呢，我只是刚学会运用我的本领。别担心，我们会争取到这个客户的。"

诺拉没回答。白色的篱笆在茂盛的草丛的对照之下，显得朦胧不清。马群平静地站在草场上，陈旧的烟草仓库一座接着一座竖立在山坡旁。时值早春，马赛即将揭开序幕，红色的花苞也开始绽放。她们驶过肯塔基河，河水混浊闪着亮光；桥畔的田野中，水仙花左右摇曳，娇美的花朵一闪即逝。她在这条路上来回开过多少次？风吹过她的头发，湍急、蜿蜒而美丽的河流，带着力量诱惑她前来。她早已放弃了琴酒，也不再飙车，她买下这家旅行社，把它经营得有声有色。布丽改变了她的生活，但她现在忽然有所顿悟，好像强光驱走黑暗。这些年来她马不停蹄，到过圣胡安、曼谷、伦敦和阿拉斯加，投入了霍华德和其他人的怀抱，直到遇见山姆，来到现在这一刻。

"我不能没有你，布丽，"她说，"我不知道你怎么能这么镇定地面对每件事情，我觉得我已经无路可走了。"她记得昨天戴维站在车道上，解释他为什么把年轻的罗斯玛丽带回家的时候，也说出了同样的话。他在匹兹堡究竟出了什么事？为什么他变了这么多？

"我当然很镇定，"布丽说，"因为你不会失去我。"

"好，我很高兴你这么肯定，否则我会承受不了的。"

她们在沉默中开了几英里。

"你记得我那张破烂的蓝色旧沙发吗？"布丽终于问道。

"不太记得，"诺拉边说边擦擦眼睛，"沙发怎么了？"

眼前出现一座烟草仓库，接着又是一座，然后是一大片绿野。

"我一直以为那张沙发很漂亮。有段日子我过得很消沉，然后有一天，记得当时外面还下着雪或什么的，光线照进屋里的角度变了，我这才发现沙发非常破旧，好像是靠灰尘黏起来的。那时我才知道，我一定得改变。"她微笑地看着车外，"所以我才到你的公司上班。"

"你也消沉过？"诺拉重复，"我一直以为你的生活多彩多姿，比我的好太多了。我不知道你也消沉过，布丽，怎么回事？"

"没关系，都过去了。但我昨晚也没睡，我跟你有同样的感觉：有些事情正在改变，忽然之间，事情似乎全变了样，想想实在奇特。今天早上我看到从厨房窗户透进来的光线，在地上投射成长长的四方形格子，嫩叶的影子在格子里移动，形成了各种不同的图案。简简单单的一件事，却美极了。"

诺拉看着布丽的侧影，想起她以前大胆、无拘无束的模样。当年那个理直气壮、站在行政大楼阶梯上的年轻女孩到哪里去了？她怎么会变成现在这个瘦弱、坚强而孤单的女人？

"喔，布丽。"诺拉终于勉强开口。

"又不是判死刑，诺拉。"布丽口气愉快，表情坚毅，好像讲的是公司应收账款的估算，"顶多是个警讯，我读过研究报告，我复原的机会真的非常高。今天早上我还想到一件事，如果社会上没有为了像我这种女人而设立的支援团体，我打算自己发起。"

诺拉笑了："这样听起来才像你。这是你说过最让人心安的一句话。"两人又沉默了几分钟，然后诺拉继续说，"但你以前没告诉我，当年你不快乐的时候，你从来没跟我说。"

"没错，"布丽说，"但我现在跟你讲了。"

诺拉把手放在布丽的膝盖上，感觉到了她的贴心和瘦弱。

"我能做些什么？"

"照常过日子吧。教会把我列入代祷事项，应该有帮助。"

诺拉看看妹妹时髦的短发及轮廓鲜明的侧影，不知道如何回答。大约一年前，布丽加入了她家附近的圣公会，诺拉跟她去过一次，但礼拜的仪式烦琐，跪下去又站起来，一下子祷告，一下子沉默。诺拉觉得自己笨手笨脚的，像个局外人。她坐在长条椅上偷瞄其他人，猜想他们的感受，好奇大家受到什么力量的驱使，在这个美丽的星期日早晨起床来到这里？她很难看出有什么神秘之处，只有清朗的日光及一群表情疲惫，但满怀希望、恭敬虔诚的教友。之后她再也没去过。但现在她真的很高兴，妹妹在那个宁静的教会里找到了慰藉，体会到了她所没有感受过的启示。

周遭景物快速掠过：先是绿草、树木及天空，然后建筑物逐渐增多，她们已经进入路易斯安那。布丽开上交通繁忙的七十一号公路，插进快车道加入其他急行的车辆。到了警察局，停车场几乎没位子了，停满了在正午阳光下发亮的车辆。她们下车，关好车门，沿着水泥人行道前进，人行道旁的树丛低矮又没什么生气。她们穿过旋转门，走入灯光暗淡的室内。

保罗缩成一团，远远地坐在长凳上，手肘放在膝盖上，双手在两膝间轻轻晃动。诺拉心头一酸，走过办公桌和一群身穿蓝色制服的警察，来到儿子身旁。室内很热，天花板上的隔音砖陈旧斑驳，一座吊扇转动着，但几乎感觉不到有风。她在保罗旁边坐下，他一天没洗澡了，头发油腻腻的，除了汗水和脏衣服的臭味之外，全身都是烟味，散发出辛辣、浓重的味道，属于男人的味道。他的手指因弹吉他而粗糙长茧。如今他有了自己的生活和秘密，想到保罗真的长大了，她顿时感觉自己变得微小。没错，他永远是她的一部分，却不再属于她了。

"看到你，我好高兴，"她轻声说，"保罗，我很担心，我们都很担心。"

他看看她，眼中充满怒气与猜疑，然后突然把头转开，眨眨眼抑住泪水。

"我很臭。"他说。

"没错，"诺拉附和，"你真的很臭。"

他瞄了一下大厅，看着在办公桌旁的布丽，然后盯着不断转动的旋转门。

"嗯，我猜我运气好，他没有特别跑一趟。"

他说的是戴维，说得那么痛苦，那么愤怒。

"他会来的，"诺拉尽量让语调保持平静，"他随时会到，布丽开车载我先过来，其实我们是飞过来的。"

她想逗他笑，但他只是点点头。

"她还好吧？"

"还好，"诺拉想起先前她们在车里的对话，"她没事。"

他又点点头："好，很好。我猜爸爸一定气坏了。"

"没错。"

"我会坐牢吗？"保罗说得非常小声。

她吸了一口气："我不知道，希望不会，但我不知道。"

他们坐着没说话，布丽正在跟警察讲话，一面点头一面摆手势。远处的旋转门转了又转，光线忽明忽暗，陌生人一个接一个地进出。戴维大步迈过水磨石地面，黑色的皮鞋吱吱嘎嘎响，神情严肃冷静，高深莫测。诺拉紧张起来，她感到保罗也一样。出乎她意料，戴维直接走到保罗面前，没说什么就拉起他，用力拥抱。

"你平安无事就好，"他说，"感谢上帝。"

她深深吸了一口气，为着这一刻感到欣慰。一位白发、平头、眼睛湛蓝的警察，手臂下夹着记事板走过来。他先跟诺拉和戴维握握手，然后转身面对保罗。

"我真想让你尝尝坐牢的滋味，"他开口说，"像你这么聪明的男孩，这些年来我不知道见过多少个。自以为很强悍，一次次做错事又一次次被放走，最后一定会惹上大麻烦，等在牢里待得久了，才发现自己一点都不够悍。这实在令人惋惜。不过你的邻居决定不起诉你，他们认为这样对你比较好。既然不能把你关起来，那我就把你交给你父母好好管束了。"

保罗点点头，双手发抖，又把手插到口袋里。警察从笔记板上撕下一张纸，大家都盯着看，警察随后把纸递给戴维，慢慢走回他的办公桌。

"我给柏兰德家打过电话。"戴维解释，同时把纸折好，塞进胸前的口袋里，"他们很讲情理。保罗，你本来会更惨。千万别以为你能逃脱责任，你得付修车钱，一毛钱都少不了。也别以为接下来还有好日子，你不准参加社交活动，不准见朋友。"

保罗点点头，忍耐着。

"我要去排练，"他说，"我不能就这样放弃四重奏。"

"没错，"戴维说，"但你也不能偷了邻居的车，还指望着能照常过日子。"

诺拉感觉得到保罗很紧张，很生气。别说了，她看着戴维下巴动着，心里暗自想道，你们两个都别说了，够了。

"好，"保罗说，"那我就不回家，我坐牢算了。"

"嗯，这点我绝对可以安排。"戴维冷冷回答，语气残酷。

"那你去啊，"保罗说，"去安排啊，我是音乐家，而且很优秀，我宁愿睡在街上，也不会放弃音乐。去你的，我情愿死也不放弃。"

霎时间大家心中一震。戴维没有回应，保罗眯起眼。

保罗说："我妹妹比我幸运多了。"

诺拉从刚才到现在一直压抑着不作声，现在这番话却像尖锐明亮的冰柱一般，刺穿了她的心，她想都没想伸手打了保罗一巴掌，他新长出来的胡须扎着她的手心，感觉硬硬的。他是个男人了，不再是小男孩，她却狠狠打了他。他极度惊讶地转过头，脸颊上已浮现出红印子。

"保罗，"戴维说，"别把事情弄得更糟，别说出让你后悔一辈子的话。"

诺拉手心作痛，血压上升。"我们回家吧。"她说，"回家之后再解决这件事。"

"我不知道。说不定让他在牢里住一晚也好。"

"我失去了一个孩子，"她转过来对他说，"我不要再失去另一个。"

戴维看起来怔住了，仿佛她也赏了他一巴掌。吊扇喀嗒喀嗒响，旋转门发出规律的嘎嘎声。

"好吧，"戴维说，"或许你说得没错，你们都不管我怎么想，说不定这样也好。天啊，我真的很对不起，做了让你们失望的事。"

"戴维。"他转身离去时，诺拉叫他，但他没有回答。她看着他穿过警局，走进旋转门内。外头，一个身穿暗色夹克的中年男人走在人群中，不一会儿就消失无踪。吊扇在汗臭、薯条和清洁剂的味道中，继续发出喀嗒喀嗒的声响。

"我的意思不是……"保罗开口。

诺拉举起手："别说了，拜托，什么都别说了。"

最后还是冷静又有效率的布丽过来把他们带到车上。她们把窗户大开，让风吹散保罗身上的臭味。布丽开着车，细瘦的手指稳稳握住方向盘。诺拉在沉思，几乎没看路，过了快半个小时才发现他们已经不在高速公路上了，而是在狭小的乡间道路中。他们慢慢驶过春天生气蓬勃的田野，一片绿意从车窗外经过，树枝上刚冒出新芽。

"你要去哪里？"诺拉问。

"喔，只是小小的探险，"布丽说，"等一下就知道了。"

诺拉不想看布丽的手。那双手瘦骨嶙峋，隐约可以看到蓝色的血管。她从后视镜瞄了保罗一眼，他坐在后座，脸色苍白又不高兴，两手抱胸，无精打采，显然很生气，也很难过。她刚才做错了，她不该甩保罗一巴掌，也不该拿戴维出气，她把事情弄得更糟。保罗充满怒意的双眼在镜中迎上她的注视，她想起他婴儿时柔软、胖嘟嘟的小手贴在她脸上，家中到处听得见他的笑声。那好像是个完全不一样的男孩，那个孩子到哪里去了呢？

"什么样的探险？"保罗问。

"嗯，其实我想找客西马尼隐修院。"

"为什么？"诺拉问，"修道院在这附近吗？"

布丽点点头："应该不远。我想去看看，开车过来的路上，我才发现我们离那边很近，所以我想为什么不去看看？更何况今天天气这么好。"

她说得没错。天空澄净蔚蓝，远方天际处是淡淡的白色，树木生气十足，在微风中摆动。他们沿着狭窄的小路又开了十分钟，然后布丽把车停在路边，在座椅下东翻西找。

"我没带地图。"她边说边坐起来。

"你从来不带地图。"诺拉话说完，就想起布丽这辈子都是这么随性，但又似乎没多大关系。

她和戴维一开始就带着各种地图，可是瞧瞧两人如今置身何处？

布丽把车停在两栋农舍旁。白色的农舍规模不大，大门紧锁，没看到半个人影，破旧的烟草仓库大门敞开，矗立在远处的山丘上。现在是春耕的时候，农耕机慢慢驶过刚翻掘过的田地，有人跟在后面，把青绿色的烟草种子撒在黑色的泥土里。沿着小路往前，田间最远处有栋白色小教堂，被梧桐老树遮住，四周种满紫罗兰，旁边是个墓园，铸铁栏杆后面的旧墓碑东歪西倒。这里真像女儿下葬的地方，诺拉屏住气息，想起多年前的那个三月天，她脚下的青草濡湿，低垂的云层似乎一直往下压，戴维沉默、冷淡地站在她身旁，尘归尘，土归土，而他们的世界，已在脚下迁移转变。

"我们去教堂吧，"她说，"那里说不定有人知道修道院在哪儿。"

他们顺着路往前开，她和布丽在教堂旁下车，两人一身套装，觉得自己很像是城市乡巴佬，跟周围环境不太搭调。四下宁静，近乎炎热，阳光透过树叶闪动。布丽黄鞋下的草地浓密茂盛，诺拉把手搭在布丽细瘦的手臂上，黄色的亚麻布料摸着柔软平滑。

"你的鞋会脏掉。"她说。

布丽低头看看，点点头，把鞋子脱下来。"我到教会的牧师馆去问问看，"她说，"前门开着。"

"去吧，"诺拉说，"我们在这里等你。"

布丽蹲下来捡起鞋子，然后穿过茂密的绿草，那双苍白、穿着丝袜的腿看起来还像少女，带着一点娇弱，手上那双黄鞋晃来晃去。诺拉忽然想起姐妹俩小时候在家后面的田里奔跑，笑声在阳光亮丽的空中飘扬。要健康啊，她看着布丽，心里想着：喔，我的妹妹，你要健健康康啊。

"我去散个步。"她告诉保罗。保罗依然无精打采地坐在后座。她把他留在车里，循着石头小径走到墓园。铁门一推就开，诺拉在灰黑陈旧的墓碑间走来走去，她已经好多年没去本特利家农场的墓园了。她回头看看保罗，他正从车里出来伸展筋骨，深色的太阳眼镜遮住了双眼。教堂有道红门，诺拉轻轻碰了一下，门就静悄悄地开了。里面阴暗冰凉，彩绘玻璃窗颜色艳丽，窗面上画着圣徒、圣经故事、白鸽以及火焰等图样。诺拉想到山姆的卧室中五光十色、绚丽耀眼的色彩，相形之下，这里的色彩沉稳、安定、悄悄从天而降，显得格外静谧。一本访客签名簿摊开着，她以流畅的字迹在上面签名，同时也想起那个教她草体字的修女。诺拉四处流连，或许因着这份宁静的关系，她往里面多走了几步。四下无声，放眼望去平静又空旷，日光透过彩绘玻璃窗照下，空气中点点尘埃飘扬，诺拉穿过彩绘玻璃反射的光线，有红色、深蓝色跟金色。

长条椅带着亮光剂的味道。她悄悄坐下，座位前有个沾了灰尘的蓝色跪垫，她想到布丽的旧沙发，然后忽然记起很久以前，有群女人跟她一起固定到教会做晚礼拜，小孩出生后她们还带着礼物来家里拜访。她记得有次帮她们清扫教堂，大家坐在破布上，在平滑的长条木椅上滑来滑去，把长椅擦得亮亮的。"这样比较有分量。"她们开玩笑说，笑声充满了圣殿。诺拉在悲伤中排拒了她们，再也没有跟她们联络。她现在才想到，她们也曾失去心爱的人，历经病痛之苦；也曾让自己或其他人失望过，她们跟她一样也承受了痛苦。当年诺拉不想跟她们在一起，也不肯接受她们的安慰，于是远离而去。想到这里，她流下泪来，喔，这实在太蠢了。她失去女儿已经将近二十年了，心中的悲痛不该再源源不断，不该像泉水般涌现。

太难以置信了。她哭得这么厉害！她在人生的路上跑得那么快、那么远，为的就是躲避这一刻，但她还是逃避不了。她家里有个陌生女子睡在折叠沙发床上，梦想着展开新生活，心里怀藏着秘密，而戴维只是耸耸肩，转过身去不愿多解释。她知道回家之后可能会发现戴维已经走了，说不定他只收拾了一个皮箱，而没有带走其他东西。她为这件事哭泣，为保罗眼中的愤怒与迷惘哭泣，为她从未相识的女儿哭泣，为布丽瘦弱的双手哭泣。他们一家人一再令彼此失望，却又这么深爱对方。悲伤这件事，其实是有形有体的东西，他们无法逃脱。诺拉不停哭泣，哭得忘却一切，只感觉到一种小时候才会有的纾解。她一直哭，哭到全身发痛，筋疲力尽，喘不过气来。

屋顶的椽架上有一窝麻雀，镇定下来后，诺拉慢慢注意到小鸟轻柔的叫声及翅膀的拍击声。她跪着，手臂放在前面一排长椅的椅背上，日光依然从窗户照射进来，一道道偏斜的光线在地板上留下光影。她有点不好意思，站起来抹干脸上的泪水，祭坛的台阶上有几根灰色的羽毛，诺拉抬头刚好看到一只麻雀轻盈飞过，好像这空荡荡的教堂里的一个小黑点。这些年来，多少心怀秘密、带着梦想的人坐在这里，他们的梦想有的沉重、有的轻易。她不知道他们心中那股深沉的悲伤，跟她一样的悲伤，是否在此得到了舒缓。这个地方居然带给她这种心灵的安宁，实在想不通，却千真万确。

她走到户外，眨眨眼迎向阳光。保罗坐在铁栏杆前面的石头上。

远方，布丽正走过草地，鞋子在手中摇晃。

他朝着墓园中散布的墓石点点头。"对不起，"他说，"我不该说那句话，我不是那个意思，我只是想惹爸爸生气，我才能跟着发火。"

"永远不要再说那种话。"诺拉告诉他，"不要再说你的生命没有价值，绝对、绝对不要再让我听到那种话，你也不要这么想。"

"我不会的，"他说，"我真的很抱歉。"

"我知道你生气，"诺拉说，"你有权过你想要的生活，但你爸爸也没错，是应该约束你。你要是想打破这些限制，就得自己想办法。"

说这番话时，她看也没看他一眼。她一转身，竟看到他脸部抽动，泪水流下来，不禁大吃一惊。喔，昔日那个小男孩毕竟还在。她用尽全力抱住他，他好高，她的头只到他的胸口。

"唉，我爱你。"她对着他发臭的衬衫说，"我好高兴你回来了，但你真的，真的好臭。"她笑着说，他也笑了出来。

她用手挡住阳光，瞄了一眼田野那头的布丽，布丽朝着他们走过来。

"离这里不远，"布丽大喊，"再过去一点就到了，她说我们一定看得到。"

他们回到车里，再次穿过起伏的山丘，沿着狭窄的道路前进。车子开了几英里后他们瞥见柏树后面有几栋白色的建筑物，过了一会儿客西马尼隐修院就出现在眼前。青绿、起伏的山野衬托着壮观、坚实、简朴的修道院，布丽把车开进停车场，停在一排飒飒作响的树下。他们下车时钟声响起，好像在召唤神父、修士们祈祷。他们站着倾听，清澈的钟声消逝在清新的空气中，牛群在附近吃草，云朵闲散地飘过天际。

"太美了，"布丽说，"你们知道吗？神父托马斯住过这里，我很喜欢想象院里的僧侣日复一日做着同样的事。"

保罗拿下太阳眼镜，深黑的双眼清澈明亮，他把手伸进口袋里，掏出一些小石头平放在车盖上。

"记得这些吗？"诺拉拿起来把玩时，保罗问道。石头扁平光滑，中间有个洞。"海百合，海中的化石。我摔断手臂那天，爸爸告诉我的。你刚才在教堂里的时候，我在附近散步，这个地方到处都有海百合化石。"

"我早忘了。"诺拉慢慢地说。但回忆突然浮现：保罗做了一条项链，她很担心项链会缠住他，害他窒息。钟声在清澈的空中逐渐消散，衬衫纽扣大小的化石，摆在手心里感觉轻盈而温暖。她想起戴维一把抱起保罗，从派对上开始一路抱着他，接好了他摔断的手臂。戴维努力想让全家过得好，让一切顺心如意，但不知怎么，却始终困难重重，仿佛大家都在一片曾经覆盖在这片土地上的远古浅海中游着。

THE MEMORY KEEPER'S
DAUGHTER

一九八八年

一九八八年七月

一

　　戴维·亨利坐在家里楼上的书房里，窗户经过多年的风吹雨打已经变得昏暗模糊又有点歪斜了。窗户外的街景好像也变得有点扭曲，忽高忽低。他看着一只松鼠找到坚果，跑回梧桐树上，梧桐树的叶片紧贴着窗户。罗斯玛丽跪在前廊旁，弯着身子在花床里埋球茎和种子，她的长发在风中晃动。她把花园整个改头换面，从朋友的花园里移来金针花，在车库旁种满了亚麻花，一片浅蓝有如雾霭。杰克坐在她身旁玩小卡车。他已经五岁了，长得很结实，深褐色的眼睛，一头带点红色的金发，成天笑嘻嘻的，天性纯真善良，但有些固执。晚上罗斯玛丽出去工作，由戴维照顾他时，他坚持什么都自己来，"我长大了"这句话他每天要说好几次，神情骄傲又庄重。

　　只要在安全合理的范围内，戴维就随他去。其实戴维很喜欢照顾这个小男孩，喜欢念故事给杰克听，听着听着，小男孩快要睡着了，头渐渐靠在他的肩膀上。他感觉得到杰克的重量与温暖。两人沿着人行道走去商店时，杰克的小手紧握着他，他很喜欢那种受到信任的感觉。他快忘了保罗在杰克这个年纪的模样，那段回忆早就变得零零星星而几乎消散了。一想到这一点，戴维就十分难过，那时他总是在诊所里忙碌，另外还沉迷于摄影，其实是出于罪恶感，所以才和儿子保持距离。令人痛苦的是，如今他这一生已经清楚地定了型：他把女儿交给卡罗琳·吉尔，秘密自此生根，而且在他的家人之间苗壮生长。这些年来，他回家看到诺拉或是调酒，或是系着围裙忙家事，心里只想着她真漂亮，却几乎不了解她。

他一直没办法告诉她真相。他知道若吐露实情，可能会永远失去她，说不定也会失去保罗，所以他全心投注在工作上，这样至少在生命中他还有可以掌控的部分。在这些方面，他可以说相当成功。令人难过的是，他只记得保罗小时候的片段，这些短暂的时刻有如照片那么清晰：保罗在沙发上睡着了，一只手垂下来，头发乱七八糟的；保罗站在海浪中，浪花涌上他的膝盖，他高兴又害怕地大叫；保罗坐在游戏室的小桌子旁，一脸严肃地画图，十分专心，甚至没有注意到戴维站在门口看他；保罗把钓线甩到平静的水面中，直直握住钓竿，几乎屏神凝气，在暮色中等着鱼儿上钩。

回忆虽然短暂，却美得令人难以承受。接下来就是青少年时期，保罗与父母更疏离，他的儿子用音乐和愤怒撼动了整个家。

戴维轻轻敲敲窗户，从屋内跟杰克和罗斯玛丽挥手。这栋双拼的房子是当初匆忙买下的，成交前只看过一次，然后他趁诺拉上班时回家打包行李住了进来。这是两层楼的老房子，从中间隔成一半，以前宽阔的房间由薄薄的隔板一分为二，本来宽敞优雅的楼梯也隔成两半。戴维选了面积较大的一边，把另一边的钥匙交给罗斯玛丽。这六年来他们比邻而居，中间只隔着薄墙，天天见面。罗斯玛丽有时拿房租给他，但戴维不肯收，他要她把书读好，以后再还钱给他。他知道自己的动机或许并非全然无私，但他甚至无法对自己解释，为什么罗斯玛丽对他来说这么重要。"你送走了女儿，心里留下的缺口被我填满了。"她曾说。他听了点点头，可是再想想，好像也不是全然如此。他认为背后应该有更多的原因，也可能是因为罗斯玛丽知道他的秘密。当年他一口气对她全盘说出自己的过去，是他第一次，也是最后一次说起这件事。她只是聆听，没有评断，让戴维畅所欲言。他在罗斯玛丽面前不须掩饰，她知道他做过什么事，却没有排拒他，也没有告诉别人。奇怪的是这六年来罗斯玛丽和保罗也成了朋友，刚开始两人还有点不自在，后来讨论起共同关心的议题，如政治、音乐和社会正义等，聊个没完。保罗偶尔会过来这里，从吃晚饭就开始和她争辩，聊到深夜。

有时戴维怀疑保罗是不是故意要这样，来跟他保持距离。因为这样一来，父子两人虽然共处一室，却不必谈到深入的话题。戴维有时想和保罗谈谈心，可是保罗总选在这种时候说自己要走了，边打哈欠边推开椅子，好像突然变得很累。

罗斯玛丽抬头，用手腕拂开脸上的发丝，也跟戴维挥挥手。戴维存好档案，走下狭窄的通道，中途停下来推开通往杰克房间的门。这栋屋子改建为双拼时，这道门本来应该封起来。但有天晚上，戴维一时冲动转转门把，竟发现门没锁住。现在他静静推开门，罗斯玛丽把杰克的房间漆成天蓝色，从路边捡回来的床和衣柜则是纯白色。一系列细致精美的剪纸贴在深蓝色纸张上，加框裱好，挂在房间另一头的墙上。母亲和小孩、在树荫下玩耍的孩童，每幅作品都栩栩如生。罗斯玛丽一年前开过个展，然后订单便接踵而来，令她相当高兴。晚上她常坐在厨房的桌旁，就着明亮的灯光剪出一幅又一幅图样。她没办法跟顾客保证她会剪出什么主题，不愿把创作局限在特定的图案上。图样本来就在纸张里，她解释说，存于纸张和她双手的动作中，每一件都是独一无二的创作。

戴维站着倾听屋里的声音：微弱的滴水声，旧冰箱的嗡嗡低鸣声。屋里香水和婴儿爽身粉的味道浓郁。一件小孩的上衣挂在角落的椅子上，他深吸了一口气，嗅着罗斯玛丽和杰克的气味，然后把门关好，继续走下狭窄的通道。他从来没有跟罗斯玛丽提起这道没上锁的门，也从来没有越过这道门。尽管谣言满天飞，但他从来没有占她便宜，也从未涉入她的私生活。在这方面，他绝对问心无愧。

不过知道这里有道门，他还是感到欣喜。

戴维还有很多文件要处理，但他还是走下楼。他的慢跑鞋放在后门口，他穿上鞋子系紧鞋带，绕到屋前。杰克站在格子棚旁边，扯下玫瑰的花瓣，戴维蹲下来把他拉近一点，轻轻地感受着小孩的体温和稳定的呼吸。杰克出生在九月的一个傍晚，当时天快黑了，戴维开车送罗斯玛丽到医院。分娩前六个小时，他陪着她下棋，帮她拿冰块。罗斯玛丽跟诺拉不一样，她对自然分娩毫无兴趣。一觉得时候到了，她就用药物止痛；分娩的速度减缓时，她就用催产剂催生；阵痛越来越强时，戴维一直握着她的手；但医院把她推进产房时，他留在原地。分娩是非常隐密的私事，他不该待在产房里。但罗斯玛丽抱着小杰克出现时，他是第一个守在他们母子身边的人，这些年来，他也像爱自己儿子一样疼爱这个小男孩。

"你闻起来怪怪的。"杰克边说边推推戴维的胸部。

"这是我臭臭的旧衬衫。"戴维说。

"出去跑步吗？"罗斯玛丽蹲着，拍去手上的泥土。她最近快瘦成皮包骨了，他担心她把自己逼得太紧，一边工作还要一边上课。她用手腕拭去额头上细小的汗珠，留下一抹泥土印。

"没错，那些医保资料实在让人看不下去。"

"我以为你已经请了人帮忙。"

"我是请了人呀，我认为她还不错，但她下星期才能开始做事。"

罗斯玛丽若有所思地点点头。光线照在她的眼睫毛上，她真年轻，才二十二岁，但她个性坚强而且有明确的人生目标，举止带着一种远超过她年纪的自信。

"今晚有课吗？"他问。她点点头。

"七月十二日是最后一堂课，以后就不必修课了。"

"没错，我都忘了。"

"你太忙了。"

他点点头，感到一丝罪恶感。想到七月十二日这天，他就有点不安，想不到时间居然过得这么快。杰克出生后没多久，罗斯玛丽就回学校读书了，那时是阴冷的一月。同一个月份里，有位他治疗了二十年的病人，因为没有医保而被诊所排拒在门外。因此他决定离开诊所，自己开业，不管病人有没有保险，只要上门他就看诊。他的目的不在赚钱。保罗已经大学毕业，他的债务也早已还清，他大可做他喜欢的事。现在他就像旧时代的医生，有时收取蔬菜水果当作医药费，也有病人帮他整理庭院。他们能负担多少，他就收多少。他认为自己这样子还能再做个十几年，每天看诊，然后慢慢减少工作量，直到他体力只能让他的活动范围局限在这所屋子和花园里，直到他只能走路去买菜和理发。诺拉说不定还是像蜻蜓一样在全球各地飞舞，但他不要那种生活。他想有个根，让根深深扎入土中。

"我今天化学期末考，"罗斯玛丽边说边拔下手套，"然后，哈哈，课就修完了！"蜜蜂在忍冬花丛中嗡嗡作响。"我还有件事要跟你说。"她用力拉拉短裤，跟他一起坐在温暖的水泥阶梯上。

"听起来是件大事。"

她点点头："没错，我昨天得到一份不错的工作。"

"在这里吗？"

她摇摇头，同时笑着对杰克挥挥手，小家伙正在翻筋斗，四肢大张地落在草地上。"我想说的就是这件事。工作地点在哈里斯堡。"

"离你妈妈家不远。"他心情随之一沉。他知道她找工作已经找了一阵子了，他一直希望她可以留在这附近，但也很清楚她可能会搬走。两年前她爸爸忽然过世，罗斯玛丽跟她妈妈和姐姐重修旧好，而她们也急着要她回家，一家人一起抚养杰克。

"没错，这份工作非常适合我：每星期上班四天，每天十小时。我若想继续读书，他们也愿意付学费，我可以拿个物理治疗师的学位。最重要的是，我能多花点时间陪杰克。"

"还有人可以帮你，"他说，"你妈妈和姐姐都会帮忙。"

"是啊，这样真不错。再说，我虽然喜欢肯塔基州，但这里感觉毕竟不是我的家。"

他点点头，心里为她高兴，却不敢让自己开口。他也想过自己独有这整栋房子，说不定可以把墙打掉，扩大空间，慢慢让这栋双拼房屋变成漂亮的独栋楼房，恢复昔日的光彩。但这些纯属想象，有时晚上听到她轻声在隔壁走动，或是被杰克模糊的哭声吵醒，他心中就充满喜悦。

这些想法很快就被他抛在脑后。

他眼中涌出泪水，笑了笑。

"嗯，"他边说边摘下眼镜，"我想这迟早会发生，当然，要恭喜你啦。"

"我们会来看你，"她说，"你也可以来看我们。"

"当然，"他说，"我们一定会常常见面。"

"一定会的。"她把手放在他的膝上，"我知道我们从没谈过这件事，我连该怎么开口都不知道，可是你帮了我很大的忙，对我来说意义重大。我很感激你，永远会记在心里。"

"我努力地想解救世界，但有人怪我太自不量力。"他说。

她摇摇头："不管怎么样，你救了我一命。"

"好吧，就算是真的，也是我的荣幸。天知道我对其他人造成多大伤害，我好像永远帮不了诺拉。"

两人接下来都没说话，远远传来除草机的轰隆声。

"你应该告诉她实话，"罗斯玛丽柔声说，"也该告诉保罗。你真的应该让他们知道。"杰克正蹲在走道旁，把小石头堆成一叠，让石头从指间滑落，"我没有权利说什么，这点我很清楚，但诺拉应该知道菲比的事。她不知道这件事，这样是不对的；她一直以为我们之间有牵扯，这也不对。"

"我告诉过她实情，我们只是朋友。"

"对，我们是朋友，但她怎么能相信？"

戴维耸耸肩："这是事实。"

"可是你没讲出完整的事实，戴维。我们的命运很奇妙地连在一起，原因就是菲比，也因为我知道那个秘密，所以我们好像联系在一起。问题是，我以前觉得自己很特别，我知道这件没人知道的事情。知道秘密，就像拥有一种权力，不是吗？但现在我不喜欢这种感觉，我希望自己从头到尾都不知道这个秘密，我本来就不应该知道，对不对？"

"没错。"戴维捡起一团泥土，放在手指间捻碎。他想到卡罗琳的那些信，搬进这栋房子的时候，他已经把信统统烧掉了，"的确，你本来就不应该知道。"

"这么说你了解吧？我的意思是，告诉她吧。"

"我不知道，罗斯玛丽，我现在不能答应你。"

他们在阳光下坐了几分钟没讲话。杰克再一次在草地上翻筋斗。他是个灵敏的小家伙，天生具有运动细胞，喜欢跑跑跳跳。西弗吉尼亚州之行，释放了戴维埋藏多年的悲伤与失落。琼儿过世的时候，他不知道怎样去描述自己心中的失落感，也没办法继续过他该过的日子。以前的人甚至觉得最好不要提到死去的亲人，所以他们什么都没说，让悲伤残存在心中。但也不知道是什么原因，回乡一趟，他的心情得到了纾解。他回到莱克星顿时虽已筋疲力尽，心情却沉静安稳。经过这些年之后，他终于坚强到可以把自由还给诺拉，让她重新塑造她的人生。

杰克出生后，戴维用罗斯玛丽的名字帮他开了一个户头，也用卡罗琳的名字帮菲比开了户。这并不难，他手边一直留着卡罗琳的社会安全卡号，也有她的地址。私家侦探不到一星期就查出卡罗琳和菲比住在匹兹堡一栋又高又窄的房子里，那里靠近大马路。戴维有次开车过去，停在街上，打算走上台阶敲门。他打算告诉诺拉实情，但这样一来也得告诉她菲比现在在哪里，不然说什么都没用。他确信诺拉想要看看自己的女儿。换句话说，不但他自己，连诺拉和保罗的生活都会改变，菲比也会受到影响。于是他想先告诉卡罗琳他的打算。

这样做对吗？他也不知道。他坐在车里，天色渐晚，车灯反射在梧桐树叶上。菲比在这里长大，熟悉这条街。人行道被树根推挤得突出来一块，警告标志在风中微微摇晃，车辆急速穿梭。对他女儿来说，这些都代表着家。有对夫妻推着婴儿车走过，然后卡罗琳家的客厅灯光亮起。戴维从车里下来，站在公交车站牌旁边，遥望卡罗琳家的草地。他目不转睛地盯着她家窗户，尽量不让自己显得太可疑。屋子里面，卡罗琳在灯光下走动着，收拾客厅，把报纸摆在一起，叠好毛毯。她穿着围裙，动作熟练。她站起来伸展一下筋骨，然后转过头和人说话。

戴维看见她了：菲比，他的女儿。她坐在饭厅里的餐桌旁，一头黑发跟保罗一样，轮廓也像保罗。在这短暂的时刻中，戴维一直觉得自己正在看着儿子，直到她转身去拿盐瓶。他向前走了一步，菲比走到他的视线外，然后又端着三个盘子回来了。她矮壮结实，稀薄的头发用发夹夹在后面，戴着眼镜。尽管如此，戴维仍旧能看出兄妹的相似之处：菲比的微笑像保罗，鼻子也一样；当她用手叉腰看着桌子时，脸上专注的表情跟保罗一模一样。卡罗琳走进饭厅里，站到菲比旁边，伸出手臂搂住菲比，热情地拥抱她，两人随后展颜欢笑。

这时天色已经全暗，戴维呆呆地站在原地，暗自庆幸周围没什么人走来走去。落叶沿着人行道在风中飞舞，他把外衣拉紧，想起菲比出生的那个晚上，那时他好像灵魂出窍了，从高处看着自己。现在他终于了解，当年的情势远远超过他的掌握，他被排除在外，仿佛他根本不在场。这些年来，菲比不断出现在他眼前，但只是个抽象的影子，而不是个真正的小女孩。如今她就在眼前，忙着把水杯摆在桌子上；她抬头看见有个一头黑发的男人走进来，他说了几句话，逗得她笑了出来。他们三人坐在桌旁，开始吃饭。

戴维回到车里，想象着诺拉现在跟他一起站在黑暗中，看着他们的女儿逍遥自在地过日子，完全不知道亲生父母的存在。他已经让诺拉伤心了，他的欺瞒对她造成了难以言喻的痛苦，这是他一开始没有料想到的。但他可以让她免于进一步承受痛苦，他应该开车离去，让过去的过去。最后他就是这么做的，彻夜驶过俄亥俄州一望无尽的平原。

"我不明白，"罗斯玛丽看着他说，"你为什么不能答应？你应该跟她说才对。"

"这样会让她更伤心。"

"你要去做，才会知道结果。"

"猜也猜得到结果会怎样。"

"但是，戴维……最起码考虑一下，好吗？"

"我每天都在考虑。"

她难过地摇摇头，然后带点悲伤地微微一笑："好吧，那我再跟你说另一件事。"

"什么事？"

"斯图尔特跟我要结婚了。"

"你还年轻，现在结婚太早了。"他马上回答，两人随即大笑。

"我跟那些山一样老喽，"她说，"我常常觉得自己太老了。"

"好吧，"他说，"我再说声恭喜。这个消息虽不意外，但一样算是件喜事。"他想到高大、运动神经发达的斯图尔特·韦尔斯，脑海中顿时浮现"英武"这个形容词。他是呼吸治疗师，和罗斯玛丽谈恋爱谈了很多年，但她坚持等自己毕业后再做打算。"罗斯玛丽，我真替你高兴，斯图尔特是个很好的年轻人，也很爱杰克。他也在哈里斯堡找到工作了吗？"

"还没，正在找。他在这里的合约要等月底才到期。"

"哈里斯堡的工作好找吗？"

"还可以，我不太担心，斯图尔特相当优秀。"

"这点我绝对相信。"

"你生气了？"

"不，不，我一点都没生气，只是这件事让我有点难过，也让我觉得自己老了。"

她笑笑："跟那些山一样老？"

这下两人都笑了："喔，老得太多太多了。"

他们沉默了一会儿。"都是凑巧，"罗斯玛丽说，"所有事情刚好都发生在上个星期。我想等到确定录取再告诉你，我一找到工作，斯图尔特就说要和我结婚。我知道这些消息一定很突然。"

"我喜欢斯图尔特，"戴维说，"我等着当面恭喜他。"

她的脸上浮现出笑容："我还在想你愿不愿意参加我的婚礼，陪我走进礼堂，把我交给新郎？"

他看看白皙的她。她喜形于色，笑容中洋溢着幸福快乐。

"这是我的荣幸。"他庄重地说。

"婚礼会在这里举行,规模很小很简单,只邀请少数亲友,时间是两星期以后。"

"你真的很会掌握时间。"

"我不用再考虑了,"她说,"每件事情的感觉都很对。"她瞄了一眼手表,叹了一口气,"我得走了。"她站起来拍掉手上的泥土,"来,杰克。"

"如果你要我帮忙的话,你去换衣服的时候,我可以看着他。"

"那可真是帮了我一个大忙,谢谢。"

"罗斯玛丽。"

"怎么了?"

"你会常寄照片给我吧?我是说杰克的照片,让我看看他长大的模样,还有你们母子在新家的照片?"

"当然,当然。"她双臂交握,踢踢台阶的边缘。

"谢谢。"他简短地回答。一想到他错失了自己的一生,只顾埋首于镜头和悲伤中,心里又难过起来。大家以为他之所以放弃摄影,原因在于匹兹堡那位黑发女子以及她在报上写的负面评价;也有人猜测他的作品已经不再受观众欢迎,他受了打击。没有人相信他只是不在乎了,但这是真的。自从那天在两条大河的交汇点站立之后,他再也没有举起相机。他已经放弃摄影,也不想把世界转化为其他影像,比如说,把人体转化成大千世界,或是让世界转化为人体。这种艺术与技巧太耗费心神了。有时他会在教科书里、办公室的墙上,或是某些人家中看到自己的作品。照片展现了完美的技巧和冷漠的美感,但是隐含着空虚,好像在渴望着什么东西,他看了总是心头一惊。

"我们没办法让时间停下来,"他说,"也捕捉不住光线,只能抬起头来,让光线照在脸上。尽管如此,罗斯玛丽,我还是想看看你和杰克的照片。最起码这些照片能让我知道你们过得怎么样,也会让我开心。"

"我一定会寄很多照片给你,"她碰碰他的肩膀保证,"照片会多得把你淹没。"

她去换衣服时他坐在台阶上，在阳光下感觉懒洋洋的，杰克在玩小卡车。"你应该告诉她。"他摇摇头。那次坐在车里像偷窥狂似的观看完卡罗琳一家之后，他打电话给匹兹堡的律师，设立了信托基金。他过世之后，他们不必认证即可动用这笔钱，杰克和菲比会受到很妥善的照顾，而且诺拉永远不需要知道这些事。

罗斯玛丽换好衣服回来了，身上带着肥皂的香味，穿着裙子和平底鞋。她牵着杰克的手，肩上背着蓝绿色的背包，头发还湿湿的，眉头轻皱，看起来年轻、坚强、纤细。她要先开车把杰克送到保姆家。

"喔，"她说，"刚才讲了一大堆事，我差点忘了，保罗打过电话。"

戴维心跳加速："是吗？"

"是的，今天早上打来的，那边是半夜，他刚听完音乐会回家，他说他在西班牙塞维尔，已经在那里待了三个星期，跟某某人学佛朗明哥吉他。我忘了那人叫什么，但听起来很有名。"

"他开心吗？"

"听起来挺高兴的，没留下电话号码，他说会再打过来。"

戴维点点头，知道保罗平安，而且打了电话过来，心里感到很高兴。"祝你考试顺利。"他站起来说。

"谢谢，只求及格就好。"

她笑笑，然后挥挥手，牵着杰克穿过窄窄的石头小路，走向人行道。戴维看着她离去，努力让这个片刻深印自己心底：她那颜色鲜艳的背包，她那在身后摇摆的头发，杰克伸出小手去抓树叶和树干。他想让这一刻永远停驻在脑海中，不过徒劳无功。她每向前走一步，他的记忆就消逝一点。有时他看到保存在旧盒子或是档案夹里的照片，屡屡感到讶异，照片中他跟着一些他已经忘了名字的人笑得真开心，照片中的保罗带着戴维从未见过的表情。他盯着这些照片，却已经想不起那些时刻。再过一年或是五年，他还记得多少？阳光照在罗斯玛丽的发际，她的指甲间残留着一些泥土，身上隐约带着一股肥皂清香，他会记得吗？

但这也已经足够了。

他站起来伸展一下筋骨，慢慢跑向公园。跑了一英里后，他想起另一件困扰了他一早上的事，这事比罗斯玛丽的期末考更重要：七月十二日正是诺拉的生日，她已经四十六岁了。真的难以相信。

他跑着跑着，步伐渐趋规律自然。他想起诺拉在他们结婚那天的模样：他们走到户外，迎向晚冬阴冷的日光，站在人行道上跟宾客握手。微风掀起她的面纱，面纱轻轻扫过他的脸颊，茱萸枝头的残雪像云朵般片片飘下。

他离开公园，直接跑向以前的家附近。罗斯玛丽没错，诺拉应该知道整件事情，他决定今天就告诉她。他要回到他们以前的家，诺拉还住在那里。他要在家里等她回来，然后跟她全盘托出，但他还无法想象诺拉会作何反应。

"你当然无法想象，"罗斯玛丽曾说，"这就是人生，戴维。你以前能想象自己会住在这个又小又旧的双拼房子里吗？就算过一百万年你也想不到会碰到我吧？"

她说得没错，他现在的生活确实不如原本的想象。当年他以一个外地人的身份来到这座城市，现在每条街道他都这么熟悉，每个脚步、每个影像背后都联结着一个回忆。他看到人们种下这些树，也看着这些树苗壮成长。他经过很多熟悉的房子。这些年来，他曾受邀到屋里吃晚餐或喝酒小聚，也曾因为紧急状况进到屋里，深夜站在走廊或门口，开药单或打电话叫救护车。层层影像交互相叠，绵密又复杂，而且只对他才有意义。诺拉或保罗可能会经过同一个地方，也许会看到不同的影像。影像虽然不同，却同样真实。

戴维转个弯，跑到以前住的那条街。他已经有好几个月没来这里了。他诧异地发现前廊的柱子拆掉了，好多片木板撑住屋顶，前廊的地板有点腐蛀，却看不到工人的影子。车库空荡荡的，诺拉不在家，他绕着草地走了几圈，把呼吸稳下来，然后走到杜鹃花丛旁的一块砖下，取出藏在那里的钥匙。他自己开门进去，倒了一杯水，房子里有股霉味。

他推开窗户，微风掀起轻薄的白色窗帘，这些窗帘是新做的，地板瓷砖和冰箱也是新的。他又倒了一杯水，然后在家里走了一圈，很好奇家里还有哪些改变。各处都有些小变化：饭厅多了面镜子，客厅的家具整修过了，也移动了位置。

楼上的卧室还是老样子，保罗的房间还是反映着青少年的彷徨与愤怒，墙上贴了几张没什么名气的四重奏乐团海报。告示板上钉着几张票根，墙面漆着惹人厌的深蓝色，整个房间看起来像个洞穴。他进了茱莉亚音乐学院，虽然得到了戴维的赞同，戴维也付了一半学费，但保罗老是对以前的日子耿耿于怀，始终忘不了戴维以前对他缺乏信心，认定他的音乐才华无法养活自己。他不管到哪里表演，都一定会寄明信片过来，还有节目单和媒体乐评，似乎有意对戴维说："你看看，我成功了。"仿佛连他自己也不敢相信。有时戴维远赴离家数百里的地方，甚至更遥远的辛辛那提、匹兹堡、亚特兰大、孟菲斯，只为了悄悄溜到漆黑的观众席后方欣赏保罗的演出。保罗低着头弹吉他，手指娴熟地移动，神秘、美丽如语言的音乐让戴维感动得眼眶泛泪。他真想走下黑暗的走道，上台一把将保罗拥抱在怀里。但他从没这么做过。好多次他都是悄悄离去，没让人见到他的踪影。

主卧室的摆饰完美无瑕，好像从没用过。诺拉早已搬到前面一个比较小的房间里了。房间里的床单还皱皱的，戴维想把它拉直，但又把手缩回去，仿佛整理床铺会严重侵犯她的隐私。然后他下楼。

他想不通的是，已经是黄昏了，诺拉早应该回家了，如果她再不快点回来，他就要走了。

电话旁的桌上摆了一本黄色的笔记本，上面写满了让人看不懂的注意事项：八点前打电话给珍改行程、汤姆还不确定、十点前送货、别忘了邓菲和机票。他仔细、端正地撕下有注记的这一页，把它摆在桌子正中央，然后把整本笔记本拿到吃早餐的角落，坐下来开始动笔。

我们的小女儿没死，卡罗琳·吉尔带走了她，在另一个地方把她抚养长大。

他把这一行划掉。

我送走了我们的女儿。

他叹了一口气放下笔。他没办法写下去。如果不再背负这个沉重的秘密，他根本不知道该怎样过日子。他已经把这个秘密视为自己的天谴，虽然这种想法有点自暴自弃，但事实就是如此。有人抽烟，有人从飞机上跳下来，有人喝酒过量或开车不系安全带，他则拥有这个秘密。新窗帘在他手腕旁飘摇，楼下洗手间的水龙头传来滴水声。滴水这事已经困扰了他好多年，他也一直想要动手修理好水龙头。他把他写字的那一页从笔记本上扯下来，撕成小碎片放到口袋里，准备等一下丢掉。他走到屋外的车库，看看自己留下的工具，找到扳手和一组备用水龙头胶垫。

他花了一个多小时才把浴室的水龙头修好。先把水龙头拆开，然后把网罩上的沉淀物洗干净，换上新胶垫，拧紧水龙头。黄铜把手生锈了，他在洗手槽下面的咖啡罐里找到一支旧牙刷，用牙刷将把手刷得亮晶晶的。完工后已经六点了，在盛夏时节还不算晚，阳光依然从窗户照进来，但太阳已经低垂，在地上留下一道斜长的光影。戴维在浴室里站了一会儿，看到黄铜闪亮的模样，感到非常满意，四下的沉静也让他欣喜。厨房里电话响了，录音机传来陌生的声音，十万火急地说着蒙特利尔的机票这些东西，讲到一半忽然又说："喔，糟糕，我忘了你已经跟弗德瑞克去欧洲了。"他这下也才想起这事。她告诉过他，但他忘记了。不，他刻意将这件事抛在脑后，他不想要知道她到巴黎度假，也不想要知道她跟一个住在魁北克的加拿大人交往，这人在方方正正的 IBM 大楼上班，还会说法语。提到这人的时候，她的声音变得很温柔，他从来没听过她用这种语调说话。他想象着诺拉用肩膀夹住听筒，一边讲话一边把资料输入计算机，抬头一看才发现早已过了晚餐时刻；他也想象着诺拉昂首阔步穿过机场通道，带她的团员上巴士、进餐厅、去旅馆以及观光景点，而她总是以无比自信地安排行程。

嗯，起码水龙头修好了，她看了会高兴，他也感到愉快，因为他仔细又一丝不苟地完成了这桩差事。

他站在厨房伸展双臂，准备继续跑完全程，他再次拿起黄色的笔记本。

"我修好了浴室的水龙头，"他写道，"生日快乐。"

然后他便离开，锁上大门，继续跑步。

二

诺拉坐在罗浮宫公园的石凳上，大腿上放着一本书摊开的书，看着白杨树银白的树叶在空中飞舞，鸽子在脚边的草地上摇摇摆摆地走着，边啄食边拍动斑斓的翅膀。

"他迟到了。"诺拉告诉布丽。布丽坐在旁边，修长的双腿交叉着，随意地翻阅手里的杂志。四十四岁的布丽非常漂亮，身材高瘦，青绿色的耳环贴着橄榄色的肌肤晃动，头发一片银白。化疗期间她把头发剪短了。她说她不想浪费生命去追逐时髦。她很幸运，肿瘤发现得早，现在她已经脱离癌症阴影五年了。但这个病彻底改变了她，她整个人都不一样了。她更加爱笑了，还把上班的时间减少，周末到各地社区担任建屋义工，为穷人盖房子。她在肯塔基州当建屋义工的时候认识了一位亲切、健壮、幽默风趣的男人。这人名叫本，是一位牧师，太太刚过世。两人在佛罗里达州再度相逢，后来在墨西哥又遇到。最近两人在旅途中悄悄结婚了。

"保罗一定会来的，"布丽抬头说，"是他提议来这里碰头的。"

"没错，"诺拉说，"但他谈恋爱了，希望他记得我们有约。"

空气炎热干燥。诺拉闭上眼睛，回想起四月底的一天，保罗突然出现在她的办公室，让她惊讶又快乐。他的下一场演出还有几个小时才会开始，所以他决定回家一趟。高大的他依然瘦削，他坐在她的办公桌边拿着纸镇丢来丢去，同时说自己夏天要去欧洲巡回演出，还要花六个星期在西班牙跟一位吉他大师习艺。而她和弗德瑞克早已计划去法国玩，保罗一算，发现大家有一天凑巧都会在巴黎，于是从她桌上抓了支笔，在办公室墙上的行事历上草草写下："罗浮宫、七月二十一日、五点。在公园碰面，我请你吃晚饭。"

几个星期后他启程赴欧，有次从乡间小屋或是海边小旅馆的地方打电话来，告诉她说他爱上了一位长笛手，还说天气不错，德国啤酒很棒等，诺拉边听边劝说自己不要为保罗担心，也不要问太多问题。毕竟保罗现在是大人了，身高六英尺，皮肤跟戴维一样黑。她可以想象到他光脚在沙滩上，弯下身子跟女朋友小声说话，鼻息轻触着她的耳朵。

她很小心，连他的行程都不敢多问。所以，当布丽从莱克星顿的医院打电话过来的时候，她甚至不知道要怎样才联络得上保罗。她急着告诉保罗这个令人震惊的消息：戴维在植物园跑步时心脏病发，不幸去世。

她睁开双眼。夏日午后炎热，到处充满生气，又有点迷蒙，树叶在蓝色的天空下闪烁着光亮。她一个人从巴黎飞回家处理后事，在飞机上不断从梦中惊醒，梦里她总在寻找保罗。举行葬礼时，布丽从头到尾都陪着她。结束后，布丽不肯让诺拉落单，于是又陪着她回巴黎。

"别担心，"布丽说，"他会来的。"

"葬礼没通知到他，"诺拉说，"我会一辈子愧疚。戴维和保罗从没把事情谈开，我觉得保罗一直对戴维离家耿耿于怀。"

"你也是吧？"

诺拉看着一头短发、气色不错的布丽，布丽绿色的双眼沉着又灼灼逼人，诺拉把目光别开。

"你的语气好像本，你大概跟牧师相处太久了。"

布丽大笑，但继续追问："问问题的不是本，是我。"

"我不知道。"诺拉慢慢回答，心里想着她最后一次看到戴维的那天，他刚跑完步，端着一杯冰茶坐在前廊。他们已经离婚六年了，之前的婚姻持续了十八年，算来两人认识快二十五年了，等于是四分之一个世纪，超过她的半辈子了。布丽打电话到巴黎告诉她戴维的死讯时，她怎样都不能相信，根本无法想象世界上少了戴维会怎样。葬礼结束后，悲伤才席卷而来。"我想告诉他好多事情，我们聊过几次。有时他过来家里修修东西，打个招呼什么的。我觉得他很寂寞。"

"他知道你和弗德瑞克的事情吗？"

"不知道。有次我想跟他说，但他没听进去。"

"听起来像戴维的作风，"布丽评论道，"他和弗德瑞克真不一样。"

"没错，没错，两人差很多。"

她脑海中突然闪过一个影像：弗德瑞克在莱克星顿，站在薄暮的阴影中，把细沙填到杜鹃花丛周围的泥土里。一年多前，他们在另一个干热的夏日、另一个公园里相遇。诺拉花了好大功夫才争取到 IBM 当客户，这也成为她获利最多的案子之一，所以尽管那天头痛，远处又雷声隆隆，她还是参加了 IBM 办的野餐会。弗德瑞克一个人坐着，看起来有点严肃，难以沟通。诺拉装了一盘食物坐到他旁边，若他不想讲话，她也不在乎。但他笑了笑，跟她亲切地打招呼，而且一直找话和她说。他的英文带着法语腔，原来他是魁北克人。当乌云密布，其他人都收拾东西离开时，他们还留下来继续聊了好几个小时。下起雨了，他邀她共进晚餐。

"弗德瑞克现在在哪里？"布丽问，"你不是跟我说他会来吗？"

"他本来想来，后来被派到奥尔良出差，他家在那里有亲戚，某个远房二表哥还住在一个叫'新堡'的地方。怎么会有这种地名？你会想住在这种地方吗？"

"说不定在那边也会塞车，也会有心情不好的时候。"

"希望不会吧。希望在那种地方，大家每天早上走路上菜市场，买刚出炉的面包和鲜花回家。不管怎样，我跟弗德瑞克说你就去吧，去出差吧。虽然他和保罗相处得不错，可是我要单独告诉保罗他爸爸的事情。"

"没错。保罗一到，我也打算悄悄开溜。"

"谢谢，"诺拉边说边拉起她的手，"谢谢你为我做了这么多事，葬礼上你帮了我好多忙。上个星期如果没有你，我真不知道怎么撑下去。"

"你欠我的可多着呢。"布丽笑着说，然后陷入沉思，"我觉得他的葬礼很美，来了很多人。没想到戴维这辈子打动过这么多人。"

诺拉点点头，她也很惊讶。小小的教堂挤满了人，追思会正式开始的时候，人潮已经挤到教堂最后面了。举行葬礼的前几天一团混乱，本细心地带着她挑选圣诗、经文、棺木、鲜花，还帮她写讣闻。有事做总比没事做好，诺拉麻木又利落地处理事情，借此来隐藏心中的悲伤。等到追思会开始的那一刻，她终于崩溃了。她哭得很伤心，来宾一定觉得很奇怪。古老而优美的《圣经》经文在耳中回响，顿时有了新的意义。她不仅仅是为戴维而哭。很多年前他们一起参加女儿的追思会，从那时开始失落感就在两人之间滋长蔓延。

"因为那家诊所，"诺拉说，"他自己开的诊所，来的人大都是他的病人。"

"我知道，想想还是觉得不可思议，大家都认为他是圣人。"

"他们可没有嫁给他。"诺拉说。

树叶在炎热的蓝天下飘动。她又站起来环顾了下公园，看看保罗来了没有，但还是不见人影。

"噢，"诺拉说，"我不敢相信戴维真的走了。"即使事情已经发生了，过去了，她讲到戴维时，身子还是微微颤抖，"不知道怎么搞的，我觉得自己太老了。"

布丽拉着她的手，她的手掌心平滑又温暖，两人静静地坐了几分钟。诺拉只觉得眼前这个时刻不断往外增长、扩延，好像要把整个世界包纳进来。她记得以前保罗小的时候，她在宁静的黑暗中喂他吃奶，当时她也有这种感受。他现在长大喽，站在火车站里、落叶缤纷的人行道上，或是大步跑过马路；他驻足在商店的橱窗前，从口袋里拿车票，或是用手遮住阳光。他从她的身体里出生，慢慢长大，如今却独立游走四方，没有与她相伴。她也想到坐在会议室里的弗德瑞克，一边点头一边浏览文件，准备发言时就把手平贴在桌面上。他手臂上的汗毛是黑色的，长长的指甲修得很整齐。他每天刮两次胡子，如果忘了刮胡子，晚上他把她拉进怀里、亲吻她的耳根调情时，新长出来的胡楂就会刮到她的脖子。他不吃面包，不吃甜食，如果一早起来看不到报纸，就会非常不耐烦。这些小特点有时甜蜜有时烦人，但都是弗德瑞克这个人的一部分。今天晚上，两人约在河畔的旅馆碰面，一起享用美酒；她半夜会醒来，看见满室月光，听见他轻微、平稳的呼吸声。他想结婚，但她还没决定好。

诺拉的书掉到地上，她弯下身捡起来。她用一本小册子当书签，册子的封面是凡·高的名画《星月夜》。她坐直的时候，保罗正穿过公园向这边走来。

"啊。"她喊道，心中一阵欣喜。每次看到他，看到儿子好端端地活在世上，她就满心欢喜。她站起来："在那里，布丽，保罗来了！"

"好帅的小伙子，"布丽同时站了起来，"一定有我的遗传。"

"肯定。"诺拉表示同意，"可是没人知道他从哪里遗传来的音乐天赋，我们姐妹两人或戴维都没有音乐细胞。"

保罗的天赋，是啊，是难解的秘密，也是上天的赐予。她看着他走过公园。

保罗向她们挥手，开心地笑了。诺拉把自己的书放在石凳上，朝他走过去。她非常兴奋快乐，但又满怀悲伤和忧虑。她在发抖。有了他，世界看上去是那么不一样！她终于走到保罗身旁，紧紧抱住他。他穿着白衬衫和卡其裤，袖子卷起，闻起来干干净净的，好像刚洗过澡。她感觉得到他的肌肉、强壮的筋骨及体温，顿时理解了戴维为什么想让时光停驻下来。不能怪戴维，不行，不能怪他想要深入每一个稍纵即逝的时刻，好好研究蕴含其间的神秘，想要借此抵抗失落与变化。

"嗨，妈。"保罗边说边抽身看着她。他的牙齿洁白整齐，完美极了，他留了黑色的胡须。"真高兴在这里见到你。"他笑着说。

"没错，真高兴。"

布丽走到两人身旁，上前一步抱住保罗。

"我得走了，"她说，"我就等着跟你打招呼呢。你看起来真帅，保罗，流浪的生活很适合你喔。"

他微微一笑："你留下来嘛！"

布丽瞄了诺拉一眼。"不行，"她说，"但我们很快就会再见面，好吗？"

"好，"保罗低头亲了亲她的脸颊，"没问题。"

布丽转身离去时，诺拉用手背抹去眼角的泪水。

"怎么了？"保罗变得正经起来，"出什么事了？"

"来，坐下来。"她拉起他的手臂说。

他们一起往回走，回到石凳旁。鸽子拍动着色泽斑斓的翅膀向空中飞去。她捡起书，手指抚弄着书签。

"保罗，有个坏消息要告诉你。你爸爸九天前心脏病发作去世了。"

他震惊、哀伤地瞪大了眼睛，然后望向远方，一语不发地看着小径。他先前就是顺着这条小径走向诺拉，走向这个噩耗的。

"丧礼什么时候举行的？"他终于问。

"上星期，保罗，真的很抱歉，我们没来得及找到你。我想通知大使馆，请他们帮忙找你，但又不知道从哪里开始问，所以我今天才来这里，希望你会出现。"

"我差点儿错过火车，"他神色凝重，"差一点儿就没赶上。"

"但你还是赶上了，"她说，"你来了。"

他点点头，弯下腰，把手肘放在膝盖上，双手交握在膝间。她记得他小时候一难过，就会摆出这种坐姿。他握紧双拳，然后放松。诺拉把儿子的手拉到自己手里。他的指尖因为常年弹吉他都起茧了。母子俩坐了很久，听着微风吹过树叶发出飒飒的声响。

"难过是正常的，"她说道，"他毕竟是你爸爸。"

保罗点点头，脸色依然像拳头一样紧绷。他再度开口时，声音听起来好像快要哭了。

"我从没想过他会死，也从没想过我是不是在乎他的死活。我们从来没有好好谈谈。"

"我了解。"她确实了解。布丽打电话通知完这个噩耗后，诺拉走在绿叶成荫的街道上，一路放声大哭。她气恼戴维，怎么可以就这样走了，从此之后，再也没机会跟他把事情讲清楚了。"如果他还在，至少总有机会说说话。"

"没错，我一直等他先开口。"

"我想他也在等你先开口。"

"他是我爸爸，"保罗说，"他应该知道怎么做。"

"他爱你，"她说，"不要以为他不爱你。"

保罗苦笑一声："这句话很好听，可是跟事实不符。我也去他家找他了，我也努力过了，待在那里跟爸爸东聊西聊，但我们从来没有深谈。在他眼里，我做什么都是错的，大概另一个儿子会让他快乐一点。"他的语调镇定，但眼角已积满了泪水，然后泪水滑到脸颊上。

"亲爱的，"她说，"他爱你，他真的爱你。他觉得你是最棒的孩子。"

保罗用力从脸上抹掉泪水，诺拉也觉得哀愁与伤痛哽在喉头，过了好一会儿才说得出话来。

"你爸爸，"她终于说，"很难跟人吐露心事。我也不知道为什么，他小时候很穷，老是觉得家里穷很丢脸。保罗，我真希望他能看到有多少人参加他的葬礼，你自己可以看看签名簿，那么多人尊敬他，爱他。"

"罗斯玛丽去了吗？"他边问，边转身面向她。

"罗斯玛丽？去了。"诺拉沉默下来，温暖的微风轻轻吹过脸庞。追思会结束后她看见了罗斯玛丽，她穿着简单的灰色洋装坐在最后一排，依然一头长发，看起来比以前成熟沉稳了。戴维生前坚称他们之间没有感情牵连，诺拉内心深处也知道这是真的。"他们不是恋人，"诺拉说，"你爸和罗斯玛丽，事情跟你想的不一样。"

"我知道，"他坐直一点，"我知道，罗斯玛丽跟我说过了，我相信她。"

"她跟你说了？什么时候？"

"爸爸带她回家的那一天，就是第一天。"他看来有点不自在，但继续说，"我去找爸爸时，有时候会在他家碰到她，大家就一起吃晚饭。有时候爸爸不在，我就留下来陪罗斯玛丽和杰克。看得出来他们之间没有瓜葛，有时候她的男朋友也在那里。我不知道，那种感觉有点奇怪，后来我也习惯了。罗斯玛丽人还不错。我跟爸爸没有好好聊，原因不在她。"

诺拉点点头："保罗，你对他很重要。唉，我了解你的意思，因为我也有同样的感觉。那种距离，那种生疏，那种有一道高墙怎么样也跨不过去的感觉。过了一阵子之后，我就不再尝试了，再过久一点，我已经不期待墙上会出现一扇门。但是在那道墙的背后，他还是爱着我们母子的。我也不知道我为什么知道，我就是知道。"

保罗没有说话，不时拭去眼中的泪水。

气温凉了一点，出来散步的人群悠闲地走过公园。情人手牵手，夫妻带着孩子，也有独自行走的路人。一对上了年纪的夫妻走过来，太太身材高大，满头发亮的白发，先生有点驼背，脚步缓慢。她挽着他的手，稍微弯下身子跟他说话，他严肃地点点头，皱着眉头遥望公园的铁门，看着她叫他看的东西。

诺拉看着两人亲密的互动，心中一阵刺痛。她也曾想象自己和戴维能像这对夫妻一样步入晚年，两人的生活像藤蔓般紧紧缠绕在一起，就像藤叶绕着枝干，密不可分。喔，她以前的想法真是太老派了，现在连心里的遗憾都是那么老派。

她以前总是想象着结婚后自己像美丽的花苞，被坚韧的花萼包围；想象着她与伴侣的生活交融，彼此包容，互相呵护。然而恰恰相反，她找到了自己的路，开创了事业，抚养保罗长大，自己周游世界。她成了花瓣、花萼、枝干、叶片，也成了深入土中的根。她觉得很欣慰。

经过她身旁的时候，这对老夫妻正在用英语讨论晚上要去哪里吃饭。两人带着南方口音，诺拉猜想大概是德州人。先生想找牛排馆吃点熟悉的食物。

"美国人，真讨厌。"老夫妻走远了，听不见他们讲话之后，保罗马上说，"美国人看到同胞就高兴得不得了，好像世界上的美国人很少，碰面不容易。既然已经到了法国，为什么不多跟法国人聊聊？"

"又是弗德瑞克跟你讲的吧？"

"没错，谈到美国人的傲慢，弗德瑞克说得对极了。对了，他人在哪里？"

"跟平常一样，在忙工作，今天晚上会回来。"

她脑海中再度出现那个影像：弗德瑞克走进旅馆房间，把钥匙摆在梳妆台上，摸摸口袋确定皮夹还在。他洁白的衬衫映着傍晚的最后一道阳光，衬衫的衣领笔挺，两边的领角扣上纽扣。每天晚上回家，他都随手把领带扔在椅子上，用低沉的嗓音呼唤着她。说不定就是因为他的声音，她才爱上他。他们有好多相似的地方：小孩都长大了、离过婚、工作非常忙。但弗德瑞克在别的国家过了大半辈子，一辈子有一半时间说另一种语言。诺拉觉得他充满了异国风情，感觉熟悉又陌生，仿佛是个古老的国家，却仍然充满新奇。

"玩儿得开心吗？"保罗问，"你喜欢法国吗？"

"我在这里一直很开心。"诺拉说。这也是真的。弗德瑞克觉得巴黎太拥挤，大不如前，但诺拉觉得巴黎非常迷人，到处都在卖面包和点心，路边的小摊上还买得到法式薄饼；古老建筑物的尖塔和钟声令人着迷，还有像潺潺小溪的法语，这里冒一句，那里冒一句。"你呢？巡演还好吗？还在谈恋爱吗？"

"啊，没错。"他脸色轻松下来，直直盯着她说，"你会嫁给弗德瑞克吗？"

她摸着小册子的尖角。这个问题始终挥之不去：她愿意改变自己的生活吗？她爱弗德瑞克，从来没有像现在这么快乐过。但在幸福喜悦中她也知道，总有一天，他那些现在看似迷人的生活习惯，说不定会惹恼她，她的习惯也可能让他厌烦。他喜欢保持原状，从把被子叠得棱角分明到填写报税的税单，做事一直一丝不苟。这方面让她想起戴维，但戴维和弗德瑞克在其他方面完全不同。她现在够成熟了，人生经验也足够老到，她知道天下没有完美的事，没有一成不变的事，包括她自己在内。但弗德瑞克一走进房里，气氛好像就变了，热情总会贯穿她全身。她想看看接下来会有什么发展。

"我不知道，"她慢慢说，"布丽说她可以接手买下旅行社，弗德瑞克的工作合约还有两年才期满，我们现在还不必急着决定。但我愿意去想象自己跟他在一起生活会是什么样子，这算是好的开始吧。"

保罗点点头："上一次也是这样吗？你知道的，跟爸爸交往的时候。"

诺拉看着他，不知道该怎么回答这个问题。

"可以说是，也可以说不是，"她终于说，"我现在实际多了，当年我只想被人照顾，我还不太了解自己。"

"爸喜欢照顾别人。"

"没错，没错，他就是这样。"

保罗苦笑着说："没想到他已经过世了。"

"我知道，"诺拉说，"我也很难相信。"

他们坐了一会儿，都没讲话，风轻轻吹过他们脚边。诺拉翻翻小册子，想起凉爽的博物馆内游客脚步的回音。她在《星月夜》前面站了快一个小时，仔细研究色彩和稳定又生动的笔触。当年是什么样的事情触动了凡·高的心弦？是那种灵机一动、捉摸不定的东西吧。戴维还在的时候，常把相机的焦点对准最微小的细节，执着于光线和影子，要把景物凝滞在原处。现在他走了，他观察世界的方式也随之消逝。

保罗站起来对着公园挥手，脸上的悲伤被愉快、兴奋的笑容取代。他显然在对着一个人笑。诺拉顺着他的目光，看到草地上有一位年轻女子。她细长的脸孔秀美，肤色有如成熟的橡树核，及腰的黑发梳成很多条辫子。她身材苗条，穿着柔软的印花洋装，举手投足间带有舞者的优雅和含蓄。

"是米歇尔，"保罗人已经站了起来，"我马上回来，米歇尔来了。"

诺拉看着他好像受到地心引力牵引，一直走向她。米歇尔看到他也喜形于色。两人亲吻时，他的双手轻轻托住她的脸庞。然后她举起手，两人的手掌很快地轻轻一碰，这么亲密的姿态，诺拉都不得不移开视线。他们随后低着头走过来，边走边说话，走到一半停下来，米歇尔把手放在保罗的手臂上。诺拉知道他告诉她了。

"亨利太太。"两人走到石凳旁边时，米歇尔跟诺拉握手打招呼。她的手指细长冰凉："保罗的父亲过世了，真令人难过。"

她在伦敦住过很多年，口音也带着异国腔。三人站在公园里聊了一会儿，保罗提议大家一起吃晚餐，诺拉真想答应，真想跟保罗聊到深夜，但她也有点犹豫，因为她察觉到保罗和米歇尔如胶似漆，这两个年轻人其实想独处。她又想到了弗德瑞克，说不定他已经回到旅馆，领带也已经挂在椅背上了。

"明天可以吗？"她说，"一起吃早餐好不好？我要听你们说这趟表演的情形，也想了解一下那些塞维尔的佛朗明哥吉他高手。"

往地铁车站走时，米歇尔挽着诺拉的手臂，保罗走在她们前面，身材瘦长，肩膀宽阔。

"你教出了一个好儿子，"她说，"真遗憾没机会多了解他父亲。"

"要了解他不太容易。但你说得没错，我也很遗憾你没机会跟保罗的爸爸见面。"她们走了几步，"这趟旅行还愉快吗？"

"喔，旅行的感觉真自由，真棒。"米歇尔说。

夜色宁静，走入地铁站时，里面明亮的灯光让人一时难以适应。远处车声隆隆，回声传遍隧道，空气中混杂着香水、机油和刺鼻的金属味。

"明天早上九点左右过来。"诺拉提高音量盖过噪声跟保罗说话。列车越来越近，她倾身向前靠在他耳边大喊。

"他爱你！他是你爸爸，他很爱你！"

保罗表情一变，悲伤与失落同时出现，他点点头，没时间再多说什么。列车进站了，朝着他们急速驶来，带来迎面的强风。她的心里再也容不下什么了。她的儿子在这里，戴维却突然过世了。列车戛然停顿，液压车门嘘了一声开启，诺拉上车坐在靠窗的位子上，又看了保罗一眼。他双手放在口袋里，低着头走路，身影一闪而过，刚刚还在那里，然后就不见了。

她下车时已是迷蒙的黄昏，她走过铺着小圆石的街道回到旅馆。旅馆外墙漆成淡黄色，窗架上垂吊着花朵。房间里安静无声，她自己散置的东西还在原处，弗德瑞克还没回来。诺拉走到临河的窗边站了一会儿，想起戴维把保罗扛在肩上，在他们第一个家里走来走去；也想起他求婚的那夜，在湍急的水声中对着她大喊，把婚戒套上她的手指，凉凉的。她想着保罗和米歇尔的手，掌心碰着掌心。

她走到小桌子旁边，写了一张字条：弗德瑞克，我在中庭。

中庭摆着一排椰子树盆栽，从这里可以俯瞰塞纳河。一串串小灯泡挂在椰子树和铁栏杆上，诺拉选了个看得见河景的角落坐下，点了杯酒。她的书没带回家，可能留在罗浮宫的公园里了。书丢了，她心中有点遗憾。这不是那种短小轻薄、拿来打发时间的书，这本书讲的是两个姐妹的故事，这下她永远不知道故事的结局了。

两姐妹。说不定哪天她和布丽也可以合写一本书，想到这里，诺拉笑了出来。隔桌有位身穿白西装、手边摆着小酒杯的男人也对她报以微笑。事情通常就是这样开始的：她以前碰到这种事情就会跷起大腿，要不然就把头发揽到后面，做出这种类似邀约的姿态，等对方走过来问她是否有荣幸跟她同桌。她喜欢调情的权力感，以及那种探险的感觉。但今晚，她只是把眼光移开，那男子点了支烟，抽完后就付账离开。

诺拉坐着观看河边的人潮。夜色中水波粼粼，她都没注意到弗德瑞克走来。他把手搭在她肩上。她转身，他先吻了下她一边的脸颊，然后是另一边，最后双唇落在她的唇上。

"哈喽。"他坐下。弗德瑞克不高，但非常结实，长年游泳让他把

302

肩膀锻炼得相当强健。他是系统分析师，诺拉喜欢他的自信，也欣赏他能掌握大局、不受细节干扰的性格。他眼中的世界稳定，不出他预期，但这点有时会让她抓狂。

"等很久了吗？"他问，"吃过了没？"

"还没，"她对着几乎空了的酒杯点点头，"没有等很久，我很饿。"

他点点头："对不起，我迟到了，火车晚点。"

"没关系，今天在奥尔良还好吗？"

"很无聊。可是跟我表哥吃了午饭，还不错。"他开始说话，诺拉悠闲地听着，让语句将她淹没。

弗德瑞克的双手强壮灵活，她记得有次他帮她做了两个书架，整个周末都在车库里忙，卷曲的木屑从刨平机上落下。他喜欢做粗活。她在厨房做菜时，他也不管会不会打扰到她，就用双手抱住她的腰，亲吻她的脖子，直到她转过来回吻他为止。他抽烟斗，她不太喜欢烟味。他还是工作狂，而且在高速公路上开车会很猛。

"你跟保罗说了？"弗德瑞克问，"他还好吗？"

"我不知道，希望他还好。明天早上他会跟我们一起吃早餐，他要跟你抱怨美国人多傲慢。"

弗德瑞克大笑。"好，"他说，"我喜欢你儿子。"

"他谈恋爱了，他喜欢的女孩也很可爱，叫米歇尔，明天也会来。"

"好。"弗德瑞克又说一次，两人十指交缠，"谈恋爱是好事。"

他们点了晚餐，享用过牛肉串烧和炖饭，又喝了酒，聊天时黑黑的河水静静地在桥下流动。诺拉心想，安安静静地待在一个地方真好，在巴黎享用美酒，看着鸟群从树影上振翅高飞，河水沉稳流过。她记起年轻时疯狂地开车飙到俄亥俄河畔，河面上闪烁着奇异的色彩，石灰岩河岸一片光滑，她的头发在风中飘扬。

如今她安坐在这里，闻着河水、废气、烤肉和河岸湿泥的味道，鸟儿在黑暗中飞向深蓝色的天空。弗德瑞克重新点起烟斗，倒了更多的酒。行人在黑夜中的人行道上漫步。夜色渐深，建筑物慢慢消失在黑暗中，窗户中接二连三亮起灯光。诺拉把餐巾叠好，站了起来。经历了悲喜交加的漫长一日之后，她已经不胜酒力，感觉到头很晕。

"还好吗？"弗德瑞克的声音好像很遥远。

诺拉用手扶着桌子，稳住呼吸，点点头。但在潺潺的水声和漆黑河岸的气味中她无法言语；繁星闪耀，生机盎然。

一九八八年十一月

　　他叫罗伯特，长相英俊，蓬乱的黑发垂在额头。他在公交车上走来走去，对着每个人自我介绍，大谈公交车路线、驾驶和天气。他走到最后一排后，转身往前走，从头又说一遍。经过卡罗琳身边的时候，他跟她握握手，大声说"我好开心"。她耐着性子笑笑。他的手强劲而有力，公交车上其他人纷纷躲避他的目光，低头读书、看报，或是盯着窗外飞逝的风景。可是罗伯特锲而不舍，毫不畏惧，似乎认为乘客和树木、石头、云朵一样，可以对着他们讲话，但别指望得到回应。卡罗琳坐在最后一排仔细观察着，下定决心不去插手，但又心想，罗伯特的坚持其实隐含着深切的渴望，希望找到一个真正看重他的人。

　　那个人就是菲比。罗伯特一出现，菲比就快乐起来，浑身散发着光彩。她看着他在公交车上来回走动，仿佛他是个神奇的人物，也说不定是只美丽、骄傲、四处炫耀的孔雀。最后他在她旁边坐下，还是不停地说话，菲比只是对着他微笑，笑得十分灿烂，毫不保留。她不腼腆，不防备，也不等着他回报同等的爱意。卡罗琳在女儿毫不设防的热情中闭上双眼。唉，她太天真了，多危险啊！但当她睁开眼睛时，罗伯特也对着菲比微笑。菲比令他惊喜、讶异，他好像听见一棵树大喊出了他的名字。

　　嗯，好吧，卡罗琳想，好吧，世上这种爱情也不多见。她瞄了坐在旁边的艾尔一眼，他正在打瞌睡。巴士驶过路面坑洞或转弯时，他日渐灰白的头发随之飘起。他昨夜很晚才到家，明天一早又要上路，赚的钱都拿来整修屋顶和排水沟了。最近几个月，他们在一起的时间都花在家务上。卡罗琳回想起他们新婚的日子，他的唇贴着她的唇，手摸着她的腰。回忆扫过心头，激起苦乐参半的旧情。两人怎么会弄得这么忙、这么累？多少日子就这样一天天过去，他们怎么会走到这个地步？

巴士疾驶过峡谷，开上史奎尔丘。在初冬的暮色中，巴士开亮了头灯，菲比和罗伯特面对走道安静地坐着。两人穿着盛装准备去参加"欢乐唐氏症协会"的年度舞会。罗伯特的鞋子擦得很亮，还穿上了他最好的西装。菲比大衣里面是一件红白相间的碎花洋装，脖子上挂着细细的项链，项链上有个精致的白色十字架，是她坚信礼的礼物。她的发色越来越深，头发日渐稀薄，短发紧贴着头颅，上面随便夹了几个红色发卡。菲比的皮肤很白，手臂和脸上有些浅色的雀斑，她望着窗外，脸上带着浅浅的笑容，看样子是想事情想得出神了。罗伯特在研究卡罗琳头上方的诊所及牙医的广告板，还有公交车路线图。他是个好人，一点点小事都会让他开心。只是他每次跟人说完话，几乎马上就忘记自己说过什么，而且每次碰到卡罗琳都跟她要一次电话号码。

尽管如此，他总是记得菲比；他心里总记得爱。

"快到了。"巴士快到坡顶时，菲比拉拉罗伯特的手说。协会离这里只有半条街，柔和的灯光照在枯黄的草地和薄雪上。"我算过了，已经过了七站。"

"艾尔，"卡罗琳摇摇艾尔的肩膀说，"艾尔，亲爱的，该下车了。"

他们从车上下来，两两走着，十一月的傍晚又湿又冷，暮色昏暗。卡罗琳伸手挽住艾尔的手臂。

"你累了。"她打破沉默，两人间似乎越来越没话讲，"你这两个星期很忙。"

"我还好。"他说。

"真希望你不要经常在外面开车。"话一出口她就后悔了。这是老问题了，也是两人婚姻生活里的敏感话题。听在耳里，连她自己都觉得尖锐，好像在故意挑衅。

他们踩着雪前进。艾尔重重地叹了口气，呼出的空气在冷天里变成一团薄雾。

"唉，卡罗琳，我尽量好吗？我现在收入不错，而且资历也老，我快六十岁了，总得趁着还有力气的时候多赚点钱呀。"

卡罗琳点点头。艾尔的臂膀结实稳重，她真高兴现在有他陪在身旁。他一离家就是好几天，她厌倦了这种生活，只期盼每天早上能跟他共进早餐，晚上一起吃晚餐，早上醒来时他就在身边，而不是在一百英里或五百英里外的陌生旅馆里。

"我只是很想你，"卡罗琳轻声说，"没有其他意思，只想告诉你，我很想你。"菲比和罗伯特手牵着手走在前面。卡罗琳看着女儿，她戴着黑色的手套，脖子上围着罗伯特送的围巾。菲比想跟罗伯特结婚，跟他一起生活，最近除了这件事，她什么都不想谈。协会的主任琳达警告过卡罗琳："菲比谈恋爱了，二十四岁，算是比较晚开窍，她已经发现自己生理上有需求了。卡罗琳，我们得好好谈谈。"但卡罗琳不肯相信自己女儿有什么改变，始终拖着不愿讨论。

菲比走路微微低头，专心听罗伯特说话，她的笑声穿过夜色飘到后面。卡罗琳吸了一口冰冷的空气，看到女儿这么高兴，她也感到喜悦。同时，回忆也把她拉回到当年那个候诊室，候诊室的门嘎嘎响，蕨类植物没什么生气，诺拉·亨利站在柜台边，脱下手套向接待小姐展示她的婚戒，笑得就跟菲比现在一样开心。

那是上辈子的事喽。卡罗琳都快忘了。但上个星期，艾尔还没回来的时候，市中心的一家法律事务所寄来一封信。卡罗琳站在前廊，困惑地拆开信，并在十一月寒冷的天气中读了起来。

请尽快与本事务所联络，商讨您名下账户的事宜。

她马上打电话过去，然后站在窗边看着外面的车流，耳中响起律师通知的消息：戴维·亨利过世了。律师说，他过世三个月了，生前留下一个银行账户，在她名下。卡罗琳的耳朵紧贴着听筒，细看几片残存的梧桐叶在清冷的晨光中飘摇。这个消息太沉重了，令她难以承受。另一端的律师继续说，这是个受益人账户，戴维把账户设在事务所和卡罗琳的名下，这样一来，账户的钱就不列入遗产范围，无须公证即可动支。律师不肯在电话里告诉她户头中有多少钱，卡罗琳必须亲自到事务所一趟。

挂了电话后，她走回屋外门廊。她在摇椅上坐了很久，始终不能接受这个消息。戴维竟然用这种方式记着她，令她十分诧异，更让她吃惊的是他居然死了。她以前是怎么想的？难不成她以为她和戴维可以永远这样下去，各过各的日子，但两人之间依然因为他当年在诊所里把菲比抱到她怀中而联结着？或是哪天等她愿意，她会主动找他，让他跟他女儿见面？车辆不断从山坡急驶而下，她也不知道自己该怎么办。最后她走回屋里准备去上班。她把信塞进最上面的抽屉，跟一大团橡皮圈和回形针丢在一起，等艾尔回家再做决定。她还没提这事，艾尔实在太累了。但这个还没说出口的消息，却和协会主任琳达对菲比的关切，同时悬在了两人之间。

协会的灯光照在人行道和枯黄的草根上，他们推开双层玻璃门走进去。舞池在大厅的另一头，一个七彩镜球来回转动着，在天花板、墙面及每张微微上扬的脸庞上都投射着明亮的灯彩。大厅内播放着音乐，还没有人跳舞。菲比和罗伯特站在人群里，看着灯光在空荡荡的舞池上闪动。

艾尔把大衣挂好，然后出乎卡罗琳意料地拉住她的手："记不记得在公园里，我们决定结婚的那天？让我们示范两招吧，怎样？"

卡罗琳激动地热泪盈眶。她想起很久以前的那一天，阳光亮丽，树叶像铜板一样飘动着，蜜蜂在远方嗡嗡低鸣，而他们正在草坪上翩翩起舞。几小时后她在医院里答应了艾尔的求婚。"好，"她说，"好，我愿意嫁给你。"

艾尔把手滑到她的腰际，两人走进舞池。好久没跳舞了，卡罗琳早忘了他们的动作配合得多么自然，忘了跳舞能让她全身舒畅。她把头靠在他的肩膀上，闻着他剃须水的强烈香味，还有挥之不去的机油味。艾尔的手紧压着她的背，两人脸贴脸，旋转起舞，其他人也慢慢跟进，对着他们微笑。大厅里的每个人卡罗琳几乎都认识：协会职员、"欢乐唐氏症协会"的其他家长、协会旁边的住户。菲比正等着协会空出一个房间，那样她就可以跟几个大人一起住，协会里也有家长负责监督。这样的安排很理想：菲比可以学着自己独立生活，为她的未来做准备。卡罗琳却不敢想象菲比离开她独立生活的日子。一开始她们申请的时候，候补名单还很长，现在一年过去了，菲比的排名越来越靠前，不久后卡罗琳就必须做出困难的决定——是否让菲比离家。她瞄了菲比一眼，菲比笑得还是那样灿烂，稀薄的头发被鲜红的发卡固定住，害羞地跟着罗伯特踏进舞池。

她跟艾尔又跳了三支舞。她闭上双眼随着他的步伐尽情摇摆。他很会跳舞，步伐稳当且充满自信，音乐似乎直接贯穿过她。菲比的声音也让她有这种电流贯穿全身的感觉，家里只要响起菲比清纯的歌声，卡罗琳就会放下手边的事情，站着不动。"感觉真好。"艾尔一边喃喃说道，一边把她拉近一点，脸庞紧贴她的双颊。音乐变成了快速的摇滚乐，两人离开舞池，他的手臂始终环在她的腰际。

卡罗琳有点头晕眼花，她习惯性地环视屋内，找寻菲比在哪里，却没见到她的踪影。她担心起来。

"我叫她下去拿果汁了。"琳达在桌子后面大喊，指指桌上逐渐减少的点心，"这么多人来，想不到吧，卡罗琳？饼干也快吃完喽。"

"我去拿。"卡罗琳主动提议帮忙，很高兴有个借口可以去找菲比。

"你别去了。"艾尔握住她的手，指指他身旁的椅子。

"去看看就好，"卡罗琳说，"一会儿就回来。"

她走过无人的走廊，四周明亮而安静。她好像还能感受到艾尔的抚摸。她下楼走进厨房，一只手推开旋转铁门，另一只手伸出去找电灯开关。日光灯一亮，眼前有两人仿佛被灯光逮个正着：穿着碎花洋装的菲比靠着流理台，罗伯特把她抱在怀里，一只手顺着她的大腿往上滑。

他们回头之前的那一刻，卡罗琳看到他正要吻她，而菲比正等待着他的吻，也准备要回吻。罗伯特，她第一个真正的爱人。她两眼紧闭，脸上洋溢着喜悦。

"菲比，"卡罗琳大声说，"菲比、罗伯特，够了。"

他们吓了一跳，赶快分开，却没有不好意思的样子。

"没关系，"罗伯特说，"菲比是我女朋友。"

"我们要结婚了。"菲比加了一句。

卡罗琳全身发抖，用力让自己镇定下来，菲比毕竟已经成年了。"罗伯特，"她说，"我想跟菲比单独说会儿话，一下子就好，拜托。"

罗伯特犹豫了一下，然后走过卡罗琳身边，欢欣兴奋之情已然消逝。"没那么糟，"他停在门口说，"我和菲比……我们彼此相爱。"

"我知道。"卡罗琳说。他关上门。

菲比站在强烈的灯光下，用手摸着项链："妈，只要是自己爱的人，就可以亲，对不对？你也亲艾尔。"

卡罗琳点点头，想起艾尔的手贴在她腰上的感觉："没错，但是亲爱的，你们刚才看起来好像不只是要亲嘴而已。"

"妈！"菲比生气了，"我要和罗伯特结婚了！"

卡罗琳想都没想就说："你不能结婚，甜心。"

菲比抬头一看，脸上浮现出卡罗琳熟悉的顽固表情。日光灯照着锅子，在她的脸颊上反射出图样。

"为什么？"

"甜心，结婚……"卡罗琳停了一下，想起艾尔疲惫的模样，还有他常年不在家而产生的距离感。

"唉，甜心，婚姻很复杂，你可以跟罗伯特谈恋爱，但先不要结婚。"

"才不要，我要和罗伯特结婚！"

卡罗琳叹了一口气："好吧，如果结婚，你们打算住哪里？"

"我们会买房子，"菲比表情亮了起来，"妈，我们会住在房子里，生小宝宝。"

"养宝宝好麻烦呢，"卡罗琳说，"你和罗伯特不知道照顾宝宝多辛苦，而且养小孩要花钱，你们打算用什么钱买房子、买东西吃？"

"罗伯特在上班，我也是。我们有很多钱。"

"但是如果你要照顾宝宝，就不能工作了。"

菲比皱着眉头思索。卡罗琳觉得心酸，这些理想这么远大，又这么单纯，却没办法实现，这样公平吗？

"我爱罗伯特，"菲比坚称，"罗伯特爱我，艾芙丽都生了小宝宝。"

"喔，甜心。"卡罗琳记得艾芙丽·斯旺推着娃娃车走在人行道上，还停下来让菲比弯下腰摸摸小宝宝的脸。"喔，甜心。"她走到菲比身旁，抱住菲比的肩膀，"记得你和艾芙丽救了'小雨'吗？我们都爱那只小猫咪，但是照顾'小雨'多么麻烦，你要不停地打扫猫砂盆，帮它刷毛。它把家里弄得一团乱，你要跟在后面收拾；它要出门你就得开门，要进来你也得开门，它没回家你又要担心半天。菲比，养小宝宝比照顾'小雨'更难，就好像你要同时照顾二十只'小雨'。"

菲比脸色一沉，泪珠滑下她的脸庞。

"不公平。"她低声说。

"真的不公平。"卡罗琳附议。

寂静、强烈的灯光下，母女都没说话。

"菲比，你能帮我个忙吗？"她终于问道，"拿点饼干给琳达。"

菲比点点头，擦干泪水。两人走回楼上，手里拿着饼干盒和果汁瓶，都没说话。

当晚回家后，卡罗琳告诉艾尔先前发生的事。他坐在沙发上靠着她，两手环抱在胸前，快睡着了。他的下巴刚刚刮过胡子，红红的，两眼带着黑眼圈，明天一早又得起床开车上路。

"她很想要有自己的生活，艾尔。这本来应该是很容易的一件事啊。"

"嗯，"他突然惊醒，"说不定事情就是这么容易，卡罗琳。其他住在协会的人好像适应得不错，我们也可以随时过去看看。"

卡罗琳摇摇头："我就是不敢想象她在外面世界的模样，她绝对不能结婚。艾尔，她怀孕了怎么办？我还没准备好再抚养一个小孩，但她如果有了宝宝，担子一定掉在我头上！"

"我也不想再照顾另一个小孩。"艾尔说。

"要不要让她和罗伯特分开一阵子？"

艾尔转过头看着她，一脸讶异："这样做对吗？"

"我不知道，"卡罗琳叹了一口气，"真的不知道。"

"卡罗琳，听我说。"艾尔轻声细气地说，"从我认识你开始到现在，你都坚持这个世界不可以剥夺菲比的任何机会，不能低估她，我听你说了不知道多少次。你现在为什么不肯让她搬出去？为什么不让她试试看？说不定她喜欢那里，说不定你也喜欢有更多自己的时间。"

她凝视着天花板的装饰花边，想着那里该刷油漆了，同时心头浮现一个令人难以接受的事实。

"我不能没有她。"她的语气温柔。

"你不会没有她啊，但是她长大了，卡罗琳，事情就是这样。你辛苦了一辈子，为的不就是让菲比能自立吗？"

"你喜欢自由自在，"卡罗琳说，"你喜欢出门，喜欢远游。"

"你不喜欢吗？"

"我当然喜欢。"她哭了起来，却被自己激烈的反应吓了一跳，"但是，艾尔，即使菲比搬出去，她也永远不可能完全独立。我还担心你会因此不高兴，也担心你会离开我们，亲爱的，过去这几年来，你变得越来越生疏了。"

艾尔沉默了很久。"干吗这么生气？"他终于问道，"我曾经让你觉得我要离开你们吗？"

她听出来自己的话伤了他，赶紧说道："我没有对你生气，艾尔，你等我一下。"她穿过房间，从抽屉里拿出那封信。"这就是我心情不好的原因，我不知道该怎么办才好。"

他拿起信，仔细研究了半天，还一度把信翻到背面，好像谜团的答案就在背后似的。然后他又读了一次。

"户头里有多少钱？"他抬头问道。

她摇摇头："还不知道，要亲自去一趟才知道。"

艾尔点点头，再度看着这封信："他真奇怪，我是说，设立一个秘密账户。"

"我知道。可能是怕我告诉诺拉吧，也可能只是想给菲比足够的时间，让菲比接受他已经过世的事实。我只能想到这些。"她想到诺拉，每天照样过日子，却从来没想到女儿仍然活在世上。她还想到保罗，不知道保罗变成了什么样的年轻人？很难想象那个她只见过一眼的黑发宝宝，现在会是什么样子。

"你觉得我们该怎么办？"她问。

"嗯，先把细节搞清楚再说。等我回来，一起去拜访这位律师先生，我可以请一两天假。至于接下来怎么办，卡罗琳，我不知道，先不要多想吧，我们现在先什么都不用做。"

"好。"她这个星期的忧虑消散了，艾尔的话让事情看起来没那么复杂，"真高兴你在家。"

"说真的，卡罗琳，"他握住她的手，"除了明天早上六点去托莱多，我哪儿也不会去，所以我要上楼睡觉了。"

他刚一说完就把她拉近，亲了亲她，唇贴着唇。卡罗琳把脸贴上他的脸颊，感受他的气味与体温。她想起在路易斯安那郊外停车场碰到他的那一天，那个改变了她一生的日子。

艾尔站起来，依然握着她的手："一起上楼吧？"

她点点头站起来，也握着他的手。

第二天她起了个大早做早餐，盘子上摆了蛋、培根、马铃薯饼和几撮香菜。

"好香。"艾尔走进来，亲了一下她的脸颊，把报纸和信件丢在桌上。信件拿在手里冰冰的，有点潮湿。里面有两张账单，还有一张从爱琴海寄来的色彩鲜艳的明信片。多罗在背后写了几行字。

卡罗琳摸摸明信片，读着背面简短的信息："崔尔斯在巴黎扭伤了脚踝。"

"噢，真糟糕。"艾尔翻开报纸，对着选举新闻摇摇头。

"卡罗琳，"过了一会儿他放下报纸说，"我昨晚在想，你今天要不要和我一起出门？琳达应该可以让菲比在她那里过个周末，我们两个可以出去走走，你也可以趁机观察一下菲比自己一个人会怎么过日子。你觉得呢？"

"现在？你是说现在就走？"

"没错，把握当下，有何不可呢？"

"喔。"她张口结舌，虽然觉得开心，但她又不喜欢一路都待在车上，"我不知道，这星期有好多事要做。"为了不让他失望，她赶紧加上一句，"下次吧。"

"我们可以顺道去一些景点，"他继续游说，"这样你就不会觉得那么无聊了。"

"这个主意真的不错。"她也确实这么认为。

他失望地笑了一笑，靠过去吻她，轻啄一下她的双唇，感觉凉凉的。

艾尔出门后，卡罗琳把多罗寄来的明信片贴在冰箱上。那是个阴沉的十一月天，天气湿冷灰暗，好像快要下雪了。但她看到明信片上那一大片明亮诱人的海洋和温暖的沙滩时，心情又开朗起来。接下来的整个星期，卡罗琳不管在照顾病患、准备晚餐还是叠衣服时，心里都惦念着艾尔的邀约。

她也想着热吻被她打断的罗伯特和菲比，以及菲比想搬过去住的协会。艾尔说得对，他们两人不可能永远在这里照顾菲比，菲比有权利追求她的生活。

但世界还是十分残酷危险，一如往昔。星期二，她们在家里吃肉饼、马铃薯泥和青豆的时候，菲比从口袋里拿出一个小小的塑胶拼图。可以移动的拼图片上印了数字，游戏规则是把数字按照顺序排好。她边吃边移动那些小方块。

"这玩意儿不错。"卡罗琳不经意地说，喝了一口牛奶，"甜心，你从哪里拿来的？"

"麦克给我的。"

"你的同事吗？"卡罗琳问道，"新来的吗？"

"不是，"菲比说，"在公交车上遇到的人。"

"公交车上？"

"嗯，昨天，他人很好。"

"原来如此。"卡罗琳觉得时间好像慢了下来，所有感官都高度戒备起来。她强迫自己用冷静、自然的语气和菲比说话："拼图是麦克给你的？"

"嗯，他人很好，而且刚买了一只小鸟，他说要给我看。"

"他给你看了吗？"一股寒意贯穿卡罗琳的心头，"菲比，亲爱的，你不能随便跟陌生人走，绝对不行，我们讲过的。"

"我知道，我告诉他了。"菲比把拼图摆在一边，把番茄酱挤在肉饼上，"他说，菲比，来，到我家玩。我说，好，可是我要先跟我妈妈说。"

"说得好！"卡罗琳勉强挤出这句话。

"那我可以去喽？我明天可不可以去麦克家？"

"他住哪里？"

菲比耸耸肩："我不知道，我只有在公交车上才能碰见他。"

"天天都碰见他吗？"

"没有啦。我能去他家吗？我想看他的小鸟。"

"嗯，我跟你一起去好不好？"卡罗琳小心翼翼地说，"明天我们一起搭公交车，好不好？这样我就可以跟麦克见见面，我跟你一起去看他的小鸟，好不好？"

"好。"菲比高兴地喝完牛奶。

接下来两天，卡罗琳跟菲比一起搭公交车上下班，却没见到麦克。

"甜心，我认为他在骗你。"到了星期四晚上洗碗的时候，她跟菲比说。菲比穿着黄色毛衣，两只手上有十几道工作时被纸刮伤的小伤痕。

卡罗琳看着她把每个盘子都仔细擦干，心里庆幸菲比平安无事，但更害怕哪天她会受到伤害。这个叫作麦克的奇怪家伙是谁？如果菲比跟着他走了，他能对她做出什么事？卡罗琳到警察局备案，但也不指望警察会找到他，毕竟没出什么事，而且菲比也没办法具体描述麦克这人的模样，只说他戴个金戒指，穿蓝色运动鞋。

"麦克是好人，"菲比坚持，"不会骗我的。"

"亲爱的，并不是每个人都是好人，也不是每个人都为你着想。他说过要跟你在公交车上碰面，又没有守信用。菲比，他在骗你，你要小心。"

"你老是这样讲，"菲比把擦盘子的毛巾扔在流理台上，"你也叫我小心罗伯特。"

"那不一样，罗伯特并没有要伤害你。"

"我爱罗伯特。"

"我知道。"卡罗琳闭上眼睛，深深吸了一口气，"听好，菲比，我爱你，我不想让你受伤害。有时候外面的世界很危险，我认为那个麦克很危险。"

"可是我没有跟他走啊。"菲比察觉到卡罗琳语气里的严肃和恐惧。她把最后一个盘子放在流理台上，自己也快哭了，"我没有去。"

"你很聪明，"卡罗琳说，"你也做对了，绝对不要跟人家走。"

"除非他们知道通关密语。"

"没错，是秘密，不能告诉别人。"

"星火！"菲比一脸高兴地对着卡罗琳耳语，浑然不知自己的声音很大，"是秘密。"

"对，"卡罗琳叹了一口气，"对了，这是秘密。"

星期五早上，卡罗琳开车载菲比去上班。那天傍晚她坐在车里等着，透过窗户观看菲比。菲比在柜台后面走来走去，有时装订文件，有时跟迈可丝开玩笑。迈可丝是菲比的同事，这个头发扎成马尾的年轻人每个星期五都跟菲比一起吃午餐。如果菲比事情没做好，她也敢直接纠正菲比。菲比在这里上班三年了，很喜欢她的工作，表现也不错。卡罗琳隔着玻璃窗看着女儿走动，回想起自己花了那么多时间请愿、抗争，填写繁复的申请文件，都是为了让菲比有个工作机会。但还是有很多料想不到的事情发生，公交车事件只是其中之一。菲比赚的钱也不够养活自己，她现在就是不能独立生活，连一个周末都不行。如果遇到失火或停电，她一定会害怕，而且不知道该怎么处理。

还有罗伯特这个家伙。开车回家的路上，菲比聊着迈可丝、罗伯特和工作上的事情。罗伯特这样，罗伯特那样，明天要过来跟菲比烤派。卡罗琳听在耳里，心里庆幸星期六快到了，艾尔就快回家了。自从公交车事件发生后，卡罗琳有了借口，每天都开车载菲比上下班，也减少了菲比和罗伯特相处的时间，这倒不错。

她们走进大门时，电话正响着。卡罗琳叹一口气，不是电话营销就是邻居为心脏基金募款，要不然就是打错电话。"小雨"在她脚边绕来绕去，喵喵叫着表示欢迎。"走开。"她边说边接电话。

是警察局打来的。警察清清喉咙，问卡罗琳在不在，卡罗琳吓了一跳，然后又感到欣慰，心想说不定他们已经找到那个公交车上的怪男人了。

"我就是，"她看着菲比抱起"小雨"搂着它，"我是卡罗琳·辛普森。"

他又清了清喉咙才开口说话。

事后回想起来，卡罗琳记得听到消息的这一刻，时间不断扩张，直到充满整个屋子，把她重重地压在椅子上不得动弹。事情很简单，对方说得也很扼要：艾尔的卡车转弯时偏离车道，撞穿了护栏，坠落到下方低缓的山坡上；他断了一条腿，人在医院的急诊室。好多年以前，卡罗琳就是在这个急诊室答应嫁给他的。

菲比对着"小雨"轻声哼歌，但警觉到家里出了事。卡罗琳一挂电话，她就疑惑地抬起头。卡罗琳边开车边向菲比解释情况。在医院的走廊上，她一直回想起多年前的那一天：菲比的嘴唇越肿越大，呼吸困难，那个狠心的护士让她气愤不已时，是艾尔出面处理的。现在菲比长大了，穿着工作服坐在她旁边；她和艾尔已经结婚十八年了。

十八年了。

他醒着，黑发里夹杂着银白发丝，衬着洁白的枕头，看起来格外醒目。她们走进病房的时候，他试着坐起来，但却只能痛苦地咧嘴一笑，然后慢慢地躺回去。

"喔，艾尔。"她握住他的手。

"我还好。"他闭了一会儿眼睛，深深吸了口气。她全身僵硬，因为她从没见过艾尔这副模样。他还在因惊吓过度而微颤，下巴到耳际的肌肉抽动着。

"嘿，我差点被你吓到了。"她尽量让自己语气轻松。

他睁开眼睛，两人四目交接，这一刻他们的芥蒂全部消散。他撑起身子，伸出大手轻抚她的脸颊，她也伸手紧贴住他的手，眼中已全是泪水。

"到底怎么回事？"她低声说。

他叹了一口气："我不知道。下午天气很好，晴朗又明亮，我一边听收音机哼歌，一边顺着马路往前开，心想如果你在我身边，就像我们说的那样，那该有多好。忽然车子就冲过护栏，然后我就不记得了，醒来时我人已经在这里了。卡车全毁了，警察说我如果往左或往右偏个十几英尺，人就完了。"

卡罗琳俯身抱住他，闻着他身上熟悉的气味，他的心脏在胸膛里稳定地跳动。几天前他们还在舞池中翩翩起舞，担心着屋顶和排水沟。她顺顺他的头发，他脖子边的头发好像太长了。

"喔，艾尔。"

"我知道，"他说，"我知道，卡罗琳。"

菲比在他们身边，眼睛睁得大大的，哭了起来，一只手遮住嘴努力掩饰哭声。卡罗琳站起来，伸出手臂揽住菲比，轻轻摸着菲比的头发，感觉到女儿矮胖身体的体温。

"菲比，"艾尔说，"瞧瞧你，刚下班吧？甜心，今天还好吗？我没去克利夫兰，所以没帮你买你喜欢的小面包，下次再买，好吗？"

菲比点点头，双手擦过脸颊。"你的卡车呢？"她问。卡罗琳想起艾尔以前开车带她们兜风，菲比坐在高高的驾驶室里，他们只要超过其他卡车，她就伸出拳头往下比，惹得其他司机对他们按喇叭。

"甜心，卡车坏了，"艾尔说，"对不起，卡车整个撞坏了。"

艾尔在医院待了两天才回家。卡罗琳要载菲比上班，自己也有工作，还得照顾艾尔、做饭、挤出时间洗衣服，忙到头都昏了。她每晚累得倒头就睡，早晨醒来又得开始忙碌的一天。艾尔是个很难伺候的病人，他不喜欢困在家里，脾气暴躁又啰唆。这让她想起当年照顾利奥的日子，想着就火大，令她觉得度日如年。

一个星期过去了。星期六那天，卡罗琳累坏了，她把衣物丢进洗衣机，然后走进厨房弄晚餐。她从冰箱里拿出胡萝卜做色拉，在冷冻柜里东翻西找，看能不能变出新花样。什么都没有，唉，艾尔八成会不高兴。她或许得打电话叫比萨，但现在已经五点了，再过几分钟就得去接菲比下班。她暂停了削胡萝卜的动作，望着自己在窗户中的模糊身影，凝视远方超市的霓虹招牌。红色的招牌在光秃秃的枝干间一闪一闪的。她想到了戴维·亨利，想到诺拉，在他的摄影作品中，诺拉变成了物体，她的躯体像山丘一样起伏，发丝在出人意料的光线中遍布整张照片。律师寄来的信还扔在抽屉里，艾尔出车祸前她就已经约了时间，她后来依约前往，走进那个到处是橡木镶板的律师办公室，弄清楚了戴维·亨利遗赠的细节。

整个星期她都没时间多想，也没时间跟艾尔讨论，但律师讲的话始终萦绕在她心中。

外面一阵声响，卡罗琳吓了一跳，连忙转身看。透过后门的窗户她看见菲比已经在外面了。她不知道菲比是怎样自己回家的，而且连外套也没穿。卡罗琳赶紧放下削皮刀走到门外，边走边在围裙上擦干双手。

到了外面后，她看到先前在屋子里没看见的场景：罗伯特站在菲比旁边，用手搂着菲比。

"你们在干什么？"她口气尖锐地说道。

"我今天请假。"菲比说。

"真的？你的工作怎么办？"

"迈可丝在店里，我星期一帮她代班。"

卡罗琳慢慢点头："你怎么回家的？我刚要出门接你。"

"我们搭公交车。"罗伯特说。

"喔。"卡罗琳笑笑。再度开口时因为担心，她的语气变得很冲，"好，你们搭公交车。唉，菲比，我告诉过你不要这样，这样不安全。"

"我和罗伯特都很好啊。"菲比嘟着下唇，她一不高兴就是这副表情，"我快要和罗伯特结婚了。"

"喔，拜托。"卡罗琳的耐性已经被逼到极限了，"你怎么能结婚？你一点儿也不懂婚姻，你们两个都不懂。"

"我们懂，"罗伯特说，"我们知道结婚是什么。"

卡罗琳叹了一口气。"罗伯特，你赶快回家，"她说，"既然你会搭公交车到这里，应该也知道怎么搭公交车回去，我没时间开车载你东跑西跑，我受不了了，你赶快回家。"

出乎她的意料，罗伯特笑了。他看看菲比，然后走到后院阴暗的地方，弯腰从秋千下面拿出一束红白交错的玫瑰花来。花朵在渐暗的夜色中似乎微微发亮。他把玫瑰花交给卡罗琳，柔软的花瓣拂过她的肌肤。

"罗伯特？"卡罗琳很惊讶，花朵在冰冷的空气中散发幽香，"你这是干什么？"

"在超市买的，"他说，"有打折呢。"

卡罗琳摇摇头："我搞不懂这是做什么。"

"今天是星期六。"菲比提醒她。

星期六。艾尔通常在星期六回家，每次都带礼物给菲比，还有一束鲜花给卡罗琳。卡罗琳可以想象罗伯特和菲比搭公交车到罗伯特上班的超市（罗伯特负责把货品上架），两人仔细研究鲜花的价钱，计算出正确的金额。她体内的有种想尖叫，想把罗伯特丢上公交车，让他远离她们的生活的想法，但也有另一个声音试图说：我受不了了，我不管了。

屋内她留在艾尔身旁的铃声响个不停。卡罗琳叹了口气，退后一步，指指透出光亮和温暖的厨房。

"好吧，"她说，"两个都进来吧，不要冻着了。"

她匆匆上楼，试图镇定下来。一个女人家究竟做得了多少事？"你应该有耐心一点。"她走进他们的房间，艾尔一只脚跷在矮脚垫上，膝上放了本书，"病人①，艾尔，你以为这个词的意思打哪里来的？拜托，我知道你很不舒服，但总要花点时间，才会康复嘛！"

"谁叫你以前一直要我多待在家里，"艾尔回了一句，"以后许愿的时候当心点。"

卡罗琳摇摇头，在床边坐下："我可没许过这种愿。"

他向窗外望了几秒钟。"你说得没错，"他终于说，"对不起。"

"你没事吧？"她问，"痛不痛？"

"还好。"

窗外，深紫色的天空下，几片残留的梧桐树叶在风中飘摇，树下摆着一袋袋郁金香球茎，等着被种到土里。上个月她和菲比了菊花，粉白、淡黄和深紫的花朵盛开时非常漂亮。种完后，她蹲在旁边观赏，一边拍去手上的泥土，一边想起她也曾在花园里和母亲种花。以前母女俩很少聊天，只用种花联络感情。她们很少谈心事。现在卡罗琳心里有很多话，希望在妈妈还在的时候与她分享。

"我不做了。"他看也没看她，就突然冒出一句，"我是说开卡车。"

"好。"她一面说，一面试着去想如果艾尔没了工作，会对他们家的生活造成什么影响。她很开心，因为每次想到他又要开车离家，心头

---

① 病人（patient），亦可做形容词，意为"有耐心的"。

就不舒服；但她忽然也有点焦虑，自从他们结婚以来，从来没有连续相处一个星期以上。

"我会一直在你旁边，缠着你，烦你。"艾尔仿佛知道她在想什么。

"是吗？"她定睛看着他，端详他苍白的脸色及严肃的目光，"你打算退休？"

他摇摇头，注视着自己的双手："现在退休还太早，我想做点其他事情，说不定改内勤，公司的运作我太熟了；也许去开公交车，我真的不知道，做什么都可以，但我不想再开卡车奔波了。"

卡罗琳点点头，她曾开车到出事现场，看见防护栏被撞出一个大洞，也看到卡车翻落的地方一片狼藉。

"我一直有种感觉。"艾尔看着双手说，他的胡子没刮，胡楂参差不齐，"迟早会发生这种事，不是今天，就是明天，现在果真发生了。"

"我不知道你有这种想法，"卡罗琳说，"你从来没说过你害怕。"

"不是害怕，"艾尔说，"我只是有种感觉。这不一样。"

"话是这么说，但你还是从没提过。"

他耸耸肩："讲了有什么用？卡罗琳，只是种感觉。"

她点点头。警察说了不止一次，再偏个几码，艾尔可能就完了。这个星期她一直不让自己多想，但事实上，她原本可能变成寡妇的，并且会独自面对往后的人生。

"说不定你是该退休了，"她慢慢说，"我去了律师事务所一趟，本来就约好的，所以我就去了。戴维·亨利留了一大笔钱给菲比。"

"嗯，那笔钱不是我的，"艾尔说，"就算是一百万美金，也不是我的。"

这话又让她想起当年多罗把房子送给他们时，艾尔表现出的反应。现在他还是一样，只要不是自己亲手挣来的，他就不肯接受。

"没错，"她说，"钱是菲比的，但是我们抚养她长大，如果她金钱无忧，我们也可以少操点心，也可以自由一点。艾尔，我们努力工作了这么多年，也该是退休的时候了。"

"你这话是什么意思？"他问，"你想让菲比搬出去？"

"不是，我没有这样想，可是菲比自己一直吵着要搬出去，她和罗伯特现在在楼下。"卡罗琳微微一笑，想起她把那束玫瑰花摆在削了一半的红萝卜旁边，"他们一起搭公交车去超市买了束花给我，因为今天是星期六。唉，艾尔，我不知道，我能说什么呢？说不定他们两个人在一起，会过得不错。"

他点点头。看到他这么疲惫，想到生命是如此脆弱，她不禁一惊。这些年来，她想尽办法让每个人平平安安，但眼前的艾尔老了，还断了条腿，她从来没想过会碰到这种局面。

"我明天烤牛肉。"她说，这是他最喜欢吃的菜，"今晚叫比萨，好吗？"

"比萨也不错，"艾尔说，"叫布列达克街上的那一家。"

她摸摸他的肩膀，下楼打电话叫比萨。她在楼梯口停了片刻，听着罗伯特和菲比在厨房说话。两人轻声细语地交谈着，不时爆出笑声。他们面对的世界广大又充满变量，有时甚至令人害怕。但此时此刻，她女儿在厨房里和男朋友同声欢笑，她先生膝上放了一本书在打瞌睡，而她不必煮晚饭。她深深吸了口气，远处飘来玫瑰花香，纯净芬芳，有如白雪般清新。

THE MEMORY KEEPER'S
DAUGHTER

一九八九 年

一九八九年七月一日

　　七年前戴维搬出去之后，车库上方的工作室和暗房就没人进去过了。但现在房子准备要卖了，诺拉不得不面对这里，开始整理。艺术界对戴维的作品相当重视，出价不低，有几位策展人明天会过来看作品。因此诺拉一大清早就坐在上了亮漆的地板上，用美工刀割开纸箱，搬出放满照片、底片和笔记的档案夹。在挑选照片的过程中，她下定决心不带感情，毫不留恋。看来应该不会花太多时间：戴维向来井然有序，每样东西都整齐地贴上标签。她原本设想只要一天就可以弄完，不会拖太久。

　　但她没想到回忆的力量竟然这么大。回忆源自过去，是慢慢浮现的诱惑。现在已是下午一两点了，天气越来越热，她只整理好一个箱子。电风扇在窗边转动，身上都是汗，光滑的照片黏在她的手指上，那些年轻的岁月似乎近在眼前，却又如此难以想象。照片中的她，头发吹得漂漂亮亮，脖子上的围巾十分醒目，布丽在她旁边，戴着大耳环，穿着松松的拼布裙；还有一张很少见的戴维的照片，他理了个平头，表情严肃，怀里抱着还是小宝宝的保罗。回忆涌上心头，充满了整个房间，让诺拉停留在往日特定的时间和地点：紫丁花香、新鲜的空气、小婴孩保罗的肌肤、戴维的触摸、他清清喉咙准备说话的模样，还有某个午后阳光照在木头地板上留下的光影。诺拉自问，在这些时刻，他们过着这样的日子，究竟有什么意义？这些照片中的女人，一点也不像记忆中的自己，这又代表着什么？倘若仔细观看，她可以看见自己眼神中的疏离与渴求，照片中的她，就是带着疏离和渴求凝视着镜头之外。但陌生人不会注意到这一点，连保罗都看不出来。没人能从这些影像中猜出她内心复杂难懂的思绪。

一只黄蜂在天花板附近徘徊飞舞，每年黄蜂都飞回来在屋檐筑巢。现在保罗已经成年，诺拉再也不必担心黄蜂。她站起来伸个懒腰，从冰箱里拿了一罐可乐，戴维以前把化学药剂和一包包底片存在冰箱里。她喝着可乐，看看窗外的鸢尾花和后院的忍冬花，她以前一直想把后院改造一番，而不是只在忍冬花枝干上挂挂喂鸟器就算了，但这些年来她始终没有动手，现在也永远不会去做了。两个月后她就要嫁给弗德瑞克，永远离开这里。

他已经转调到了巴黎。前两次调职都没成的时候，他们曾谈过各自卖掉房子，一起住在莱克星顿，重新开始——也许买栋新房子，住到一个从来没人住过的地方。他们并没有认真谈，通常只是吃晚餐时随便提起，或是傍晚两人躺着，酒杯摆在床头柜上，望着窗外枝头上一轮苍白的月亮时随口聊聊。不管是莱克星顿、法国还是台湾，住哪里诺拉都无所谓，因为她觉得自己跟弗德瑞克在一起，已经像发现了另一个新天地。晚上有时她会闭着眼睛，听着他沉稳的呼吸，心中洋溢着深深的满足感。她想起以前她和戴维相行渐远，早已不爱对方，令她深感痛苦；他当然有错，但她也不对。她太压抑自己了，菲比死后她对什么事情都十分害怕。现在那些岁月早成过去，时光已然消逝，除了回忆之外，什么也没留下。

所以搬去法国也好。当她知道新工作就在巴黎近郊时，相当开心。他们已经在新堡的河畔租了栋小屋，现在弗德瑞克就在那里，为他的兰花盖暖房。诺拉即使忙着整理照片，脑中也充满了幻想：院子里平滑的红地砖，微风从河畔吹过屋旁的白桦树，弗德瑞克安装玻璃窗时，阳光照着他的肩膀和手臂。她可以走路到火车站，两小时之内就能抵达巴黎；也可以走路到村里，买点新鲜的奶酪、面包跟瓶身暗沉发光的红酒。每停一次，购物袋就更重一点。炒洋葱时还可以停下来，抬头看看篱笆外缓缓流动的河水。晚上要待在院子里，盛开的牵牛花发出柠檬般的清香，她和弗德瑞克坐着边喝酒边聊天。真的，她只想着这些单纯、快乐的事情。诺拉瞄了一下装满照片的纸箱，真想抓着年轻时的自己，轻轻摇晃她的手臂，继续努力，想告诉她，不要放弃，你这辈子一定会过得很好。

她喝完可乐，继续工作，先跳过这个勾起她回忆的纸箱，打开另一个箱子，里面摆着档案夹，按照年份仔细排好。第一个档案夹里放了很多婴孩的照片，小宝宝在摇篮里睡觉，坐在草地或走廊上，或躺在母亲温暖的怀中。每张都是八乘十的光面黑白照片，连诺拉都看得出来这是戴维早期的作品，主要是对光线的实验，策展人看了应该会很高兴。有些照片光线很暗，连人物都几乎看不清，有些则亮得几乎全白。戴维一定在测试相机的性能，用不同的焦距、快门和光线拍摄同一个对象。

第二个档案夹的内容也很类似，第三和第四个也一样。不再是婴儿的照片，而是两岁、三岁、四岁的小女孩，穿着复活节的洋装在教堂、公园里奔跑，或吃冰激凌，或聚在学校外面。小女孩跳舞、丢球、笑着、哭着。诺拉皱着眉头快速翻阅这些影像，里面的女孩她一个也不认识，照片依照女孩的年纪仔细排列，当她跳到最后面时，看到的不再是小女孩，而是在走路、购物、说话的年轻女性。最后一张是个年轻女子，在图书馆里凝视着窗外，一只手托着下巴，双眼带着诺拉熟悉的疏离。

诺拉任凭档案夹从膝上滑落，照片掉了一地。这是怎么回事？这些小女孩和年轻女性是谁？戴维心理变态吗？但诺拉直觉知道并非如此。照片显现的不是暧昧的变态，而是一种纯真；小女孩在公园游玩，风吹动了她们的头发和衣服，即使照片里那些年纪较大的女性也具有这种清纯天真的特质。她们睁大双眼，困惑地凝视着世界，仿佛发出疑问。在光影交错间，失落感挥之不去，这些照片充满了思念。没错，就是思念，而不是欲望。

她把箱子翻过来看上面的标签，只写着"观察"。

诺拉也不管次序全被弄乱，很快打开其他箱子，拉了一个又一个纸箱出来。她在房间中央看到另一个用粗黑字体写着"观察"两个字的纸箱。她打开箱子，把档案夹倒出来。

这回不是女孩，也不是别的陌生人，而是保罗。一个个档案夹里尽是不同年纪、不同成长阶段的保罗；他的成长、拒人于千里之外的愤怒、他的专注、对音乐的高超天赋、他在吉他上飞舞的手指。

诺拉动也不动地坐了好久，烦乱不已，隐约知道是怎么回事了。忽然间，她想通了，想通了之后就无法平复了，有个念头挥之不去：这些年来戴维始终沉默寡言，没提过他们早夭的女儿，但他一直在记录着这个不存在的女儿。保罗和其他成千个女孩，一起成长着。

是保罗，不是菲比。

诺拉说不定该大哭一场，她忽然很想跟戴维说说话。这些年来，他也在思念着她，这些照片，所有的沉默，都代表隐秘的渴望。她再一次看向这些照片，端详保罗小时候的模样：接球、弹钢琴、在后院的树下摆出可笑的姿势，戴维记录的这些记忆，是诺拉从未看见的瞬间。她端详了一次又一次，想让自己融入戴维所体验的世界里，以窥见他的内心。

两小时过去了，她也饿了，却没办法走开，甚至不想从地上站起来。这么多照片，全部是保罗和他同年龄的不知名女孩。这些年来，她总感到女儿就在身旁，有如一个黑影，每次拍照时都悄悄站在自己身后。一出生就夭折的她总是徘徊在视线外，仿佛刚刚还在屋里，又悄悄离去，她的气味以及行经之处扬起的微风，依旧盘旋在先前她所在的地方。诺拉把这种感觉埋在心里，很怕人家听到了会说她太情绪化，说她精神失常。现在她却惊讶地发现，戴维也感受着失去女儿的悲痛。想到这里她又不禁流下泪水。戴维到处寻找菲比，在每个女孩、每个年轻女子身上搜寻女儿的身影，但永远没有找到她。

她坐在寂静之中，隐约听见小石头啪啪作响，有辆车停在车道上，有人来了。她远远听到车门砰然关上，然后是脚步声，接着屋里的门铃响了。她摇摇头咽了一口口水，但没有起身。不管是谁，反正最后都会走掉，说不定过一会儿会再回来，又或者不会。她拭去泪水，不管谁来找她，都可以等一等。但是不行，收购家具的人说过下午过来，于是诺拉用手抹抹脸，从后院走进屋里，中途停下来洒了些水在脸上，梳理了一下头发。"来了。"门铃再度响起，她在哗哗的水龙头下大喊。她走过房间，家具现在全堆在屋子中央，上面盖了防水布，油漆工明天会来。算算时间只剩下几天了，她心想怎么可能把事情全部办妥。这时候她又记起新堡的夜晚，在那里她的日子一片宁静，生活渐渐趋于平稳，就像花朵慢慢绽放。

她一边打开门，一边擦干双手。

前廊上的女子有点眼熟，打扮得很利落，穿着笔挺的深蓝色长裤，上身是白色短袖棉线衫，短发灰白浓密。即使初次见面，她也给人一种做事有效率、很干练的印象，是那种听不得废话、大小事情一手包办、做事稳当的人。她没有开口，看到诺拉似乎吓了一跳，但同时又盯着诺拉。诺拉防御地双手抱胸，顿时察觉到自己身上穿的是沾满灰尘的短裤和被汗水浸湿的 T 恤。诺拉瞄了一眼对街，再看看门前的女子，看着对方距离较宽的眼睛，那双眼睛真蓝，然后她知道了。

她紧张起来："卡罗琳？卡罗琳·吉尔？"

女子点点头，闭上蓝色的眼睛，仿佛两人之间的事情已经解决了。但诺拉不知道两人间到底有什么事。这名女子早被遗忘在过去，她的出现让诺拉内心深处波涛汹涌，想起那个如梦的夜晚。她和戴维开车驶过积满白雪的安静街道到达诊所，那晚卡罗琳·吉尔帮她麻醉，阵痛时一直握着她的手，跟她说："看着我，看着我，亨利太太，我在这里陪你，你会没事的。"那双蓝色的眼睛跟那只稳稳握住她的手，早已深留在记忆中，跟当晚戴维一丝不苟的开车方式和保罗的第一声号啕交织在一起。

"有什么事吗？"诺拉问，"戴维一年前过世了。"

"我知道，"她点点头说，"我知道，我真的很抱歉。嗯，诺拉……亨利太太，我想告诉你一件事，很难启齿，我不知道你能不能空个几分钟给我。如果现在不方便，我可以等你方便的时候再过来。"

她的语气中带着急迫和坚定，诺拉不由自主地退后一步，让卡罗琳进来，装箱的东西堆在墙边，每个纸箱外面都贴着封箱胶带。"对不起，家里这个样子。"她说，指了指客厅，家具全堆在客厅中间，"我请了油漆工过来估价，还找了个人来收购家具，我要再婚了，"她加了一句，"也要搬走了。"

"那还好我及时找到你，"卡罗琳说，"幸好我没有耽搁时间。"

为什么要找到我？诺拉心想。她把卡罗琳请到厨房，只有在这里两人才可以坐下聊聊。走过饭厅时，两人都没说话，诺拉想起卡罗琳当年匆忙离开后流传的一些闲言闲语。她回头看了两次，无法摒除卡罗琳突然出现所带来的怪异感觉。卡罗琳的脖子上挂了条链子，上面吊着一副太阳眼镜，她的轮廓因岁月而变得更加鲜明，鼻子和下巴也更醒目，诺拉觉得她在工作上一定是个厉害角色，不可轻忽的对手。但诺拉也知道自己的不自在，其实是出自其他原因。卡罗琳所知道的她是另一个不同的女人，是一个缺乏自信的年轻女子，深陷一段不堪回首的遭遇中。

诺拉在玻璃杯里面注满冰块和开水，卡罗琳在吃早餐的角落坐下。戴维留下的最后一张字条还贴在告示板上："我修好了卧室的水龙头，生日快乐。"字条正好在卡罗琳的肩膀上方。诺拉想到车库里还没整理完的照片，以及必须马上处理的大事小事，觉得有点不耐烦。

"你这里有知更鸟。"卡罗琳朝着乱糟糟的花园点点头。

"没错，花了好多年才引来它们，希望下一位屋主也会喂它们。"

"搬家的感觉一定很奇怪。"

"是时候了。"诺拉拿出两个杯垫，把玻璃杯放在上面，坐了下来，"但你来这里不是问我搬家的事情吧。"

"不是。"

卡罗琳喝了一口水，然后把手放在桌面上，仿佛想要稳住双手。但她开口说话时，却显得冷静坚决。

"诺拉……我能叫你诺拉吗？这些年来，我想到你的时候，就是这样称呼你。"

诺拉点点头，依然困惑，而且越来越不安。上回她想起卡罗琳·吉尔是什么时候的事了？很久以前了，而且她只有在想到保罗出生的那晚时，才会想到卡罗琳。

"诺拉，"卡罗琳仿佛看穿了诺拉的心事，开口说道，"你儿子出生的那个晚上，你记得什么？"

"为什么问这个问题？"诺拉语气坚定，但身体已经往后靠，想躲开卡罗琳强烈的目光，也想避开内心的波涛汹涌和自己即将面临的恐惧，"你为什么来这里？为什么问我这个问题？"

卡罗琳·吉尔没有马上回答，知更鸟轻快的叫声传入屋内，宛如点点光影。

"对不起，"卡罗琳说，"我不知道该怎么讲才好，我想可能也没有其他更婉转的方式，所以我就直说了。诺拉，那天晚上你生了双胞胎，菲比和保罗，当时出了状况。"

"没错。"诺拉语气尖锐地说。她想起产后的阴郁以及悲喜交加的心情，想起自己走过多少漫长艰辛的路，才有今天的平静。

"状况就是，"她说，"我女儿死了。"

"菲比没死。"卡罗琳直视着她，平静说出。诺拉当下那一刻呆住了，正如这么多年来的情况一样，周遭她所熟知的世界天旋地转，她只能紧盯着对方。"菲比生下来就有唐氏症，戴维相信她未来的情况不乐观，所以请我把她送到路易斯安那的疗养中心，大家会按惯例把这样的小孩送到那里。在一九六四年那个年代，常常有人这样子做，大部分的医生也会做出同样的建议。但我不忍心把菲比留在那里，所以我收留了她，搬到匹兹堡。诺拉，这些年来是我把她抚养长大，"她轻声加了一句，"菲比还活着，她很健康。"

诺拉坐着无法动弹，花园里的小鸟振翅争鸣。不知道为什么，她想起有次在西班牙，跌到了一个没有警告标示的坑里，原本她轻松自在地走在阳光普照的大街上，突然间，就发现自己半个人掉在坑里，脚踝扭伤了，小腿上一道道血痕。"我没事，我没事。"她不断跟帮助她、带她去看医生的路人这样说，尽管鲜血一直从伤口流出，"我没事。"等到后来她安全回到房间，闭上眼睛再度回想突然跌下的那一瞬间及那种失去控制的感觉时，她才哭出声来。此刻她就有同样的感觉，全身颤抖地扶住餐桌。

"什么？"她说，"你说什么？"

卡罗琳重复说，菲比没死，被她带走了。这么多年来菲比在另一个地方长大，很平安。卡罗琳不断重复，她很平安，备受关爱和照顾。"菲比，你的女儿，保罗的双胞胎妹妹，生来就有唐氏症，被带走了。"

戴维把她送走了。

"你疯了。"诺拉虽然嘴里这么说，但她生命中破碎的片段逐渐拼凑还原，她也知道卡罗琳说的是真的。

卡罗琳从皮包里拿出两张快照放在光滑的枫木桌面上，推到诺拉面前。诺拉抖得太厉害，甚至无法拿起照片，只能往前仔细端详：照片上是个矮胖、穿着白色洋装的小女孩，脸上带着灿烂的笑容，高兴地闭上一对杏眼。另一张照片拍的也是同一个女孩，只是长大了些，正准备投篮，镜头照到了她跳起来的那一刻。她看起来有点像保罗，又有点像诺拉，但更像她自己。菲比，她不像戴维排列得次序井然的摄影人像，只是她自己，安居在世界的一隅。

"为什么？"她的声音明显听得出怒气，"他为什么这样做？你又是为了什么？"

卡罗琳摇摇头，再度望着外面的花园。

"多年以来，我相信自己的清白。"她说，"也相信自己做对了。那个疗养中心太可怕了，戴维自己没去过，不知道那里的情况多糟，所以我收容了菲比，把她抚养长大，为了她的教育和医疗保险，我奋战了好多好多回，都是为了让她将来能过好日子。大家很容易就把我看成英雄，但我从头到尾都知道，在我内心深处，我的动机并不是完全无私的。当年我想要有自己的小孩，但自己没有孩子；我也爱上了戴维，或者说我

334

以为自己爱上了他，我的意思是说，远远地、偷偷地爱慕他。"她很快地解释，"这些都是我自己幻想的，戴维从来没有注意过我。等到我从报上看见菲比追思会的消息，我就知道必须带她走，反正我非离开不可，我不能抛弃她。"

诺拉心中大乱，思绪回到那段悲喜交加、模模糊糊的日子：婴孩保罗在她怀中，布丽拿起电话递给她说，她必须把这件事做个了断。她没让戴维知道，径自安排了整个追思会，每个动作都有助于她重回现实。那天晚上戴维回到家里时，她还全力抗拒他的反对。

那天晚上、那场礼拜，他心里究竟有何感受？

而他仍然让一切照常进行。

"他为什么不告诉我？"她的声音近乎耳语，"他从来没有告诉我。"

卡罗琳摇摇头。"我不能替戴维发言，"她说，"对我来讲，他也是个谜。我知道他爱你，我也相信虽然这件事好像荒谬到了极点，但他真的是出于善意。他跟我提过他有个妹妹，心脏有缺陷，年纪很小就死了，他母亲一直忘不了丧女之痛。不管是好是坏，我想他的目的是要保护你。"

"她是我的孩子。"诺拉说，这话撕扯出了内心深处埋藏多时的旧伤，"我的骨肉。保护我？他告诉我女儿死了，为的是保护我？"

卡罗琳没有回答。她们坐了好一会儿，不发一语。诺拉想到照片里的戴维，还有全家共度的时光。他一直怀藏着秘密，她却完全不知情，根本猜不到。现在有人跟她说了，一切都明白了，感觉却很糟。

卡罗琳打开皮包，拿出一张写了她家地址和电话号码的纸片。"我们住在这里，"她说，"我先生艾尔、我和菲比。菲比在这里长大，她的成长过程很快乐。诺拉，我知道对你而言，这样可能不够，但我说的是实话。她是个可爱的女孩，下个月就要搬到团体之家住了，这也是她自己要求的。她在影印店上班，工作不错，她很喜欢那里，店里的人也喜欢她。"

"影印店？"

"没错，诺拉，她表现得非常好。"

"她知道吗？"诺拉问，"她知道有我这个人吗？她知道保罗吗？"

卡罗琳低头看着桌子，手指轻抚照片的边缘："不知道，在我跟你谈过之前，我不想先跟她提到你。你大概想跟她见见面，我不知道你打算怎么办，但我希望你过来看她。你若不愿意，我也不会怪你。过了这么多年了……唉……我真抱歉，但你如果想过来，我们都在家，打个电话来就好，下星期或明年都可以。"

"我不知道，"诺拉慢慢说，"我想我还是很震惊。"

"你当然会觉得震惊。"卡罗琳起身。

"这些照片可以给我吗？"诺拉问。

"照片是你的，一直就是你的。"

卡罗琳在门口停了一下，严肃地看着诺拉。

"他非常爱你，"她说，"戴维始终爱着你，诺拉。"

诺拉点点头，想起她在巴黎也跟保罗说过同样的话。她在前廊上看着卡罗琳走向车子，开车离去，不禁猜想卡罗琳过的是怎样复杂神秘的生活。

诺拉在前廊站了很久。菲比还活着，这个消息在她心里敲开了一个无边无际的坑洞。"她备受疼爱，"卡罗琳刚才说，"备受关怀。"但爱她、照顾她的人不是诺拉，诺拉反而花了好大功夫才放手，让心里的菲比真正离去。诺拉想起当年做的梦，梦里面她在冰冻干裂的草地上搜寻，如今梦境再度浮现，深深刺痛了她的心。

她回到屋里，泪流满面，边哭边走过盖了防水布的家具。收购家具的人会过来，保罗今天或明天也要来，他说他会先打电话过来，但有时候他就直接出现。她洗好玻璃杯，擦干，然后站在安静的厨房里想着戴维。这些年来，许多个夜晚他在黑暗中起床，到医院为人治病。戴维是好人，他自己开了诊所，照顾那些需要帮助的人。

而他送走了他们亲生的女儿，还跟她说女儿死了。

诺拉握拳猛敲流理台，玻璃杯被震得跳起来。她调了一杯琴汤尼，慢慢走到楼上。她躺下，起身，打电话给弗德瑞克，听见的是录音机响起，她又挂上电话。过了一会儿，她走回到戴维的工作室，一切都没变，空气依然凝滞、温暖，照片和纸箱散置在地上，一如先前她离开时的模样。策展人估算说，这些照片至少值五万美元，如果戴维亲笔写下构思的过程，那就更值钱了。

一切都没变，但意义完全不一样了。

诺拉拉起第一个箱子，拖过房间，扛到流理台上，再摆到后院的窗台上，让它保持平衡。她停下来喘口气，然后打开纱窗，把箱子推出窗外，听到它砰一声掉在地上，心里觉得畅快无比。她走回去搬另一个箱子，然后再一个，她现在恢复了先前的心境：果断、迅速，而且毫不留情。不到一小时工作室就清理完毕了。她走回屋里，踏过车道上破损的纸箱。午后阳光下，照片散了满地，草坪上一片狼藉。

她回到屋里冲了澡，站在急急流出的水柱下，直到水变冷为止。她穿上宽松的衣服，又调了一杯酒，在沙发上坐下，手臂因为扛了那些箱子还在作痛。她又去拿了一杯酒回来。过了几个小时，天色已暗，她依然待在原处。电话响了，她听到录音机上自己的声音，然后是弗德瑞克在说话，从法国打来的，声音平稳缓和，有如远方的海岸。她真希望自己人在那里，在那个生活中没有困惑的地方。但她没接电话，也没回电给他，远处响起火车的汽笛声，她拉起毛毯，躺在黑暗之中。

她睡睡醒醒，但没有真正睡着，不时起身再喝一杯，在空荡荡的房里走来走去，像个月下鬼影，摸索着把酒倒满玻璃杯。过了一阵子，她已经懒得在酒里加上通宁水、柠檬片或冰块，就直接喝了。

有次她梦见菲比就在房里，从墙里走了出来，菲比说她这些年来一直待在墙里，妈妈每天在家里走动，却从来没看见她。结果诺拉哭着醒来。她把剩下的琴酒倒到水槽里，喝了杯水。

破晓时分，她终于睡着了。中午醒来时，前门大开，后院到处是照片，照片夹在杜鹃花丛中，贴在喷水池旁，附在保罗生锈的旧秋千上。手臂与眼睛的影像、如沙滩起伏的肌肤、发丝的惊鸿一瞥、血滴像水面上的油渍一样流动……

这些照片都是戴维眼中看到的家庭生活，戴维想要存留的时刻；底片和黑色赛璐珞胶片散落在草地上。诺拉想象那些策展人、她儿子的朋友们，甚至她自己愤怒而惊讶的叫声，大喊着：你简直是在摧毁历史！

"不对，"她回答，"我这是向历史讨回公道！"

她又喝了两杯水，吞了几颗阿司匹林，然后把纸箱拖到杂草丛生的花园最远处。她把其中一箱推到车库里留下来，里面摆满了保罗从小到大的照片。天气炎热，她的头隐隐作痛，当她猛然站起来时，眼冒金星，头晕目眩。她记得好久以前在沙滩上的那天，闪闪发亮的海面如银白色的小鱼，让她眼花缭乱，然后霍华德走进了她的视线中。

车库后面有堆石头。她把石头一块块拖出来排成一个大圆圈，然后把第一个箱子丢到中间，那些光面的黑白照片反射着阳光，照片中陌生的年轻女子从草地上凝视着她。她蹲在正午的艳阳下，拿起打火机点燃一张八乘十的照片，火光从边缘吞噬整张照片。她把烧起来的照片丢到石头围成的圆圈中间，刚开始似乎没有引燃，不久后就升起热气，开始冒烟。

诺拉进到屋里又拿了杯水，坐在屋后的台阶上喝水，看着熊熊火光。市政府最近才颁布规定，不得露天焚烧物品，她怕邻居会打电话叫警察，但周围一片宁静，连火花也只是静静升到闷热的空中，散发出一片淡淡的蓝色烟雾。焦黑的纸片飘过后院，蝴蝶似的在闪亮的热浪中飞舞。石头圆圈中的火势更加炽热，她又丢进更多照片。她烧掉了光线，烧掉了阴影，烧掉了那些戴维细心拍摄又小心保存的回忆。

"你这个浑蛋。"她低声说，看着照片烧起来，然后变得焦黑，卷成一团，消失无踪。

光归光。她心想。她从热气、熊熊火焰和飘扬空中的余烬中往后退。

尘归尘。

土，终究归土。

一九八九年七月二日至四日

"喂，那你现在就说啊，保罗。"米歇尔双臂环胸站在窗边，回过身时眼神暗沉，带着怒意。

"你可以天马行空地乱说，但事实上，有小孩会把一切事情都弄乱，尤其是我的事。"

保罗坐在暗红色的沙发上。在这个夏日的早晨，他感到闷热而且不自在。他和米歇尔在辛辛那提刚开始同居时，在街上找到这张被人丢弃的沙发。在那段快乐的日子里，把沙发拖上三楼根本不算什么，之后两人在疲惫中饮酒、欢笑，在沙发粗糙的天鹅绒布面上慢慢做爱。她转头看着窗外，黑发晃动，他心中充满了空虚和焦躁。最近他感觉自己非常脆弱，就像破裂的鸡蛋，不小心一碰就会碎掉。刚开始两人谈得还好，只是单纯地讨论两人都不在家时猫咪怎么照顾：她在印第安纳波利斯有场音乐会，他得回去莱克星顿帮助妈妈，谈着谈着却碰到了内心的痛处。两人最近常常吵架。

保罗知道此刻最好换个话题，但他反而顽固起来。

"结婚不等于生小孩。"

"喔，保罗，清醒一点吧，你一心只想生小孩，连我都不想要。你要的是这个神秘的小宝宝。"

"我们的神秘小宝宝，"他说，"这是将来的事，米歇尔，不是现在。我只想谈谈结婚这件事，没什么大不了的。"

她生气地哼了一声。这间阁楼铺着松木地板，墙壁漆成白色，瓶瓶罐罐、枕头和坐垫都是原色，米歇尔也穿着白衣，皮肤、头发和原木地板一样散发着温暖的色泽。保罗看着她，心中隐隐作痛，他知道她已经做了决定，很快就会离开他，她野艳的容貌和音乐也会随之消失不见。

　　"那就奇怪了，"她说，"至少我觉得奇怪。我的事业才刚起步，你就提起这些。以前都不说，现在偏要谈，说来也真怪。我认为你在破坏我们的感情。"

　　"怎么可能，我不是故意选这个时候提这件事的。"

　　"没有吗？"

　　"没有！"

　　两人好几分钟没说话，整个空间一片沉默。保罗真怕开口，更怕什么都不说，最后他终于忍不住，不得不一吐为快。

　　"我们在一起两年了，天下的事情不是继续发展变化，就是画上句号，就此了结，我希望我们之间能够有进展。"

　　米歇尔叹了一口气："不管有没有那张证书，事情迟早会改变，你没有考虑到这一点。不管你怎么说，结婚确实是件大事，绝对会改变一切，不管大家怎么讲，最后牺牲的一定是女人。"

　　"那是理论，现实生活不是这样的。"

　　"保罗，你太自以为是了，实在是让人生气。"

　　太阳已经升起，阳光照在河面上，室内满是银白色的光芒，天花板上的光影摇摆不定。米歇尔走进浴室，关上门，随即传出翻抽屉和水流的声音。保罗走到她刚才站着的地方，看着窗外的景色，似乎这样就能够让他了解她的想法。然后，他轻轻地敲了敲门。

　　"我要出门了。"他说。

　　她半天没回答，隔了会儿才大声说："你明天晚上回不回来？"

　　"你的音乐会是六点，对不对？"

　　"没错。"她打开浴室的门，站在门口。她身上裹着白色的大毛巾，正在往脸上涂乳液。

"好吧。"他说，然后吻她，想要记住她的气味和光滑肌肤的触感，"我爱你。"他边说边往后退。

她看了他一会儿。"我知道，"她说，"明天见。"

我知道，开车去莱克星顿的路上，他一直都在苦思她的话。他开了两小时，越过俄亥俄河，驶过机场附近繁忙的路段，最后终于进入绵延起伏的美丽丘陵。接着车子经过市中心安静的街道和空无一人的建筑物。他记得大街以前是市民的生活中心，也是大家购物、吃饭和交际应酬的地方。他还记得走到杂货店里，坐在后面卖冰激凌的柜台前，金属杯中的巧克力冰激凌冻得硬硬的，果汁机轰轰响，空气中混杂着绞肉和防腐剂的味道。他爸妈就是在市中心相遇的，妈妈搭乘手扶电梯，像太阳一样在人群中光彩四射，爸爸跟在后面。

他驶过新的银行大楼、旧法院，还有以前是戏院的一片空地。有个瘦小的女人低着头走在人行道上，手臂抱在胸前，黑发飘扬在空中。这些年来，他第一次想到劳伦·洛贝里欧，当年她沉默又坚定地走过空荡荡的车库来到他身旁；他也一而再再而三地走向她。当年多少个夜晚他在黑暗中惊醒，担心与劳伦发生关系之后要结婚生小孩，生命从此纠缠在一起。现在他却渴望与米歇尔结婚生小孩，生活从此密不可分。

他边开车边哼着那首《心中之树》的新歌。说不定今晚他在琳纳酒吧就可以演奏这首歌曲，米歇尔知道了一定大为吃惊，但保罗不在乎。爸爸过世之后，他在非正式场所表演的次数，几乎跟在音乐厅的正式演出一样多。他拿起吉他在酒吧或餐厅里弹奏，有时虽演奏古典音乐，但大多是他以前瞧不起的流行乐曲。他也不知道为什么自己改变了心意，也许跟演出场地有关。那些地方让他感到亲切，他跟听众之间的距离很近，近到伸出手就碰得到大家。米歇尔不喜欢他这样，她认为这是悲伤导致的结果，不断要求他克服悲伤。但保罗无法放弃酒吧的演奏事业。整个青少年岁月中，他因愤怒而弹吉他，也渴望感情上的牵连，仿佛借着音乐他就能把某种秩序和看不到的美感带进家里。现在爸爸不在了，他再也不能因为弹吉他和爸爸作对了。现在他完全自由了。

他开车到家旁边，经过一栋栋宏伟的大宅邸和深长的前院，人行道上永远这么安静。妈妈家的前门关着，他熄掉引擎坐了一会儿，聆听鸟鸣和远处除草机的声音。

心中之树。

爸爸过世一年了，妈妈马上要和弗德瑞克结婚，搬到法国住。现在他来到这里，不再是孩子，也不是访客，而是往事的守护者。此行是来决定老家该留什么，该丢什么。他曾想要和米歇尔讨论这件事，也觉得自己身负重任。他希望老家里保存下来的童年物品，将来有一天会传给他的小孩，这样一来，他的孩子们才可以借着这些实实在在的东西了解他。他最近常想起爸爸，爸爸的过去依然是个谜团。但米歇尔误会了，他只是不经意间提到孩子，她听了却态度强硬。"我没有那个意思。"他生气地抗议着。她听了也很不高兴："不管你承不承认，你就是那个意思。"

他往后一靠，在口袋里搜寻家门的钥匙。妈妈知道爸爸的作品很值钱以后，立即就把家里的门全部上锁。那些作品放在工作室里，箱子连拆都还没拆过。

唉，他真不想看到那些东西。

下车后，保罗在路边站了片刻。天气很热，微风轻轻吹过高耸的树梢，针栎树的树叶嵌入光影中，地面上投下的阴影左右摆动。很奇怪，天空看上去像在下雪，灰白色的碎片从蓝色的空中落下，轻飘飘的。保罗把手伸向闷热潮湿的空中，感觉自己好像站在爸爸的照片里，照片中树木开展成一颗心的形状，世界全然变了样。他把一个碎片抓到手中，握拳，然后摊开手掌，这才发现手心被抹黑了，灰烬像雪花似的，飘浮在七月凝重的暑气中。

走上阶梯时，他在人行道上留下一个个脚印。前门没有上锁，但屋里空着。"有人在吗？"保罗边喊边走进去，家具推到地板中央盖上了防水布，墙上空无一物，准备上油漆。他很多年不住这里了，此时他就站在客厅里，看见过去让客厅有生气的东西，全被拆除一空。妈妈不知道多少次重新布置客厅，但到头来它也只是个空间而已。"妈？"他大喊，没人回答。他上楼，站在自己房间的门口，这里也叠满了箱子，箱里装满了他要整理的东西。她把所有东西都留下来了，连他的海报都整齐卷起，用橡皮筋绑好。墙上依稀有些长方形的印子，就是他以前挂海报的地方。

"妈？"他再度大喊，然后下楼走到后院。

她人在后院，坐在台阶上，穿着旧旧的蓝短裤和皱皱的白衬衫，他停下来看着眼前奇怪的景象，说不出话来。石头围成的圆圈中，余火未熄，到处都是先前飘落在他身边的灰烬和烧焦的纸片。树丛和妈妈的头发上也蒙上一层灰烬，纸张散落在草地上，有些就在树下，有些留在老旧的秋千架上。保罗这下知道妈妈烧了爸爸的照片，大感诧异。她抬起头来，脸上尽是灰烬与泪水。

"没事了，"她平静下来，"我不烧了。保罗，我太生你爸爸的气了。后来我才想到，这些也是你的遗产，我只烧了一箱，箱子里全是女孩子的照片，我想大概值不了多少钱。"

"你在说什么啊？"他在她身边坐下。

她递给他一张他的照片。他从没见过这张照片，照片中的他大约十四岁，坐在前廊摇椅上，俯身在吉他上专心弹奏，沉醉在音乐中，浑然不顾周遭一切。他真惊讶爸爸用相机留下了这一刻：在这个私密的时刻，他完全放开自己，这也是他毕生中最有活力的一刻。

"好吧，我还是不明白，你干吗这么生气？"

妈妈用手掩着脸叹气："保罗，你知道你出生的那晚发生了什么事吗？那场大风雪让我和你爸差点到不了诊所。"

"当然。"他不知道该说什么，等着她继续说。但他直觉知道这跟他死去的双胞胎妹妹有关。

"你记得那个护士卡罗琳·吉尔吗？我们跟你提过她吗？"

"提过。但没说她叫什么名字，你说过她的眼睛是蓝的。"

"没错，非常蓝。保罗，卡罗琳·吉尔昨天来过这里。自从那天晚上之后，我就没见过她。她到这里来，告诉我一个吓死人的消息。我不知道该怎么讲，就直接告诉你吧。"

她拉起他的手，他没把手抽回来。她镇定地说，妹妹根本没死，她有唐氏症，他爸爸请卡罗琳·吉尔把她送到路易斯安那的疗养中心。

"他怕我们伤心，"她声音哽咽，"她是这样说的。但她狠不下心这么做，保罗，所以她收养了你妹妹，她收养了菲比。你的双胞胎妹妹活得好好的，在匹兹堡长大。"

"我妹妹？"保罗问，"在匹兹堡？我上星期还在匹兹堡。"这样说好像不太恰当，但他不知道自己还能说些什么。他心中充满了奇怪的空虚感，一种惊讶过度产生的疏离。他有个妹妹，光这个消息就已经够吓人了，而且她智障，不完美，所以爸爸把她送走。很奇怪，他并不生气，却感到恐惧。

他是家里唯一的小孩，从小爸爸就把全副精神投注在自己身上，昔日的忧虑与不安再度浮上心头。他的恐惧来自他必须走出一条路。即使爸爸不赞同，一气之下离他而去，他还是得坚持到底。这些年来，保罗像个神奇的炼金师，把恐惧转化为愤怒与反叛。

"卡罗琳搬到匹兹堡，展开新生活，"妈妈说，"她把你妹妹抚养长大，我想她辛苦了，特别是在那个年代。我想跟她道谢，谢谢她对菲比这么好，但我心里还是气得不得了。"

保罗闭上眼睛，让这些消息在心里沉淀。他感觉到世界变平了，怪异而陌生。这些年来，他也曾想象过妹妹的模样，现在却记不起跟她有关的任何片段。

"他怎么可以这样！"他终于开口，"怎么可以瞒着我们？"

"我不知道，"妈妈说，"我也一直在问自己，他怎么可以！怎么胆敢一走了之，让我们自己发现这个秘密？"

他们沉默地坐着。保罗想起他朋友捣毁了暗房之后的第二天下午，他和爸爸一起洗照片。他心中充满罪恶感，爸爸也是，暗房里气氛沉重，两人都因为已经说出口和隐藏着没说的话而感到不自在。爸爸告诉他，相机这个英文字 camera，源自法文 chambre，是房间的意思，"在相机里面"就是"秘密行动"的意思。爸爸坚信每个人都是孤立的宇宙，心中有片漆黑的树林，躯壳则是一把白骨。那就是爸爸眼中的世界，而他心中再也没有比那一刻更痛苦的时候了。

"我很惊讶他没有把我送走。"他说，同时回想起自己一直极力抗拒爸爸的观点。他逃家又弹吉他，他的音乐发自内心，融入这个世界，听到的人都感动不已，放下手中的饮料，仔细聆听，一屋子的陌生人因此产生联结，心灵相通。"我相信他一定想把我送走。"

"保罗！"妈妈皱起眉头，"才不是这样，正因为这些事情，所以他想给你更多的关爱，对你的期望也更高。我最近才想通了，真可怕，其实他一直要求他自己做到尽善尽美。现在我知道了你妹妹的事，我也开始慢慢了解你爸爸了，以前我总觉得我和他之间有道墙，果然，真的有道墙。"

她起身走到屋内，拿着两张照片回来。"就是她，"她说，"你妹妹菲比。"

保罗看看照片，目光从一张移到另一张。照片中的女孩摆着姿势，面带微笑，另一张照片中的她正要投篮。他脑中还在想着妈妈告诉他的消息：这个有对杏眼、双腿粗壮的陌生人，居然是他的双胞胎妹妹。

"你们的头发一模一样。"诺拉再度坐到他身旁，"保罗，她喜欢唱歌，真有意思啊，"她笑笑，"你猜怎么着？她是个篮球迷。"

保罗的笑声尖锐，充满痛苦。

"果然，"他说，"爸爸选错了小孩送人。"

妈妈看着手中的照片，双手沾满灰烬。

"保罗，不要这么刻薄，菲比有唐氏症。我不太了解唐氏症，但卡罗琳·吉尔讲了很多。说真的，她讲得太多了，我几乎没办法承受。"

保罗一直用拇指摩擦水泥阶梯的边缘。这时他停下手，看着鲜血从刚刚刮伤的伤口渗出来。

"不要这么刻薄？你还带我去给她上过坟。"他想起妈妈穿过铁门，手里捧满了鲜花，告诉他在车里等着；也想起妈妈跪在泥土地上，种下牵牛花的种子。"那又怎么说？"

"我不知道，那是本特利医生的土地，所以他一定也知道。你爸爸从来不肯带我去那里，我跟他吵得很凶，我看他大概怕我会发疯。噢，他永远那副自己最行的嘴脸，我恨死他了。"

保罗被妈妈激动的口气吓了一跳，也想起今早他和米歇尔的对话。他把拇指贴在唇边，吸去一小粒血珠，满意地发现鲜血尝起来有股强烈的黄铜味。他们坐了一会儿没讲话，看着后院的灰烬，还有散了一地的照片和潮湿的纸箱。

"智障是什么意思？"他问道，"我的意思是，她每天怎么过？"

他妈妈又看看照片："我不知道，卡罗琳说她日常生活应付得不错，我也不知道那是什么意思。她有工作，有男朋友，她还上过学，但显然没办法真正独立生活。"

"这个护士卡罗琳·吉尔，过了这么多年，为什么现在才跑来这里？她有什么企图？"

"她只想告诉我这件事，"妈妈柔声说，"就这样而已，没有其他要求。保罗，她开了一扇门，我真的相信是这样。这是个邀请，但接下来该怎么办，则由我们自己决定。"

"我们还能怎么办？"他问，"你有什么打算？"

"我要去一趟匹兹堡，我一定要去见见她。然后我就不知道该怎么办了。带她回到这里吗？对她来讲我们是陌生人。我也得跟弗德瑞克谈谈，应该让他知道这件事。"她把脸埋在手里，静静坐了很久，"唉，保罗，我怎么能把她留在这里，自己到法国住两年？我不知道怎么办，这一切太难承受了。"

微风把草地上的照片吹起，保罗坐着没讲话，心中百感交集：他气爸爸；也对爸爸在人生中所失落的，感到讶异与悲伤。他也很担心，虽然知道这样想实在不对，但如果他必须照顾这个无法独立生活的妹妹，那该怎么办？他怎么可能照顾她？他连智障的人都没见过，而他自己对智障人士的印象全是负面的，可是所有的负面印象都不符合照片中那个笑容甜美的女孩，这点也令他不安。

"我也不知道，"保罗说，"我们先收拾好这些乱七八糟的东西吧。"

"这些是你的遗产。"他妈妈说。

"不只是我的，"他若有所思地说，"也是我妹妹的。"

接下来两天他们忙个不停，整理照片，重新装箱，把纸箱拖到阴凉的车库里。他妈妈和策展人会面时，保罗打电话给米歇尔跟她说发生了什么事，同时也跟她说他实在没办法参加她的音乐会。他本以为她会生气，但她没说什么就挂断了。他再打过去，只听到录音机的声音，一整天都是这样。他好几次想要开车飞奔回辛辛那提，但他知道这样也没用，他知道其实自己也不想再这样下去了。米歇尔对他的爱，总是比不上他对她的深情，因此他强迫自己待在家里专心整理东西。晚上，他走到市中心的图书馆，读了些关于唐氏症的书。

星期二早上，母子两人都没说话，满心焦虑，不知所措，开车驶过俄亥俄州夏日的绿野。天气非常炎热，玉米叶在广阔的蓝天下闪耀着光芒，他们在国庆假日返家的人潮中驶进匹兹堡。车子一出隧道就上桥，两河交汇的壮丽景观顿时呈现在面前。他们在市中心拥挤的交通里缓慢前进，沿着莫农加希拉河行驶，穿过另一个长长的隧道，最后终于抵达卡罗琳·吉尔的家。这栋砖造房屋就坐落在忙碌的大马路旁。

卡罗琳已经跟他们说了巷子里比较好停车。他们依言照办，然后下车伸展了一下身体。草地那头有几级台阶，向下通往一块狭窄的土地，和一座高高的砖房，那里就是他妹妹长大的地方。保罗看着房子，感觉真像他在辛辛那提的居所，却不像他自己长大的舒适、宁静郊区。街道上交通繁忙，车辆急驶过屋前小小的院子，进入环绕着他们的拥挤又炎热的市区。

沿巷每户的花园都花团锦簇，种满了各色蜀葵和鸢尾花，白色和紫色的花朵映着青绿的草地，感觉格外美丽。有个女人在花园里工作，照料一排茂盛的番茄，她身后是丛紫丁香，青翠的叶片在微风中飘动，微风虽然扇动了炎热的空气，却降低不了气温。女人穿着深蓝色的短裤和白色T恤，手上戴着鲜艳的印花棉手套，她从跪着的地方站起来，用手背擦擦额头。街上车辆来来往往，她没听到他们走过来。她从番茄棚架上摘下一片叶子放在鼻子下闻。

"是她吗？"保罗问，"就是那个护士吗？"

他妈妈点点头，双臂紧紧环抱胸前，带着防御意味。她用太阳眼镜遮住眼睛，但他依然看得出她非常紧张，脸色苍白。

"是的，她就是卡罗琳·吉尔。保罗，我们人都来了，但我又怕自己没办法做到，我看回家算了。"

"我们大老远开车过来，而且她们在等我们。"

她疲惫地微笑，这几天她几乎没睡，连嘴唇都显得苍白。

"真的在等着见我们吗？"她说，"不太可能吧。"

保罗点点头。后门打开，有人站在门廊上，可是阴影遮着看不清楚。卡罗琳站起来，在短裤上擦擦手。

"菲比，"她大喊，"你来了啊。"

保罗感到身旁的母亲更紧张了。但他没看她，反而把目光移到前面。这个时刻感觉非常漫长，烈日当空下，那个身影终于出现，手里端着两杯水。

他仔细看着她。她不高，比他矮多了，头发颜色比较深，比较稀疏，剪成简单的锅盖头。她跟妈妈一样皮肤很白，从这里望过去，她的五官细致，脸有点扁平，好像被压着贴在墙上太久似的。她的眼睛微微向上倾斜，四肢粗短，已经不是照片中的女孩了，而是跟他同年纪的成年女子。她有些白头发；如果他不刮脸的话，自己脸上也会冒出白胡须。她穿着印花短裤，身材矮壮，有点胖胖的，走路的时候膝盖互相摩擦。

"哦。"他妈妈说，一只手紧贴在胸前，两眼藏在太阳眼镜后面。保罗其实充满喜悦，因为这个时刻感觉十分亲昵。

"没关系，"他说，"我们就在这里多待一会儿吧。"

阳光很强，车辆奔驰，卡罗琳和菲比并肩坐在台阶上喝水。

"我可以过去了。"他妈妈终于说。于是他们走下台阶，来到蔬菜园和花圃中间的狭长草地。卡罗琳·吉尔先看到他们，眯着眼睛，用双手遮住阳光，然后站了起来。接下来的几秒钟，双方隔着草地互望，然后卡罗琳牵起菲比的手。他们在番茄架旁边相会，沉甸甸的果实已开始成熟，空气中充满清澄的果香。没有人说话，菲比盯着保罗，过了好一阵子，她伸手碰碰他的脸颊，动作轻柔，仿佛想看看他是不是真人。保罗点点头，沉默又严肃地看着她。不知怎么的，他感觉她的举动很恰当，菲比只是想认识他，如此而已。他也想认识她，但他不知道该对这个忽然冒出来的妹妹说些什么。他们的关系是这么紧密，却又如此陌生。他也相当忸怩，生怕做错什么事。你要怎样跟智障者说话？上周末他读的书里满是医学名词，却没有一本书可以告诉他，当有个实实在在的人伸手轻摸你的脸颊时，该怎么办。

菲比先恢复过来。

"哈喽。"她很正式地伸出手，保罗也伸手握住，感觉到她的手指很小，但他还是说不出话来。

"我是菲比，很高兴认识你。"她的语调浓浊，不太容易听得懂。然后她转身面对他妈妈，同样伸手致意。

"哈喽。"他妈妈边说边拉起她的手，然后用两只手紧紧握住，声音充满感情，"哈喽，菲比，我也很高兴认识你。"

"天气真热，"卡罗琳说，"进屋子里来吧。我来把电风扇打开。菲比今天早上泡了冰红茶，她一直很兴奋地等着你们来，甜心，是不是啊？"

菲比微笑地点点头，忽然显得腼腆。他们跟着她走进阴凉的屋内，屋里空间不大，但收拾得非常整齐，摆着美丽的木雕，客厅和餐厅间有道法式落地门。客厅里充满阳光，酒红色的家具有点破旧，最远的角落摆了一台庞大的编织机。

"我在织围巾。"菲比说。

"真漂亮。"他妈妈走过去，抚摸着桃红、乳黄、浅绿和黄色的纱线，她已经摘下了太阳眼镜，泪眼汪汪，声音依然充满感情，"菲比，你自己挑的颜色吗？"

"这些都是我最喜欢的颜色。"菲比说。

"我跟你一样，"他妈妈说，"我像你这么大的时候，也很喜欢这些颜色，我的伴娘穿着桃红和乳黄色的礼服，手里还捧着黄玫瑰。"

保罗听了相当讶异，他看过的照片都是黑白的。

"这条围巾送你，"菲比边说边在编织机前坐下，"我会做好送你。"

"噢，"他妈妈闭上眼睛，"菲比，围巾真漂亮。"

卡罗琳端来冰红茶，他们四人坐在客厅里，有点不自在，随便聊着天气、匹兹堡钢铁业不景气怎么复苏等。菲比安静地坐在编织机前，把梭轴移来移去，听到大家提到她的名字时就抬头看看。保罗一直用眼角瞄着她，菲比的双手小小胖胖的，咬着下唇专心盯着梭轴，最后他妈妈终于喝完茶，开口说话。

"好，"她说，"大家都在这里了，可是我不知道这下该怎么办才好。"

"菲比，"卡罗琳说，"你要不要过来跟我们一起坐？"菲比静静走过来，在卡罗琳身旁的沙发上坐下。

他妈妈开始说话，讲得非常急促，双手因紧张而紧握："我不知道怎么做才好，不过也没人可以教我们怎么办，对不对？但我想说的是，我的家就是菲比的家，如果她愿意的话，可以过来跟我们住，最近几天我常常在想这件事，我们说不定得花上一辈子的时间才能了解彼此。"说到这里，她停下来喘口气，然后转身面对菲比。菲比睁大眼睛，有点迷惑的样子。"你是我的女儿，菲比，你了解吗？他是保罗，你的哥哥。"

菲比握住卡罗琳的手。"她才是我妈妈。"她说。

"没错。"诺拉看了一眼卡罗琳，又说了一次，"她是你妈妈，"她说，"但我也是你妈妈。你在我肚子里长大，菲比。"她拍拍自己的腹部，"你在这里长大。但是在你出生以后，你妈妈卡罗琳把你养大。"

"我要嫁给罗伯特，"菲比说，"我不要跟你住在一起。"

保罗已经看着妈妈难过了一星期。他听到菲比这么说，感到好像被她踢了一下似的。他看得出妈妈也有同样的感受。

"菲比，没关系，"卡罗琳说，"没有人强迫你离开。"

"我没有什么意思……我只是想给她……"他妈妈停下来，再度深呼吸一口气，深绿色的眼睛里充满了不安。过了一会儿，她又开口了："菲比，保罗和我想要多了解你，就这样而已。你不用怕我们，好吗？我只想说……我的意思是……欢迎你随时到我家来，任何时候都可以，不管我人在世界上哪个地方，你都可以来。我也希望你来。我希望有一天你会来找我们，就这样而已，好吗？"

"说不定可以。"菲比让步说道。

"菲比，"卡罗琳说，"你带保罗参观一下家里，好吗？让亨利太太跟我聊聊，甜心，别担心，"她加了一句，一只手轻轻搁在菲比的手臂上，"我们都会在这里，一切都没问题。"

菲比点点头站起来。

"你要不要看我房间？"她问保罗，"我有新的唱盘。"

保罗瞄了妈妈一眼，她点点头，看着他们两人一起走过客厅，保罗跟着菲比上楼。

"罗伯特是谁？"保罗问。

"我男朋友，我们要结婚了。你结婚了吗？"

保罗一想到米歇尔，心中有如刀割般痛苦，他摇摇头说："没有，我还没结婚。"

"你有女朋友吗？"

"也没有。我以前有个女朋友，但她离开了。"

菲比停在楼梯最上面一级，转过身来。他们对望，距离近到让保罗感到不自在，好像他的私人领域受到了侵犯。他移开目光，然后又看着她，她还是目不转睛地盯着他。

"你这样瞪着人看很不礼貌。"他说。

"嗯，你看起来很伤心。"

"我很伤心，"他说，"其实我非常非常伤心。"

她点点头，一时之间，她好像跟他一样难过，表情也很沮丧，不一会儿又开朗起来。

"来，"她带着他顺着走道往前走，"我给你看新唱片。"

兄妹坐在房间的地板上，房里的墙是粉红色的，还有粉红色和白色相间的窗帘。这是小女孩的房间，里面摆满毛绒玩具，墙上挂着色泽鲜艳的图片。保罗想到罗伯特，心想菲比是不是真的会嫁给他，然后又因为自己这样想而自责。她为什么不能结婚？为什么不能做其他事情？他想到家里那间多出来的房间，小时候外婆来的时候就睡在那个房间里，那本来应该是菲比的房间。如果菲比在的话，她一定会在房里摆满唱片和她的东西。菲比放上一张唱片，把她小小的唱机音量调高，披头士的歌曲在房内响起，她闭上眼睛跟着哼唱。保罗听得出她的嗓音还不错，他把音量转小一点，翻翻其他唱片，发现她有很多流行歌曲，也有古典音乐。

"我喜欢长喇叭。"她假装吹奏伸缩喇叭，保罗看了大笑，她也跟着笑，"我真的喜欢长喇叭。"她叹了口气。

"我会弹吉他，"他说，"你知道吗？"

她点点头："我妈妈跟我说过，像约翰·列侬一样。"

他笑了："有点像，"他很惊讶自己跟她很谈得来，也已习惯了她的腔调，他跟菲比聊得越久，菲比越自在，他越无法将她套进智障者的刻板印象里，"你听过安德列斯·塞戈维亚吗？"

"没有。"

"他很棒，也是我最喜欢的音乐家，哪天我弹他的曲子给你听，好不好？"

"我喜欢你，保罗，你人很好。"

他露出微笑，觉得很荣幸，也很高兴："谢谢，"他说，"我也喜欢你。"

"但我不要跟你住。"

"没关系，我也没跟我妈住。"他说，"我住在辛辛那提。"

菲比脸庞亮起来了："一个人住？"

"没错。"他说，心里很清楚等他回辛辛那提的时候，米歇尔一定已经搬走了，"自己一个人。"

"你真幸运。"

"我想是吧。"他严肃地说，这才发现自己确实很幸运，他生命中一切稀松平常的事情，对菲比而言都是梦想，"我很幸运，没错，我是很幸运。"

"我也很幸运。"她说，他听了有点吃惊。"罗伯特的工作不错，我也是。"

"你是做什么的？"保罗问。

"我在帮人影印，"她骄傲地说，"影印好多好多份。"

"你喜欢吗？"

她笑了笑："迈可丝也在那里做事，她是我朋友，我们有二十三种不同颜色的纸。"

她小心拿开第一张唱片，选了另一张，但始终轻声哼唱，一脸满足。她的动作不快，可是很有效率，而且相当认真。保罗可以想象她工作的模样：影印文件，跟朋友开玩笑，不时停下来欣赏五颜六色的纸张，做完了一份工作就笑逐颜开。他听到楼下的说话声，他妈妈和卡罗琳·吉尔正在商量该怎么办。他忽然明白，他先前同情菲比，他妈妈也假设菲比无法独立，其实这些念头都是愚蠢又多余的，现在想来让他深感羞愧。菲比喜欢她自己，也喜欢她的生活，活得很快乐。他这辈子所有的努力、曾经参加过的竞赛，以及得到的奖章，还有一切为了取悦他自己及爸爸所做的事情，和菲比的生活比起来，似乎显得有点愚蠢。

"你爸爸呢？"他问。

"在上班，他开公交车，你喜欢《黄色潜水艇》这首吗？"

"喜欢，我喜欢。"

菲比笑容灿烂，放好唱片。

一九八九年九月一日

教堂里的彩纸飘向晴朗的空中，保罗站在明亮的红门外，觉得用肉眼就可以看见跳跃的音符。乐声在白杨树的叶间飘动，好像小小光点散布在草地上。管风琴手是他的朋友，一个名叫雅丽安卓的秘鲁女孩。她把枣红色的头发紧紧扎成马尾。米歇尔离开他之后，他消沉了好一阵子，那时雅丽安卓常带着热汤和冰红茶到他住的地方劝他。"起来。"她一边轻快地跟他说，一边用力拉开窗帘和百叶窗，然后迅速把脏盘子放到水槽里，"起来，垂头丧气也没用，为了长笛手消沉更是没意思，他们老是反反复复，你还不知道呀？她跟你在一起这么久，还真让我惊奇呢。两年！老实说，快要破纪录了。"

雅丽安卓弹奏的音符有如闪亮的河水一样奔流而下，然后轻快上扬、攀升，瞬间悬浮在阳光中。妈妈出现在教堂门口，面带笑容，一只手挽着弗德瑞克的手臂。他们一起走到外面，色泽鲜艳的花瓣如雨撒下。

"好漂亮。"菲比在他身旁说道。

她穿着银绿色的洋装，先前在婚礼上捧着的水仙花，现在她用右手轻轻握着。她面带微笑，愉快地眯着眼，丰润的脸颊上有两个深深的酒窝。花瓣纷纷落下，菲比笑得很开心，保罗看着她：这个陌生女子，他的双胞胎妹妹。先前他们一起走过这座小教堂的红地毯，他们的妈妈和弗德瑞克在讲坛边等待。他走得很慢，菲比认真严肃地跟在他身旁，一只手挽着他的手肘，她每件事情都要做到正确无误。交换誓言时，燕

354

子在屋椽间飞来飞去，不过他妈妈可是一开始就指定要在这个教堂结婚。早先她含着泪水，不知所措地讨论菲比的未来之时，就已经坚持两个孩子要在她的婚礼上，站在她的左右边。

又是一阵声响。这次是缤纷的纸片和宾客的笑声。他妈妈和弗德瑞克低着头，布丽拍掉他们肩膀和头发上的碎纸，鲜艳的五彩碎纸到处散落，让草坪看起来像拼花地面。

"你说得没错，"他对菲比说，"很漂亮。"

她点点头，看来好像若有所思，然后伸出手抚平自己的裙子。

"你妈妈要去法国。"

"是的。"保罗说。但他听到"你妈妈"这个字眼时，心里总是怪怪的。对陌生人才会用这个字眼，而他们兄妹的确还是陌生人。这是最让他妈妈难过的事，逝去的多年岁月阻隔在双方之间。他们之间本来应该充满关爱，相处自在，而现在他们讲起话来却谨慎有礼。"你和我再过两个月也会去那边玩，"他提醒菲比他们好不容易才商定的计划，"我们去法国看他们。"

菲比的忧虑有如云一样飘过脸上。

"我们会回来。"他柔声加了一句。他记起妈妈提到要带菲比搬到法国时，菲比那副害怕的神情。

她点点头，但神情依然忧愁。

"怎么了？"他问，"怎么回事？"

"吃蜗牛。"

保罗惊讶地看着她。婚礼前他一直跟妈妈和布丽开玩笑，讲些大伙儿要在新堡享受哪些大餐的笑话，菲比静静站在一旁，没想到她都听进去了。菲比在这个世界上，看到了什么、感觉到了什么、了解了多少，对他而言都是谜团；他对她的了解，只要用一张小卡片就写得完：喜欢猫、编织、听收音机、在教堂里唱歌；她常笑，喜欢拥抱别人；她跟他一样，被蜜蜂叮了会过敏。

"蜗牛没那么糟，"他说，"它们很有嚼劲，有点像大蒜口香糖。"

355

菲比扮了个鬼脸，然后笑笑。"好恶心喔，"她说，"保罗，那好恶心。"微风轻拂她的头发，她依然盯着眼前的景象：走来走去的宾客、阳光、树叶及四周洋溢的音乐，她的两颊上有雀斑，跟他一模一样。草坪远远的那头，他妈妈和弗德瑞克举起了切蛋糕的银刀。

"我和罗伯特，"菲比说，"我们也要结婚。"

保罗笑笑。第一次去匹兹堡看菲比时，他也见到了罗伯特，他们去超市找他。罗伯特高大，神情执着，穿着咖啡色的制服，戴个名牌。菲比腼腆地介绍两人认识，罗伯特马上握住保罗的手，拍拍他的肩膀，好像两人久别重逢："很高兴认识你，保罗，菲比跟我要结婚了，你跟我就是兄弟了，很棒吧？"说完就一脸高兴，也不管对方反应如何。他一心认定世界是美好的，也坚信保罗跟他一样开心。他转身面对菲比，伸出手臂揽住她，两人就这么微笑地站着。

"真可惜罗伯特不能来。"

菲比点点头。"罗伯特喜欢派对。"她说。

"这点我倒不惊讶。"保罗说。

保罗看着妈妈送了一口蛋糕到弗德瑞克嘴里，然后用拇指替他把嘴角擦干净。她穿着乳黄色的礼服，头发剪得短短的，本来的金发已逐渐变成银白，绿色的双眼看起来格外醒目。他想到爸爸，不知道他们当年的婚礼是什么样子？他当然看过照片，但那只是表象，他想知道那天的光线如何，宾客的笑声听起来怎么样；他想知道妈妈舔去唇边的一抹糖霜之后，爸爸是否也跟弗德瑞克现在一样，弯下身子亲她一下。

"我喜欢粉红色的花，"菲比说，"我婚礼上要有很多、很多粉红色的花。"她变得认真起来，皱了皱眉头，耸耸肩，绿色的洋装从锁骨上稍微滑落。她摇摇头说："但是我和罗伯特，我们要先存钱。"

微风吹来，保罗想起卡罗琳·吉尔，在莱克星顿市中心的旅馆大厅里，高大强悍的她和她先生艾尔，还有菲比三人站在一起。大伙儿昨天选在那个地点碰面，他妈妈的房子清空了，"待售"的牌子竖立在院子里。今晚，她和弗德瑞克就要出发去法国。卡罗琳和艾尔从匹兹堡开车过来，大伙儿客气又有点不自在地吃了早午餐后，卡罗琳和艾尔去纳什维尔度假，把菲比留在这里参加婚礼。卡罗琳说这是他们第一次单独度假，看起来似乎很开心。卡罗琳拥抱了菲比两次，然后停在人行道上不停回望，不断挥手。

"你喜不喜欢匹兹堡？"保罗问。匹兹堡有个交响乐团已经答应聘用他了，工作性质不错，另一个在圣塔菲的乐团也愿意聘他。

"我喜欢匹兹堡，"菲比说，"我妈妈说匹兹堡有很多楼梯，但我还是喜欢那里。"

"我说不定会搬到匹兹堡，"保罗说，"你觉得如何？"

"太好了，"菲比说，"你可以来参加我的婚礼。"接着她叹了口气，"婚礼要花好多钱，真是不公平。"

保罗点点头。不公平，真的不公平，一切都不公平。菲比在这个不欢迎她的世界所面对的挑战，还有他自己相形之下轻松容易的生活，以及他们的爸爸做的事情，这些没有一样算得上公平。忽然间，他有股冲动，想给她一个她期盼中的梦幻婚礼，至少送她一个结婚蛋糕。和世间其他不公平的事情相比，为她做这件事简直是微不足道。

"你们可以私奔。"他建议。

菲比考虑了一下，转了转她手腕上的绿色塑胶手环。"不行，"她说，"这样就没有蛋糕了。"

"喔，我不知道，真的吗？我的意思是，为什么没有蛋糕呢？"

菲比紧皱眉头，瞄了他一眼，看看他是不是拿她开玩笑。"不可以，"她坚决地说，"保罗，婚礼不是这样办的。"

他笑了笑，看到她这么确定，他觉得很感动。

"菲比，你知道吗？你说得没错。"

弗德瑞克和他妈妈切好了蛋糕，欢笑声和掌声在阳光下的草坪上响起。布丽微笑着举起相机又拍了一张照片。保罗对着桌子点点头，桌上摆满了小盘子，准备分送到来宾手中。"这个结婚蛋糕有六层，中间是覆盆子和鲜奶油。菲比，你喜欢吗？要不要吃一点？"

菲比笑得更开心了，点点头表示愿意。

"我的蛋糕要有八层。"他们走过充满谈话声、笑声和音乐的草坪时，菲比对他说。

保罗笑笑："只有八层吗？要不要十层？"

"好蠢，保罗，你好笨。"菲比说。

他们走到桌旁，妈妈的肩膀上都是缤纷的五彩碎纸。她面带笑容，脚步轻盈。她摸摸菲比的头发，把她的发丝拢到后面，仿佛菲比还是个小女孩。菲比却往后退了一步，保罗心里真是难过。他们家的故事，还没有画下句点，将来双方会往返大西洋互相探望，也会常打电话，但绝对不可能共同过着寻常的家居生活。

"你表现得真好，"他妈妈说，"菲比，我真高兴你和保罗能参加我的婚礼，你们在这里，对我来讲意义非凡。"

"我喜欢婚礼。"菲比伸手拿蛋糕。

妈妈的微笑中带着悲伤，保罗看着菲比，心想她是否明白这是怎么回事。她似乎不太操心，反而把世界当成一个神奇、不寻常、充满了各种可能性的地方。在这里，你从未见过的妈妈和哥哥说不定哪天会出现在家门口，邀请你参加婚礼。

"真高兴你愿意到法国找我们，菲比，"他妈妈继续说，"弗德瑞克和我都很高兴。"

菲比抬头看看，再度显得不自在。

"都是蜗牛惹的祸，"保罗解释，"她不喜欢蜗牛。"

他妈妈笑笑："别担心，我也不喜欢蜗牛。"

"而且我要回家。"菲比补充了一句。

"是的，"他妈妈轻声说，"没错，我们都同意。"

保罗看在眼里，痛苦有如石头压在心底，感觉相当无助。在强烈的阳光照射下，他妈妈显现出了岁月的痕迹，皮肤上有了皱纹，金发变得银白，看了令他吃惊。他也惊讶妈妈还是那么美，她看来甜美而脆弱，他实在想不通爸爸怎么可能背叛她，背叛他们全家？这几个星期以来，这个问题始终萦绕在他心头。

"怎么可以？"他问道，"他怎么可以从来不跟我们说？"

她转身面对他，收起了笑容："我不知道，我也永远不会了解。但是保罗，这些年来，他心里一直藏着秘密，你想想看他日子是怎么过的。"

他望着桌子那边。菲比站在白杨树旁，树叶刚开始变颜色，她正用叉子刮去蛋糕上的鲜奶油。

"如果他告诉我们，我们的生活可能就完全不一样了。"

"没错，你说得对。但我们的日子也还是这样过过来了，保罗，事情就是这样。"

"你在帮他说话。"他慢慢地说。

"不，我原谅他了，最起码我试着去宽恕他，这两者是不一样的。"

"他不配受到宽恕。"保罗也很讶异自己还是这么充满怨怼。

"也许不配，"他妈妈说，"但你、我和菲比，我们有所选择，我们可以生气、怨恨，也可以抛掉过去，继续过日子。我当然有理由生气，对我来说，最困难的就是甩开这股怒气，我心里还在挣扎，但我决定这么做。"

他想了想这番话。"我在匹兹堡有个工作机会。"他说。

"真的吗？"他妈妈的眼睛一亮，在此刻的阳光中更显深绿，"你会去吗？"

"我想我会，"他心中明白自己早已做了决定，"这份工作不错。"

"你没办法改变过去，"她柔声说，"你不能修补过去，保罗。"

"我知道。"他也确实了解。第一次去匹兹堡时，他以为自己必须出力帮忙，也担心将来必须承担的责任。他有个智障的妹妹，这种负担对他的生活不知道会带来什么改变。到头来他却大吃一惊地发现，他智障的妹妹从头到尾都说"不用，我这样过日子就好，谢谢你了"。

"你有你的人生要过，"她继续说，口气迫切起来，"你不必为过去发生的事情负责，菲比在金钱方面不会有问题。"

保罗点点头："我知道，我没有要为她负责。真的，我没有，我只是……我只想多了解她，我是说一天一天慢慢来，她毕竟是我妹妹。还有，这份工作不错，我也真的需要来点改变。匹兹堡很美丽，所以我想那就去试试看吧。"

"喔，保罗。"他妈妈叹了口气，伸手顺顺她的短发，"那份工作真的不错吗？"

"是的，真的不错。"

她点点头。"这样很好，"她口气缓慢，"你们两个待在同一个地方。但你要往长远想，你这么年轻，才刚开始寻找自己想走的路，你要好好考虑清楚，确定自己的决定是对的。"

他还没来得及回答，弗德瑞克已经走过来，指指手表表示他们得赶飞机了。简短交谈了一下后，弗德瑞克去开车，他妈妈转身面对保罗，一只手搁在他的手臂上，亲亲他的脸颊。

"我们得走了，你会带菲比回家吧？"

"会，卡罗琳和艾尔说我可以待在他们家。"

她点点头。"谢谢，"她温柔地说，"谢谢你来参加婚礼。不管怎么看，过去这些日子你辛苦了。今天你来，对我的意义重大。"

"我喜欢弗德瑞克，"他说，"我希望你们快乐。"

她微笑，碰碰他的手臂："保罗，你真的让我很骄傲，保罗，你知道你让我多么骄傲吗？你知道我有多么爱你吗？"她转过头去看菲比，菲比的手臂下夹了一束水仙花，微风吹拂着她闪亮的裙子。

"你们两个都让我很骄傲。"

"弗德瑞克在叫你了，"保罗赶快说，借此掩饰自己内心的激动，"时候到了，他在催了，去吧，妈，快快乐乐过日子吧。"

她再次凝视了他很久，眼中充满泪水，然后亲亲他的脸庞。

弗德瑞克走过草坪，跟保罗握手。保罗看着妈妈抱抱妹妹，把她的新娘捧花交给菲比。他也看着菲比拘谨地回抱妈妈一下。妈妈和弗德瑞克坐进车里，在满天飞舞的五彩碎纸中，微笑着挥手，然后车子消失在转角处。保罗慢慢走回桌旁，沿途停下来跟宾客们打招呼，同时注意着菲比的身影。走到她身旁时，他听到她高兴地跟另一个客人大谈罗伯特和她自己的婚礼。她讲得很大声，带点混浊的声腔，听起来怪怪的，兴奋之情却显而易见。他看到对方很勉强地带着迟疑的微笑，耐住性子倾听，不禁眉头皱起。菲比只是想聊天啊，不用紧张啊。可是仅在短短几星期之前，他自己若遇到这种场面，恐怕也会有同样的反应。

"菲比，怎么样啊？"他走过去打断谈话，"你要走了吗？"

"好。"她放下盘子。

他们驶过绿油油的乡间，气候温和。保罗关掉空调摇下车窗，想起多年以前，他妈妈发狂似的开过同样的乡间，逃避寂寞与悲伤，大风扬起，吹动她的头发。他一定跟着她开过了几千英里，来回横越整个州；他仰躺在后座，想要从一闪即逝的树叶、电话线杆和天空，判断出他们在哪里。他记得看着蒸汽船驶过泥泞的密西西比河面，船侧的推进轮激起闪亮的河水。他始终不了解她的悲伤，但后来不管身处何处，他心里也总是带着那股悲伤。

现在那股悲伤全部消失无踪；那段日子也过去了，结束了。

他开得很快，各处可见浓浓的秋意；茱萸开始变色，山坡上一片艳红的花丛。花粉弄得保罗的眼睛很痒，让他打了好几个喷嚏，但他仍然开着车窗。他妈妈在这种情况下一定会开冷气，让车里冷得像花艺师傅储藏鲜花的冷冻室；他爸爸在这种情况下一定会打开公文包，找出抗组胺剂。菲比坐在他旁边的座位上，她的肤色很白，几近半透明。她从她那大大的黑色塑胶皮包的小盒子里，抽出一张面纸递给他。她的皮肤下隐约可见浅蓝的血管，他还看得见她颈间的脉搏稳定跳动。

他的妹妹，他的双胞胎手足。如果她生来没有唐氏症呢？或者她生来就是这样，而在那个大雪纷飞的夜晚，爸爸的同事开车栽到沟里，爸爸也没有叫卡罗琳·吉尔来帮忙呢？他想象他的爸妈，这么年轻，这么快乐，抱着他们兄妹上车，在他们出生后的三月融雪中，慢慢驶过莱克星顿滑溜溜的街道。他房间旁边明亮的游戏室就是菲比的房间，她会追着他下楼，穿过厨房，跑到繁花盛开的花园，兄妹两人形影不离，笑声此起彼落。如果是这样的话，他今天又会是一个什么样的人呢？

他妈妈说得没错：他永远不可能知道会发生什么事，他只能知道事实真相。爸爸在一场突如其来的大风雪中亲自接生了自己的双胞胎，遵循熟悉的步骤，把注意力集中在产台上那位产妇的脉搏和心跳上。产妇肌肉紧绷，小婴孩的头出来了！呼吸、肤色、手指和脚趾，啊，是个男孩，看来完美极了，爸爸心里哼着轻快的歌声。过了一会儿，第二个宝宝来到人间，爸爸的歌声自此永远终止。

他们快到市中心了，保罗等着车流出现空隙，转进莱克星顿墓园，开过石头砌成的大门，把车停在一株熬过了数百年干旱与虫害的老橡树下。走到车外，他绕到菲比那边，打开车门，伸出他的手。她惊奇地看着他的手，然后抬头看看他，拉着他的手起身离开座位，另一只手里仍握着水仙花，花梗已经压扁，变得软塌塌的。他们沿着小径走了一会儿，走过纪念碑和鸭子悠游的水塘，最后他带着她穿过草地，来到标示着爸爸名字的墓碑前。

菲比用手摸着黑色大理石上的姓名和日期。他不知道她正在想什么，她的爸爸是那个名叫艾尔·辛普森的男人。艾尔晚上跟她玩拼图，从各地带回她喜欢的唱片，他让她坐在肩上，好让她摸得到白杨树梢的叶子。这块大理石和这个姓名对她不可能具有任何意义。戴维·亨利·迈克凯利斯特，菲比慢慢地大声念出来，这些字由她口中完整念出，重重落入这个世界。

"我们的父亲。"他说。

"我们在天上的父亲，"她说，"愿你的名被尊为圣。"

"不是这样，"他惊讶地说，"这是我们的爸爸，你和我的爸爸。"

"我们的爸爸。"她重复一次。他顿时深感受挫，因为她只是照着他的话讲，没有感情，而且显然觉得没什么重要性。

"你很难过，"她随后说，"如果我爸爸死了，我也会难过。"

保罗更讶异了，没错，就是这样。他很难过。他的怒气已经烟消云散，忽然间，他能够从不同的角度看爸爸。他就站在爸爸面前，爸爸每呼吸一口气、每看他一眼，都会想到自己当年所做的，而且其后无法改变的决定。策展人离开之后，他们在暗房后面的抽屉里，找到卡罗琳多年来寄过来的菲比的照片，爸爸也把他自己家族仅有的一张照片藏在这里，照片中一家人站在家园已不复存在的前廊上。

保罗还留着这张照片。爸爸拍了好几千张照片，一张接一张，让影像层层交叠，想要掩埋那个他永远改变不了的时刻，但过去依然出现在眼前，如记忆挥之不去，如梦境清晰强烈。

菲比，他的妹妹，这个埋藏了四分之一世纪的秘密。

保罗往回走了几步，回到碎石小径上。他停了下来，手插在口袋里，树叶在阵阵旋风中翻飞，报纸的碎片飘过一排白色的墓碑。云彩飘过太阳，在地面投射出种种形状，阳光在墓碑、草地和树上跳动，树叶在微风里摇摆，长长的草丛沙沙作响。

刚开始歌声非常细微，几乎被微风掩盖，声音小到他得竖起耳朵听。他转过身，菲比站在墓碑旁，一只手靠着黑色大理石墓碑唱起歌来了。坟上的草左右摇摆，树叶翩然飘动，她唱的是一首圣诗，有点耳熟，虽然字句难以分辨，但她的歌声纯净甜美，墓园里其他人纷纷朝着她的方向看过来，看着头发渐白、身穿伴娘服装的菲比。她的站姿有点奇怪，咬字不太清楚，但歌声自在又清亮。保罗压抑住强烈的情绪，看着自己的鞋子，明白了自己这辈子都得面对这样的挣扎。他知道菲比行动笨拙，仅仅因为跟其他人不同，就面对了人生的种种困难。但她直接而坦率的爱，却驱使他不顾这一切。是的，就因为她的爱。他陶醉在歌声中，领悟到这也是因为他自己对妹妹的爱，而这股新生的爱意出奇单纯。

她的歌声高昂清澈，穿过树梢和阳光，洒遍小径和草地。他想象音符像石头掉到水中似的落入空中，在世间激起一道无形的涟漪。一波波声浪，一波波阳光，爸爸想要让一切定格，但世界是流动的，包围不住的。

树叶飞起，阳光流闪。这首古老圣诗的歌词飘回他面前，保罗跟着哼起来，菲比却好像没注意到，继续歌唱，说不定把他的歌声当成了风声。他们的歌声交融，音乐就在他的体内，在他的身体里低鸣，音乐也在他的身体外回荡，她和他的歌声如出同源。歌曲结束，他们站在原地，驻足于午后的微弱阳光下。风向变了，菲比的头发被吹得贴在脖子上，干枯的叶子也被吹得散落在陈旧的石篱边。

　　时间慢了下来，整个世界停滞在这一刻。保罗站着不动，等着看接下来会发生什么事。

　　等了几秒钟，什么也没发生。

　　然后菲比慢慢转身，抚平她起皱的裙子。

　　这只是个简单的举动，却让世界重新运转。

　　保罗注意到她的手指甲剪得很短，她扶在大理石墓碑上的手腕很秀气。他妹妹的双手小小的，就跟他们妈妈的手一样。他走过去，拍拍她的肩膀，带她回家。